KB058386

# 구름과 달이 만날 때

## 1

# 구름과
# 달이
# 만날 때

## 1

딩모 장편소설 | 양성희 옮김

arte

# 차례

# 1

## 탄자오

난 지금도 그 유람선을 똑똑히 기억한다.

새하얀 외관은 티 하나 없이 깨끗하고, 내부는 고급스럽고 쾌적한 3층짜리 유람선으로, 1층은 공용 공간이고 2층과 3층은 객실이었다. 2016년 6월 23일에 윈난성 다리시를 출발해 아름다운 산과 호수를 유람한 '덴메이런 호'.

내 오랜 로망이었던 크루즈 여행.

그리고 내 운명을 송두리째 바꿔놓은 여행.

바로 그 유람선에서 그와 나의 운명은 한데 뒤얽혔다.

하마터면 엇갈릴 뻔했지만.

내 이름은 탄자오, 웹소설 작가다. 필명은 칠주(七珠). '일곱 개의 진주'라는 뜻이다. 주로 미스터리 로맨스를 쓴다. 변변치 않은 재주지만 어느 정도 이름을 알리고 수입도 괜찮은 편이다. 무엇보다 여유로운 시간이 많아서 연재가 끝나면 여행을 즐길 수 있어 좋다. 하지만 이것저것 신경 쓰는 건 싫어서 늘 패키지여행을 선택한다. 배낭여행을 즐기는 다른 작가 친구들과는 이 점에서 좀 다르다.

유람선 여행 첫날은 날씨가 무척 화창했다. 푸른 하늘과 하얀 구름, 맑고 투명한 강물이 아직도 생생히 기억난다. 유람선은 오전에 다리시를 출발해 푸른 협곡 사이를 유유히 돌았다. 새롭게 선보이는 여행 코스이고 가격도 만만치 않아 승객은 많지 않았다.

나는 오전에는 내내 객실에만 있었다. 널따란 킹사이즈 침대에 널브러져 드라마도 보고, 소파에 몸을 묻고 휴대전화로 게임도 하고, 테라스에 나가 바람도 쐬며 완벽한 자유를 만끽했다.

바로 그 테라스에서 그를 처음 봤다.

점심에 1층에 있는 레스토랑에서 환영 리셉션이 열렸지만 나는 그다지 가고 싶지 않았다. 여행 일정과 공지 사항은 안내 책자에 다 적혀 있으니 굳이 또 설명을 듣기 귀찮았고, 같은 유람선을 탔다지만 고작 며칠인데 무슨 친구를 사귀겠는가 하는 생각이었다.

그래서 햇볕 쏟아지는 테라스 난간에 기대 와인 잔에 따른 매실주를 천천히 즐기고 있었다.

그때 그 남자가 옆 객실 테라스에 나타났다.

역광 방향이라 손차양을 만들어 남자 쪽을 보았다.

남자도 무덤덤한 표정으로 나를 흘끔 보았다.

남자는 진갈색 캐주얼 바지에 흰 티셔츠, 까만 운동화에 흰 양말 차림이었다. 흐음, 흰 양말을 좋아하는 남자는 까칠하고 자존심이 강하다던데……. 옆머리를 짧게 쳐내 턱 선이 또렷하게 드러나고 광대뼈가 살짝 도드라져 강한 인상을 주었지만, 반듯한 이목구비는 귀공자 분위기였다.

완전 잘생겼어!

남자의 시선을 의식하며 허리를 곧게 폈다. 이런 상황에서 구부정하게 난간에 달라붙어 있을 순 없었다. 손 모양도 바꿔 좀 더 우아하게 잔을 잡았다.

남자도 계속 날 보고 있었다.

사실, 나는 외모에 자신이 있는 편이다. 나이보다 더 성숙해 보인다는 말도 많이 들어봤다. 올해 스물셋이지만 아직 제대로 된 연애는 못해봤다. 소개팅도 딱 한 번밖에 안 해봤는데, 정말이지 다시 떠올리고 싶지 않을 정도로 너무 서툴고 바보 같았다.

남자가 웃으며 인사를 건네왔다.

"안녕하세요?"

"안녕하세요."

"리셉션 안 갔어요?"

나는 난간에 팔을 걸친 채 와인 잔을 흔들었다.

"재미없을 것 같아서요."

남자가 살짝 웃었다.

"나는 혹시나 하는 마음에 갔다가, 10분 만에 나왔어요."

나도 모르게 웃음이 터졌다.

남자는 내 와인 잔을 바라보더니 또 살짝 웃으며 말했다.

"혼자 마시는 거예요?"

나는 와인 잔을 흔들어 보였다.

"매실주예요. 10도밖에 안 돼요."

난간이 가로막고 있긴 했지만 우리 둘의 거리는 2미터도 안 됐다.

"마셔볼래요?"

남자가 내 눈을 똑바로 쳐다봤다. 어른스러운 진중함과 어린아이의 순수함이 동시에 있는 아주 까맣고 매력적인 눈동자였다.

남자가 방에서 와인 잔을 가져왔다. 난 병을 들고 팔을 쭉 뻗어 난간 너머로 술을 따라주었다. 남자는 고개를 숙이고 한 곳을 응시했다. 술잔을 보는 것일까? 아니면 뭘를? 남자의 손가락에 박인 굳은살과 손목에 묻은 검은 볼펜 자국이 눈에 들어왔다. 그게 왠지 귀엽게 느껴졌다.

매실주를 한 모금 맛본 남자의 표정이 한결 부드러워졌다.

"어때요?"

"아주 좋은데요."

남자의 반응에 기분이 좋아졌다.

"우리 엄마가 직접 담근 거예요. 나한테만 주는 거라 다른 데선 맛 볼 수 없어요."

남자의 눈빛이 더욱 부드러워졌다. 상대방을 편안하게 만드는 묘한 매력이 있었다.

"그렇군요. 잘 마실게요."

남자는 금세 술잔을 비웠다. 나는 잔 두 개에 다시 술을 따랐다. 우리는 각자 난간에 기대서 천천히 매실주를 음미했다. 먼 하늘에서 밀려온 구름이 태양을 가려 그늘이 드리웠다. 바람은 여전히 부드럽게 살랑거리며 불어왔다.

"친구랑 왔어요?"

"아뇨, 혼자 왔어요."

내 대답에 남자는 놀란 표정을 지었다. 혼자 여행하는 사람 처음 보나?

단숨에 술을 비우고 잔을 만지작거리며 강물만 바라보던 남자가 다시 입을 열었다.

"혼자라도 저녁은 먹어야죠? 괜찮으면 저녁 같이 먹을래요? 좀 더 얘기도 하고 싶고요."

순간 심장이 두근거렸다.

작업을 걸어온 남자가 처음은 아니었지만 이 남자는 뭔가 다르다는 느낌을 받았다. 이제 겨우 몇 마디 나눴을 뿐이지만.

나는 강물에서 시선을 거두고 남자를 보며 대답했다.

"좋아요."

남자가 웃었다. 울창한 대나무 숲길을 걸으며 맑고 시원한 바람에 휘감기는 것처럼 절로 기분이 좋아지는 미소였다. 갑자기 얼굴이 화끈거렸지만, 이런 상황은 아무렇지도 않은 척을 했다.

순간 남자의 눈빛이 아련해졌고, 그때 왠지 아무 여자한테나 들이대는 남자가 아니라는 확신이 들었다. 여자의 직감이다.

"그럼, 5시 반에 레스토랑 입구에서 만날까요?"

남자의 말에 내 심장이 더 빠르게 뛰었다.

"그래요."

"아직 이름도 못 물어봤네요."

나는 똑바로 눈을 마주치며 대답했다.

"이따가 저녁 먹으면서 말해줄게요."


거울 앞에서 한참 고민한 끝에 파스텔톤 노란색 원피스를 골랐다. 남자가 했던 말과 행동이 계속 머릿속을 맴돌다가, 어느 순간부터는 저녁에 다시 만나 어떤 이야기를 할까 시뮬레이션을 돌리기 시작했다.

'탄자오라고 해요. 말씀언 변이 붙는 탄(譚)에 달이 밝다는 뜻의 자오(皎).'

'무슨 일 해요? 잠깐, 말하지 말아봐요. 내가 맞혀볼게요.'

'웹소설 작가예요. 필명은 말해줄 수 없어요. 아직 그렇게 친해진 건 아니니까.'

남자 때문에 이렇게 설레는 건 처음이었다.

기다림이 시작되자 시간이 너무 지루하고 더디게 느껴졌다. 그래서 밖에 나가 유람선을 둘러보기로 했다.

태양은 여전히 구름에 가려 있었지만 유람선 양옆으로 정말 그림

같은 풍경이 펼쳐졌다. 갑판 위를 거니는 승객들은 여기저기서 발을 멈추고 사진을 찍었고, 말쑥하게 차려입은 승무원은 가볍게 고개 숙이며 인사를 건넸다. 나는 가벼운 발걸음으로 갑판 위를 돌아다니며 풍경 사진을 좀 찍다가 레스토랑으로 발길을 돌렸다.

리셉션은 진작 끝났지만 레스토랑에 남아 이야기를 나누거나 기념 사진을 찍는 사람들이 있었다. 조금 둘러보다 사람이 없는 구석 자리를 찾아 앉았다.

난 무료할 때 사람 구경을 하곤 한다. 아마 글 쓰는 사람들의 습관일 것이다.

정면에 보이는 젊은 커플은 신혼부부 같았다. 다정하게 손깍지를 끼고 있는데 약지에는 똑같은 다이아몬드 반지를 꼈고, 여자가 입은 옷이며 구두가 딱 봐도 새것이었다. 얼굴이 정면으로 보이지는 않았지만 커플의 주도권은 틀림없이 남자 쪽에 있을 터였다. 남자는 시종일관 편안한 미소이고 여자는 의존적인 눈빛인 것만 봐도 두 사람의 관계를 어느 정도 짐작할 수 있었다.

그 뒤에 있는 사람들은 회사 동료 사이로 보였다. 언뜻 보면 화기애애한 분위기지만 친구처럼 편안하고 가까운 느낌은 아니었다. 그 오른쪽에 앉은 모녀는 부유한 느낌인데 둘 다 내향적으로 보였다. 가장 구석 자리에 앉은 여자는 사무직에 있을 것 같고, 조금 옆에 서 있는 점잖아 보이는 남자는 왠지 우울한 눈빛이었다.

이때 창문 너머로 그 남자가 지나가는 게 보였다.

심장이 다시 두근거렸다.

하지만 바로 이어서, 남자에게 찰싹 달라붙은 여자가 보였다. 팔짱을 낀 정도가 아니라 아예 남자에게 매달려 있었다. 남자는 내 반대편으로 고개를 돌리고 있어 얼굴을 볼 수 없었지만 여자 얼굴은 똑똑히 보였다. 여자는 제법 예쁘장한 얼굴에 눈물을 그렁그렁 매단 채 애처로운 표정으로 남자만 바라보고 있었다.

심장이 쿵 내려앉았다.

서서히 분노가 일어, 벌떡 일어나 밖으로 나갔다. 어떻게 된 거냐고 따질 셈이었다.

여자 친구인가? 여자 친구를 두고 내 매실주를 마셨단 말이야? 완전 양아치 아니야!

레스토랑 밖 통로에는 아무도 없어 조용했다. 조금 떨어진 모퉁이 쪽으로 다가가자 차갑게 가라앉은 남자 목소리가 들려왔다.

"도대체 어쩌려고 그래? 시험을 그따위로 봐놓고, 양심이 있어 없어?"

난 우뚝 멈춰 잠깐 망설이다 조심스럽게 고개를 내밀었다. 모퉁이 저편은 꽤 심각한 분위기였다.

벽에 딱 붙어 서서 고개를 푹 숙인 채 하염없이 눈물을 흘리는 여자, 그런 여자를 무섭게 다그치는 남자. 이마에 퍼런 핏줄까지 세운 험악한 얼굴은 아까 테라스에서 본 남자와 완전히 다른 사람 같았다. 한 손에는 무슨 원수의 멱살을 쥐듯 책을 한 권 구겨 쥐고 있었다.

"여행 한번 못 갔다고 해서 큰맘 먹고 데려왔더니……. 이 돈이 어디 땅 파서 나온 줄 알아? 지도 교수님 보조하면서 몇 날 며칠 밤새우고 번 돈이야. 도대체 언제 철들래? 영어 능력 시험 4급이 벌써 몇 번째 또 떨어져? 허구한 날 먹고 놀 궁리만 하느라 학점이 엉망진창인데 나중에 무슨 수로 취직할래? 평생 나한테 붙어 있을 거야? 도대체 무슨 생각이야? 왜 대답이 없어? 고개 들고 내 눈 똑바로 봐!"

남자는 심하다 싶을 만큼 여자를 몰아붙였다.

갑자기 남자가 낯설게 느껴졌다. 아니지, 원래 모르는 사람이지. 두 사람이 어떤 관계인지도 내 알 바 아니고. 남자에 대한 호감이 순식간에 사라졌다.

왠지 뭔가를 잃어버린 것처럼 허전했다.

발길을 돌리려는데 남자가 다시 목소리를 높였다.

"학점이 안 되면 사회생활에 도움이 될 동아리 활동이라도 하거나 자격증 공부라도 해야 할 거 아니야! 요즘 취업 경쟁이 얼마나 심한지 몰라? 하루 종일 이런 헛소리나 지껄이는 책만 끼고 앉아서 어쩌자는 거야? 이런 시시껄렁한 사랑 타령은 읽을 가치도 없어. 쓰레기라고! 도대체 뭐가 되려고 그래!"

남자가 책을 바닥에 내동댕이쳤다.

원래는 신경 끌 생각이었다. 양다리를 걸치려 했느냐고 따질 생각도 없고, 저녁 약속은 당연히 가지 않을 거였다. 그런데 그만 바닥에 나뒹구는 책을 힐끔 쳐다보고 말았다.

순간, 감전이라도 된 것처럼 뒷골이 찌릿했다.

책 표지에 떡하니 박힌 네 글자, '저자 칠주'.

젠장, 내 책이잖아.

천천히 고개를 들었다. 남자도 인기척을 느꼈는지 내 쪽으로 고개를 돌리는 바람에 눈이 마주쳤다. 남자는 나를 보고 놀란 눈치였지만 분노로 이글거리는 눈빛은 미처 수습하지 못한 채였다.

난 입꼬리를 최대한 끌어올리고 비웃음을 날렸다. 내 친구는 이 표정이 아주 걸작이라고 극찬했다. 정말 얄밉고 재수 없다나.

남자의 표정이 분노에서 당황으로 바뀔 때, 나는 싸늘하게 고개를 돌리고 그 옆을 휙 지나쳤다.

우리의 첫 만남은 이렇게 지나갔다. 처음엔 정말 멋진 남자인 줄 알았고, 나에게 남자 복이 있다고 생각했다. 하지만 알고 보니 완전 쓰레기였다. 남이 정성 들여 쓴 책을 오만방자하게 짓밟다니!

객실로 돌아와 문을 닫으며 다짐했다.

저런 양아치라니, 어떤 수작을 부려도 안 넘어가. 절대 사양이다!

## 2

## 우위

이번 여행은 처음부터 내키지 않았다.

지도 교수님 업무 보조에, 꼭 입사하고 싶은 회사의 인턴 준비까지, 눈코 뜰 새 없이 바쁜 와중에 엄마 전화를 받았다. 요 몇 년 제대로 한 번 쉬지도 못했으니 머리도 식힐 겸 여행이라도 다녀오는 게 어떻겠냐고. 그러면서 슬그머니 우먀오 얘기를 꺼냈다. 저번에 나한테 된통 혼나고는 완전히 풀이 죽어서 친구를 만나러 나가지도 않고 공부도 더 안 하는 것 같다고.

좀 짜증이 났다.

"엄마, 할 말 있으면 그냥 해. 뭘 그렇게 빙빙 돌려?"

수화기 너머 엄마의 망설임이 고스란히 느껴졌다.

"다 내 잘못이야. 그동안 너 혼자 우리 가족 책임지느라 얼마나 힘들었니. 우리 생활비에 우먀오 학비까지 다 네가 학교에서 번 돈으로…… 엄마가 너무 미안해. 그래도 너희 둘이 계속 이렇게 냉랭하게 지낼 순 없잖아. 우먀오가 전부터 여행가고 싶다고 했으니까……."

사실 일은 일대로 일상은 일상대로 너무 바빠 도저히 시간을 내기 어려운 상황이었지만 자식들 걱정에 노심초사하는 엄마 앞에서 결국 한 발 양보할 수밖에 없었다. 며칠 후, 교수님에게서 소개받은 여행 상품을 살펴보고 예약을 했다.

여행 소식을 알리려고 우먀오에게 전화를 걸었더니, 처음에는 여전히 기가 죽은 듯하다가 웬난 여행이라는 말에 뛸 듯이 좋아하며 금방 헤헤거렸다.

"고마워! 역시 우리 오빠 최고!"

우먀오와 통화하고 난 뒤에는 나도 덩달아 기분이 좋아져 이런저런 생각에 잠겼다.

'요 몇 년, 집 떠나 공부하고 돈 벌며 정신없이 사느라 가족과 함께 지내는 시간도 적었는데, 우먀오한테 너무 엄하게 굴기만 했지. 어려서는 나를 정말 잘 따랐는데 언제부턴가 날 무서워하잖아.'

하지만 이런 생각은 잠시뿐, 다시 프로젝트 준비에 집중했다. 여행은 때가 되면 떠나기만 하면 되니까.

그 유람선 여행이 우리 가족에게 재앙의 씨앗이 되리라고는 꿈에도 모른 채.

\*\*\*

유람선 탑승 첫날, 1층 레스토랑에서 환영 리셉션이 열리는 동안 나는 객실에 남아 가져온 일감을 처리하고 있었다.

바로 그 시간, 그곳에서, 운명의 여자를 만날 줄은 상상도 못 했다.

통계 자료를 정리하느라 집중하고 있는데 어딘가에서 신경에 거슬리는 작은 소리가 계속 들려왔다. 가만히 들어보니 유리컵으로 테라스 난간을 톡톡 두드리는 소리 같았다. 펜을 내려놓고 테라스로 나갔다가, 그녀를 보았다.

짙은 속눈썹 아래 빛나는 눈망울에 바로 시선을 사로잡혔다. 살짝 나른해 보이기도 하고 청초한 느낌도 있는 눈망울이었다. 소리의 진원은 그녀가 들고 있는 와인 잔이었다.

내 심장이 제멋대로 날뛰었다. 뭐라 표현하기 어려운 묘한 느낌이었다. 그 순간 우리를 감쌌던 햇살처럼 부드럽고 따사로운 데다 살짝 몽롱하기까지 한 느낌이랄까.

잠깐 이야기를 나눴는데 의외로 말이 잘 통했다. 털털한 매력에 유머 감각도 있고 무엇보다 삶을 즐길 줄 아는 멋진 사람 같았다. 지금까지는 이런 여자를 만나보지 못했다. 내가 다니는 공대에도 여학생이 있지만 이 정도로 매력적인 여자는 드물고, 다른 학교 퀸카라는 여학생이 나에게 고백한 적도 있긴 하지만 나는 딱히 매력을 느끼지 못했다. 사실 그동안 공부와 일에 치여 여자에게 관심을 가질 기회도 없었다.

이제 한 학기만 더 고생하면 석사도 마치고, 꽤 괜찮은 일자리도 거의 보장되었으니, 그때가 되면 한숨 돌릴 수 있겠지 싶었다.

그런데 이 유람선에서 이렇게 운명 같은 끌림을 느낄 줄이야. 한번 다가가도 되지 않을까.

같이 저녁을 먹자는 내 말에, 그녀는 좋다고 말하면서 얼굴이 빨개졌다. 아마 연애 고수는 아닌 것 같아 더욱 호감이 갔다.

그녀와 저녁 약속을 잡고 정말 기분이 좋았다. 우먀오가 내 방에 떨어뜨리고 간 영어 능력 시험 4급 불합격 통지서를 발견하기 전까지만. 그 처참한 점수를 확인하는 순간 울컥 화가 치밀어 당장 우먀오의 객실로 달려갔다. 침대에 엎드려 책을 읽으며 키득거리던 우먀오는 나를 보고 흠칫 놀라더니 반사적으로 책을 이불 속에 숨겼다. 책을 빼앗아 표지를 보는 순간 어이가 없어 헛웃음만 났다.

낯간지러운 제목 아래 박힌 작가 이름은 '칠주'였다. 여동생 잘 둔

덕에 나도 이 작가를 안다. 웹소설계에서 엄청 유명하다고 우먀오가 하도 열변을 토하기에 몇 장 넘겨본 적이 있는데, 온통 사랑 타령에 낯 뜨거운 묘사뿐이어서 도저히 봐줄 수가 없었다.

우먀오는 나한테 그렇게 혼이 나고도 제 방에 숨어서 계속 이런 책을 본 모양이다. 허구한 날 이런 책을 끼고 사니 공부가 될 리가 없지.

우리 집은 공부도 일도 절대 대충해서는 안 되는 형편이다.

나는 싸늘한 표정으로 뒤돌아 객실을 나왔다. 우먀오는 지은 죄를 알고 다급하게 뒤쫓아 나왔다.

그렇게 눈물이 쏙 빠지도록 우먀오를 혼내고 있을 때, 하필 그녀와 마주쳤다.

그 순간, 머리가 멍해졌다. 남에게 집안의 치부를 보이는 것도 싫은데, 하필 그녀 앞에서 이런 꼴을 보이다니…….

아무 말도 생각나지 않았다.

눈빛이 확 달라진 그녀는 바닥에 떨어진 책과 나를 번갈아 쏘아봤다.

그러고는 한쪽 입꼬리를 치켜올리며 기분 나쁘다는 표정만 남기고 가버렸다.

왜 그렇게까지 화를 내는지 영문을 알 수 없었다. 혹시, 우먀오를 여자 친구로 오해한 걸까?

객실로 돌아와, 우먀오는 울음을 그치고 얌전히 책상 앞에 앉아 영어 단어를 외우기 시작했다. 그 모습을 보니 또 안쓰러워져 건조한 목소리로 말했다.

"유람선 타면 바에 가보고 싶다며? 이따가 저녁 먹고 가자."

"응. 고마워, 오빠."

왠지 가슴이 답답하고 울적해 조용히 밖으로 나왔다.

해가 약간 서쪽으로 기울었다. 약속 시간이 얼마 남지 않았다. 내 객실로 돌아와 책상 앞에 앉았지만 일이 손에 잡히지 않았다. 조금 전 그녀의 표정이 머릿속을 맴돌았다. 예쁜 원피스로 갈아입었던데, 혹시 저녁 약속 때문이었을까? 문득 유리 재떨이가 눈에 들어왔다. 담배를 피우지 않으니 재떨이는 깨끗했다.

재떨이를 들고 테라스로 나가 난간에 대고 계속 톡톡 두드렸다. 소리가 크지는 않았지만 분명히 그녀 귀에도 들렸을 것이다.

예상대로 잠시 후 그녀가 씩씩거리며 모습을 드러냈다.

"시끄럽게 뭐 하는 거예요?"

파르르하는 모습도 왠지 귀여워 나도 모르게 웃음을 터뜨릴 뻔했지만, 그녀의 옷차림이 눈에 들어왔다. 조금 전에 본 원피스가 아니라 헐렁한 흰 티셔츠에 반바지, 슬리퍼 차림이었다.

저녁 약속에 나올 생각이 없는 게 분명했다. 난 그녀를 똑바로 쳐다보며 물었다.

"옷은 왜 다시 갈아입었어요?"

의외의 질문에 당황했는지, 그녀는 멈칫했다가 곧 눈을 치켜뜨며 쏘아붙였다.

"무슨 상관이에요?"

처음 만났을 때는 지적이고 상냥했는데, 이때는 고슴도치처럼 가시를 바짝 세워 완전히 다른 사람 같았다. 그 변화에 어리둥절해하다가 살짝 짚이는 게 있었다.

"혹시, 뭔가 오해하셨을까요? 방금 전 그 애는 내⋯⋯."

갑자기 그녀가 나를 노려봤다. 어떤 변명을 늘어놓을지 다 알지만 기회를 주지 않겠다는 뜻으로 보였다. 역시나 그녀는 거침없이 퍼붓기 시작했다.

"손가락에 밴 군은살을 보니 펜을 잡는 시간이 많은 모양이고, 볼펜으로 쓴 숫자가 손목에 찍힌 자국을 봐서는 한창 수학 공식이라도 계산 중이었던 것 같네요. 전형적인 공대 출신이겠죠. 여행 와서까지 일하는 사람은 확실히 평범하진 않죠."

나는 어안이 벙벙했다. 나를 지켜보며 추리를 하고 있었던 걸까.

운명의 여자를 만났다고 생각했는데, 나만의 착각이었던 듯했다. 그녀는 등 뒤에 감춰뒀던 칼을 뽑아 마구 휘둘렀다.

잠시 나를 쏘아보며 뭔가 망설이는 표정으로 입술을 깨물던 그녀는 다시 질주했다.

"티셔츠는 고급 브랜드고 바지도 새 건데, 신발은 안 그렇네요. 집안 형편은 보통 정도고 검소한 편인 모양이죠. 최근에 지도 교수 연구 보조로 일하고 받은 보너스로 여행을 왔으려나. 그리고……."

그녀가 또 잠깐 뜸을 들이다가 날카롭게 나를 노려보며 말을 이었다.

"여자 친구 말이에요, 옷차림이 수수한 걸 보니 집안 형편이 비슷한가 봐요? 여자 친구는 머리부터 발끝까지 새 건 하나도 없던데, 누구는 유행 따라 멋 부리느라 자기 옷만 살 줄 알았지, 여자 친구는 챙기지도 않고……."

정말 당황스러웠다. 그녀에게 옷차림을 지적당하리라곤 생각도 못했다. 이어 우먀오의 옷차림이 뇌리를 스쳤다. 확실히 그랬다. 나는 우먀오의 옷에 관심을 가진 적이 없었다. 여행을 오기 전에 여윳돈이 생겨 최소 생활비만 빼고 모두 엄마에게 보냈지만, 엄마는 워낙 알뜰해 생활비도 최대한 아끼는 데다 내 결혼 자금까지 모은다고 하니, 기본 생활비 외에는 어디에도 돈을 안 쓸 사람이다. 그렇게만 알았지, 엄마와 우먀오 옷차림에는 한 번도 신경 쓴 적이 없었다. 가만 생각해 보니 두 사람 모두 몇 년씩 된 옷을 입고 있는 듯했다.

"할 말 다 했어요?"

그녀는 나를 뚫어지게 보다가 내 감정 변화를 느꼈는지 뒤로 한 걸음 물러서서 방 쪽으로 몸을 살짝 돌렸다. 여차하면 바로 들어가버리겠다는 건가?

"내가 뭐 그쪽 뒷조사라도 했다고 오해하는 건 아니겠죠? 미안하지만, 그쪽한테 전혀 관심 없거든요. 그런데 어쩌죠, 이 몸이 워낙 불의를 보면 못 참는 성격이라서요. 생판 처음 보는 사람이 겨우 몇 마디 주고받은 걸 가지고 이런 걸 파악할 줄은 몰랐겠죠. 그쪽이 내팽개친 그 책, 제대로 읽어보지도 않았죠? 그런데 어떻게 읽을 가치도 없는 책이라고 단정해요? 8주 연속 청춘 문학 베스트셀러 1위를 한 책이거든요? 그런데 뭐? 온통 헛소리? 쓰레기? 그쪽이야말로 세상에서 자기 혼자만 옳고, 자기 혼자만 잘난 줄 아는 이기적이고 독선적인 인간 같은데요!"

갑자기 책 얘기는 왜 나오지? 도무지 흐름을 따라갈 수가 없어 벙쩌 있는데 그녀가 휙 돌아서 방으로 들어가며 또 한참 쏘아댔다.

"하나를 보면 열을 안다고, 여자 친구한테 얼마나 무심하면 그 책이 쓰레기라고 단정하겠어요? 여자 친구에 대한 기본적인 이해도, 존중도 없는 거지. 뭐 본인은 가난하지만 근면 성실하고 자기 관리도 잘하는 똑똑한 야심가라고 생각하나 본데, 그래도 그렇지, 같이 여행까지 와서 말끝마다 성적이니, 사회생활이니, 취업이니, 꼭 그런 말을 해야 해요? 세상 모든 일에 꼭 목적이 있어야 해요? 진심으로 충고하는데요, 사람이 그렇게 목적의식만 갖고 이기적으로 살면 안 돼요. 그렇게 살다가는, 나중에 성공하더라도 잃는 게 더 많을 테니까. 어쩌면 가장 소중한 걸 잃을지도 모르죠. 그때 가서 땅을 치고 후회해도 소용없다고요!"

그녀의 말 한 마디 한 마디가 뾰족한 바늘이 되어 심장을 콕콕 찌르는 것 같았다. 나를 무시하고 돌아선 그녀의 뒷모습을 바라보며 붙잡아 세우고 싶은 충동을 느꼈다. 해명하고 싶었다. 아니, 해명하고 싶지도 않았다. 혼란스러웠다.

"여자 친구 아니고, 친동생이에요."

내 목소리는 나 스스로도 놀랄 만큼 차갑고 차분했다.

그녀는 당황한 듯 멈춰 섰지만 그래도 고집스럽게 말했다.

"그렇다고 달라지는 건 없죠."

그녀가 객실 안으로 들어간 후에도 나는 한참을 그대로 서 있었다.

그렇게 멍하니 있다 시계를 보니 벌써 5시 20분이어서 우먀오 객실로 건너갔다. 우먀오는 그때까지 영어 문제집을 붙들고 인상을 쓰며 연필 끝을 이빨로 깨물고 있었다. 나는 가만히 우먀오 머리를 쓰다듬었다.

"저녁 먹으러 가자."

우먀오는 바로 연필을 집어던지며 환호했다.

레스토랑 입구에 도착해 우먀오를 먼저 들여보냈다. 하늘이 점점 어두워지더니 빗방울이 떨어지기 시작했다. 빗방울은 금세 굵어져 선체와 갑판을 요란하게 때렸다. 나는 통로 벽에 기대 잠시 동안 레스토랑 입구를 지켜봤다. 그러고 보니, 서로 이름도 알지 못했다.

끝내 그녀의 이름을 알 기회는 찾아오지 않았다.

# 3

# 탄자오

눈을 번쩍 떴을 때, 나는 우리 집 소파에 누워 있었다.

잠깐 정신이 제대로 돌아오지 않았다.

투둑 투둑 귓가에 울리는 빗방울 소리도, 비 내리는 저녁의 서늘함도 너무나 생생했는데, 낯익은 방과 익숙한 소파는 내가 지금 어디에 있는지 분명히 알려주었다.

일단 몸을 일으켰다. 보온병에서 따뜻한 물을 따라 마시니 현실 감각이 조금 돌아오는 것 같았다.

그럼, 방금 졸다가 꿈을 꾼 건가? 몇 주 전에 갔던 여행이 꿈에 나온 거야? 그런데 꿈이라기엔 너무 생생했다. 말 한 마디 한 마디와 매 순간의 감정, 아주 사소한 부분까지 모든 기억이 아주 또렷했다. 심지어 고운 모래를 쓰다듬는 듯하던 커튼의 감촉까지도.

고개를 들어 시계를 보니 오전 10시가 조금 지난 시간이었다. 마음을 진정시키고 베란다로 나가 햇볕을 쬐며 생각했다. 말도 안 돼. 첫날 그렇게 쏘아붙인 후로 다시는 못 만났고, 여행 후에도 당연히 연결고리가 없던 사람이잖아. 구름처럼 잠깐 나타났다가 흔적도 없이 사라진 존재인데, 왜 갑자기 꿈에 나타난 거야? 심지어 이렇게 생생하고 강렬하게.

거실로 돌아와 노트북을 켜고 메신저로 좡위에게 꿈 얘기를 했다.

'좡위'는 필명이고 본명은 저우샤오위다. SF 스릴러 쪽으로 제법 유명한 웹소설 작가다. 역시 다리시에 살고, 나이는 나보다 어리지만 나랑 죽이 척척 맞는 영혼의 단짝이다. 우리 사이엔 못할 말이 없다.

〈네가 보기에도 내가 꿈을 꾼 게 맞는 거지? 그 유람선, 그 남자, 다 꿈인 거지?〉

〈꿈에서 본 사람이 누군지는 중요하지 않아. 남자라는 사실이 중요하지.〉

〈어?〉

〈따주('형님'을 뜻하는 '따거(大哥)'와 탄자오 필명 '칠주'를 합친 애칭―옮긴이)가 너무 굶주렸다고. 남자가 그리운 거지. 칠주는 무슨, '세븐 펄'이 아니라 '버진 펄'이잖아.〉

〈아하하하……. 넌 아닌 것처럼 말한다?〉

〈……우리, 왜 서로 무덤 파고 있는 거 같지?〉

〈하하하, 원래 글쟁이들이 옆구리 시린 사람이 많잖아.〉


내일 같이 밥을 먹기로 하고, 좡위는 과제가 있다며 로그아웃했다. 난 평소처럼 인터넷 기사를 훑어봤다. 웹 서핑은 글쓰기 소재를 수집하는 방법 중 하나다.

나는 시내 중심가에 집을 마련해 혼자 산다. 작년에 대박 난 책(그 쓰레기 같은 놈이 바닥에 내던진 바로 그 책!)의 인세를 전부 이 집 계약금으로 갖다 바쳤다.

내 일상은 이렇다. 저절로 눈이 떠질 때까지 자고 일어난 뒤 어슬렁어슬렁 나가서 배를 채우고 들어온다. 낮에는 집에서 책을 읽고 자료

조사를 하거나 글을 쓴다. 저녁이나 주말에는 잠깐 밖에 나가 친구도 만나고 쇼핑도 한다. 물론, 한 발자국도 현관 밖을 나가지 않고 온종일 집에 틀어박혀 드라마 정주행을 하거나 게임에 매달리는 날도 있다. 그러다 갑자기 여행 바람이 불면 지난번 유람선 여행처럼 혼자 여행 상품을 찾아 짐을 싸들고 홀쩍 떠나기도 하고.

이렇게 사니, '굶주렸다'느니 '옆구리가 시리다'느니 하는 말이 나오는 게 당연한가 싶기도 하다.

재벌 2세가 음란물을 유통하다가 걸렸다는 기사를 클릭했다. 사진도 올라와 있는데, 아, 눈 버렸다. 더 들여다보고 싶지도 않은 기사였다.

그저께 다리시에서 발생한 살인 사건 관련 기사로 넘어갔다. 40대 여성이 성폭행당한 후 처참하게 살해당한 사건이었다. 이번에는 조금 더 유심히 기사를 보았다. 현장 사진은 흐릿하게 처리됐지만 피해자의 온몸이 난도질당했다는 것은 알 수 있었다. 어떻게 이런 짓을!

기사 밑에는 이 사진이 합성이라며 꽤 그럴 듯하게 분석한 댓글이 달렸다. 이번 사건이 처음이 아니라 연쇄 살인이라고 주장하는 댓글도 있었는데, 지난달에 비슷한 수법으로 살해당한 30대 초반의 남자가 있다며 피해자의 실명과 직장까지 언급했다. 그 바로 밑에 다른 사람이 반박 댓글을 달았다.

웃기고 있네! 그 남자는 나랑 같은 회사 다닌 사람인데, 술 먹고 운전하다가 교통사고로 죽었거든?

인터넷에 떠도는 이야기는 다 이런 식이다. 어느 게 진실이고 어느 게 거짓인지 알 수 없다. 그러니 인터넷에서 글감은 구해도 남자 친구는 구할 수 없다는 말씀.

그때 엉뚱한 댓글들이 눈에 들어왔다.

배경에 찍힌 형사 뒷모습 완전 멋짐…….
인정! 다리도 엄청 길고, 세상에, 뒤통수까지 멋지네!

살인 사건 기사에 형사가 멋지다는 댓글이라니. 가만 보니 이런 댓글이 한둘이 아니었다.

나도 사진 속 형사의 뒷모습을 자세히 들여다봤다. 뭐, 그렇게 멋지지도 않네. 내가 사귈 뻔했던 형사가 훨씬 낫겠는데.

이 얘기는 말하자면 조금 길다. 지금까지 딱 한 번 해본 소개팅 상대가 바로 형사였다. 몇 번 만나보고 내 쪽에서 거절했다.

유람선 여행을 떠나기 전에 있었던 일이다. 지지난달에 엄마 친구가 형사를 소개시켜줬다. 얼굴은 꽤 잘생겼고 왼쪽 뺨에 매력적인 보조개까지 있는 남자였지만, 몇 번 만나보니 이상과 현실의 괴리가 컸다.

너무 고지식하고 무뚝뚝했다. 더구나 인터넷, 문학, 독서, 여행에는 전혀 관심이 없는 사람하고 얘기하려니 지루하고 재미도 없어서, 만나면 말없이 마주 앉아 있는 시간이 많았다. 그때마다 나는 가시방석에 앉은 기분이었는데 상대는 수줍게 웃는 모습이 왠지 기분이 좋아 보였다. 박력은 어디? 쿨한 매력은? 남자다운 패기는? 그 모든 것과 거리가 먼 남자였다.

그러다가 인터넷 유머를 복사해서 보내온 문자 한 통이 결국 내 인내심의 한계를 무너뜨렸다. 문자에는 이렇게 덧붙여 있었다.

〈오늘 아침에 들은 얘기인데 너무 재미있어서 동료들이랑 배꼽 빠지게 웃었어요. 그래서 탄자오 씨에게도 보내드립니다.〉

아마도 나와 가까워지려 나름대로 노력한 것이겠지만, 이미 몇 년 전에 유행한 데다 왜 웃긴지 나는 도저히 이해할 수 없는 유머였다. 더 이상 참을 수 없었다. 이렇게 유머 취향까지 하늘과 땅 차이인 사람과는 절대 행복하지 못할 것 같았다. 당장 전화를 걸어 우린 성격이 너무 다르다며 에둘러 거절의 뜻을 전했다.

상대는 맺고 끊음이 확실한지 그 후로 연락이 전혀 없었다.

아, 생각하니 슬프네. 최근에 만난 두 남자와 모두 이렇게 별 볼 일 없이 끝나다니! 아무도 안 만날 때보다 뭔가 더 씁쓸했다.

기사들을 어느 정도 훑어본 뒤 노트북을 끄려다가, 문득 검색창에 '덴메이런 호'라고 입력해봤다.

검색 결과가 없습니다.

그 여행 상품이 없어졌나?

\*\*\*

얼마 전에 막 신간을 출간한 터라 아직 새 글을 쓸 마음이 생기지 않는데, 독자들은 이런 마음을 알아주지 않았다. 웨이보(중국의 소셜 네트워크 서비스—옮긴이)는 왜 빨리 새 작품을 시작하지 않느냐는 독촉 댓글로 도배되었다.

칠주 여신님, 다들 눈 빠지게 기다리고 있는데 언제까지 잠수 타실 거예요?

이제 한 달밖에 안 됐는데 좀 봐주세요. 얼른 로그아웃했다.

저녁때가 되어 차를 몰고 나가 밥을 먹고 돌아오는 길에 새로 생긴 카센터를 발견했다. 카센터 입구에 걸린 새빨간 현수막이 눈에 확 띄었다.

오픈 이벤트! 12회 세차 카드 100위안!

그러고 보니 내 차도 세차를 좀 해야 할 것 같았다. 마지막으로 세차한 게 언제인지 기억도 안 났다.

천천히 카센터 입구로 차를 몰았다.

날은 어두웠고 가게 앞 입간판이 흔들릴 정도로 바람이 셌다. 가게는 밝고 깨끗했지만 개업한 지 얼마 안 돼서인지 손님은 없었다. 앉아서 쉬던 정비사들 중 귀엽게 생긴 남자가 뛰어나왔다.

"어서 오세요. 뭘 도와드릴까요?"

"세차요. 그리고 앞에 좀 긁힌 데가 있는데 손볼 수 있을까요? 여기서 되면 대리점까지 안 가도 될 거 같은데."

"당연히 되죠. 잠시만요. 위 형! 여기 좀 봐줘!"

정비사가 안쪽에 대고 소리친 후 다시 나를 향해 말했다.

"이렇게 멋진 차는 우리 가게 넘버원 정비사한테 맡겨야죠."

"고맙습니다."

금방 다른 정비사가 나왔다. 실내에서 새어 나오는 불빛을 거의 가릴 만큼 키가 컸고, 청바지에 러닝셔츠를 입었는데 탄탄하고 균형 잡힌 근육이 한눈에 들어왔다. 일을 하다 나왔는지 살짝 달아오른 근육이 땀으로 반들반들했다.

나는 얼른 남자의 얼굴로 시선을 옮겼다. 대충 봐도 이목구비가 반듯한 미남 같았다. 내 시선은 내 통제를 벗어나 계속 그를 흘끔거렸다.

남자가 점점 가까이 다가왔다.

긴 앞머리가 이마를 덮은 데다 고개를 옆으로 돌리고 있어 얼굴은 제대로 보이지 않았다. 그는 인사는커녕 날 쳐다보지도 않고 곧바로 허리를 굽혀 손끝으로 먼지를 닦아내고 긁힌 부분을 살폈다. 길고 가느다란 손가락, 손끝과 손아귀에 밴 굳은살. 거칠고 투박한, 전형적인 정비사의 손일 듯했다. 그런데 이 기분은 뭐지?

남자가 몸을 세우고 작업 장갑을 꼈다. 내 눈높이에 남자의 어깨가 있었다. 등을 쿡 찔러서 부르려다가, 왠지 선뜻 그럴 수가 없어서 그냥 소리 내어 불렀다.

"저기요, 수리 가능할까요?"

"네, 돼요."

목소리가 약간 허스키한 저음이었다.

"수리비는 얼마예요?"

"알아서 주세요."

내 눈이 절로 휘둥그레졌다. 독특한 사람이네. 난 잠시 머릿속 계산기를 두드렸다.

"300위안이면 될까요?"

"그러세요."

그는 고개를 숙이고 곧바로 공구를 잡았다.

순간 나도 모르게 흠칫했다.

이 남자, 볼수록 왠지 낯설지가 않은 느낌이었다.

하지만 그럴 리 없었다. 이 카센터는 처음 왔고 내가 아는 사람 중에 이쪽 일을 하는 사람은 한 명도 없었다. 난 살그머니 반대쪽으로 걸어갔다. 그는 고개를 숙이고 일에 집중하느라 내 움직임을 전혀 눈치채지 못한 듯했다.

1미터쯤 떨어진 곳에서 그의 얼굴을 정면으로 살펴봤다.

마침 남자가 고개를 들었다.

순간 심장이 덜컥 내려앉으며 그 자리에 굳어버렸다.


괜찮으면 저녁 같이 먹을래요?

이런 시시껄렁한 사랑 타령은 읽을 가치도 없어. 쓰레기라고!

여자 친구 아니고, 친동생이에요.


수려한 눈매에 강인한 인상이 꿈속에서 본 남자와 완전 판박이였다. 새카만 머리카락과 큰 키까지 똑같았다.

그런데, 어떻게 그 남자가 여기에 있지?

너무 혼란스러웠다.

반면 남자는 덤덤한 눈빛으로 나를 한 번 쳐다보고는 계속 작업에 집중했다. 처음 보는 사람이라는 듯이 말이다.

그래, 말도 안 되지. 잠시 혼란스러웠던 머리가 이내 정리되었다. 유람선에서 본 남자는 빛나는 명문대 졸업장을 거머쥐고 대기업에 몸담은 사람이었고, 이쪽은 땀 흘리며 일하는 육체 노동자다.

이목구비가 꽤 비슷하긴 했지만 자세히 보니 다른 점도 보였다. 그 남자는 피부가 곱고 깡마른 체격이었으니, 이렇게 제대로 단련된 근육 같은 게 있을 리 없다. 눈앞의 이 남자는 수염도 있고 얼굴선이 강해서 인상이 훨씬 더 강렬하다.

굳이 묘사하자면 온실에서 곱게 자란 화초와 거친 들판에서 비바람에 깎인 바위랄까.

한 사람의 외형과 기질이 단 몇 주만에 이렇게 백팔십도 달라질 수는 없으니, 절대 같은 사람일 리 없다. 아주 많이 닮았을 뿐이다. 눈앞의 이 정비사는 유람선에서 본 남자보다 더 매력적이고 야성미가 넘친다.

이렇게 생각하니 자연스럽게 긴장이 풀렸다.

이때 조금 전의 그 직원이 등받이 없는 의자를 가지고 와 권하더니, 세차 카드를 만들라고 영업을 시작했다.

"네, 한 장 만들어주세요."

"그럼 고객님 성함하고 전화번호만 불러주시면 돼요."

"탄자오예요. 말씀언 변이 붙는 탄에 달이 밝다는 뜻의 자오."

이어 전화번호도 불러줬다.

왜인지 바닥에 쪼그려 앉아 작업 중인 남자가 갑자기 멈칫하는 것 같았다. 남자 쪽을 돌아보니 여전히 고개를 숙이고 작업에 열중한 모습이었다. 내 착각이었나?

문득 아까 이 직원이 남자를 부르던 것이 생각났다.

'위 형? 무슨 위 자일까?'

여기저기 기웃거리다 한쪽 벽에 걸린 직원 이름표를 발견했다.

세 번째 이름표에 '우위(鄥禹)'라고 적혀 있었다.

내가 생각해도 이상하지만, 보자마자 그의 이름이라는 느낌이 왔다.

심플하지만 왠지 느낌이 좋은 이름이었다.

그러고 보니, 유람선에서 만난 남자는 이름도 알지 못했다.

4

우위

　강한 바람 소리가 도시를 감쌌다. 이곳의 밤은 한눈에 다 담기지 않
을 만큼 많은 별빛이 반짝이고, 바다 내음 가득 실은 바람에 감싸인
다. 바람 소리와 별빛과 바다 내음이 뒤섞인 이 도시의 밤은 늘 적막
하고 쓸쓸하다.

　네온사인이 하나둘 켜질 때쯤 차 밑에서 빠져나왔다. 찌는 듯한 더
위에 온몸이 땀범벅이고 손은 기름투성이였다. 얼마 전까지만 해도
이런 삶은 상상도 못 했지만 막상 해보니 나쁘지 않았다. 하루 종일
몸을 굴리고 나면 온몸의 근육이 후끈거리고 시큰한데, 의외로 상쾌
하고 기분이 좋았다.

　몸을 일으켜 생수병을 들고 벌컥벌컥 물을 들이켜는데 샤오화가
내 팔뚝을 툭 쳤다.

　"형, 진짜 궁금해서 그러는데, 도대체 원래 뭐 하던 사람이야? 어떻
게 이렇게 똑똑해? 기계면 기계, 자동차면 자동차, 뭐든지 설명서 한
번 보고 다 고쳐내잖아. 완전 인공지능 같아!"

"어떤 기계든 기본적인 작동 원리는 다 비슷하거든."

샤오화 옆에 있던 다른 동료도 두 손 들었다는 듯 웃음을 터뜨렸다.

"혹시 경찰이나 군인이었던 거 아니야? 근육도 그렇고, 분위기도 딱이잖아!"

그 말에 샤오화가 다시 침을 튀기며 끼어들었다.

"아니야, 레이서였을 거야. 그러니까 자동차를 이렇게 잘 다루지. 자동차도 위 형에게 마음 편히 자신을 내맡기는 것 같지 않아?"

샤오화다운 엉뚱한 발언이었다.

갑자기 다들 묘한 눈빛으로 날 힐끔거렸다. 벽에 기대 고개를 드니 천장 가까이 달린 창 너머로 희미하게 반짝이는 별이 보였다. 사람이 죽으면 별이 되어 사랑하는 사람을 지켜본다고 하던데, 이곳 하늘엔 별이 너무 많아서 날 지켜보는 별이 어느 별인지 모르겠다. 마음이 쓸쓸해져서 나도 모르게 손톱을 물어뜯었다. 날카로운 통증과 함께 비릿한 피맛이 느껴졌지만, 오히려 강한 자극이 복잡한 머리를 식혀주는 것 같았다.

샤오화가 팔꿈치로 날 툭 치더니 휘파람을 불었다.

이렇게 그녀를 다시 만났다.

카센터에 들어선 형광 주황색 소형 SUV의 운전자는 매력적인 젊은 여자였다.

"와, 엄청 예쁘다!"

샤오화의 나지막한 탄성에 다른 직원들도 일제히 그쪽을 주시했다.

나 역시 그녀에게서 눈을 뗄 수 없었다.

풍성하고 윤기가 흐르는 긴 머리는 평소에 별로 신경을 안 쓰는지, 처음 봤을 때와 똑같이 살짝 헝클어진 채로 느슨하게 묶어 늘어뜨렸고, 매력적인 새카만 눈동자와 청초한 얼굴도 그대로였다. 단순히 예쁜 것이 아니라 분위기가 독특했다. 손을 가볍게 움직여 차 문을 닫고 바로 바지 주머니에 손을 꽂아 넣는 모습은 소녀처럼도 보이고, 성숙한 여인처럼도 보였다.

그녀의 팔에 시선이 멈췄다. 심플한 디자인에 독특한 패턴이 인상적인 연회색 티셔츠 소매가 그녀의 팔뚝을 부드럽게 감쌌다. 유람선에서도 느꼈지만, 군살 하나 없이 가녀리고 하얀 팔이었다.

그녀를 응대하러 간 샤오화가 나를 부를 줄은 몰랐다. 녀석이 내 이름을 부르고 눈을 찡긋하는데 심장이 덜컥 내려앉았다.

그녀는 나를 알아보지 못했다.

차 옆에 서서 나를 힐끗 쳐다보고는 바로 고개를 숙이고 휴대전화를 만지작거릴 뿐이었다. 언뜻 도도해 보이기도 하고 뭔가 딴생각에 빠진 것 같기도 했다. 눈빛은 담담한데 두 뺨이 살짝 빨개졌다. 유람선에서 처음 만났을 때처럼.

오랫동안 잊고 지낸 '기쁨'이란 감정이 꿈틀댔다. 그러나 지금은 그녀가 나를 알아보길 원치 않았다. 얼른 고개를 돌리고 허리를 굽혀 차를 살폈다.

잠시 후, 그녀가 눈치를 챈 듯했다. 그녀는 감정을 잘 숨기지 못하는 스타일이다. 살그머니 걷는 발소리가 들렸다. 그녀는 차를 사이에 두고 내 맞은편으로 가 걸음을 멈추더니 고개를 갸웃거리며 내 얼굴을 살폈다.

나도 고개를 들고 그녀와 시선을 마주쳤다.

그녀의 얼굴에 놀라움, 의심, 황당함 등이 교차하는 게 보였다.

날 기억해낸 거야! 그 사실만으로도 내 안에 한 줄기 따스한 기운이 퍼졌다. 하지만 그녀는 똑똑할 뿐만 아니라, 솔직하고 직설적인 사람이라는 것도 떠올랐다. 애초에 그녀가 나를 알아보지 못하길 바랐으니, 나는 애써 담담한 표정을 유지하며 다시 작업에 집중했다.

그녀는 한참 긴가민가 생각하는 눈치더니, 잠시 후 긴장이 풀린 듯

긴 숨을 내쉬고 샤오화와 세차 카드에 대한 얘기를 나눴다.

결국 그녀는 날 알아보지 못했다.

그녀에게 나는 지금 처음 만난 사람일 뿐이다. 차를 수리한 인연으로 나중에 세차를 하러 올지도 모르지만, 그 외에 우리가 다시 엮이는 일은 없을 것이다.

나는 고개를 폭 숙이고 작업에만 집중했다. 요즘은 이렇게 단순하면서도 힘든 일에 집중할 때 마음이 편안했다. 그런데 오늘은 다른 정비사들이 다 그녀에게 정신을 빼앗겨 가게 안이 조용해서인지 샤오화와 얘기하는 그녀의 목소리가 또렷하게 들렸다. 바로 등 뒤에서 부드러운 비단이 나풀거리는 기분이었다.

"탄자오예요. 말씀언 변이 붙는 탄에 달이 밝다는 뜻의 자오."

나도 모르게 멈칫하는데 그녀의 시선이 느껴졌다. 그 시선을 외면하고 차분하게 작업을 이어갔다.

그녀는 더 이상 내 쪽을 보지 않았다.

간단한 수리여서 금방 끝났다. 나는 카운터에서 계산을 하는 그녀 쪽으로는 눈길도 주지 않고 동료들 쪽으로 가서 앉았다. 손을 무릎 위에 올려놓고 보니 기름 범벅에 여기저기 방금 생긴 생채기가 있었다. 가만히 손만 내려다보고 있는데 나를 흘끔거리는 그녀의 시선이 느껴졌다.

잠시 후, 샤오화가 달려와 내 어깨를 톡 치더니 의미심장하게 웃었다.

"형이랑 상의 좀 해야겠는데?"

"뭔데?"

샤오화가 눈짓으로 탄자오를 가리켰다. 탄자오는 아까처럼 태연하게 고개를 숙인 채 휴대전화만 들여다보고 있었다. 샤오화가 다시 실실 웃었다.

"저 손님이 300위안짜리 세차 카드를 만들겠대. 그러면 이번 달 내 영업 할당 한 방에 끝나! 그런데 조건이 있어. 세차를 항상 형이 해줬으면 한대."

그 소리에 잠시 어리둥절하던 동료들이 이내 나를 놀리듯이 웃었다. 나 역시 상상도 하지 못한 요구 조건이어서, 무심코 고개를 들었다. 탄자오도 이쪽 반응을 들었을 것이다. 다들 탄자오에게 시선을 고정했다. 잠깐 내게 부러움 담긴 시선을 던지는 것도 잊지 않았다.

탄자오는 마치 아무것도 못 들었다는 듯 태연한 얼굴이었다. 사실 두 뺨에 보일 듯 말 듯 홍조가 번졌지만 말이다.

도대체 무슨 생각이지? 날 떠보는 건가? 도발인가? 아니면 모욕을 주려고? 그것도 아니면 동정? 그 순간 가슴속에서 뜨거운 뭔가가 훅 치밀었지만 재빨리 냉정을 되찾았다.

"그럼 내가 하지, 뭐. 난 상관없어."

사무실이 크지 않으니 탄자오에게도 들렸을 게 분명했다.

벌떡 일어나 다시 밖으로 나가 호스를 끌고 자동차 쪽으로 걸어갔다. 다른 직원들은 짧게 환호성을 지르고 금방 조용해졌다. 내가 입구 조명 아래에서 세차를 하는 동안 탄자오는 사무실에서 나오지 않았다.

탄자오의 차는 젊은 여자들이 돈이 있다면 누구나 갖고 싶어 할 차종이었다. 새 차였고 내부는 비교적 깨끗했다. 뒷좌석에 랩핑도 뜯지 않은 책 몇 권이 널려 있었는데 전부 '칠주'라는 작가의 책이고, 옆에는 네임펜도 한 통 있었다. 운전석 시트가 조금 구겨져 있고 긴 머리카락이 몇 가닥 떨어져 있을 뿐, 동석자가 거의 없는지 다른 좌석 시트는 거의 새 거였다. 여전히 혼자 돌아다니는 것을 즐기고 일상을 함께하는 사람은 없는 모양이었다.

최대한 구석구석 깨끗이 닦아내고, 세차가 끝나자마자 호스를 내던졌다. 러닝셔츠가 거의 다 젖었는데, 평소 같으면 바로 벗어버렸겠지만 그녀 때문에 참았다.

이때 탄자오가 드디어 휴대전화에서 시선을 떼고 사무실 밖으로 나왔다. 하지만 나를 똑바로 보지는 못하고 시선을 피했다. 뭐지? 왜 내 눈을 피하지?

"고마워요, 우위 기사님."

"왜 저한테 세차를?"

"아, 여기 최고 실력자라고 하길래요."

내가 열쇠를 내밀자 그녀는 살짝 당황한 기색으로 받았다.

"그럼…… 다음에 또 봬요."

나는 아무 대꾸 하지 않고 곧장 사무실로 들어갔다.

등 뒤에서 엔진 소리가 들리고 나서야 땀에 젖은 러닝셔츠를 벗어 한쪽에 던져놓고 다시 밖으로 나가 호스를 집어 들고 머리에 물을 뿌렸다. 어느새 이런 단순한 삶이 익숙해졌다.

그러다 무심코 뒤를 돌아보니, 탄자오의 차가 막 방향을 돌려 카센터를 빠져나가고 있었다. 그녀와 눈이 마주쳤다. 후두둑 떨어지는 물방울 사이로 그녀의 깊고 투명한 눈동자가 보였다.

차가 떠나갔다. 머리카락에서 물이 뚝뚝 떨어져 금세 몸을 적셨다. 갑자기 맥이 쭉 빠져 호스를 바닥에 툭 내던졌다.

탄자오는 결국 나를 알아보지 못했다.

나를 처음 보는 사람이라고 생각했고, 내게 세차를 요구했다.

5

# 탄자오

　어제의 첫 만남 이후 하루 만에 우위를 다시 만날 줄은 몰랐다. 한 번 닿은 운명의 끈이 계속 복잡하게 뒤엉킨다면, 그건 인연 아닐까?

　시원한 바람이 솔솔 불어오는 오후. 구름이 해를 가려 하늘은 어슴푸레한 푸른빛이었다. 아득히 높은 저 하늘은 마치 말없이 우리를 굽어 살피는 존재 같다.

　책을 빌리러 도서관에 갔다. 직업이 작가인지라 아무래도 책도 많이 읽고 도서관에서 보내는 시간이 많다. 솔직히 학생 때보다 자주 드나든다. 학창 시절에는 공부와 담을 쌓았던지라, 내가 이렇게 책을 열심히 보는 날이 오리라고는 생각도 하지 못했다.

　책 열 권을 두 팔로 안고 도서관 입구 앞 계단을 조심히 내려왔다. 도서관 건물 앞에 있는 농구장과 작은 축구장에서는 남자들이 웃통을 벗고 공을 차고 있었다. 그쪽으로는 눈길도 주지 않고 발걸음을 재촉하는데 누군가 공을 따라 내 쪽으로 뛰어왔다.

　"어라? 저기…… 탄자오 고객님 맞죠?"

　내 이름을 부르는 목소리에 돌아보니, 어제 카센터에서 세차 카드를 영업하던 샤오화였다.

갑자기 가슴이 두근거렸다. 역시나, 샤오화 어깨 너머로 우위가 보였다. 땀범벅을 하고는 웃통을 벗은 허리에 양손을 얹은 채 날 보고 있었다. 내리쬐는 볕 속에 서 있어서 조금 흐릿하게 보이긴 했지만 근육이 제법 탄탄한 것 같았다.

내 안의 모든 감각이 일제히 외쳤다.

'대박!'

이런 남자라면 수많은 여자들이 불나방처럼 달려들겠지? 나도 모르게 이런 저급한 생각부터 들었다. 이렇게 잘생기고 멋진 남자는 여자 마음을 가지고 노는 경우가 많을 텐데, 우위도 그런 남자일까?

나는 속내를 들키지 않게 덤덤히 대꾸했다.

"아, 축구하러 왔나 봐요?"

"네, 오늘 휴무거든요. 우위 형이랑 저랑 운동을 좋아하는데, 형이 괜찮은 축구장 찾았다고 해서 직원들 다 같이 왔죠."

샤오화가 돌아서서 우위에게 손을 흔들었다.

"우위 형!"

우위는 그 자리에서 꼼짝도 하지 않았다. 이쪽으로 와서 인사를 나눌 생각이 전혀 없어 보이자 샤오화가 어깨를 으쓱하고 멋쩍게 웃었다.

"그럼 다음에 봬요."

나는 살짝 고개만 끄덕이고 다시 발걸음을 옮겼다.

그런데 우연인지 누군가가 고의로 그랬는지, 내가 걸음을 떼는 그 순간 등 뒤에서 낯선 움직임이 느껴졌다. 우위와 샤오화의 고함도 들렸다.

"탄자오!"

"조심하세요!"

거의 반사적으로 돌아보니 나를 향해 공이 날아오고 있었다. 빠르긴 한데 맞고 쓰러질 정도로 강해 보이지는 않았고, 충분히 피할 수도 있을 듯했다. 어렸을 때 친구들이랑 공놀이를 꽤 했으니까. 그런데 무슨 생각이었는지, 나는 그만 한쪽 다리를 들어 공을 차려고 폼을 잡았다.

첫째, 내가 스커트에 하이힐을 신었다는 사실을 간과했고, 둘째, 책 열 권의 무게를 과소평가했다. 별로 강해 보이지 않은 공이었지만, 제대로 맞으니 너무 아팠다. 뒤로 나자빠지며 책 열 권과 함께 바닥에 나뒹굴고 말았다. 공은 내 뒤편 운동장 스탠드를 맞고 튀어나와 다시 내 머리를 때렸다. 너무 아파서 "아악" 하고 소리를 지르고는 머리를 감싸 쥐었다.

남자들 몇이 달려와 키득거렸다. 내가 생각해도 웃긴 상황이긴 해서 너무 민망했다. 무릎이 아프더라니, 피가 흐르고 있었다. 바닥을 짚고 일어서려는데 누군가 불쑥 손을 내밀었다.

가늘고 길면서 거친 정비사의 손.

땀에 흠뻑 젖은 앞머리 아래 그윽한 눈동자.

우위였다.

난 그 손을 잡고 일어섰다. 손에서는 따뜻하다 못해 뜨겁고 강한 힘이 느껴졌다.

"미안해요."

세상에, 이 사람이 찬 공이었다니. 난 새침하게 눈을 흘겼다.

"그쪽이 찼어요?"

우위가 뜬금없이 웃었다.

"일단 좀 앉아요."

그러고는 샤오화를 돌아보며 말했다.

"너희는 가서 공 차. 난 다친 곳 좀 봐드리고 갈게."

지극히 자연스러운 말투였지만 다들 의외라는 듯 멈칫하더니 이내 일제히 놀리듯 웃었다. 우위는 전혀 신경 쓰지 않는 듯 덤덤해 보였는데 나 혼자 괜히 얼굴이 화끈거렸다.

　모두들 운동장으로 돌아가고 우리 둘만 남았다. 내가 운동장 스탠드에 앉자 우위가 옆에 와서 섰다. 원래 무릎까지 내려오는 스커트인데 자리에 앉았더니 무릎 위로 껑충 올라가 상처가 한눈에 보였다. 두 줄로 길게 긁힌 상처에서는 피가 흐르고 푸르스름하게 멍도 들었다. 욱신욱신, 너무 아팠다.

　둘 다 한동안 말이 없다가 결국 내가 먼저 입을 열었다.

　"왜 사람한테 공을 차요?"

　우위가 날 똑바로 쳐다보며 또박또박 대답했다.

　"내가 고의로 그랬겠어요?"

　말문이 막히고 심장이 두근거렸다.

　'뭐야, 이 남자 진짜 선수네.'

　물론 나의 착각이나 오해일 수도 있지만 말이다.

　"어쨌든 그쪽 때문에 다쳤잖아요. 어쩔 거예요?"

　"내 탓 아니라고는 안 했어요. 잠깐만 기다려요."

　우위가 어딜 가려는지 휙 돌아섰다.

　"어디 가요? 여기 이 땡볕에 앉아 기다리라고요? 됐어요, 그냥 갈게요."

　조금 떨어진 곳에 남자들 옷이 널브러져 있었는데, 우위가 짙은 회색 티셔츠 밑에 있던 검은 모자를 집어 들고 왔다. 챙에 보풀이 일긴 했지만 깨끗해 보였다. 순간 우리 둘의 시선이 마주쳤는데 뜬금없이 묘한 기분이 들었다.

　갑자기 눈앞으로 시커먼 것이 지나가더니, 우위가 내 머리에 모자를 눌러씌웠다. 모자를 꾹 눌러주는 손에서 힘이 느껴졌다. 낯선 남자의 손이 아주 짧은 순간 내 머리에 머물렀다.

"일단 이거라도 쓰고 있어요."

우위는 다시 몸을 돌렸다.

모자를 씌워줄 줄이야, 의외였다. 낯선 남자의 모자를 쓴 건 처음이었다. 조금 크긴 한데 쓰고 있을 만했다.

'정말 여자 꼬시는 데 선수네. 아니면 원래 성격이 자상한가? 암튼, 보통이 아니야.'

갑자기 머리에 온 신경이 집중되더니 모자와 닿은 부분이 찌릿찌릿했다. 모자를 쓰고 있는 게 아니라 그 사람 손이 내 머리를 쓰다듬고 있는 것 같았다. 나는 모자를 벗지 않았다. 벗고 싶지 않았다. 왜인지는 나도 모르지만.

10분쯤 지나 우위가 약국 봉지와 생수 한 병을 들고 돌아왔다. 근처 약국에 다녀온 모양이었다. 생각보다 세심하고 자상한 듯했다.

또 눈이 마주쳤다. 왠지 어색하고 부담스러워 나도 모르게 고개를 돌렸다. 우위가 뚜껑을 딴 생수병을 내밀었다. 잠깐 망설이다가 받아서 한 모금 마셨다.

"고마워요."

"상처에 묻은 모래 씻어내라고요."

"아……."

살짝 민망했다. 다리를 뻗고 상처 부위에 물을 붓는데, 우위가 앞에 서서 계속 지켜봤다. 그 시선 때문인지 해가 강해진 건지 갑자기 더 눈이 부셨다. 모자도 소용없었다.

우위가 옆으로 와 앉았다. 앉은키도 나보다 머리 하나가 더 컸다. 한 사람 끼어들 틈도 없을 만큼 가까이 앉아 봉지에서 면봉을 꺼내 빨간약을 묻혀 내게 내밀었다. 자연스럽게 받아서 상처에 바르는데 너무 따가워서 "아야" 하고 비명이 절로 터져 나왔다.

우위는 옆에 조용히 앉아 있었다. 그는 줄곧 내 무릎을 보고 있는 듯한데 나는 차마 곁눈질도 못 했다.

이번에는 작은 거즈를 건네주기에 받아서 상처에 대고, 역시나 우위가 잘라서 건네준 반창고를 그 위에 붙였다. 그때 우위가 입을 열었다. 역시나 귀에 착 감기는 저음으로.

"비뚤게 붙였어요."

"괜찮아요. 한 번 더 붙이죠, 뭐."

그러면서 우위를 향해 손을 내밀었다.

정말 신기했다. 겨우 두 번 만났을 뿐인데, 아무리 생각해도 내 세상과 접점이 없는 사람인데, 방금 전까지는 나한테 공을 찼다고 화를 내고 있었는데, 지금은 사이좋게 나란히 앉아 이러고 있다니. 더구나 전혀 어색하지도 않고 오래된 친구 같았다.

우위는 반창고를 다시 건네는 대신 갑자기 벌떡 일어나더니 내 앞으로 와 쪼그려 앉았다. 그러고는 조심스러운 손길로 꼼꼼히 반창고를 붙여주었다.

난 그대로 얼어붙었다.

우위는 아무런 표정 변화가 없었다.

그의 거친 손가락이 내 피부를 스칠 때마다 간지럽고 화끈거렸지만, 나도 겉으로는 평온한 표정을 유지했다.

그는 반창고를 붙이고 있는 게 내 다리가 아니라는 듯, 나는 그가 반창고를 붙여주고 있는 게 내 다리가 아니라는 듯, 서로가 태연한 척을 했다.

우위는 반창고를 다 붙이고 거즈 가장자리까지 꼼꼼하게 매만져준 후에 일어섰다.

"이 정도면 괜찮죠?"

난 두 팔로 다리를 감싸고 운동장 바닥을 보며 대답했다.

"아, 네…… 괜찮네요."

"그럼, 난 이만 가볼게요."

"네, 고마워요."

그런데 우위는 가지 않고 계속 내 앞에 서 있었다. 무심코 고개를 들다가 다시 눈이 마주쳤다. 나는 그제야 그의 근육질 몸매가 아니라 그의 눈동자를 의식했다. 미지의 세상을 품은 듯한, 그의 새카만 눈동자를.

"아 맞다, 모자……."

얼른 모자를 벗어 건넸다. 우위는 모자를 받아 바로 자기 머리에 눌러쓰고는 운동장으로 뛰어갔다.

***

창위랑 저녁을 같이 먹기로 해서 도서관에서 바로 약속 장소로 향했다. 가는 길 내내 우위 생각이 머릿속에서 떠나질 않았다. 어제저녁 카센터에서 내 차를 살펴보던 손길, 오늘 축구공이 날아와 내 머리를 맞힐 때 들리던 낮은 웃음소리, 그리고 내 앞에 쪼그려 앉아 거즈를 꼼꼼하게 매만져주던 모습.

나도 모르게 호흡이 빨라졌다. 그 사람, 도대체 무슨 의도일까? 날 꼬시려고? 그게 아니면, 그냥 가게 손님일 뿐인데 이렇게까지 다정히 대해준다고?

시선을 들어 파란 하늘에 떠가는 하얀 구름과 뒤로 물러나는 건물들을 보았다. 그래, 인정한다! 나는 우위를 남자로 느끼는 거다.

바람에 흔들리는 나뭇잎처럼 파르르 미세한 전율이 느껴졌다. 어느 누구에게도 느껴보지 못한 감정이었다. 그때 그 유람선에서 만난 남자 말고는.

두 사람이 단순히 닮았기 때문일까?

아니, 그건 아니다.

어제 우위에게 세차를 요구한 건 유람선의 남자가 떠올라서가 맞다. 솔직히 내가 좀 뒤끝이 있다. 유람선에서 무자비하게 내 책을 무시했던 그 남자와 똑 닮은 남자가 앞으로 내 차를 닦아준다는 생각을 하니, 꼭 복수라도 한 듯 통쾌했다. 사실 뭐 우위도 수입이 늘어나니 그에게도 나쁜 제안은 아닐 것 같았다.

겨우 두 번, 그것도 잠깐 봤을 뿐이지만 우위와 유람선의 그 남자는 확실히 다른 사람이다. 우위가 진흙 속에 묻힌 진주라면 유람선의 남자는 재수 없긴 하지만 햇살 아래 화려하게 빛나는 진주. 우위에게서는 뭐라 설명하기 힘든 깊은 슬픔과 상실감이 느껴졌다.

\*\*\*

약속 장소인 패밀리 레스토랑에 들어서니 창위와 하오가 먼저 와 있었다. 무슨 일인지 한창 티격태격하는 중이었다. 내가 타이밍 딱 맞춰서 잘 온 모양이었다. 나는 얼른 두 사람 맞은편에 앉았다.

"하오, 또 엄마 화나게 했어?"

내 물음에 하오가 볼멘소리로 외쳤다.

"난 감자튀김 먹고 싶다고! 엄마가 먹고 싶은 양파튀김 말고!"

다른 테이블 손님들이 우리 쪽을 힐끔거렸다. 창위는 표정 하나 변하지 않고 손바닥으로 하오 뺨을 꾹 누르며 다그쳤다.

"그 입 다물라! 이모라고 부르라고. 이모! 한 번만 더 엄마라고 부르면 죽는다!"

하오는 전혀 기죽지 않고 헤헤거렸다. 나도 같이 헤헤 웃으며 하오와 하이파이브를 했다. 창위가 어이없다는 표정을 지었다.

"제발 둘 다 유치하게 굴지 좀 마!"

이 친구가 내 베프 쾅위다.

겉모습만 보면 정말 우아한 천생 여자다. 오늘은 검정 티셔츠, 검정 스키니를 입고 생얼에 머리도 대충 올려 묶었지만 그래도 미모는 여전히 빛났다. 쾅위가 마음먹고 인터넷에 사진을 올리면 엄청난 미녀 작가로 인터넷을 들썩이게 만들지도 모른다.

다만 이제 겨우 열아홉인데 너무 성숙해 보이는 게 문제다. 그래서 본인은 늘 '빌어먹을 노안'이라고 투덜거린다. 어디 나가서 애 엄마라고 해도 조금도 의심 사지 않을 얼굴이긴 하다. 다만, 섹시한 애 엄마. 하여튼 그 덕에 쾅위는 패밀리 레스토랑 같은 데서 키즈 할인 이벤트를 할 때마다 조카 하오를 데리고 다닌다. 물론 한 번도 신분증 검사를 받은 적은 없다.

쾅위에게는 이것도 스트레스였다. 정확히 말하면, '노안' 말고 섹시한 분위기를 마음에 안 들어 했다. 아치형의 가는 눈썹, 오뚝한 코, 붉고 도톰한 입술, 75 E컵에 24인치 허리. 싸구려 티셔츠를 입고 나가도 마트에 장 보러 가는 섹시한 성인 여성으로 보일 정도다. 온종일 게임을 하고 맥주를 마시고 우주 전쟁을 소재로 한 SF 소설을 쓰는 작가라고는 전혀 상상할 수 없다. 그래서 언젠가는 쾅위가 이렇게 한탄한 적도 있다. "젠장, 머리를 빡빡 밀어서라도 진정한 나의 자아를 드러내 보이겠어!"

잠시 후 음식이 나오자 하오는 정신없이 흡입했고, 쾅위와 나는 천천히 식사하며 둘만의 대화를 시작했다.

"유람선에서 만난 남자가 꿈에 나왔다며? 그다음은 어떻게 됐어?"

"꿈인데 그다음이 어디 있어. 그런데 정말 신기한 일이 있었어. 그 남자랑 진짜 닮은 사람을 만났어."

카센터에서 우위를 만난 일을 쾅위에게 들려주었다.

그런데 좡위의 표정이 갑자기 심각해졌다. 뭐야, 불안하게.

"왜 그래?"

좡위가 젓가락을 내려놓고 굳은 표정으로 천천히 대답했다.

"어쩌면 둘 중 하나는 평행 우주에서 왔을 수도 있어."

그 말에 나는 멍한 표정을 지었다. 좡위는 그런 나를 보고 어깨를 으쓱하며 피식 웃었다.

"하지만 그럴 리가 없겠지. 평행 우주에서 왔으면 엄청 대단한 사람일 텐데, 개천의 용이나 진흙 속의 진주가 웬 말이야? 남들이 모르는 정보를 이용해서 진즉에 돈 되는 일을 하고 있겠지, 우리 같은 사람들이랑 노닥거릴 시간이 어디 있어?"

"쳇!"

그러니까 이 SF 광팬의 결론도 결국, 두 남자는 다른 사람이라는 것이다.

"그런데 그 정비사한테 정말 마음이 있는 거야?"

머릿속에 다시 우위의 얼굴이 떠올랐다.

"왜? 그러면 안 돼? 젊고 건장한 남자한테 당연히 마음이 갈 수도 있지. 내가 뭐 돈 많은 할아버지한테 빠진 것도 아니고."

좡위는 내 논리에 바로 수긍했다.

"그럼요! 지당하신 말씀."

내가 기분 좋게 고개를 끄덕이는데 하오가 "우와!" 하고 외치더니 창가로 달려갔다. 하오뿐 아니라 다른 테이블 아이들도 우르르 창가로 몰려갔다. 아이들을 따라 창밖을 보니 새 떼가 하늘을 뒤덮고 있었다. 수십 아니, 수백 마리가 넘는지 한쪽 하늘이 새카맸다.

크기는 비둘기만 하고 꼬리가 길게 뻗은 새카만 새였다. 새들은 창밖 여기저기에 내려 앉아 반짝이는 황갈색 눈으로 식당 안을 주시했다. 잠시 후 직원이 달려와 쫓았지만 새들은 낮게 공중을 선회하다가 다시 날아와 앉았다. 새 떼가 손님들 식사에 영향을 끼치는 것도 아니고 오히려 다들 신기해하며 구경을 하는 상황이어서 직원들도 그냥 내버려두었다.

"저 이상한 새는 뭐야? 비둘긴가?"

"너희 동네 비둘기는 저렇게 생겼냐?"

우린 시답잖은 일에 신경 끄고 다시 젓가락을 들었다. 잠시 후 별생각 없이 창밖을 보다가 새와 눈이 마주쳤다. 왠지 한동안 눈을 뗄 수 없었다.

"따주, 왜 그래?"

뭔가 이상하고 불안했지만 애써 마음을 진정시켰다.

"아무것도 아니야……. 그런데 저 새, 어디서 본 거 같아. 기억은 잘 안 나지만."

원래 알았던 걸 잊은 느낌인데 전혀, 아무것도 생각나지 않았다.

새 떼는 잠시 후 사라졌다. 식사가 끝난 뒤, 챵위와 하오를 데려다 주고 집에 돌아왔다. 평화롭고 즐거운 하루였다. 우위와의 소소한 에피소드, 석양, 저녁 식사, 챵위, 하오……. 모두 다 좋았다.

하지만 집에 도착한 이후, 상황이 달라졌다.

이 밤을 시작으로, 평범했던 내 일상이 완전히 뒤죽박죽돼 버렸다.

물 흐르듯 평화롭던 내 삶이 말이다.

6

# 우위

축구를 하고 카센터로 돌아왔다.

다른 직원들은 모두 집으로 돌아갔고 가게에서 지내는 사람은 나뿐이다.

벌써 해가 졌다. 온몸에서 땀 냄새가 진동했지만 만사가 귀찮아 그대로 작은 침대에 벌러덩 누웠다. 멍하니 천장을 보는데 탄자오가 떠올랐다.

내 모자를 쓰고 말없이 고개를 숙이고 있던 탄자오.

유람선의 고슴도치에게 그런 면이 있을 줄은 몰랐다. 나도 모르게 슬그머니 웃음이 났다.

샤오화가 언제 왔는지 문 대신 걸려 있는 커튼을 확 젖히고 들어와 내 얼굴에 번진 미소를 보고 음흉하게 웃었다.

"형, 여자 생각 하지?"

이 녀석, 눈치 한번 기가 막히게 빠르다.

내가 아무 대답도 하지 않으니 샤오화가 침대에 걸터앉아 다시 날 떠봤다.

"나는 왜 자꾸 형이랑 그 탄자오라는 손님 사이가 수상할까?"

"수상하긴 뭐가 수상해?"

"그게 딱 꼬집어 말하긴 힘든데, 아무튼 둘이 같이 있으면 뭔가 있는 느낌이란 말이지."

"꺼져."

내 반응에 샤오화는 더 신이 나서 떠들었다.

"헤헤, 앞으로 계속 그 손님 세차해줘야겠네?"

"그게 뭐? 손님이 해달라면 해주면 되지."

"이야, 우리 형님, 역시 쿨해! 내가 장담하는데, 그 손님 십중팔구 형한테 홀딱 빠진 거야."

더 이상 이 녀석과 시시덕거리고 싶지 않아 창밖으로 시선을 돌렸다. 마침 가로등 불이 들어와 카센터 마당이 환했는데, 새카만 새 여남은 마리가 앉아 있는 게 보였다. 그중 두어 마리는 창틀에 앉아 은은하게 빛나는 황갈색 눈으로 내 쪽을 보고 있었다.

나도 그 눈을 똑바로 쳐다봤다.

"형, 왜 그래? 뭘 봐?"

이 새, 분명히 전에 본 적이 있다.

그 유람선에서.

바로 사무실 문을 박차고 뛰어나갔지만 새들은 이미 사방으로 흩어지고 푸드득 소리만 남았다.

그동안 아무한테도 말하지 못했지만, 유람선에서 내린 후 왠지 마음에 구멍이 뚫린 것처럼 허전했다. 하지만 아무리 생각해도 뭘 잃어버렸는지 기억나질 않았다. 그저 가끔 머리가 멍해지고 마음이 허할 뿐이었다.

그런데 방금 그 새들이 물비린내를 남기며 푸드득 푸드득 내 마음 속 구멍을 뚫고 지나갔다.

나는 뭔가 강렬한 예감에 사로잡혀 마지막 새가 날아간 방향으로 쫓아갔다.

새를 쫓아 한참을 달려간 곳에서 일이 벌어졌다.

날은 이미 완전히 깜깜해진 뒤였다. 번화가와 좁은 골목길을 달리고 달려 하천변 외딴 길까지 왔을 때, 어디에서 날아왔는지 모를 검은 새가 그곳 하늘로 모여들었다. 대충 봐도 100마리가 넘어 보였다. 하얀 달빛이 쏟아지는 밤하늘을 뒤덮은 새카만 새 떼는 마치 검은 음모의 그림자 같았다.

온몸에 땀이 나도록 달린 후라 잠시 낮은 담장에 기대 숨을 고르는데 새 한 마리가 카랑카랑한 울음소리를 냈다. 그러자 새들은 마치 집결이 끝났다는 듯 일제히 흩어져 어두운 밤하늘 여기저기로 사라졌다.

"젠장!"

나지막이 욕을 내뱉고 우두머리로 보이는 새를 뒤쫓으려는데 담장 끝에서 갑자기 사람이 튀어나왔다. 어찌나 놀랐는지 등골이 서늘했다. 너무 순식간이라 피할 새도 없어 상대방 머리가 내 가슴에 팍 부딪혔다. 상대도 놀랐는지 짧은 비명을 질렀다. 여자였다.

머리 위에서 비추는 희미한 가로등 불빛에 기대 상대의 얼굴을 확인한 순간, 또 한 번 놀랐다.

상대도 천천히 고개를 들어 나를 보았다. 풀어헤친 긴 머리는 방금 감았는지 은은한 샴푸 냄새가 났고, 맨발에 슬리퍼, 실내복 차림이었다. 그녀가 달려온 방향을 바라보니 멀지 않은 곳에 그녀의 차가 보였다. 상향등이 그대로 켜져 있었다. 집에 있다가 급하게 뛰어나온 게 분명했다. 날 알아본 그녀는 뜻밖이라는 표정을 지었다. 곧이어 의심과 경계, 충격과 공포까지. 가로등 불빛이 희미하긴 해도 그녀의 창백한 얼굴은 확실히 보였다.

아까 낮에는 정말 귀엽고 사랑스러웠는데 지금은 완전히 딴사람 같았다.

겨우 반나절 지났을 뿐인데, 도대체 무슨 일이 있었던 걸까?

더구나 이 야심한 시간에 이런 외진 곳에는 왜 왔을까?

이런저런 생각을 하는데 탄자오가 먼저 입을 열었다.

"그쪽이…… 왜 여기 있어요?"

탄자오의 목소리가 파르르 떨렸다.

"그쪽이야말로, 여기는 왜 왔어요?"

탄자오는 잠시 우물쭈물하다가 내 눈을 똑바로 쳐다보며 대답했다.

"누굴 좀 만나려고요."

"누굴요?"

"그게 그쪽이랑 무슨 상관이에요?"

또 그 고집스럽고 차가운 표정이었다. 잔뜩 가시 돋친 말투에 번쩍 정신이 들었다. 하늘을 올려다보니, 어디로 다 날아갔는지 검은 새는 한 마리도 보이지 않았다. 나도 모르게 쓴웃음이 났다.

"그렇죠. 나랑 상관없죠."

내 대답에 탄자오의 표정이 살짝 누그러졌다.

"알았으면 이제 좀 비켜주시겠어요? 내가 좀 바쁜데."

하지만 난 그녀 앞을 가로막으며 다시 물었다.

"누굴 만나러 온 거예요?"

탄자오의 눈빛에 놀람과 분노가 교차했다. 화는 나지만 어떻게 하지도 못하는 눈치였다. 그 모습에 왠지 마음이 짠했다. 탄자오가 잔뜩 성이 난 목소리로 말했다.

"그쪽도 이 시간에 왜 여기 있는지 말 안 했거든요!"

나는 말없이 탄자오의 맑은 눈을 바라보며 그녀에게 솔직히 말해야 할지 고민했다. 이곳에 나타날 수 없는 물새를 보고 쫓아왔다고 말하면, 역시 좀 황당하겠지?

하지만 탄자오도 그때 유람선에 있었던 사람이다.

아직까지 나를 알아보진 못하지만.

"탄자오, 난……."

너무 가까이 서 있는 탓에 내 턱이 탄자오 코끝에 닿을 듯했다. 그녀가 살짝 고개를 외로 틀었지만 우리는 계속 그렇게 가까이 서 있었다. 깊은 밤, 하천변 외딴 길에서 우리는 서로의 눈을 바라보며 곧 각자의 비밀을 털어놓게 될지도 몰랐다.

하지만 말은 이어지지 못했다.

누군가 나타났다.

다급한 발소리에 탄자오와 나는 동시에 고개를 돌렸다. 불청객의 등장에 둘 다 고개를 갸우뚱했다.

이 주변엔 상가도 없고, 가장 가까운 주택가도 몇백 미터 떨어져 있었다. 적막한 공터엔 가로수나 가로등도 몇 없어 어두운 정적만 흐르는 곳이었다.

남자는 주택가 방향에서 뛰어나왔다. 더러운 행색에 아이를 들쳐 멘 모습이 수상했다.

덥수룩하고 어수선한 머리는 꼭 미역을 휘감아놓은 것 같았고, 너무 꾀죄죄해 이목구비는 똑바로 알아보기 어려웠지만 눈빛만은 아주 강렬했다. 매우 흥분한 상태로 보였다. 원래 색깔을 알아볼 수 없을 정도로 때가 타고 쭈글쭈글한 겉옷에 구멍 난 운동화까지, 딱 봐도 정신이 온전치 않은 부랑자 같았다.

반면 대여섯 살쯤 되어 보이는 아이는 새하얀 맨발에 깨끗한 잠옷 차림으로 깊이 잠들어 있었다. 귀엽게 생긴 아이였다.

이쪽으로 뛰어오던 남자가 우리를 발견하고 누런 이를 드러내며 웃었다. 즐거워 보이기도 하고 고통스러워 보이기도 하는 무척 괴상한 웃음이었다. 남자는 발이 땅에 닿긴 하는 건가 싶을 만큼 가볍고 빠르게 뛰어 눈 깜짝할 새에 어둠 속으로 사라졌다.

탄자오가 덥석 내 팔을 잡았다.

"저 남자 뭐죠?"

그때 멀리 주택가 방향에서 고함 소리가 들렸다.

"여기서 기다려요."

난 탄자오 손을 떼놓고 남자를 쫓아갔다.

칠흑 같은 어둠 속에서 희미하게 보이는 남자의 뒷모습이 옆 골목으로 사라졌다. 나는 전력을 다해 뒤쫓으며 고함을 질렀다.

"거기 서!"

물론 남자가 거기 설 리는 없었다. 남자는 더 빨리 내달렸다. 그렇게 달리면 아이가 불편할 텐데 남자는 상관도 않는 것 같았다. 좋은 사람은 아닌 게 분명했다.

낡은 빈집들이 모인 골목이어서 바닥에 널린 쓰레기를 요리조리 피하며 달려야 했다. 남자와 10여 미터 거리를 두고 계속 달리는데, 아이가 잠에서 깨어나 울음을 터뜨렸다. 남자가 멈칫하는 순간을 놓치지 않고 옆에 있는 작은 의자를 집어던졌다. 허리를 맞은 남자가 휘청거리는 사이 재빨리 몸을 날려 목덜미를 잡았다.

이때 등 뒤에서 가쁜 숨소리와 발소리가 들렸다. 탄자오도 뒤따라온 것이다.

나는 일단 아이부터 구했다. 남자가 휙 돌아서더니 입꼬리를 꿈틀거리며 기분 나쁘게 웃었다. 그리고 내 얼굴을 향해 주먹을 날렸다. 몸놀림과 주먹 모두 범상치 않았다. 아이를 안고 있던 나는 주먹을 피하지 못했다. 얼굴 전체를 울리는 강한 통증에 이어 날카로운 외침이 들려왔다.

"우위!"

이 심각한 상황에서도 그녀의 목소리를 들으니 마음이 따스해졌다. 코피가 흐르는 느낌이 들었지만 개의치 않고 탄자오에게 아이부터 넘겼다.

"아이를 부탁해요!"

저 미친놈을 잡으려면 일단 아이를 안전하게 떼어놓아야 했다. 그런데 남자의 반응이 생각보다 빨랐다. 남자는 큭큭거리며 내 뒤를 돌아가 탄자오의 머리채를 낚아챘다. 우리 모두 거리가 아주 가까웠기에 손쓸 새도 없이 벌어진 일이었다. 얼굴을 일그러뜨리며 비명을 지르던 탄자오가 그만 아이를 놓쳐버렸다.

심장이 덜컥 내려앉았다. 탄자오를 구해야 했지만 땅으로 떨어지는 아이를 모른 체할 수도 없었다.

얼른 아이부터 안전하게 안았다. 크게 놀란 아이가 내 옷을 꽉 붙들고 자지러지게 울었다. 뒤를 돌아보니 탄자오는 머리채를 붙들린 채 어두운 골목 안으로 끌려가고 있었다.

"우위! 우위!"

탄자오가 발버둥을 치며 울부짖었다.

심장이 난도질당하는 기분이었다. 아이를 담벼락에 기대 앉혀두고 남자에게 달려가 복부에 일격을 가했다. 남자는 강한 충격을 받고 반사적으로 탄자오를 붙든 손을 놓았지만 곧 나를 향해 반격했다. 놈의 어깨를 잡고 제압하려 했지만 생각 외로 유연하고 민첩했다. 남자는 비정상적인 각도로 몸을 비틀어 내 손에서 빠져나가더니 어둠 속으로 도망쳤다. 나는 몇 걸음 뒤쫓다가 포기하고 탄자오에게 돌아갔다.

어두운 골목길에서 아이는 담벼락 아래 웅크린 채 울고 있었고, 힘겹게 몸을 일으킨 탄자오도 양손으로 머리를 감싸 쥔 채 어깨를 들썩이며 훌쩍였다. 머릿속이 더 복잡해졌다.

'도대체 뭐지? 오늘 밤, 무슨 일이 벌어지고 있는 거야?'

탄자오 앞에 쪼그려 앉아 어깨에 손을 얹는데 탄자오가 와락 내 품으로 달려들어 목을 꽉 껴안았다. 의외의 상황에 놀라 순간 멍해졌다. 곧이어 경찰차 사이렌과 고함 소리가 들렸다.

안 그래도 새를 쫓아 한참을 달리고 막판에는 몸싸움까지 하느라 완전히 지쳤는데, 탄자오가 힘껏 나를 끌어안는 바람에 더는 버티지 못하고 바닥에 털썩 주저앉아 벽에 기댔다. 탄자오가 내 다리에 올라앉은 형국이 되어, 더욱 꼼짝도 할 수 없었다.

거친 숨이 가라앉을 즈음, 울음을 그친 탄자오가 고개를 돌리고 나를 밀어내며 일어서려 했다. 나는 그녀의 팔을 잡고 말했다. 나도 모르게 친근한 말투가 나왔다.

"아직 많이 아파?"

"응……."

"어디 좀 봐."

내가 손을 들어 올리자 탄자오가 흠칫 놀라며 내 손을 꽉 붙잡고 눈물이 가득 고인 두 눈을 부릅뜨며 소리를 질렀다.

"싫어, 보지 마! 만지지도 마!"

힘들고 긴박하고 혼란스러운 상황의 연속이고, 안개에 휩싸인 운명의 미로를 헤매는 기분인 데다, 방금 전 스스로 내 품에 안긴 탄자오가 지금은 눈물이 그렁그렁한 눈으로 나를 노려보고 있는데, 나는 왜인지 자꾸 웃음이 났다.

# 7

# 탄자오

우위가 왜 여기 있느냐고 물었을 때, 사실 숨이 막힐 듯 무서웠다.

뭔가 속셈을 감추진 않았나 싶어 잠시 그의 눈을 똑바로 쳐다봤지만 다른 저의는 없어 보였다. 그저 깊고 새카만 눈동자가 맑게 빛날 뿐이었다. 낮에 본 눈빛과 조금도 다르지 않았다.

'그래, 여기로 날 불러낸 사람은 이 남자가 아니야.'

저녁 식사를 마치고 집에 돌아갔을 때는 모든 것이 평소와 다름없었다. 가구, 살림살이, 현관문, 창문은 물론, 문 앞에 대충 벗어던졌던 슬리퍼까지 모든 게 그대로였다.

창위를 만나 오랜만에 포식을 한지라 배를 쑥 내밀고 눕다시피 소파에 기대앉아 텔레비전을 봤다. 탁자에 올려둔 휴지가 다 떨어져 새로 꺼내려고 협탁 서랍을 여는데 새빨간 편지봉투가 눈에 들어왔다.

'뭐지? 엇그제만 해도 없었던 거 같은데?'

별생각 없이 봉투를 열었다.

네가 뭘 잃어버렸는지 알고 싶다면,

7월 17일 밤 10시, 바이윈로(路)와 허빈시로가 교차하는 사거리로.

탄자오, 날 찾아오길.

너무 놀라 꼼짝도 할 수 없었다. 등골이 오싹하고 식은땀이 났다. 잠시 후 벌떡 몸을 일으켜 집 안 곳곳을 살폈지만, 어두컴컴한 주방, 침실, 베란다 모두 이상한 점은 없었다.

누가 언제 들어와서 이걸 놓고 갔지? 나한테 무슨 짓을 하려고? 아니지, 이렇게 귀신처럼 침입할 수 있을 정도니까, 날 해치려고 했으면 바로 손을 썼겠지.

침입자의 의도는 날 밖으로 불러내는 것이니, 가지 않는다면 상황이 더 나빠질지도 모른다. 경찰에 신고해봤자 이런 쪽지만으로는 신경도 쓰지 않을 것이다.

다시 쪽지를 살펴봤다. 거칠고 자유분방하면서 강한 힘이 느껴지는 멋진 글씨체였다. 오랜 세월 갈고 닦은 필체로 보였다. 더 자세히 들여다보니, 위의 두 줄은 빠르게 흘려 썼는데 마지막 줄은 한 글자 한 글자 또박또박 적었다. 심지어 맨 마지막 글자는 획을 길게 늘어뜨려 멋들어지게 마무리했다.

이게 뭘 의미할까?

앞의 두 줄을 적을 때와 마지막 줄을 적을 때, 마음 상태가 달랐다는 뜻이다. 짧은 순간에 오르락내리락 요동친 것이다.

탄자오, 날 찾아오길.

등골이 더욱 서늘해졌다. 혹시…… 변태는 아니겠지?

가야 해, 말아야 해?

하지만, 이렇게 적혀 있지 않은가.

네가 뭘 잃어버렸는지 알고 싶다면

주머니칼을 바지 주머니에 챙겨 넣고, 휴대전화에서 위치 공유 어플을 열었다. 창위와 연결돼 있는 어플로, 창위에게 내 위치가 실시간으로 공유되고 버튼 하나로 도움도 요청할 수 있다.

그런데 쪽지에 적힌 그 시간에, 그 장소에서 가장 먼저 마주친 사람이 우위라니! 우위도 나를 보고 크게 놀랐는지 누구를 만나러 왔느냐고 다그쳐 물었다. 하지만 그 역시 뭔가 숨기고 있는 게 분명해 보였다.

잠시 후 웬 남자가 나타났고 내 심장은 심하게 요동치기 시작했다. 저놈인가? 엄청 더럽고 이상한 인간 같은데. 아이는 왜 들쳐 멨지?

우위가 아이를 구하기 위해 쏜살같이 놈을 쫓아갔다. 나더러 그 자리에 있으라고 했지만, 나는 점점 짙어지는 의혹을 눈앞에 두고 손 놓고 기다릴 사람이 아니다.

무슨 일인지 꼭 밝혀내겠어!

나도 바로 달리기 시작했다.


정말이지 너무 아팠다. 두피의 통증이 온몸으로 퍼져 나가며 눈물이 줄줄 흘렀다.

잠시 후 흐릿한 불빛이 눈앞에 어른거려 힘겹게 눈을 떴을 때, 어찌된 일인지 내가 우위 다리 위에 앉아 있었다. 우위는 담장에 기대앉은 채 내 허리를 감싸고 가만히 날 보고 있었다.

갑자기 미세한 전류가 흐르는 것처럼 온몸이 찌릿찌릿했다. 허리를 누군가 깃털로 간질이는 기분이 들었다. 깃털의 정체는 다름 아닌, 그의 눈빛이었다. 얼른 그를 밀어내고 일어나려는데 그가 내 팔을 잡아당겼다. 심장이 너무 빠르게 뛰어 손가락 하나 까딱할 수 없었다.

말을 몇 마디 주고받다가 우위가 갑자기 내 머리 상처를 보려고 손을 뻗었다. 머리카락이 적잖이 뽑히고 피도 나는 느낌인데 우위에게 그런 꼴을 보이고 싶진 않았다.

완강히 거부하며 고개를 들었을 때 우위가 웃고 있었다.

"왜 웃어?"

"아니, 귀여워서……."

순간 할 말을 잃었다. 우위도 입을 다물었다.

우리는 서로의 숨결을 느낄 만큼 가까웠다. 갑자기 턱밑이 간지러웠다. 우위 손가락이 더듬더듬 위로 움직였다.

내가 진짜 미쳤나 봐. 이 야심한 시간에, 그것도 언제 무슨 일이 벌어질지 모르는 위기 상황에서, 안 지 이틀밖에 안 된 남자와 미묘한 분위기를 연출하고 있다니.

우위의 눈빛은 밤바다처럼 어둡고 깊었다. 그의 손가락이 계속 내 턱 주위를 맴돌았다. 순간적으로 우위가 키스를 하려는 걸까 생각했지만 그저 날 일으켜 세워줄 뿐이었다.

"괜히 상황이 복잡해질 수 있으니까, 경찰이 물어보면 근처에서 데이트 중이었다고 하자."

"그래."

사이렌 소리가 가까워지더니, 경찰차가 골목 입구에서 멈추고 경찰들이 뛰어왔다.

나는 아이를 안아 올렸다. 아이는 크게 놀란 데다 울다 지쳤는지 웅크린 채 잠들어 있었다. 우위와 나란히 서서 이쪽으로 뛰어오는 경찰들을 보고 있는데 갑자기 우위가 내 어깨에 손을 얹었다.

점점 가까워지는 경찰들 중 유난히 키가 크고 마른 체격의 사람이 눈에 띄었다. 경찰모 밑으로 어렴풋이 보이는 반듯한 이목구비가 낯설지 않았다. 순간 심장이 철렁했다.

말도 안 돼. 뭐 이런 우연이…….

저쪽도 나를 알아보았는지 멈칫했다. 잠시 서로를 마주 보다가 나는 곧 외면했지만 그의 시선은 좀 더 내게 머물렀다. 과묵한 성격은 여전한 듯했다.

우위가 날 힐끗 보더니 속을 알 수 없는 눈빛으로 선스옌을 똑바로 바라봤다. 그제야 선스옌은 자신의 시선이 적절치 못했다고 느낀 듯 내게서 시선을 거뒀다.

팀장으로 보이는 경찰이 아이를 건네받고 간단히 상태를 살핀 후 우리에게 물었다.

"두 분은 어떻게 여기 있는 거죠?"

"근처를 지나던 길이었어요."

"저 앞 길모퉁이를 지나다가 어떤 남자가 아이를 들쳐 메고 가는 걸 봤는데, 아이 아빠 같지도 않고 아무래도 이상해 보여서 뒤쫓았어요."

선스옌도 질문을 던졌다.

"그 남자는요?"

"도망갔어요."

이번엔 다시 팀장이 물었다.

"두 분은 이 늦은 밤에 이런 외진 곳에는 뭐 하러 오셨어요?"

무의식적으로 선스옌을 힐끗 쳐다봤는데 그 역시 의심의 눈초리로 날 보고 있었다. 잠시 침묵이 흐른 뒤 우위가 대답했다.

"데이트 중이었어요."

다른 경찰들은 무슨 상황인지 알겠다는 눈빛인데 선스옌은 시선을 피했다.

그가 얼마나 어색하고 불편할지 이해하고도 남았다. 소개팅으로 만났다가 내가 거절하면서 끝난 사이니까. 그런데 다른 남자와 으슥한 곳에 있다가 그와 마주쳤으니, 사실 나도 좀 민망했다.

팀장이 선스옌을 향해 말했다.

"두 사람 진술 기록해서 조사 자료에 포함시켜줘."

"네."

우위와 나는 각각 조사를 받았다. 선스옌은 일단 우위 먼저 골목 끝으로 데려가 수첩을 꺼내 들고 이것저것 질문했다. 거리가 있어 말소리는 들리지 않았지만 두 사람 다 차분하고 진지한 표정이었다. 조사가 끝났는지 선스옌이 수첩을 덮고 우위를 경찰차에 태웠다. 우위는 차에 타기 전에 나를 돌아봤다. 내가 손가락으로 오케이 표시를 하며 괜찮다는 뜻을 전하자 그제야 고개를 끄덕이고 차에 올라탔다.

선스옌은 우위와 내가 신호를 주고받는 것을 못 본 척하며 차 문을 잡고 서서 허공만 올려다봤다. 그러고는 다시 수첩을 펼쳐 뭔가를 끄적인 후 내 쪽으로 걸어왔다.

나는 혼자 담장 모퉁이 앞에 서 있었다. 선스옌도 우위처럼 나보다 머리 하나만큼 키가 컸다. 그는 모자를 살짝 들어 올리고 내 얼굴을 쓱 확인한 뒤 바로 수첩으로 시선을 돌리며 말했다.

"성함이 어떻게 되세요?"

조금 어이가 없었다.

"알면서 뭘 물어요? 내 이름, 직업, 주소, 키, 취미, 이상형, 다 아시잖아요."

"글쎄요, 이런 시간에 이런 곳에 출몰하는 사람일 줄은 저도 몰랐는데요."

"……."

선스옌은 본인도 너무 감정적이라고 생각했는지, 어색하게 헛기침을 하고 화제를 돌렸다.

"그 남자 인상착의가 어땠나요?"

나는 천천히 기억을 떠올리며 최대한 자세히 진술했고 선스옌은 빠르게 받아 적었다. 이어지는 몇 가지 질문에도 성실하게 답했다. 선스옌은 진지하고 심각한 표정으로 일에 집중했다. 그의 질문은 간단명료했지만 핵심을 정확히 파악하고 매우 논리적이었다. 그렇게 조사를 마치고 선스옌은 수첩을 덮었다.

"경찰서까지 동행해주셔야 해요. 사건 특성상 추가 조사를 해야 하거든요. 두 분이 이 일하고 관련이 없다면 별일 없을 거예요."

나는 선스옌을 따라 경찰차로 가며 물었다.

"우위랑 같은 차를 타나요?"

"아뇨."

"아, 네."

"길어 봐야 몇 시간이고, 끝나면 바로 만날 수 있어요."

아무 감정도 느껴지지 않는 덤덤한 말투였다. 해명이라도 해야 하나 싶었지만 뭘 어떻게 말해야 좋을지 몰라 그만뒀다. 어차피 선스옌도 나에 대한 감정이 남아 있는 것 같지는 않았다. 소개팅으로 겨우 2주 정도 만났을 뿐이고 손도 한번 안 잡은 사이니까 뭐. 워낙 고지식하고 무뚝뚝한 성격이라 지금 이 상황이 좀 불편할 뿐이겠지.

우위를 태운 경찰차가 먼저 떠났고 나는 다른 경찰차 뒷좌석에 탔다. 운전석에는 이미 다른 경찰이 앉아 있었는데 선스옌이 창문을 두드리고 말했다.

"뒤에 앉아. 내가 운전할게."

"왜요?"

"뭘 물어. 그냥 내가 한다는데."

나는 창밖으로 시선을 돌렸다.

경찰차가 속도를 올리기 시작하면서 적막한 새벽 거리가 빠르게 뒤로 물러났다. 차 안은 내내 조용했다. 조각상처럼 입을 굳게 다문 선스옌의 옆얼굴과 내 옆자리에 앉은 경찰의 차가운 얼굴에서 냉철함이 느껴졌다. 말하자면 형사 특유의 냉철함. 퍼뜩 어떤 생각이 뇌리를 스쳐, 목을 가다듬고 천천히 입을 열었다.

"선스옌 씨가 형사니까 이쪽 분도 형사 맞죠?"

"그건 왜요?"

선스옌이 돌아보지도 않고 무덤덤하게 대꾸했다. 난 피식 웃었다.

"갑자기 발생한 유괴 사건이라면 관할 지역 경찰이 먼저 현장으로 왔겠죠. 그런데 형사님들이 왔네요? 그것도 강력계 형사님들이. 강력계는 일반 사건은 거들떠보지도 않을 텐데……. 이거 처음이 아닌 거네요. 연쇄 유괴겠죠."

두 사람 모두 아무 말이 없었다. 잠시 후 선스옌이 한마디 툭 내뱉었다.

"질문은 그만하시죠."

난 뒤로 등을 기대고 다리를 꼬며 대꾸했다.

"질문 아니에요. 대충 생각해봐도 답이 나오는데."

이후에는 선스옌의 말대로 몇 시간 동안 조사를 받았다.

경찰은 소소한 것까지 여러 번 반복해서 물었다. 그건 충분히 이해할 수 있었다. 조사는 순조로웠고 경찰도 날 의심하는 것 같지는 않았다. 다만 딱 하나 작은 문제가 있었다. 한 형사가 계속 우위와의 관계를 물고 늘어졌다.

"우위 씨하고 연인이라고요? 탄자오 씨에 대해 조사해봤는데 집도 있고 차도 있고 돈도 잘 버는 유명 작가던데요. 저쪽은 외지에서 온 지 얼마 안 된 정비사고요. 접점이 없어 보이는데, 둘이 어떻게 사귀게 된 거죠?"

처음엔 단순하게 대답했다.

"좋아하니까 사귀었죠."

그런데 같은 질문을 또 하길래 이렇게 대답했다.

"잘생겼잖아요. 잘생긴 데다 남자다운 매력이 넘치는데, 뭐가 문제예요?"

우위도 같은 질문을 받았을까? 뭐라고 대답했을까? 잘은 모르지만 대답하기 어렵진 않았을 것이다. 난 여자 친구로서 내세울 장점이 많으니까.

내가 그렇게 대답하는 동안 선스옌은 계속 불편한 표정으로 고개를 숙이고 있었다. 선스옌의 뺨이라도 때린 것 같아 나도 불편하긴 마찬가지였다. 다른 형사들은 나와 선스옌의 관계를 전혀 모르는 것 같았다. 하긴, 나라도 동료에게 그런 얘기를 할 이유가 없다.

조사를 마치고 나왔을 때 우위는 이미 돌아가고 없었다.

마침 해가 떠오르고 있었다. 밤을 꼴딱 새워서 엄청 피곤했지만 한 가지 사실만은 명확히 파악했다.

쪽지를 남긴 침입자는, 우위가 아니라면 나중에 나타난 연쇄 유괴범이다.

그런데 유괴범이 왜 자신의 범죄 현장에 날 끌어들였을까? 범행이 실패할 위험이 있다는 걸 뻔히 알았을 텐데? 자세히 보진 못했어도 내가 아는 사람은 분명히 아니었는데, 도대체 왜 그랬을까?

아무리 생각해도 알 수가 없었다. 상식적으로는 절대 풀 수 없는 문제였다.

하지만 실마리가 전혀 없지는 않았다.

우위.

우위는 그때 왜 그곳에 있었는지 말해주지 않았다. 하지만 뭔가 알고 있는 게 분명했다.

갑자기 초조하고 불안해졌다. 정말 이상했다. 우위를 안 지 며칠 되지도 않았고 잘 알지도 못하는데 우리 둘이 여러 가지로 복잡하게 얽혀 있다는 느낌이 들었다. 일단 유람선에서 만난 남자와 너무 닮은 것부터 예사롭지 않다는 생각이 떨쳐지질 않았다. 특히 지난밤, 우리는 결코 만날 이유가 없는 곳에서 마주쳤다.

우위, 당신 도대체 정체가 뭐야?

일단 집에 가서 한숨 자고 맑은 정신으로 우위를 찾아가 직접 물어 봐야겠다.

**8**

## 우위

탄자오가 찾아올 거라고 생각했다.

카센터에 돌아와 대충 쓰러져 자다가 정오쯤 일어나, 사무실에서 쌀국수를 한 그릇 먹으며 수시로 밖을 내다봤다.

탄자오는 아직이었다.

오후 내내 카센터를 지켰지만 탄자오는 해 질 무렵까지도 나타나지 않았다. 이상했다. 이렇게 가만히 앉아 기다릴 사람이 아닌데, 혹시 무슨 일이 생겼나?

9시쯤 영업을 마치고 다들 퇴근한 뒤 막 셔터 문을 내리려는데 형광 주황색 차가 천천히 카센터로 다가오는 게 보였다. 커브를 돌 때 굼벵이처럼 느려지는, 보기만 해도 답답한 운전 실력이었다. 셔터 문을 조금 열어둔 채 사무실 안쪽의 작은 방으로 들어갔다.

이 3평 남짓한 공간은 사장이 가게를 보며 지내라고 내준 곳이다. 천장 한가운데 노란 백열등이 달렸고 책상에는 책이 한가득 쌓여 있었다. 깔끔한 의자 두 개를 찾아 침대 옆에 가져다 두고 그중 하나에 먼저 앉았다. 국수를 삶던 중이어서 구석에 있는 스토브에 올려둔 냄비를 지켜봤다.

덜컹덜컹. 셔터 문 흔들리는 소리에 이어 탄자오 목소리가 들렸다.

"저기…… 우위 씨 있나요?"

무심코 웃음이 나려고 해 목소리를 가다듬고 대답했다.

"들어와."

탄자오가 커튼을 휙 젖히며 들어왔다. 푹 쉬었는지 안색이 좋고 머리도 웬일로 단정했다. 평범한 티셔츠에 반바지 차림이었는데, 늘씬하게 뻗은 새하얀 다리가 눈에 확 들어왔다.

국수가 다 삶아져서 불을 끄고 그릇에 옮겨 담았다. 탄자오는 커튼 앞에 가만히 서 있다가 내가 앉으라고 말하자 바로 의자로 와 앉았다. 꼭 토끼처럼, 순수하다 싶다가도 똑똑하고, 다소곳하다가도 어디로 튈지 모르는 매력이 있는 여자다.

그릇을 들고 탄자오 옆에 앉아 무심하게 국수를 먹었다. 고개를 숙인 상태에서도 그녀의 시선이 고스란히 느껴졌다. 만약 내가 누군지 알았다면, 이런 내 모습을 보게 되리라고는 상상도 못 했다고 놀라겠지. 나는 이미 아무렇지 않아졌지만.

"늦게 왔네?"

그녀는 살짝 당황한 기색이었다.

"한숨 자고 일어나서 바로 온 건데."

얼추 열 시간은 잔 모양이다.

참 속 편하네. 난 하루 종일 기다렸는데, 그 엄청난 일을 겪고도 태평하게 잠이 오다니.

하지만 그것도 나쁘지 않다.

빈 그릇을 책상에 내려놓고 생수 두 병을 가져와 탄자오에게 한 병 건넸다. 탄자오는 병뚜껑을 비틀어 열고 한 모금 마신 후 다시 뚜껑을 닫았다. 나는 고개를 젖히고 단숨에 반병을 비웠다. 병을 내려놓다가 어쩐지 수줍은 눈빛으로 날 지켜보는 탄자오와 눈이 마주쳤다. 갑자기 가슴이 두근거렸지만 최대한 냉정한 표정을 유지하며 괜히 물을 더 마셨다.

"묻고 싶은 게 뭐야?"

"어젯밤에 대답 안 한 거. 어제 왜 거기 있었어?"

탄자오의 질문에 지난 일들이 주마등처럼 뇌리를 스치다가 마지막에는 짙은 어둠만 남았다. 눈앞의 탄자오는 처음 만났을 때처럼 맑고 순수한 모습이었다. 피식 웃음이 났다.

나는 습관적으로 손가락을 입으로 가져갔다. 손톱을 물어뜯자 통증이 일면서 순식간에 미간이 일그러졌다. 탄자오는 걱정스러운 눈길로 스스로를 아프게 하는 내 모습을 바라보았다. 잠시 흐르던 정적을 깨고 탄자오가 다시 입을 열었다.

"어서 말해줘."

"그 새 떼 기억해?"

"새?"

탄자오의 눈빛에 순간적으로 무언가가 스쳤다. 그녀에게도 강한 인상으로 남은 게 분명하다. 나는 고개를 끄덕였다.

"그래. 그 유람선 여행에서 새카맣고 특이한 물새를 봤잖아. 나는 한 번도 본 적 없는 새여서 나중에 인터넷에서 검색해봤는데 못 찾았어."

이어 무거운 정적이 흘렀다. 탄자오는 마치 꿈을 꾸는 듯 멍한 표정을 지었다. 눈빛이 공허했다. 나는 초조한 마음에 허탈하게 웃었다. 탄자오가 가늘게 떨리는 목소리로 말했다.

"너였어?"

"그래, 나야."

탄자오는 믿을 수 없다는 표정으로 속사포처럼 내뱉었다.

"말도 안 돼! 어떻게 사람이 이렇게 달라져? 그 짧은 시간에 완전히 딴사람이 됐다고? 대학원 졸업하고 탄탄대로 걷는 거 아니었어? 그런데 지금 왜 여기에……."

"탄자오."

난 그녀의 말을 끊고 허탈하게 웃었다.

"별거 아냐. 사람은 다 변해. 난 지금 이 생활도 크게 나쁘지 않아."

탄자오가 내 얼굴을 한참 쳐다보다가 다시 차분하게 물었다.

"그동안 도대체 무슨 일이 있었던 거야?"

딱히 내 사정을 숨기고 싶은 건 아니었지만 어떻게 말해야 좋을지 몰라 이렇게만 말했다.

"인생이 그런 거지 뭐."

탄자오는 한동안 말이 없었다. 가만히 그녀의 어깨에 손을 얹는데, 탄자오는 내 손을 뿌리치고 고개를 돌려버렸다. 화가 난 기색이 역력했다. 솔직히, 왜 화를 내는지 의아했다. 마침내 탄자오가 다시 입을 열었다.

"그 새 얘기, 계속해봐. 어쩐지 어디서 본 것 같긴 했어. 유람선 얘기를 꺼내니까 이제야 생각나네. 유람선에서 몇 번이나 봤어. 그런데 그 새가 왜?"

"물새가 도심에 나타나다니, 이상하잖아. 어제저녁에 한참을 따라 달렸는데 잘 훈련된 영특한 놈들 같았어."

"그게 뭐가 문제야?"

"비정상적인 일은 또 다른 비정상적인 일하고 연결되는 법이니까. 그때 유람선에서 일어난 일하고도 분명히 관계가 있을 거야."

"유람선에서 일어난 일이라니?"

탄자오가 뜻밖의 반응을 보였다. 설마 내 기억과 다르단 말인가? 갑자기 입술이 빠짝 타들어갔다.

"유람선 여행 첫날 말고, 그다음에 무슨 일이 있었는지 기억나?"

탄자오의 눈빛이 망연함에서 놀라움으로 바뀌었다. 이제야 깨달은 걸까? 조금 허탈한 기분이었다. 나한테는 반드시 풀어야 할 인생의 수수께끼였는데, 이 여자는 어떻게 이렇게 둔감하지? 내가 다시 말을 이었다.

"첫날 말고는 무슨 일이 있었는지 전혀 기억이 안 나. 유람선에서 내려 집에 돌아온 후부터 다시 기억이 이어지고. 혹시 너도 그래?"

"응……. 사실 난 기억 못 한다는 사실조차 인지 못 했어. 듣고 보니 정말 여행을 마치고 집에 돌아온 것만 기억이 나네. 네 말대로 첫날 말고는 전혀 기억에 없어. 어떻게 이럴 수 있지?"

탄자오는 당황한 기색으로 물을 한 모금 마신 후 침묵에 잠겼다. 나는 탄자오가 어느 정도 진정되길 기다렸다가 다시 얘기를 이었다.

"그 수수께끼를 풀려고 지난 1년 동안 백방으로 노력했는데 아직 아무런 단서도 못 찾았어."

이 말이 탄자오를 더 깊은 혼란에 빠뜨릴 줄은 생각도 못 했다. 그녀는 고개를 번쩍 들고 내 눈을 똑바로 쳐다보며 말했다.

"방금 뭐라고 했어?"

"아직 아무 단서를 못 찾았다고."

탄자오가 나를 뚫어져라 보다가 어이없다는 듯이 웃었다.

"아니, 1년 동안이라고 했잖아. 무슨 1년이야? 겨우 몇 주밖에 안 지났는데."

다시 한번 무거운 정적이 흘렀다. 짧은 순간이지만 그녀의 눈에 두려움이 스쳤다. 나는 달력을 돌아봤다. 달력이 분명한 날짜를 말해주는데도 왠지 나도 조금 당황스러웠다. 도대체 무슨 일이 벌어진 걸까? 하지만 최대한 냉정을 유지했다.

"우리가 유람선 여행을 시작한 날은 2016년 6월 23일이고 오늘은

2017년 7월 18일이야. 1년 하고도 3주가 지났어.”

순간, 탄자오는 뭐라 표현하기 힘든 표정을 지었다. 얼굴에서 핏기가 사라지고 눈동자도 혼란으로 일렁이는 게 느껴졌다. 탄자오는 넋나간 표정으로 내 시선을 따라 달력을 보다가 가방에서 휴대전화를 꺼내 날짜를 확인했다. 그제야 지나간 시간을 깨달았는지, 마치 긴 꿈에서 깨어난 듯한 표정으로 입술을 꽉 깨물었다. 더는 충격을 견디지 못하고 금방이라도 울음을 터트릴 것 같은 얼굴이었다.

“난…… 정말 몇 주밖에 안 지났다고 생각했어……. 매일 휴대전화로 시간을 볼 때마다 ‘2017’이란 숫자도 봤을 텐데, 왜 전혀 몰랐을까……. 그런데 나는 지난 1년의 기억이 전혀 없어. 아무 일도 없었던 거처럼…….”

이제야 퍼즐이 한 조각 맞춰졌다.

우리 둘 다 일련의 기억을 잃었다. 나는 며칠뿐이지만 탄자오는 1년이 넘는 기억을 잃었다.

도대체 어떻게 된 일일까?

머릿속으로 이런저런 추측을 해봤다. 혹시 유람선에서 어떤 큰 충격을 받아 기억을 잃은 걸까? 탄자오는 나보다 더 큰 충격을 받아서 더 많은 기억을 잃고?

탄자오가 갑자기 울음을 터트렸다.

“그럼, 우리 1년 만에 만난 거야? 그래서 이렇게 많이 변했구나……. 정말 못 알아봤어…….”

가슴이 뭉클해 나도 모르게 탄자오를 끌어안았다. 그런데 탄자오는 날 밀어내고 벌떡 일어나더니 휘청거리며 밖으로 뛰어나갔다. 나도 바로 쫓아갔다.

“어디 가?”

“집에. 혼자 있고 싶으니까 따라오지 마!”

나는 우뚝 멈춰 서서 탄자오가 정신없이 차에 올라타 떠나는 모습을 지켜봤다. 마치 뭔가에 놀라 달아나는 토끼 같았다.

마음 깊은 곳에서 불꽃이 튀었다. 바로 오토바이를 타고 탄자오의 뒤를 쫓아갔다.

어느새 깊어진 밤, 도시의 야경이 조용히 뒤로 물러났다. 탄자오는 감정이 격한 상태일 텐데 다행히 운전 속도는 평소보다 조금 빠른 정도였다. 바람을 맞으며 계속 달리다 보니 내 마음도 어느 정도 진정되었다. 우리는 지금 깊은 미로를 헤매고 있건만, 달빛 쏟아지는 이 거리는 평화로워 보이기만 했다.

탄자오는 집 앞에 차를 아무렇게나 세우고 내렸다. 10미터쯤 뒤에 있는 나를 발견하고도 아무 말도 하지 않았다. 나는 헬멧을 쓴 채 오토바이에 앉아 묵묵히 지켜보기만 했다.

탄자오의 얼굴에서 눈물 자국은 이미 사라졌다. 역시 나약한 사람이 아니었다. 얼굴에 혈색이 돌아오고 눈빛은 이상하리 만큼 침착했다.

"난 괜찮으니까 돌아가."

"그래."

하지만 발길이 떨어지지 않았다.

"돌아가라니까!"

"알았어."

탄자오가 다시 괴롭다는 표정을 지었다.

"맘대로 해. 난 들어갈 거야."

"그래. 너 들어가는 것만 보고 갈게."

탄자오는 휙 돌아서서 빠르게 계단을 올랐다. 나도 모르게 웃음이 났다. 어찌 됐든 다시 기운을 차린 것 같아 다행이었다.

# 9

# 탄자오

나는 소금에 절인 채소처럼 침대 위에 축 늘어져 있었다.

일단은 꽤 잘 버티고 있는 나 자신을 칭찬한다. 어젯밤 우위에게서 그렇게 충격적인 이야기를 듣고도 자정 무렵에는 평소처럼 잠이 들었고, 아침에 눈을 떴을 땐 두려움이 많이 사라졌다.

아니, 머리가 아예 텅 비어버려서 두려움도 느껴지지 않는지도 모른다.

이제 난 어쩌지?

우위 말은 모두 사실이었다. 다이어리와 메모를 다 뒤지고 유람선 티켓까지 확인했다. 내가 잘못 알고 있었다.

혹시 기억상실증인가? 자세히 생각해봤는데 며칠 전 소파에서 꿈을 꿨던 그날 이후의 기억만 또렷했다. 아니면 물고기 기억력인가? 왜 최근 기억뿐이지?

하지만 유람선 여행을 가기 전에 있었던 일들은 기억했다.

머릿속이 완전히 뒤죽박죽되어 아무리 기억을 떠올려보려 해도 소용없었다. 그렇다고 의사를 찾아갈 생각은 없었다. 일단 이 상황이 너무 말이 안 되는 데다, 별종 취급받으며 누군가의 연구 대상이 되고 싶지는 않았다.

그래서 결국 챵위에게 전화를 걸었다. 내 '기억상실증'을 설명하느라 자초지종을 한참 떠들었다. 챵위는 침착하게 꽤 오래 생각에 잠겼다가 말했다.

"무슨 말인지 알겠어. 어쨌든 이 일은 두 사람이 탔던 유람선하고 유람선이 갔던 장소랑 관련이 있겠네. 두 사람이 기억을 잃어버린 게 유람선을 탄 다음이니까."

"그러니까 그게 무슨 관련이 있는 걸까."

챵위는 SF 작가의 역량을 발휘하여 설명을 이어갔다.

"콕 집어서 말하긴 어렵지만, 가장 먼저 떠올려볼 수 있는 건 지구 자기장이야. 아마 유람선이 지구 자기장 이상 지역을 지나갔고, 그때 두 사람의 뇌에 영향을 끼쳤을 수 있는 거지. 그래서 우위는 며칠간의 기억이 사라지고 따주는 1년의 기억이 사라진 거지."

"그런 일이 왜 일어나?"

"그냥 그렇게 추측해볼 수도 있다는 거야. 왜인지는 나도 모르지. 어쨌든 내가 볼 때는 두 사람 다 공상 과학 영화에 나올 법한 초자연적인 에너지를 만났을 거 같아."

여기까지 말한 챵위는 마침내 본색을 드러냈다.

"내 인생에 드디어 초자연적인 존재를 접해볼 기회가 오다니! 그것도 따주 덕분에. 이야, 장난 아닌데!"

"야!"

"아하하, 미안, 미안. 내가 따주 마음을 모르는 건 아닌데, 직업병인 거 잘 알잖아. 근데 있잖아, 사실은…… 완전 부러워!"

어이가 없어 콧방귀를 뀌다가 문득 다른 중요한 문제가 떠올랐다.

"최근 1년 동안 우리 사이에 있었던 일, 넌 기억하지?"

"당연히 기억하지. 우리 사이에 있었던 일이야 뻔하잖아. 먹고 마시고, 먹고 마시고. 맨날 똑같지 뭐."

"아……."

"아무래도 병원에서 해결할 수 있는 문제는 아닌 거 같은데, 차라리 내가 아는 선배한테 얘기해보는 게 어때? 양자 역학 전공하는 선배거든."

"됐네요."

양자 역학? 말만 들어도 머리가 아프다.

"그럼 이제 어쩌려고?"

"초자연적인 현상이든 공상이든 뭐든, 어쨌든 이게 지금 나한테 벌어진 일인 건 사실이잖아. 추리 소설 작가로서 확실히 말하는데, 진실은 단 하나야. 지금 단서가 전혀 없지는 않아. 그 특이한 새 떼랑 수상한 남자. 그 남자가 남긴 쪽지에 '네가 뭘 잃어버렸는지 알고 싶다면'이라고 써 있었어. 그 남자를 찾으려면 먼저 경찰이 유괴 사건을 해결하게 도와야 할 거 같아."

쫭위와 통화를 하면서 어느 정도 생각이 정리돼, 전화를 끊고 바로 인터넷을 뒤졌다. 하지만 별 소득이 없었다. 관련 기사 자체가 많지도 않은 데다 그마저도 아주 짧고 별 내용이 없었다. 온갖 소문이 난무하는 온라인 커뮤니티 게시판에서 그럴 듯한 정보를 발견했지만 사실인지 확인할 방법이 없었다.

고민 끝에 선스옌에게 연락해보기로 했다. 그런데 언제 삭제했는지 선스옌의 전화번호가 없었다. 다행히 처음에 선스옌을 소개받은 문자메시지에 그의 전화번호도 적혀 있던 게 떠올라 문자메시지를 뒤져 전화번호를 찾아냈다.

그러고 보니 선스옌과도 1년 만의 만남이었던 모양이다. 하나도 변한 건 없어 보였지만. 분명히 전화번호도 그대로일 것이다. 선스옌은 신호가 세 번 울린 뒤 바로 전화를 받았지만, 몇 초간 침묵하고 있다가 입을 열었다.

"탄자오 씨? 무슨 일로 전화를……."

아, 이 사람은 내 번호를 지우지 않았구나.

"저기, 형사님, 상의드릴 일이 있어서요."

"무슨 일이시죠?"

"그게요, 어제는 너무 놀라고 당황해서 제대로 진술을 못 한 거 같아요. 빠뜨린 부분이 많을 거 같다는 생각이 들더라고요. 그래서 말인데요, 형사님이 뭔가 힌트를 주면 내가 좀 더 기억을 해낼 수 있을 거 같아요. 뭐, 그전에 있었던 비슷한 사건 얘기 같은 거요."

"무슨 말씀이신지 모르겠는데요."

하아, 또 이러네. 이 사람과는 전에도 늘 박자가 어긋나는 느낌이었다.

상대가 우위였다면…….

여기서 왜 우위가 생각났는지 모르겠지만, 어쨌든 우위라면 내 의도를 단번에 알아차렸을 거란 생각이 들었다. 겨우 며칠 겪어봤을 뿐이지만.

난 웃으며 다시 선스옌을 설득했다.

"그러니까 내 말은, 이 사건의 기존 자료를 볼 수 없을까 하는 거죠. 거기서 무슨 힌트를 얻어서 내가 놓쳤던 단서를 생각해낼 수도 있잖아요. 어떻게 보면 난 피해자이기도 하고 현장에서 유괴범을 잡으려고 했던 사람이기도 하니까, 이 사건을 해결하는 데 꽤 도움이 되지 않을까요? 그거 한번 보여준다고 큰일 날 건 없잖아요."

선스옌은 정색한 목소리로 단호하게 말했다.

"그건 안 되죠. 우리도 보안 규정이란 게 있어요."

아, 정말 한 대 때려주고 싶네. 난 재빨리 머리를 굴렸다.

"규정은 당연히 지켜야죠. 그런데 이것도 생각해보셨어요? 인터넷에서 찾아보니까 이번이 다섯 번째 범행 같은데 이전에는 범인 얼굴을 제대로 본 사람이 없더라고요? 범인이랑 가장 가까이, 가장 오래 접촉한 사람이 나란 말이죠. 인간의 정신세계는 의식과 잠재의식으로 나뉘는데, 내 잠재의식이 범인하고 관계된 중요한 정보를 생각해낼 수도 있잖아요. 그 정보가 지금 경찰이 찾는 중요한 단서일지도 모르고요. 그러니까 결론은, 난 경찰을 돕고 싶은 거라고요."

선스옌의 침묵이 길어질수록 점점 초조해졌다.

"알겠어요. 일단 위에 보고해볼게요."

그렇지! 역시 내가 해냈어!

"네, 그럼 연락 기다릴게요."

선스옌은 고지식하지만 일 처리는 빠르고 확실했다. 한 시간 후, 사건 자료가 내 손에 들어왔다. 몇 시간 동안 꼼꼼히 자료를 살핀 끝에 몇 가지 공통점을 발견했다.

첫째, 범행 시간은 모두 늦은 저녁때였지만 동일한 시간은 아니었다. 집 앞에서 혼자 놀던 아이를 납치한 경우도 있고, 두 번은 아이 방에 침입해 납치했다. 범행 수법이 대범한데 매번 성공한 것으로 보아 범인은 매우 민첩하고 관찰력이 뛰어날 것이다.

둘째, 피해 아동의 나이는 모두 5세에서 8세 사이로, 특정 연령대에 집중된 편이었다.

셋째, 피해 아동의 집안 배경은 모두 평범했다. 특별히 부자도, 가난한 집도 없었다. 거주 지역도 모두 동일했다.

넷째, 두 건의 현장 사진에 그 새가 찍혀 있었다. 장담컨대, 경찰은 이 부분에 전혀 신경 쓰지 않았을 것이다. 다른 두 건의 현장 사진에는 새가 찍히지 않았지만, 새가 없었다고 단정할 수는 없다.

이 외에도 도움이 될 만한 단서들이 꽤 있었다.

경찰은 현장에 남은 발자국을 분석해 범인이 상습 절도범일 것으로 판단했다. 신발 밑창 바깥쪽이 많이 닳은 데 비해 안쪽과 뒤쪽 상태는 양호했는데, 전형적인 좀도둑의 특징이라고 한다. 범인의 발걸음이 아주 가볍던 걸 떠올리며 나도 이 의견에 동의했다. 아마도 범죄집단에서 훈련받았을 가능성이 높을 것이다.

그런데 좀도둑이 왜 갑자기 아이를 유괴하기 시작했을까? 새로운 분야를 개척하기로 한 건가?

그리고 내 예상과 달리 경찰은 범인의 얼굴을 알고 있었다. 현장 주변 CCTV에서 범인의 정면 얼굴 사진을 확보했는데, 내가 본 그 얼굴이었다. 사건 현장에서 지문도 채취했지만, 사진 속 얼굴과 지문이 일치하는 신분 기록은 없었다. 더 이상 범인을 추적할 방법이 없어 실종된 아이들이 어떻게 됐는지도 알 길이 없는 상황이었다.

사건 기록만 보면 크게 복잡한 사건이 아닌데, 왠지 뭔가 숨겨져 있다는 생각이 자꾸 들었다. 그게 뭔지, 지금은 모르겠다.

자료를 들고 우위한테 가보기로 했다. 카센터로 가는 도중에도 내가 중요한 단서를 놓친 것 같다는 생각이 머릿속을 떠나지 않았다. 도대체 그게 뭘까?

카센터에 도착하니 샤오화 혼자 사무실을 지키고 있었다. 샤오화가 우위는 다른 직원들과 밥을 먹으러 갔다며 식당 주소와 우위 휴대전화 번호를 적어줬다.

주소를 보고 찾아간 식당 앞에 차를 세웠다. 식당은 작고 허름한 데다, 길바닥에는 기름기가 둥둥 뜬 구정물도 보였다. 오후 2시가 넘었는데 식당 앞에 내놓은 테이블에 아직도 사람이 많았다. 우위는 가게 제일 안쪽 테이블에서 다른 동료 둘과 함께 식사 중이었다. 밖에서 기다릴까 어쩔까 고민하는 사이 우위가 나를 발견했다.

"탄자오."

주뼛거리며 그쪽으로 가니 두 직원이 날 알아보고 놀라워하면서도 반겨주었다. 그러고는 우위에게 야릇한 미소를 던졌다. 동료들이 그러거나 말거나 우위는 옆에서 빈 의자를 가져와 자기 옆에 놓았다.

"앉아."

두 동료가 말없이 킬킬 웃었다.

뭐, 난 떳떳하거든? 잠깐 스킨십이 있긴 했지만, 그건 어쩔 수 없는 상황이었고. 그런데 막상 앉고 보니 주위에 보는 눈도 많은데 우위랑 너무 가까이 붙어 앉은 거 같았다. 거기에 우위의 시선까지 느껴져 나도 모르게 얼굴이 화끈거리고 목이 탔다. 그리고…… 배가 고팠다. 생각해보니 오늘 아직 아무것도 먹지 못했다. 허기가 확 몰려와, 남이 먹던 음식까지 맛있어 보였다.

"무슨 일 있어?"

난 고개만 끄덕였다.

"알았어. 조금만 기다려."

"응."

"밥 먹었어?"

"아니."

내 솔직한 대답에 우위가 씩 웃으며 허름한 메뉴판을 건넸다.

"먹고 싶은 걸로 몇 개 주문해."

난 도도한 표정으로 메뉴판을 훑었다. 이때 동료 둘이 동시에 일어났다.

"형, 우리 먼저 들어갈게."

"그래, 먼저 가. 계산은 내가 할게."

"당연히 형이 사야지."

우위는 그 짓궂은 놀림에 대꾸하지 않았다.

난 못 들은 척 메뉴를 골랐다. 우위가 점원을 불러 내가 고른 메뉴를 주문하고 테이블 정리와 함께 물도 새로 따라달라고 부탁했다. 음식을 기다리는 동안 우위에게 사건 자료를 보여주었다. 우위는 자료를 꼼꼼히 살펴보았다. 이 식당에서 우리 테이블만 조용했다. 난 잠시 기다렸다가 천천히 말을 꺼냈다.

"이런 엄청난 일이 벌어졌는데 일이 손에 잡혀? 날 찾아와서 앞으로 어떻게 할지 의논이라도 해야 하는 거 아니야?"

우위가 그제야 고개를 들었다.

"네가 혼자 있고 싶다고 했잖아."

아, 맞다……. 그래, 내가 그랬지.

우위가 다시 자료를 보며 말했다.

"오늘 저녁때까지도 네가 안 오면 찾아가려고 했어."

"아……."

갑자기 마음이 따뜻해졌다.

이때 주문한 음식이 나와 바로 젓가락을 들었다. 너무 배고팠던 탓에 허름한 식당 음식인데도 정신없이 먹어치웠다.

"맛있어!"

"이 집 음식이 괜찮더라고."

"이런 맛집은 어떻게 찾았어?"

"아까 그 친구들 따라온 거야. 나도 베이징에서 대학 다닐 땐 이런 식당은 가볼 생각도 안 했거든. 그렇게 마음속으로 미리 등급을 정해버리는 게 선입견이라는 걸 이제야 깨달았네. 저 아줌마가 여기 주인인데 남편이랑 사별하고 혼자 식당하면서 애 둘을 키우고 있대. 깔끔한 편이고 맛있어서 단골이 꽤 많은 거 같더라고. 제대로 된 식사는 하고 싶고 주머니 사정은 어려운 사람들이 대부분이겠지."

주위를 둘러보니 확실히 일용직 근로자나 농민으로 보이는 사람이 대부분이고, 나처럼 젊은 여자는 완전히 별종이었다. 그동안 내가 다

넜던 음식점과 분위기가 많이 달랐다. 뭐랄까, 소탈하지만 활기가 넘치고 친근한 느낌이랄까. 절로 미소가 지어졌다. 고개를 돌리다가 우위와 눈이 마주쳤는데, 우위는 바로 고개를 숙이고 다시 자료를 살폈다. 나는 두근거리는 마음을 가라앉히려고 먹는 데 집중했다.

문득 어젯밤 일이 생각났다. 지난 1년 동안 무슨 일이 있었느냐고 물었을 때 우위는 인생이 다 그런 거라며 얼버무렸다. 도대체 어떤 인생이었을까? 인터넷에서 우위 이름을 검색해봤는데, 석사 이전의 간단한 프로필뿐이고 그 이후의 정보는 전혀 없었다.

우위는 1년 전만 해도 콧대 높은 명문대 출신 남자였다. 그래서 내가 사사건건 목적의식이 앞서고 이기적인 사람이라고 욕하지 않았던가. 그런데 지금은 완전히 딴사람이 되어, 과거의 지적인 분위기와 전혀 다른 인생을 살고 있다. 예전에는 이런 길거리 식당은 가볼 생각도 안 했다면서 지금은 이게 제대로 된 식사라고 말한다. 그리고 유괴범과 마주쳤을 때는 주저 없이 달려가 위험을 무릅쓰고 아이를 구했다.

우위의 과거는 소용돌이에 휘말려 철저히 사라졌을 것이다. 그러니 이렇게 완전히 다른 삶이 펼쳐졌겠지.

나는 우위 얼굴을 찬찬히 뜯어봤다. 짧고 새카만 머리카락, 단정한 이마, 여전히 빛나는 까만 눈동자. 왜 한눈에 알아보지 못했을까? 이런 얼굴에 이런 분위기를 풍기는 사람이 어떻게 또 있을 거라고 생각했을까? 지금은 턱밑에 거무스름한 수염 자국이 있고 피부가 거칠어지고 목까지 햇볕에 많이 그을렸지만 말이다. 손에는 카센터 일을 하면서 생겼을 듯한 흉터도 보이고 옷은 청바지에 평범한 티셔츠 차림이지만, 1년 전의 우위와 비교해 솔직히 지금이 더 매력적이다.

"계속 그렇게 쳐다볼 거야?"

우위가 여전히 자료에 시선을 고정한 채 말했다. 난 뜨끔했지만 아닌 척했다.

"보긴 뭘 봤다고 그래?"

"나는 이제 예전의 내가 아니야."

무슨 의미인지 어리둥절해하는데 우위가 말을 이었다.

"눈앞의 이익이나 체면에 연연하지 않으면 포기도 쉬워."

고개를 든 우위와 눈이 마주치는 순간 심장이 쿵 내려앉았다. 그의 의도를 이해했다.

"아, 그럼 그때 유람선에서 싸우고 바로 포기했어?"

우위는 잠시 침묵하다가 대답했다.

"레스토랑 입구에서 계속 기다렸어. 넌 결국 안 왔지만."

이 말을 들으니 왠지 씁쓸했다. 그날은 확실히 우위가 싫었다. 그런 기분으로 레스토랑에 내려가기 싫어서 룸서비스로 저녁을 먹고 그냥 잤다. 그다음은, 기억이 없다.

우리 둘 다 잠시 말이 없었다. 나는 젓가락을 내려놓았다.

"다 못 먹을 거 같아."

"그럼 포장해 가."

"그래. 저녁으로 먹어야겠다."

우위가 웃음을 터뜨렸다. 나는 다시 본론으로 돌아갔다.

"이 사건 말이야, 지금으로선 경찰이 빨리 해결하도록 돕는 게 최선인 거 같아. 범인을 잡으면 우리가 찾는 진실에 가까워지지 않을까?"

나는 실제로 사건을 해결해본 적은 없지만, 소설을 쓰면서 실제 사건을 바탕으로 추리는 많이 해봤다. 구두장이 셋이 제갈량 하나보다 낫다는 말도 있는데, 나하고 우위, 그리고 공상 과학 쪽으로 훤한 창위, 이렇게 모이면 얼추 구두장이 셋과 비슷하지 않을까? 그리고 이런 상황에서는 절대 나약한 모습을 보이면 안 된다. 나는 진지하게 고개를 끄덕이며 우위 어깨를 툭툭 두드렸다.

"걱정 마, 내가 있잖아. 너는 추리가 좀 약하겠지만 대신 체력이 좋으니까 큰 도움이 될 거야. 상호 보완하는 팀워크를 발휘하는 거지."

우위는 "응"이라고만 대답하고 웃었다. 나는 사건 자료를 이리저리 넘겨보며 머리를 쥐어뜯었다.

"어디부터 시작하지? 보통 사건 해결은 단서를 뒤에서부터 찾느냐, 앞에서부터 찾느냐에 따라 크게 두 가지 방법으로 나뉘어. 뒤에서부터 찾는 방법은 기존 피해자랑 범인의 주변 환경을 분석해서 공통점이나 규칙성을 찾아내는 거야. 그런 게 범인의 정체를 밝힐 단서가 되겠지. 앞에서부터 찾는 방법은 범인의 행동 패턴을 파악하고 다음 피해자를 예측해서 잡는 거야. 물론 이 두 가지 방법이 긴밀하게 얽히는 경우도 많고."

"앞에서부터 찾자."

"왜?"

"난 심플하고 직관적인 게 좋거든."

"그래, 좋아."

음……. 그런데 왜 이렇게 설레지? 하긴 눈앞의 이 사람, 명석한 두뇌에 듬직한 외모까지 다 갖췄으니까. 난 마음속 설렘을 최대한 억누르고 말했다.

"그럼, 뭐부터 시작할까?"

눈이 마주치는 순간, 우위의 눈빛이 반짝거렸다.

"새!"

우린 약속이라도 한 것처럼 동시에 외쳤다.

범행 현장마다 그 새 떼가 나타났다. 범인과 모종의 관계가 있는 건지, 다른 까닭 때문인지는 아직 알 수 없지만, 새 떼의 존재는 명백한 사실이었다. 물론 엄청 불가사의한 사실이지만, 그 사실을 따라가야 진실을 밝힐 수 있다. 우위도 나와 같은 생각을 한 게 분명했다.

"탄자오, 이번에 그 새 떼를 어디에서 본 거야?"

난 대답을 하려다 멈칫했다. 우위의 질문이 전구처럼 내 머릿속을 환히 밝혔다. 여기로 오는 내내 뭔가 중요한 것을 놓쳤다는 느낌이 들었는데, 이제야 답이 떠올랐다. 나는 너무 놀라 눈을 휘둥그렇게 떴다. 우위는 눈 한번 깜빡이지 않고 날 똑바로 주시했다.

"나…… 다음 피해자를 예측할 수 있을 것 같아."

내 말에 우위는 잠시 아무 반응이 없었다.

심각한 사안이긴 했지만, 내가 알아낸 사실을 우위에게 말해주려니 조금 뿌듯했다. 주위가 너무 시끄러워서 우위에게 좀 더 가까이 의자를 당겨 앉았다. 내가 막 설명을 하려는데 우위가 먼저 입을 열었다.

"그러니까 다른 데서 그 새 떼를 본 게 맞지?"

역시 똑똑해!

"응. 얼마 전에 패밀리 레스토랑에서 밥을 먹는데 창밖에 그 새 떼가 몰려왔어. 100마리도 넘는 거 같았어. 만약 그 새 떼의 등장이 사건이 일어날 징조라면, 그놈도 거기 있지 않았을까? 다음 범행 대상을 물색하려고. 다음 범행이 일어나기 전에 경찰에 미리 알려야 하지 않을까?"

"음……."

우위는 그렇게만 내뱉었지만 시종일관 눈빛을 반짝이며 내 말에 집중했다. 여기저기 칠이 벗겨진 낡은 의자에 앉아 있는데도 희한하게 멋져 보였다. 우리 테이블 옆으로 점원이 지나가자 우위가 손을 번쩍 들었다.

"계산할게요."

난 서둘러 지갑을 꺼냈다.

"내가 낼게. 나도 많이 먹었고…… 내가 오는 바람에 네가 다 내게 됐잖아."

"그런 거 아니야."

점원이 씩 웃으며 우리 둘을 번갈아보다가 우위에게 손을 내밀었다. 내가 내려고 점원을 향해 손을 내미는데 갑자기 굵은 팔뚝이 눈앞을 가로막았다. 아무리 밀어내려고 해도 팔뚝은 꿈쩍도 하지 않았다. 나는 그 팔에 눌려 의자에서 옴짝달싹도 하지 못하고, 지갑을 쥔 손도 우위에게 붙잡혔다.

"내가 먹은 것까지 왜 네가 내?"

우위는 다른 손으로 점원에게 돈을 건네면서 나를 돌아보며 말했다.

"어디 계산하러 갈 수 있으면 가봐. 갈 수 있으면 네가 내도 돼."

우위의 팔뚝이 내 목과 뺨을 스치는 바람에 가슴이 쿵쾅거려 계산이고 뭐고 아무 생각도 안 났다.

"그런 억지가 어디 있어!"

우위는 말없이 웃기만 했다. 어쨌든 이 상태로 계속 있을 수는 없어 몸을 뒤로 빼 우위의 팔뚝에서 벗어나며 덧붙였다.

"좋아, 그럼 다음에는 내가 살게."

"그래."

우위도 순순히 받아들였다.

우리는 동시에 일어나 밖으로 나갔다. 쿵쾅거리던 가슴도 진정되고 머리도 다시 돌아가기 시작했다. 그제야 조금 전에 하다 만 얘기가 생각났다.

"아, 큰일 났다! 내 친구랑 친구 조카도 거기 같이 있었는데, 그 애도 위험할 수 있는 거잖아."

"조카가 몇 살이야?"

"여덟 살. 그런데 좀 작아서 여섯 살 정도밖에 안 되어 보여."

우위 눈빛이 심각해졌다.

"단순히 가능성이 있는 정도가 아니라, 범인이 점찍은 대상이 그 애일 거 같은데."

"어째서?"

"유괴 현장을 목격한 그날, 카센터에서 그 새를 봤어. 열 마리쯤. 왜 내가 일하는 카센터에 나타났을까? 우리가 추측한 대로라면 그 새 떼는 아무 이유 없이 나타나지 않을 테니까 날 알아보고 찾아왔을 가능성이 커. 유람선에서 그 새들을 본 적이 있으니까. 말도 안 된다고 생각할지도 모르겠지만, 아무래도 그런 느낌이 들어."

조금 황당하긴 했다. 하지만 우위 표정은 아주 진지했다. 절대 농담이 아니라, 명확하고 강렬한 직감일 것이다. 아무리 말이 안 되는 일이라도 난 우위를 믿는다.

"네 말대로라면, 그 새가 나도 알아본 거야?"

우위는 일단 눈빛으로 그렇다고 대답한 뒤 입을 열었다.

"그날 밤 범행 현장에도 새가 100마리 넘게 나타났어. 패밀리 레스토랑에 나타났던 건 아마도 사냥감을 찾기 위해서였겠지. 그리고 널 알아봤다면, 너랑 같은 테이블에 앉아 있는 아이를 가장 먼저 주목했을 거야."

난 이미 제정신이 아니어서 서둘러 차로 향했다.

"당장 좡위한테 알려야겠어. 경찰에도."

가방에서 자동차 열쇠를 꺼내는데 우위가 날 가로막았다.

"내가 운전할게."

"왜?"

"전에 네가 운전하는 거 봤는데……."

그러니까 그 말은…….

갑자기 얼굴이 화끈거렸다.

"알았어, 네가 해. 얼마나 잘하는지 보자고."

나는 순순히 열쇠를 넘기고 조수석에 앉았다. 우위는 별말 없이 운전석에 앉아 잠시 차량 상태를 확인한 후 바로 시동을 걸고 출발했다. 확실히 나보다 빨랐다. 내 애마는 이렇게 빨리 달려본 적이 없었다. 시속이 80~90까지 올라가자 좀 불안했다. 하지만 큰 흔들림 없이 안정적으로 잘 달렸다. 차선을 바꾸고 앞차를 추월하고 커브를 도는 모든 과정이 물 흐르듯 자연스러웠다. 하긴, 지금 하는 일도 자동차와 관련된 일이니 운전 잘하는 건 당연하려나.

나는 휴대전화를 꺼내 일단 선스옌에게 연락했다.

"여보세요? 형사님, 중요한 내용이 하나 있어서요."

선스옌은 바쁜지 대답이 짧았다.

"말씀하세요."

"그 사건 자료요, 확실히 도움이 됐어요. 단서가 될 만한 게 생각났거든요. 며칠 전에 판다버거라는 패밀리 레스토랑 근처에서 그 남자를 본 것 같아요."

선스옌에게 새에 대한 얘기를 할 수는 없으니 대충 범인을 봤다고 둘러댔다.

"구시가지에 있는 판다버거라고, 아이 동반으로 많이 가는 곳이거든요. 혹시 범인이 거기에서 범행 대상을 점찍지 않았을까요?"

"중요한 단서가 되겠네요. 혹시 지금 바로 경찰서로 와줄 수 있나요? 좀 더 자세히 들었으면 하는데."

"지금 바로는 못 가요. 친구한테 가는 길이어서요. 친구랑 친구 조카가 그날 거기에 같이 있었어요. 레스토랑 CCTV를 확인해서 그날 있었던 아이들한테 연락하고 뭔가 보호 조치 같은 걸 취해야 하지 않을까요?"

"참고해서 조치하도록 할게요. 탄자오 씨가 지금 가는 곳 주소도 알려주세요. 바로 연락 취해볼게요."

"지금 가는 곳요?"

하오는 부모가 외국에 나가 있어서 할머니, 할아버지와 지내는 중이라 그곳 주소를 알려줬다.

"탄자오 씨는 용의자와 두 번이나 마주쳤으니 특별히 조심하세요."

"아, 네. 조심할게요. 고맙습니다."

이때 차가 불쑥 옆 차선으로 튀어나가더니 맹렬한 기세로 앞차를 추월했다. 우위도 나도 몸이 휘청했다. 너무 놀라서 심장이 쿵쾅거렸다. 운전 잘하다가 갑자기 무슨 일인가 싶어 우위를 쳐다봤다.

우위는 아무 일 없었다는 듯 아주 태연해 보였다.

"운전 좀 살살해."

"어."

이때 휴대전화에서 선스엔 목소리가 들렸다.

"지금…… 아니에요, 그럼 나중에 다시 연락하죠."

"아, 네. 그럼, 다음에 다시 연락할게요."

통화가 끝나자마자 이번에는 촹위에게 전화를 걸었다. 촹위는 내 말을 듣고 너무 놀라 비명처럼 외쳤다.

"그래서 그놈이 나랑 하오를 어떻게 할지도 모른다는 거야? 하오는 왜? 노릴 거면 나만 노리면 되지!"

"아니, 그게 아니라 하오만 노리는 거야."

"아…….."

촹위가 더 심각해진 목소리로 말을 이었다.

"조금 전에 하오랑 전화 통화했는데 아무 일 없었거든. 지금 바로 다시 전화해서 조심하라고 할게. 그럼 우리 하오네서 만날까?"

"그래."

통화를 마치고 안도의 한숨을 내쉬었지만 여전히 마음 한구석이 찜찜했다. 고개를 들어 먼 하늘을 바라보았다. 석양이 도시를 붉은색으로 물들이고 있었다. 그러고 보니 지금 옆에 있는 이 남자와 이미 하나의 운명으로 묶여버렸는데, 난 상대의 과거에 대해 거의 백지 상태다. 이 사람을 알고 싶다는 생각에 한참 망설이다 겨우 입을 뗐다.

"지난 1년 동안 계속 여기에 있었어?"

"아니, 여기저기 다녔어."

"있지, 우린 이미 한 배를 탔잖아……. 물어보고 싶은 게 있는데, 물어봐도 될지 모르겠네."

우위는 잠시 아무 말이 없었다. 난 힐끔 그의 표정을 살폈지만, 석양빛을 받아 붉게 물든 얼굴에서는 아무 표정도 읽어낼 수 없었다.

"그럼 묻지 마."

이렇게 단칼에 거절해버릴 줄이야! 우위는 내가 뭘 물어보고 싶은지 뻔히 알면서 조금도 아랑곳하지 않고 운전에만 집중했다. 이번에는 그의 눈동자에 담긴 깊은 쓸쓸함이 더욱 확실히 보이는 듯했다. 다가가려는 나를 밀어내는데도, 기분이 나쁘진 않았다. 오히려 지난밤에 비슷한 얘기를 꺼냈을 때의 우위 표정이 떠올라 마음이 아팠다.

나는 아무렇지 않다는 말투로 다시 대화를 이었다.

"묻지 말라면 그러지 뭐. 그럼 다른 질문. 우리, 오랜만에 재회한 거잖아? 난 네가 예전에 무슨 일을 했는지, 지금 무슨 일을 하는지 아는데, 넌 내가 무슨 일 하는지 알아?"

우위가 굳은 표정을 풀고 씩 웃었다.

"몰라."

"웹소설 작가야. 필명은 말해줄 수 없어. 아직 그렇게 친해진 건 아니니까."

이제 해는 완전히 서산으로 넘어가고 잔잔한 황혼만 남았다. 갑자기 마음 한구석이 텅 빈 기분이 들어 무심결에 우위를 쳐다봤다. 우위는 어스름한 황혼처럼 부드럽고 차분하게 대답했다.

"그래, 그럼 말해줄 때까지 기다릴게."

나는 양팔을 목 뒤에 대고 의자에 깊숙이 기댔다. 나도, 우위도 한

동안 말이 없었다.

어느덧 멀리 하오가 살고 있는 주택 단지가 보였다. 멀리서 보니 꼭 나무 블록을 쌓아놓은 것 같았다.

"저기 전봇대 위에 새가 있어. 수십 마리는 돼 보이는데?"

"저렇게 멀리 있는 게 보여? 난 아무것도 안 보이는데."

"조금 더 가면 너도 보일 거야."

잠시 후, 전봇대 여기저기에 앉아 있는 새 떼가 눈에 들어왔다. 새까만 작은 새가 대충 20마리쯤 돼 보였다.

"너 눈 진짜 좋다."

"응, 좋은 편이야……. 나중에 설명해줄게."

이때는 이 말을 무심코 넘겼다.

차를 세우고 내려 하오네 집 현관문을 두드리니 이미 도착해 있던 챵위가 문을 열어주었다. 챵위는 우위를 보자마자 날카롭게 눈을 반짝이며 새침하게 말했다.

"안녕하세요. 저 우샤오위예요."

우위가 가볍게 고개를 숙여 보였다.

"안녕하세요. 우위입니다."

"한눈에 알아봤어요."

챵위가 쓸데없는 소리를 할까 봐 내가 얼른 끼어들었다.

"하오는?"

내 말이 떨어지기가 무섭게 하오가 뛰어나왔다.

"이모! 우리 집에 왜 왔어? 이 아저씨는 이모 남자 친구야?"

우위나 내가 뭐라고 대답하기도 전에 챵위가 먼저 끼어들었다.

"무슨 헛소리야? 탄자오 이모 쫓아다니는 남자가 어디 한둘이야? 아직 누가 행운을 잡을지 몰라."

"……챵위, 그만해."

슬쩍 우위 눈치를 살펴려다 딱 눈이 마주쳤다. 그윽한 눈동자에 또 한 번 가슴이 두근거렸다.

하오가 방으로 쫓겨 들어간 후 할아버지 할머니가 주방에서 나왔다. 두 분은 우리와 간단히 인사만 하고 다시 안으로 들어갔다.

"쟝위, 두 분한테는 뭐라고 말씀드렸어?"

"뭐라고 말하긴, 그냥 요즘 이 동네에 유괴범이 나타나는 거 같으니까 특별히 조심하시라고 했지. 두 분이 잘 보살필 테니 하오는 걱정 마."

이제야 조금 안심이 됐다. 그런데 우위는 아닌 모양이었다.

"집을 좀 살펴보고 싶은데요."

"편하게 둘러보세요. 뭐 호신용 무기 같은 거 필요해요? 이것저것 많이 있는데……."

난 쟝위 입을 틀어막고 우위를 따라 베란다로 나갔다. 오래된 3층짜리 단독주택인데, 베란다며 방마다 전부 방범창이 설치돼 있었다. 쟝위가 손을 번쩍 들며 말했다.

"걱정 말라니까. 당분간 나도 하오 옆에 붙어 있을 거야. 절대 밖에 못 나가게 할게."

우리 셋은 베란다 앞 전봇대 주위를 맴도는 새 떼를 주시했다. 우위가 한 말 때문인지, 정말 새들 눈이 우리를 뚫어지게 쳐다보는 것 같았다. 이 새 떼야말로 모든 비밀을 풀어줄 실마리인지 모른다.

"탄자오, 차 좀 잠깐 빌려줘."

"뭐 하려고?"

"지난번에 저 새 떼 쫓다가 놓쳤는데 오늘은 끝까지 쫓아가보려고. 저놈들 여기서 허탕치고 돌아가는 거 뒤쫓아야지."

쟝위가 어이없다는 듯이 물었다.

"새를 쫓는다고요? 그게 가능해요? 눈 깜짝할 새에 날아갈 텐데?"

"해보지도 않고 어떻게 알아요?"

"알았어. 한번 쫓아가봐. 조심해야 해."

"응, 조심할게. 너도 조심해."

챵위가 내 팔을 툭 치더니 야릇한 표정을 지어 보였다. 내가 의미심장한 눈빛으로 경고를 보내자 챵위는 금방 알겠다는 표정으로 고개를 돌리고 몰래 웃었다.

이때 하오네 집 앞에 경찰차가 와서 섰다. 운전석에 앉은 사람의 얼굴을 보고 놀라서 나도 모르게 외쳤다.

"선스옌? 저 사람이 왜 여기까지 왔지?"

챵위는 영문을 몰라 어리둥절해했다. 선스옌은 차에서 내려 베란다에 있는 우리를 올려다봤다. 가장 먼저 반응을 보인 사람은 챵위였다.

"따주가 말한 그 돌부처야? 전혀 그렇게 안 보이는데?"

"완전 그렇거든. 못 믿겠으면 직접 내려가서 문 열어주고 겪어봐."

챵위가 내려간 뒤 우위가 갑자기 물었다.

"저 사람도 그 많은 남자 중에 하나야?"

"챵위 말 신경 쓰지 마. 다 헛소리야. 저 사람은…… 그냥 친구야."

바로 이때였다. 뭔가에 놀랐는지, 아니면 이상한 낌새를 느꼈는지, 새들이 한꺼번에 공중으로 날아올라 우두머리로 보이는 새를 따라 이동하기 시작했다. 심장이 철렁했다. 우위는 이미 몸을 돌려 계단을 뛰어내려가며 외쳤다.

"쫓아갈게!"

"나도 같이 가!"

하지만 우위는 들은 척도 하지 않고 가버렸다. 내가 아래층까지 내려갔을 때는 어리둥절한 표정의 선스옌과 챵위뿐이었다. 활짝 열린 현관문 밖에서 엔진 소리가 들려오고 곧이어 내 주황색 애마가 길모퉁이를 돌아 사라졌다. 왠지 버려진 기분이 들었지만 기다리는 것 말고는 아무것도 할 수 없었다.

이때는 알지 못했다. 피를 흘리며 쓰러져 있는 우위와 재회하게 될 줄은……

10

# 우위

황량한 산자락에 차를 세웠다.

새 떼는 이 부근에서 어둠 속으로 사라졌다. 시내에서 멀지는 않았지만 인적이 드문지 불빛 하나 없었다. 범죄자가 숨어 지내기에 안성맞춤일 듯했다.

사람들 발길이 만든 희미한 산길을 따라 무작정 달렸다. 산길을 오르면서 탄자오를 데려오지 않길 천만다행이라고 생각했다. 무성한 풀숲에 독충이나 뱀 같은 게 있을지도 모르는데 탄자오더러 이런 길을 가게 할 수는 없었다.

30분쯤 달려 대략 산허리까지 올라가니 앞쪽 수풀 사이로 희미한 불빛이 보였다. 산길을 벗어나 비탈길로 올라간 뒤 큰 바위 뒤에 몸을 숨기고 얼굴만 살짝 내밀었다.

작고 허름한 오두막이 보였다. 불빛은 문 앞에 걸린 램프 등에서 나온 것이었다. 그리고 한구석에 아이들이 웅크린 채 벌벌 떨고 있었다. 그 남자도 거기 있었다. 남자는 낡은 나무 의자에 앉아 턱을 괴고 넋나간 표정으로 아이들을 보고 있었다.

10미터가 넘는 거리지만 아이들 얼굴을 정확히 볼 수 있었다. 넷다 실종 아동이 분명했다. 그런데 자세히 보니 좀 이상했다. 셋은 옷이 지저분하고 굶주린 티가 역력한데 남자아이 하나만 옷도 깔끔하고 의자에 앉아 빵과 우유를 먹고 있었다. 사건 자료에서 본 바에 의하면 저 아이는 여섯 살짜리 주쯔한이다. 나머지 아이들은 부러운 눈으로 주쯔한을 쳐다봤고, 남자가 넋 놓고 보고 있는 것도 역시 주쯔한이었다.

새카만 새 수백 마리가 집 주위를 에워싸고 있었다. 길을 잘 들였는지 질서정연하고 조용했다.

피부가 하얗고 통통한 주쯔한은 금세 빵을 다 먹은 뒤 쭈뼛대며 남자를 쳐다봤다.

"아저씨, 빵 더 먹고 싶어요."

다른 아이들도 기다렸다는 듯이 입을 열었다.

"나도 먹고 싶어요."

"나도 주세요."

"아저씨, 왜 우리는 안 주고 쟤만 줘요?"

남자가 피식 웃으며 주머니에서 빵을 꺼냈다.

"조, 조용히 해! 어, 어딜 감히, 비교를 해?"

주쯔한은 빵을 받아 들고 다른 아이들을 힐끔 쳐다본 뒤 다시 허겁지겁 먹기 시작했다. 나머지 아이들은 아무 말도 못 하고 훌쩍였다.

나는 왔던 길을 되돌아갈 생각으로 조용히 몸을 낮췄다. 그때였다. 새 한 마리가 내 머리 위를 휙 스쳐지나갔다. 불길한 예감이 들더라니, 역시나 새는 날카롭게 울부짖으며 오두막 쪽으로 날아갔다. 남자는 내가 있는 방향으로 고개를 휙 돌렸고, 검은 새 수백 마리도 동시에 날개를 파닥였다. 거센 바람이 휘몰아치는 숲 한가운데 서 있는 기분이었다. 곧이어 남자의 웃음소리가 들렸다. 웃는 건지 우는 건지 분간이 가지 않는 아주 기분 나쁜 웃음소리였다. 남자가 긴 휘파람을 불자 새 떼가 검은 소용돌이를 일으키며 나를 공격해왔다.

비탈길이라 숨을 곳도 없고 무작정 뛰어내릴 수도 없었다. 급한 대로 눈에 보이는 굵은 나뭇가지를 부러뜨려 손에 쥐고 마구 휘둘렀다. 꽤 많이 쳐냈지만 수가 워낙 많아 다 막아낼 수는 없었다. 녀석들의 날카로운 부리와 사나운 노란 눈빛을 보는 순간, 직감적으로 놈들이 내 눈을 노린다는 사실을 알았다. 재빨리 한쪽 팔로 두 눈을 가렸다. 녀석들의 부리가 내 목과 팔을 사정없이 찍어댔다.

이때 등 뒤에서 강한 위협이 느껴졌다. 남자가 내 뒤 바위에 올라서 있었다. 내 눈을 노리는 새 떼와 기습을 노리는 남자의 협공에다 지형적으로도 내가 열세여서, 그야말로 진퇴양난이었다.

순간의 선택이 내 생사를 좌우할 터였다. 나는 양팔을 쭉 뻗으며 몸을 날려 남자의 다리를 붙잡고 쓰러졌다. 남자는 비틀거리면서 들고 있던 각목을 떨어뜨렸다. 당황한 기색이 역력했다. 한데 뒤엉킨 남자와 나에게 새 수백 마리가 날아들었다. 나는 남자와 함께 비탈 아래로 계속 굴렀다. 어느 순간 뒤통수가 뭔가에 퍽 부딪혔고 눈앞이 아득해지면서 정신을 잃었다.

얼마나 지났을까? 어렴풋이 누군가 내 몸을 흔드는 게 느껴졌다. 몽롱하던 머리가 번쩍 깨어났다.

가장 먼저 눈에 들어온 건 밤하늘의 반달이었다. 빛이 제법 밝아 저 높은 나무 꼭대기까지 보였다. 이어 보드라운 손이 내 머리를 들어 올리고 무언가로 뒤통수를 누르는 게 느껴졌다.

어둠 속에서 희미하게 탄자오의 옆모습이 보였다. 탄자오는 내가 깨어난 줄 모르는지 계속 어쩔 줄 몰라 하다가 갑자기 나를 꼭 끌어안았다.

이번엔 내가 당황했다. 얼굴이 탄자오의 목에 밀착돼 그녀의 숨결과 온기, 달콤한 체취까지 느껴졌다.

"우위…… 이렇게 죽는 거 아니지? 구급차는 20분 후에나 도착한대. 우위, 이렇게 죽으면 안 돼……."

비록 온몸이 부서질 것처럼 아팠지만 탄자오의 말을 들으며 마음은 따뜻해졌다. 나도 모르게 그녀의 앙상하고 매끈한 쇄골에 입을 맞췄다.

하지만 바로 후회했다. 뒷수습을 어떻게 하려고?

탄자오가 멈칫하는 게 느껴졌다.

"탄자오."

내 목소리에 탄자오가 나를 안았던 팔을 풀고 떨리는 목소리로 외쳤다.

"우위! 깨어났어?"

"계속 안 깨어나고 있으면 죽은 줄 알 거 아니야?"

나는 탄자오 팔을 잡고 휘청거리며 몸을 일으켰다. 탄자오 얼굴에 걱정이 가득했다.

"뒤통수가 엄청 부었어. 찢어져서 피도 나고."

"괜찮아. 그냥 어디 부딪힌 거야."

탄자오는 두 손으로 내 팔을 붙잡고 말없이 두 눈만 끔뻑였다. 기고만장한 평소 모습은 어디로 사라지고 놀란 토끼 같은 모습이 귀여워 웃음이 났다. 탄자오는 어이없어했다.

"지금 웃음이 나와? 머리 부딪혀서 어떻게 된 거 아냐?"

"내가 여기 있는지는 어떻게 알았어?"

"위험하게 왜 혼자 뒤쫓아. 일당백이 뭐 그렇게 쉬운 건 줄 알아? 내 차에 GPS가 있기 망정이지. 여기에서 한참 안 움직이는 걸 보고 찾아왔는데, 저 밑에서 계속 전화해도 안 받기에 무슨 일 생겼구나 싶어서 올라온 거야. 정말 큰일 날 뻔했어."

탄자오 다리를 보니 역시나 덤불에 긁혀 생채기투성이였다. 손목도 마찬가지였다. 탄자오는 전혀 신경 쓰지 않는 듯했지만 나는 아니었다. 나는 탄자오 손을 잡고 부드럽게 쓰다듬었다.

"무섭지 않았어?"

"그런 거 따질 상황이었겠어?"

탄자오 눈동자는 어둠 속에서도 밝게 빛났다. 잠시 후 탄자오는 슬며시 손을 빼내고 방금 아무 일도 없었다는 듯 태연히 물었다.

"도대체 어떻게 된 거야?"

나는 탄자오의 부축을 받으며 오두막 쪽으로 걸어갔다. 하지만 아니나 다를까 불도 꺼지고 사람도 새도 이미 사라지고 없었다.

탄자오에게 당장 선스옌한테 연락하라고 한 뒤, 조금 전에 여기서 본 장면과 내가 공격당한 일을 자세히 말해줬다.

우리는 큰 바위에 기대앉아 경찰이 오기를 기다렸다. 사방이 온통 칠흑처럼 어두웠지만, 다행히 탄자오가 손전등을 가져와 계속 깜빡거리며 우리 위치를 알렸다.

"주쯔한이라는 아이는 뭐가 특별한 걸까?"

"겉보기엔 특별할 게 없었어."

탄자오 표정이 자못 심각했다.

"분명히 이유가 있을 텐데."

"그렇겠지."

나는 머리를 감싸고 하늘을 올려다봤다. 오늘따라 별이 적어 밤하늘이 유달리 쓸쓸해 보였다. 허전한 마음을 견디지 못하고 손가락을 입으로 가져갔다. 단단한 이로 무른 살을 씹으니 강한 아픔이 느껴졌다. 온몸의 감각이 한 곳으로 집중되자 머릿속을 떠돌던 생각이 사라지는 것처럼 느껴졌다. 탄자오가 눈을 동그랗게 뜨고 이런 나를 쳐다봤다.

"꼭 그렇게 몸에 상처를 내야겠어?"

"누구나 머리로는 알아도 멈추기 어려운 게 있지 않아?"

탄자오가 표정을 알 수 없는 얼굴로 잠시 나를 바라보았다. 왠지 깊은 의미가 담긴 것 같은 눈동자였다.

언제부턴가 탄자오 손이 쉴 새 없이 꼼지락거리며 풀을 잡아 뜯고 있었다. 그 손을 물끄러미 바라보다 입을 뗐다.

"사건 해결은 걱정 말라며? 지금 명탐정님 생각은 뭐야?"

탄자오가 손을 탁탁 털었다.

"봐봐. 그 남자가 아이들을 납치한 건 돈 때문이 아니야. 돈이 목적이라면 당연히 부잣집 아이를 노렸겠지. 네가 본 대로라면 학대 흔적도 없으니 특별히 이상한 목적도 아니고. 정신 이상자라고 하기엔 범행 수법이 너무 완벽하고 깔끔한 데다, 판단력이 뛰어나고 행동은 민첩해. 그리고 납치된 아이들 간에 명확한 공통점도 있고. 거기다 아동 인신매매처럼 어디 팔아버리는 것도 아니고 다 여기에 숨겨뒀단 말이야. 도대체 목적이 뭘까?"

"돈이나 다른 이해관계, 혹은 이상한 욕망 때문은 아닌 것 같고, 정신 이상자도 아니라면, 혹시 치정이나 원한 아닐까?"

탄자오는 전혀 예상 못 했다는 듯 뒤통수를 한 대 맞은 표정이었다.

"음……. 그 말도 일리가 있네. 그런데 범죄 패턴으로 범인의 심리를 좀 더 구체적으로 분석해볼 필요도 있어. 납치당한 아이들은 전부 같은 지역 아이들이야. 일곱 살짜리랑 여덟 살짜리는 덩치가 작아서 다섯 살, 여섯 살 정도로 보이니까, 결국은 다섯 살, 여섯 살짜리 아이들만 납치한 셈이야. 모두 평범한 집 아이들이고, 제법 신경 써서 여기에 가둬놨어. 가뒀다기보다는…… 같이 지낸 거겠지."

탄자오와 나는 더 이상 아무 말 없이 눈만 마주쳤다. 들리는 거라곤 풀숲에서 우는 귀뚜라미 소리뿐이었다.

저 멀리 산자락에 경광등 불빛이 번쩍거렸다. 마침내 경찰이 도착한 모양이었다.

"경찰 자료에서 범인은 잘 훈련된 상습 절도범 같다고 했는데, 확실히 경험이 많은 것 같았어."

"범죄 조직에서 키우는 좀도둑들은 대부분 고아일 거야. 그들 자신이 납치 아동인 경우도 있고……."

잠시 침묵이 흘렀다.

"그런데 그 남자, 유람선이나 우리랑 무슨 관계가 있는 걸까?"

그자가 새 떼를 조종하던 모습이 떠올랐다. 그리고 웃는 건지 우는 건지 알 수 없는 기분 나쁜 미소도…….

"탄자오, 혹시 유람선에서 그 남자 본 적 있어?"

"아니, 전혀."

"나도 그래. 진실을 밝히려면 놈을 잡는 수밖에 없어."

11

# 탄자오

다급한 발소리가 가까워지며 드디어 경찰이 도착했다.

서늘한 밤바람이 불어왔다. 오늘 밤은 정말 모든 게 혼란스러웠다. 우위는 머리가 피범벅인 채로 일어섰다. 우위의 표정은 평온했지만, 나는 아까 우위 입술이 닿았던 목 언저리가 아직도 화끈거렸다. 무의식중에 닿은 걸까? 아니면, 정말…… 의도적인 입맞춤?

나도 일어서며 우위를 돌아봤다. 그의 눈매는 더없이 냉정하고 강직해 보였다.

아무래도 내가 생각이 좀 지나쳤던 모양이다. 우위는 그런 남자가 아닌데, 나 혼자 망상에 빠져버렸다.

앞장선 경찰은 역시 선스엔이었다. 선스엔은 복잡한 표정으로 우리 두 사람을 번갈아본 뒤 다른 경찰들과 마찬가지로 우위 머리에 시선을 주었다. 함께 온 의사가 서둘러 응급 처치에 들어갔다. 선스엔이 내 앞으로 걸어왔다.

"저쪽에서 얘기 좀 하시죠."

선스엔과 자리를 옮긴 후 무심코 우위를 돌아보니, 우위는 바위에 걸터앉아 치료를 받으면서도 눈은 우리를 보고 있었다. 언제 봐도 속을 알 수가 없는 짙고 깊은 눈동자로.

나는 무의식적으로 등을 쭉 펴고 서서 표정을 굳힌 채 여기에서 일어난 일들을 선스옌에게 들려주었다. 선스옌은 작은 수첩을 꺼내 열심히 메모했다.

"우위 씨가 아까 저우샤오위 씨 집에서 그렇게 뛰쳐나가고 나서 바로 근처 CCTV를 다 조사했는데, 용의자의 모습은 안 보였어요. 그런데 우위 씨는 어떻게 여기를 찾은 거죠?"

난 저우샤오위가 창위라는 사실을 떠올리는 데 몇 초가 걸렸다.

"아, 제 친구 집에는 별일 없죠?"

"네. 아무 일도 없었어요. 그리고 지난번에 말한 그 레스토랑도 CCTV를 조사해봤는데…….."

선스옌이 말끝을 흐리면서 예리한 눈빛으로 날 쳐다봤다. 이 사람, 일 처리가 정말 치밀해서 대충 상대할 수가 없다. 조금 전은 상황이 상황인 데다 우위랑 사건 얘기를 나누느라 경찰에 대처할 방법은 미처 상의하지 못했다. 새 떼를 쫓아왔다는 걸 어떻게 대충 넘기지?

예전에 소개팅으로 만났을 때는 돌부처처럼 무뚝뚝하고 눈치도 없던 사람이 사건 앞에서는 이렇게 달라질 줄 상상도 못 했다. 선스옌은 내가 무슨 생각을 하는지 다 안다는 듯 갑자기 옆으로 한 걸음 옮겨 우위를 향한 내 시선을 가로막았다. 그의 외까풀 눈이 날 똑바로 쳐다봤다.

정말 어떻게 설명해야 좋을지 알 수가 없었다. 주위를 비추는 경찰 탐조등 불빛이 워낙 밝아서 선스옌의 눈빛이 또렷이 보였다. 진실을 밝히려는 확고한 집념이 느껴졌다.

사람은 때론 누군가의 눈빛에 마음이 움직이기도 한다.

"진실을 말하라는 건데, 내가 진실을 말하면 믿기는 할 거예요?"

"물론이죠."

대답이 너무 명쾌해서 나도 모르게 되물었다.

"왜요?"

"탄자오 씨가 솔직한 사람인 걸 아니까요."

이 말에 마음속 빗장이 풀렸다. 확실히 좀 감동적이었다. 그런데 문득 한 가지 사실에 생각이 미쳤다. 내가 선스옌에게 보여준 가장 솔직한 행동은…… 가차 없이 그를 거절한 것이었다. 왠지 민망해서 코를 만지작거리며 대답했다.

"지금부터 내가 하는 말은 수첩에 안 적어도 될 거예요. 범인이 레스토랑에서 아이를 점찍었을 거라고, 내 친구 조카가 위험할 수도 있다고 말한 이유는 새 때문이었어요. 사건 현장마다 나타났던 새 떼가 그날 그 레스토랑에도 나타났거든요."

"새요?"

선스옌은 놀란 눈치였지만 침착하게 기억을 더듬었다.

"혹시 새카맣고 꼬리가 쭉 뻗은 새 말인가요?"

역시 형사답게 관찰력이 뛰어났다. 나는 조금 더 마음을 열고 우위하고 내가 새 떼와 이 사건의 연관성에 대해 추리한 내용을 좀 더 자세히 들려주었다. 물론 유람선 얘기는 하지 않았지만 논리적으로 이야기를 만드는 일은 내 전공이다.

"아까 우위가 그 새 떼한테 공격당한 상처도 있어요. 형사님 생각은 어때요? 그 남자가 새 떼를 훈련시킨 거 아닐까요?"

"탄자오 씨 말이 사실이라면 새 떼가 확실히 연관이 있는 것 같긴 하네요. 충분히 가능성이 있겠어요. 그런데…… 새가 떼를 지어서 사람을 공격한다는 말은 처음 들어봐서 좀 의아하긴 하네요. 우위 씨하고도 얘기해봐야겠어요."

선스옌과 나는 동시에 우위 쪽으로 돌아섰다. 우위는 응급 처치가 끝나고 머리에 붕대를 감고 있었다. 대충이나마 핏자국을 닦아내니 다시 멀쩡해 보여 안심이 되면서도 마음 한구석이 아렸다. 나는 선스옌과 함께 우위 앞으로 걸어갔다.

"우위, 형사님한테 새 떼 얘기도 했어."

선스옌은 말없이 서 있고 우위는 고개를 끄덕였다.

"잘했어."

"많이 아파?"

내 시선이 우위 뒤통수로 향하자 의사가 대신 대답했다.

"그렇게 다쳤는데 당연히 아프죠. 방금 약을 발라서 더 쓰리고 아플 거예요. 병원부터 가서 꼭 정밀검사 받으세요. 머리 부딪히고 방치했다가는 큰일 날 수 있어요."

"네, 고맙습니다."

우위는 대수롭지 않게 대답했지만 나는 더 불안해졌다. 우위가 날 보며 작게 속삭였다.

"정말 괜찮다니까."

"그거야 검사해봐야 알지."

우위는 투덜거리는 나를 향해 씩 웃어 보인 뒤 선스옌을 쳐다보았다. 난 괜히 조마조마했다.

선스옌은 차분한 표정으로 입을 열었다.

"가능한 한 빨리 끝내도록 할게요."

선스옌은 우위에게도 오늘 밤 일을 자세히 물었고 우위는 하나하나 성실하게 대답했다. 마침내 선스옌이 조사를 마치고 수첩을 덮었다.

"먼저 병원부터 가보세요. 필요하면 나중에 다시 연락드릴게요."

알았다고 말하려는데 우위가 내게 눈짓을 보냈다. 내가 잠시 멈칫하는 사이 우위가 먼저 입을 열었다.

"주쯔한이라는 아이 말인데요, 혹시 가정 환경이나 다른 부분에서 특별한 점은 없었나요?"

나도 궁금하던 바였다. 선스옌은 잠시 생각해보더니 고개를 저었다.

"지금은 특별히 생각나는 게 없네요. 나중에 한번 조사해보도록 할게요. 그리고…… 자오루이신이라고 피부가 하얗고 마른 다섯 살짜리 아이가 있는데, 혹시 용의자가 그 애한테 무슨 짓을 하지는 않던가요? 아니면 다른 이상한 점이라도?"

뜬금없는 질문에 나는 무슨 영문인지 몰라 우위만 쳐다봤다.

"없었어요. 자오루이신도 다른 두 아이랑 같이 계속 구석에 웅크리고 있었어요. 특별히 다른 점은 눈에 띄지 않았어요."

선스옌은 무언가를 깊이 생각하는 표정이었다. 날 돌아보는 우위와 눈이 마주치는 순간, 우리 둘이 같은 생각을 하고 있다는 걸 알았다. 선스옌이 우리에게 감춘 중요한 단서가 있다. 우린 그걸 알아내야 한다. 내가 먼저 나섰다.

"경찰에서 철저히 추적해야 할 단서는 주쯔한 아닌가요? 그 아이한테 범행 동기와 관련된 특별한 이유가 있는 것 같은데요."

선스옌은 차분한 눈빛으로 나를 보며 말했다.

"그래야죠. 오늘은 두 분이 고생 많으셨어요. 그럼, 저희도 이만 가보겠습니다."

선스옌이 갑자기 발을 빼려 하자 이번엔 우위가 나섰다.

"오늘 사건은 상당히 중요한 일인데 우리가 직접 경찰서에 가서 더 자세히 진술해야 하는 거 아니에요?"

선스옌이 날카로운 눈빛으로 우위를 쳐다봤다. 나도 적잖이 놀랐다. 우위도 이런 식으로 사람을 떠볼 줄 알다니, 우위의 이런 면모는 처음 봤다. 아, 그러고 보니 내가 잊고 있었네. 이 남자 원래 이기적이고 계산적인 공대생이었지……. 뭔가 기분이 묘했다.

두 남자는 한동안 말이 없었다. 나는 이 어색한 분위기도 풀고 우위의견에 힘도 보태려고 입을 열었다.

"아, 맞네. 지난번에도 바로 경찰서에 갔었죠. 밤새도록 엄청 소소한 부분까지 몇 번이나 진술하고요. 그러고 보니 오늘 사건은 훨씬 더 중요한 일 아니에요? 용의자뿐만 아니라 유괴당한 아이들도 목격했고 은신처까지 찾아냈는데, 여기서 겨우 몇 마디 물어보고 그냥 돌려보내는 거예요? 이대로 가면 우리가 불안해요."

난 우위 옆에서 생글생글 웃으며 선스엔을 압박했다. 점점 굳어가는 선스엔 표정을 보고 있자니, 우위와 내가 한편이 되어 이 고지식한 형사를 괴롭히고 있는 듯한 기분이 들었다.

우위가 공격을 이어갔다.

"혹시 더 긴급한 다른 문제가 있어서 우리한테 신경 쓸 여력이 없는 거 아니에요? 무슨 일이 일어났는데요?"

나는 불안한 마음으로 선스엔을 주시했다. 하지만 선스엔은 조금도 흔들리는 기색 없이 차분하게 대답했다.

"두 분이 구체적인 내용까지 아실 필요는 없어요. 먼저 가보겠습니다."

난 다급한 마음에 선스엔 팔을 붙잡았다.

"우리 둘도 이미 이 사건에 깊이 발을 들였잖아요. 저번에는 납치당하던 아이를 구해냈고, 오늘은 우위가 용의자 은신처까지 찾아냈고요. 그리고 우리도 이 사건에서 부상을 입은, 엄연한 피해자라고요. 그런데 지금 이 시점에 굳이 우리를 배제할 필요가 있어요? 지난번에도 말했지만, 경찰이 적절한 정보를 알려주면 우리가 더 유용한 단서를 생각해낼 수도 있지 않겠어요? 아시잖아요, 우린 이 사건을 해결하는 데 분명히 도움이 될 거예요. 자오루이신이라는 아이한테 무슨 일이 있는 거죠? 안 좋은 일인가요? 우리도 이 사건을 중요하게 생각하니까 꼭 알고 싶어요."

선스옌은 나와 우위를 번갈아보며 잠시 고민했다.

"좋아요. 하지만 꼭 비밀을 지켜주셔야 해요. 오늘 오후에 자오루이 신 집에 전화가 걸려왔어요. 모레까지 몸값 300만 위안을 준비하라고 요. 두 분한테 말해줄 수 있는 건 이것뿐이에요. 이 기회에 범인을 잡 고 아이들을 구해내려고 지금 구체적인 작전 계획을 세우고 있어요. 위험한 작전이니까 두 분은 절대 끼어들면 안 돼요."

***

돌아가는 길에는 내가 운전했다. 우위는 많이 지쳤는지 조수석에 깊숙이 기댄 채 말이 없었다. 나도 머릿속이 복잡해 운전에만 집중했 다. 시내에 들어설 쯤 우위가 입을 열었다.

"카센터 앞에 내려주면 돼."

나는 그 말에는 아무 대답 하지 않고, 잠시 후 다시 사건 이야기를 꺼냈다.

"범인 말이야, 얼핏 보면 미친놈 같은데 행동 하나하나를 보면 아 주 체계적이야. 그리고 주쯔한만 특별 대우하면서 가장 먼저 몸값을 요구한 쪽은 자오루이신이라니. 처음에 우리가 이 사건 분석하면서 놈이 돈을 노리는 건 아니라고 했잖아. 그런데 이젠 뭐가 뭔지 모르겠 어. 어떻게 생각해? 범인의 다음 노림수가 뭘까?"

겹겹이 짙은 안개에 둘러싸인 기분이었다.

우위의 대답을 기다리는데 나지막한 목소리 대신 길고 규칙적인 숨소리만 들려왔다. 우위는 어느새 깊이 잠들어 있었다.

빨간불에 걸려 차를 멈추고 가만히 우위 얼굴을 들여다봤다. 잠을 잘 때도 눈매가 깊고 또렷했다. 머리에는 붕대를 감았고, 온몸 여기저 기 핏자국에 먼지투성이였고, 무릎에 올려놓은 손도 지저분했다. 몰골이 말이 아닌데도 왠지 마음을 따뜻하게 만들어주는 묘한 기운이 느껴졌다.

옆자리에 남자를 태운 적은 한 번도 없었는데⋯⋯. 이렇게 우위가 앉아 있으니 기분 좋았다.

늦은 밤이라 차가 많지 않아 나 같은 초보도 물 만난 고기처럼 달렸다. 안정적으로 커브를 돌고, 속도도 안정적으로 유지했다. 내가 운전하는 차에서 우위가 곤히 잠든 모습을 보니 묘한 성취감이 느껴졌다.

어느덧 카센터 앞에 도착했다. 영업이 끝난 후라 불이 꺼져 어두웠다. 한밤중, 불 꺼진 사무실 건물은 유독 차갑고 쓸쓸해 보였다. 저 안에 우위를 기다리는 사람은 당연히 없다. 지금 들어가면 먹을 건 있을까? 몸도 성치 않은데 돌봐줄 사람도 없고, 내일 병원은 어떻게 가지?

이런 생각을 하며 잠시 망설이다가 결국 우위를 깨우지 않고 다시 차를 출발시켰다.

잠시 후 시내에 있는 대형 병원 앞에 도착했다. 병원 응급실은 대낮처럼 밝았다. 우리처럼 한밤중에 급히 병원을 찾는 사람이라면 저 불빛만 봐도 일단 안심될 것 같았다. 우위 어깨를 톡톡 두드렸다.

"우위, 일어나."

우위가 번쩍 눈을 떴다. 자면서도 계속 경계하고 긴장했던 모양이다. 재빨리 정신을 차린 우위는 병원이라는 사실을 깨닫고 나를 돌아봤다.

"고마워."

나도 차에서 내리려는데 우위가 붙잡았다.

"같이 안 들어가도 돼. 어서 집에 가서 쉬어."

난 씩 웃으며 공격적으로 대꾸했다.

"뭐야? 필요 없어지니까 바로 토사구팽이야?"

우위가 어이없어하며 피식 웃었다.

"작가들은 다 그렇게 문자 쓰는 걸 좋아해?"

"아무렴. 상황을 봐서 적재적소에 사용하지. 무슨 말이 이렇게 많아? 빨리 내려."

우위는 더 이상 대꾸하지 않았다. 나는 우위와 함께 응급실로 들어갔다.

"혼자 병원 오는 게 얼마나 처량한지 내가 잘 알거든. 예전에 너무 아파서 병원에 왔는데 혼자 여기저기 뛰어다니면서 수납하고 검사받고 약 타고 수액 맞고……. 안 그래도 아파서 서글픈데 어찌나 처량하던지……."

우위는 웃음을 참는 듯한 표정으로 나를 쳐다보았다.

"난 안 그렇거든. 심각한 병도 아니고 이깟 일로 병원 오는데 무슨 도움이 필요하다고."

난 걸음을 멈추고 양손을 허리에 올리고는 우위를 똑바로 쳐다봤다.

"뭐야, 내가 같이 있는 게 싫다 이거야?"

그렇게 내뱉자마자 심장 박동이 빨라졌다. 우리 사이에 이런 대사는 아직 이른가?

우위는 잠깐 눈빛이 흔들렸지만 시선을 피하지는 않았다.

마침 접수창구 앞이었다. 우위는 아무 말도 못 들었다는 표정으로 진료 접수를 했다. 난 조금씩 마음이 가라앉았다.

우위는 싫다는 말도, 싫지 않다는 말도 하지 않았다. 아무 말도 하지 않았다.

12

우위

　병원에 여자와 함께 오긴 처음이었다. 특히 탄자오와 함께 있는 것이 이렇게 즐겁고…… 번거로울 줄은 정말 몰랐다.

　나는 의사 앞에 앉자마자 아주 간단히 설명했다.

　"언덕에서 굴렀어요."

　그러자 탄자오가 불만스럽다는 표정으로 나서더니 손짓까지 해가며 자세히 설명했다.

　"의사 선생님, 그게요, 이렇게 비탈진 곳이었어요. 땅에 날카로운 나뭇가지랑 돌덩어리도 널려 있었고요. 제가 발견한 뒤에도 5분 넘게 기절해 있었어요."

　차분해 보이던 젊은 의사는 탄자오 말에 크게 반응했다.

　"그래요? 꽤 위험한 데서 그랬네요? 어쩌다가 그런 데서 굴렀어요?"

　이 의미 없는 대화를 빨리 끝내고 싶어서 그냥 발을 헛디뎠다고 말하려는데, 탄자오가 "아, 그게요……" 하며 의자를 내 옆으로 바짝 끌어와 앉았다.

　"그게, 자세히는 말씀 못 드리는데, 저희가 어쩌다가 도둑을 쫓고 있었거든요. 이 친구가 바짝 뒤쫓다가 이렇게 된 거예요."

"아, 그러셨군요…… 환자분 돌아앉아보세요. 자세히 살펴볼게요."

의사의 관심 어린 눈빛과 탄자오의 초롱초롱한 눈빛 속에서 나는 조용히 돌아앉았다.

탄자오는 유람선에서 처음 만났을 때와 좀 달랐다. 밝고 쾌활한 모습은 같지만, 그때는 가시 돋친 말투에 차가운 표정이 수시로 튀어나왔다. 그런데 최근에 함께하는 시간이 많아지면서 그 가시가 낯선 사람에 대한 경계심이라는 사실을 알았다. 알고 보니 한없이 마음이 따뜻하고 열정적이고 상냥한 사람이었다.

의사는 내 뒤통수 상처를 자세히 살핀 뒤 다른 이상은 없는지 이것저것 물었다. 그런데…… 내가 아니라 탄자오에게 물었다. 탄자오는 모든 질문에 사소한 부분 하나도 빼놓지 않고 아주 상세히 대답했다. 래퍼처럼 리듬을 타면서 마치 자기 몸처럼 생생하고 정확하게 표현하는 걸 보며 역시 작가는 다르구나 하고 감탄했다.

의사가 CT를 찍어보는 게 좋겠다고 해서 검사실로 갔다. 검사실 안까지는 탄자오가 동행할 수 없으니 잠시나마 조용히 있을 수 있었다. 검사를 끝내고 나오자마자 다시 탄자오의 초롱초롱한 눈동자와 마주했다. 검사실 앞에 앉아 결과를 기다리는데 탄자오가 혼잣말하듯 중얼거렸다.

"괜찮을 거야."

나는 애초에 검사 결과는 걱정하지도 않았다. 탄자오를 돌아보니 침착하고 단호한 표정에, 새카만 머리카락이 새하얀 얼굴 옆으로 흘러내려 있었는데, 평소보다 조금 더 어른스러워 보였다.

문득 조금 아까 탄자오가 한 말이 이해가 됐다. 따분하고 적막했을 이 순간, 이 장소에 그녀가 함께 있으니 소소한 생기가 감돌았다.

같이 있는 게 싫으냐던 그 질문은 이 순간 무의미해졌다.

검사 결과가 나온 후 다시 진료실로 들어갔다. 역시 별문제 없었다. 하지만 의사는 여러 가지 당부를 덧붙였다.

"당장 검사 결과는 문제가 없지만 두개 내 출혈 가능성은 아직 존재해요. 지금은 출혈 증상이 없어도 나중에 나타나는 경우도 있으니까 당분간 몸 상태를 잘 살피세요. 어지럼증이나 구토, 그 외에 조금이라도 불편한 증상이 있으면 바로 내원하세요."

의사는 이 당부 역시 내가 아니라 탄자오를 보며 말했다. 나는 끼어들 틈도 없었다. 어느 정도 예상은 했지만 탄자오 표정이 또 심각해졌다.

"어쩐지…… 병원에 오는 동안에도 차에서 계속 정신을 못 차렸어요."

의사도 덩달아 심각해졌다.

"그랬어요?"

"네, 의사시니 잘 아시겠지만……."

여기서는 도저히 끼어들지 않을 수가 없었다.

"그건 너무 피곤해서 잠이 든 거고."

"아."

탄자오와 의사가 그제야 날 돌아봤다.

병원을 나설 때 내 손엔 약봉지가, 탄자오 손엔 영수증 뭉치가 들려 있었다. 탄자오는 영수증을 뚫어져라 들여다보며 뭔갈 중얼중얼했는데, 계산이 맞는지 확인해보는 거 같았다. 진료비는 탄자오가 내 지갑을 탈탈 털어 계산했다. 확인이 끝났는지 탄자오가 영수증을 잘 접어 챙기며 말했다.

"이 돈, 선스옌한테 청구하면 주겠지?"

"……."

"적은 돈이 아니잖아."

아무래도 말이 곱게 나가지 않았다.

"이 돈을 왜 그 사람한테 달라고 해?"

"범죄 현장에서 다친 셈인데 경찰이 왜 책임이 없어?"

탄자오가 당연하다는 듯이 되물었지만 나도 고집스럽게 말했다.

"필요 없으니까, 그 형사한테 말 꺼내지 마."

내 말투가 차가워진 걸 느꼈는지 탄자오는 대꾸 없이 입만 삐죽였다.

선스옌을 찾아가 돈을 받으라고? 생각이 어쩜 그렇게 단순할까? 나도 자존심이 있는데?

나는 병원 밖으로 나오자마자 딱 잘라 말했다.

"별로 안 머니까 혼자 갈게. 너도 빨리 집에 가서 쉬어. 일단 쉬고 내일 다시 얘기하자."

탄자오는 아무 대꾸 없이 가만히 서 있었다.

"무슨 할 말 있어?"

"저기, 우리 집으로 가자. 가게로 가면 돌봐줄 사람도 없고 시끄럽잖아. 날 밝으면 일어나서 일해야 할 테고. 우리 집은 주택가라서 조용하고 방도 하나 더 있어. 자고 일어나서 바로 사건 얘기를 나눌 수도 있고. 그리고 지금 상황이 좀 긴박한 거 같으니까, 우리도 좀 더 조심해야 할 것 같아. 같이 있자."

같이 있자. 다른 뜻이 없는 줄은 알지만 심장이 쿵쾅거렸다. 내가 바로 대답을 못 하니 탄자오가 방긋 웃으며 다시 밀어붙였다.

"우리 집으로 가는 거다?"

갑자기 마음 한편이 쓸쓸해져 피식 웃었다.

"아니야, 나는 카센터가 편해. 무슨 일 생기면 바로 전화해."

"안 돼."

탄자오는 잠시 머뭇거리다가 떨리는 목소리로 말을 이었다.

"이거까지는 말 안 하려고 했는데, 사실은 한 가지 이유가 더 있어. 누가 집에 들어와서 쪽지를 남기고 갔어. 그 후로 계속 이런 일이 벌어지니까 사실 많이 무서워. 우리 집에 같이 있어주면 안 돼?"

깜깜한 밤하늘에는 구름이 짙게 깔려 별빛 하나 보이지 않았지만 머리 위에서 밝은 가로등 불빛이 쏟아졌다. 탄자오의 새카만 눈동자가 잔잔한 호수에 물결이 일 듯 파르르 떨리는 게 보였다.

"그럼 그러자."

탄자오가 다시 밝게 웃었다. 저 웃음의 의미를 깊이 생각하고 싶지 않았다.

탄자오 집은 내가 상상한 것과 비슷했다. 아늑하고 깔끔한 투룸 구조에, 적당히 어지러져 있었고, 눈에 보이는 건 대부분 책과 간식거리였다. 탄자오가 신발장에서 남성용 실내화를 꺼내주었다.

"우리 아빠 건데 일단 신어. 전에 엄마 아빠가 한동안 지내다 가셨거든. 아빠 실내복 꺼내줄게 갈아입어. 괜찮지?"

"응. 혹시…… 너희 엄마가 담근 매실주 있어?"

"그거 맘에 들었구나? 근데 그게 내 손에 들어오면 며칠 못 가거든. 다음에 또 엄마가 만들어주면 나눠줄게."

"응."

손님방은 단출했다. 가구는 침대와 책상뿐이고, 창틀과 바닥에 책이 몇 권 놓여 있었다. 탄자오가 남자 옷을 꺼내 침대 머리맡에 놓아주었다.

"넌 우리 아빠랑 취향이 비슷한 거 같아. 우리 아빠도 한여름엔 꼭 러닝셔츠를 입거든."

나는 부드러운 면 러닝셔츠를 집어 들었다.

"내가 중년 스타일이라는 거야?"

"요즘 젊은 남자들은 러닝셔츠 잘 안 입잖아?"

"일할 때는 편하고 시원해."

"그렇겠네. 카센터에서 처음 본 날도 러닝셔츠 입고 있었지."

탄자오는 무심하게 말했지만 난 그냥 지나칠 수 없었다.

"그걸 다 기억해?"

탄자오는 시선을 돌리며 별일 아니라는 듯 대꾸했다.

"그냥 그렇다고. 빨리 씻기나 해."

욕실로 들어가 욕조에 물을 받으면서 샤워기를 들고 뒤통수에 물이 닿지 않도록 조심조심 핏자국과 흙먼지를 씻어냈다. 따뜻한 물이 피로까지 풀어주어 금방 노곤하고 편안해졌다. 수건을 뜨거운 물에 적셔 얼굴에 올리고 욕조 물에 몸을 푹 담갔다.

탄자오 말을 듣길 잘했다. 지난 1년 동안 이렇게 편하고 상쾌하게 씻어본 적이 없다. 너무 편안해서 하마터면 욕조에서 잠들 뻔했다. 때마침 탄자오가 욕실 문을 두드렸다.

"우위, 내가 깜빡했는데, 수건은 세면대 아래 수납장에 있어. 파란색 수건 쓰면 돼."

"알았어."

그동안 잊고 있던 사실 하나가 문득 떠올랐다. 이게 바로 내가 꿈꾸던 삶이었다. 공부를 마치고 좋은 직장에 들어가면 당연히 이런 삶이 펼쳐지리라 믿었다. 번듯한 내 집에서 사랑하는 사람과 함께하는 삶.

지금처럼 그녀는 날 위해 깨끗한 옷을 준비해주고 이것저것 잔소리를 하겠지. 깨끗하게 씻고 나오면 수건도 챙겨주고. 나는 당연히 최선을 다해 평생 그녀를 지킬 테고, 우리의 삶은 언제나 편안하고 행복할 것이다. 그녀는 나의 엄마와 동생에게도 친절하겠지. 가족만을 위해 살아온 내 삶에 앞으로는 나의 그녀가 함께 하는 것이다.

수납장에서 수건을 꺼내 몸을 닦았다. 마음은 이미 고인 물처럼 고요해졌다.

나는 생각보다 편안하게 숙면을 취했다. 날이 밝을 무렵 방문 앞에 여러 번 인기척이 느껴져 잠에서 깨긴 했지만. 탄자오가 걱정스러워 살피러 왔을 것이다. 그런데 무슨 조화인지 그 후에 더 깊고 편안한 잠에 빠졌다. 해가 중천에 떠서 강한 햇살이 짙은 색 커튼을 뚫고 들어올 때쯤에야 눈을 떴다. 눈을 뜨자마자 맛있는 냄새가 코끝을 간질였다.

방문을 여니 주방에 서 있는 탄자오가 보였다. 불 위에 올려놓은 냄비에서 김이 모락모락 올라오고, 탄자오는 짧은 꽃무늬 스커트에 앞치마를 두르고 달걀프라이를 하는 중이었다. 오늘따라 유독 사랑스러워 보였다.

주방 입구에 가만히 서서 탄자오를 지켜보는데, 인기척을 느꼈는지 그녀가 돌아보며 생긋 웃었다.

"일어났어? 조금만 기다려. 거의 다 됐어. 가서 세수하고 양치해. 일회용 칫솔이랑 수건 준비해놨어."

난 시키는 대로 씻고 와 다시 주방 입구에 기대섰다. 왠지 딱 그 자리가 마음에 들었다. 탄자오는 달걀을 다 부치고 접시에 반찬을 덜면서 날 쳐다봤다.

"왜 그러고 서 있어? 다 됐으니까 어서 와서 앉아. 먹자."

"늘 이렇게 다른 사람을 보살피는 성격이야?"

탄자오가 또 생긋 웃었다.

"그렇게 생각했다면 사람 완전히 잘못 봤는데? 나는 지금껏 누굴 보살핀 적이 없거든."

잠시 침묵이 흐르고, 보글보글 죽 끓는 소리만 들렸다.

도대체 내가 뭘 기대하고 있는지 모르겠지만, 순간 이렇게 묻고 말았다.

"그럼, 내가 처음이란 말이야?"

탄자오 귓가가 빨갛게 물들었다.

"응. 그게 왜?"

탄자오는 대수롭지 않다는 듯 받아치고는 작은 접시를 들고 돌아섰다.

"밥 먹자."

우린 식탁에 마주 앉았다. 죽 그릇을 들고 짭짤한 장아찌와 함께 먹었는데, 정말 맛있었다! 그런데 탄자오는 어딘가 어색해 보였다. 내게는 눈길도 주지 않았다. 어쨌거나 우리는 모든 음식을 싹 비우고 만족스럽게 식사를 마쳤다. 죽은 탄자오가 한 그릇, 내가 세 그릇을 먹었고, 달걀프라이도 그녀가 하나, 내가 세 개를 먹었다. 남은 장아찌도 내가 말끔히 먹어치웠다. 탄자오가 빈 냄비를 들고 일어서면서 나를 빤히 쳐다봤다.

"남자들은 다 이렇게 많이 먹어?"

"오늘은 유난히 배가 고팠거든."

탄자오가 기분 좋게 웃었다.

"설거지는 네가 해."

여부가 있나. 나는 얼른 싱크대 앞으로 가서 섰다.

한낮의 햇살이 워낙 좋아 주방까지 훤했다. 내가 설거지를 하는 동안 탄자오는 거실에서 텔레비전을 봤다. 힐끗 돌아보니, 슬리퍼를 벗고 맨발로 소파에 깊숙이 기대앉아 쿠션을 끌어안고 있었다. 나에게는 약간 낯선, 나른한 표정이었다. 맑은 눈망울, 오뚝한 콧날, 앵두 같은 입술. 한참을 바라보고 있노라니 가슴속이 무언가로 충만해지는 기분이 들었다가, 금세 또 까닭 모를 공허가 느껴졌다.

이때 갑자기 초인종이 울리고 탄자오가 뛰어나가 문을 열었다. 허스키한 여자 목소리가 들렸다.

"따주! 흥미로운 단서를 찾았어. 그거 알려주려고 바로 달려왔지."

어제 봤던 친구 촹위였다. '따주'라니, 내 귀에는 듣기 별로였다. 둘 다 저런 터프한 표현하고는 거리가 멀어 보이는데, 작가라서 별난 건가?

"응? 누가 있어? 가사도우미 불렀어?"

촹위가 주방에서 달그락거리는 소리를 들었나 보다.

"아니, 그게 아니라……."

난 마지막 그릇을 행군 후 손의 물기를 닦고 거실로 나갔다. 두 사람이 동시에 날 돌아봤다.

탄자오 절친 답게 촹위의 표정은 생동감이 넘쳤다. 짧은 순간에 다양한 표정이 스쳤고 최종적으로는 놀라움과 반가움이 남았다. 하지만 말투는 매우 차분했다.

"아, 방해해서 미안."

탄자오는 어떤 땐 대단히 뻔뻔하고 또 어떤 땐 굉장히 수줍어했는데, 이번에는 적극 해명에 나섰다.

"이상한 생각 하지 마! 우위가 어제 많이 다쳐서 우리 집에서 보살펴준 것뿐이야. 우위는 손님방에서 잤거든. 그리고 지금 사건도 해결해야 해서."

촹위는 여전히 차분한 목소리로 말했다.

"아, 보살펴주느라."

난 성격 독특한 이 친구가 왠지 마음에 들었다.

내가 탄자오 옆으로 가서 앉자 촹위가 괜히 헛기침을 하고는 그제야 본론으로 들어갔다.

"따주, 오늘 아침에 나한테 주쯔한이라는 애 뭔가 특별한 점이 있나 조사해봐야겠다고 했잖아? 그 애 집이 마침 하오녜 집에서 멀지 않아서 내가 한번 가봤거든. 따주도 알다시피 내가 좀 치밀하고 날카로운 분석가잖아? 여하튼, 그 집에 갔다가 흥미로운 사실을 발견했어.

집주인은 주펑셴이라고 주쯔한 할아버지인데 젊었을 때 장사를 해서 자식도 여럿 낳았대. 자식이 셋인데 첫째는 주보웨이, 둘째는 주중링, 막내딸은 주지루이. 주중링은 주쯔한 아빠고, 주지루이는 아직 미혼인데 얼마 전에 약혼했고. 그런데 첫째가 마흔, 둘째가 서른다섯이고 막내가 스물셋이야. 둘째랑 셋째 나이 차이가 너무 커. 뭔가 있는 거 같지 않아?"

탄자오가 잠시 생각을 정리하고 챵위의 추리를 이어갔다.

"자녀 순서대로 '보중수지(伯仲叔季)'를 넣어서 이름을 지은 모양인데 중간에 '수'가 없네. '중'이랑 '지'가 나이 차도 많고."

탄자오는 확실히 두뇌 회전이 빨랐다. 챵위가 무릎을 탁 치며 외쳤다.

"맞아! 바로 그게 이상했어. 마침 하오 할머니가 예전에 주민위원회에서 일한 적이 있어서 물어봤는데 옛날에 그 집에서 애가 없어진 일이 있대. 호적에서 이름도 지워지고, 시간이 흐르면서 별의별 소문이 다 돌았던 모양이야. 병으로 죽었다, 유괴됐다, 심지어 장애가 있어서 일부러 버렸다는 소문까지. 물론 사실을 확인할 방법은 없고. 이게 두 사람이 찾는 '특별한' 이유랑 연관이 있지 않을까? 암튼 내가 알아낸 건 여기까지야."

탄자오 표정이 좀 더 무거워졌다.

"챵위, 고마워. 우위, 어떻게 생각해? 옛날에 아이를 잃어버린 집에서 지금 또 아이를 잃어버렸어. 이게 무슨 일일까?"

"범인이 자오루이신 집에 몸값을 요구한 건 기존 패턴에서 완전히 벗어난 행동이야. 논리적으로 이어지지가 않아. 그런데 이 돌발 행동으로 경찰의 모든 관심이 자오루이신 집에 집중됐어. 만약 이게 눈속임이라면? 그놈의 진짜 목적은……."

탄자오가 나와 눈을 마주치며 물었다.

"그럼 이제 어떻게 하지?"

"주쯔한 집에 가봐야지."

***

주쯔한 집은 자그마한 4층짜리 단독 건물인데 아주 낡아, 한눈에 봐도 경제 사정이 안 좋아 보였다. 창위가 조사한 대로라면 주평셴 아내는 막내딸을 낳고 금방 세상을 떠났다. 큰아들은 다른 지역에 살고 막내딸도 따로 나가 살기 때문에 지금 이 집에 거주하는 사람은 주평셴과 둘째 아들 가족뿐이다. 주쯔한은 주평셴의 유일한 손자다.

우리는 길 건너편에 차를 세우고 한동안 주평셴 집을 주시했다. 창위는 잠깐 같이 있다가 시험이 있다며 먼저 갔다. 학생에게는 시험이 무엇보다 중요하니까.

"우위, 우리가 여기서 지켜보면 뭔가를 알아낼 수 있을까?"

"글쎄. 하지만 다른 아이들은 눈속임을 위한 거고 진짜 목표가 이 집이라면 조만간 연락해오지 않을까."

"그렇겠지?"

탄자오의 굳은 표정과 날카로운 눈빛은 집에서 토끼처럼 통통 뛰어다니던 모습과는 완전히 딴판이었다. 하지만 얼마 지나지 않아 몸을 비비 꼬았다.

"이럴 줄 알았으면 드라마라도 다운받아 오는 건데. 가만히 기다리려니 너무 지루하네. 경찰은 역시 아무나 하는 게 아니야."

나도 모르게 웃음이 터졌다.

"왜 웃어?"

"아니야. 너는 어디 산책이라도 하고 와. 여긴 나 혼자 지켜봐도 되니까."

탄자오는 그러고 싶은 티가 역력한데도 망설였다.

"그건 안 되지. 넌 지금 몸도 성치 않은데……."

"설거지도 했는데 뭘."

탄자오가 웃음을 터트렸다. 맑고 고운 눈매에 오후 햇살까지 비추어, 정말 꽃처럼 화사한 미소였다. 탄자오는 결국 차에서 내렸다.

"좋아. 그럼 주변 좀 걷고 올게. 몸을 좀 움직여두면 나중에 더 도움이 될 거 같아."

"그래, 좀 걷고 와."

탄자오가 또 한 번 생긋 웃었다. 기분이 좋아 보였다.

사실은 나도 오랜만에 기분이 좋았다. 너무 오랜만이어서 이 기분이 낯설기까지 했다.

주펑셴 집은 아무도 드나들지는 않았지만, 거실 커튼 너머로 사람이 움직이는 게 보였다. 그 외에 별다른 점은 없었다.

탄자오는 얼마 지나지 않아 아이스크림 두 개를 들고 돌아와 운전석 쪽 창으로 얼굴을 갖다 댔다. 창문을 내리니 탄자오가 꽤 진지한 표정으로 이렇게 말했다.

"네가 티라미수 맛을 좋아할 것 같다는 느낌이 팍 왔어."

살짝 난감했다. 사실 아이스크림은 거의 먹어본 적이 없고, 단 음식도 싫어한다. 어렸을 땐 워낙 가난해서 이런 거를 사 먹을 돈이 없었는데, 어쩌다 우먀오에게 한번 사주면 정말 맛있게 먹던 기억이 난다. 그때 우먀오는 소중한 보물이라도 되는 듯 아이스크림을 꼭 쥐고 무척 좋아했는데, 탄자오는 기분은 좋아 보이지만 우먀오처럼 흥분하지는 않았다.

"네가 두 개 다 먹어."

내 말에 탄자오가 애원하는 표정으로 계속 아이스크림을 내밀었다.

"내가 막 살쪘으면 좋겠어?"

어쩔 수 없이 아이스크림을 받아 들고 먹었다. 탄자오는 차에 타지 않고 밖을 서성거리며 아이스크림을 먹다가 차창에 기대 물었다.

"맛있어?"

"어."

갑자기 주위의 모든 움직임이 멈추고 가벼운 바람만 느껴졌다. 우리 둘 사이의 거리가 의도치 않게 아주 가까워졌다. 내가 차창에 팔을 걸친 상태여서 탄자오가 차창에 기대자 얼굴이 바로 코앞까지 다가왔다. 늦은 오후 햇살이 쏟아져 촉촉한 눈망울과 아이스크림이 살짝 묻은 입술이 보석처럼 빛났다.

"내 것도 맛있어."

"그래?"

나는 무심코 대답했다.

탄자오가 내 눈을 가만히 들여다보다가 아이스크림을 내밀었다.

"먹어볼래?"

난 말없이 탄자오 입술에 묻은 아이스크림을 뚫어져라 쳐다봤다. 갑자기 목이 타는 느낌이었다.

탄자오도 말이 없었다. 내 마음을 알아차린 것 같지는 않지만, 탄자오 역시 순간적으로 어떤 감정이 스쳤는지 눈빛이 살짝 흔들렸다.

이 순간, 내 마음은 한여름 해 질 무렵에 짙게 드리운 황혼처럼 한 없이 따사롭고 평온했다. 여기에 탄자오의 향기인지 아이스크림 냄새 인지 모를 달콤함이 더해졌다. 오랫동안 짙은 어둠 속에서 방황하던 내 삶에 한 줄기 빛이 비추는 느낌이었다. 내 앞에는 아직 많은 위험 과 수수께끼가 기다리는데, 아직 그 깊은 원한을 풀지도 못했는데, 운 명의 그녀가 내 삶에 다시 나타났다.

탄자오를 만나기 전엔 사랑이란 감정을 품어본 적이 없다. 하지만 눈앞의 그녀를, 지금의 내가 과연 잡을 수 있을까?

이때 시야에 뭔가가 포착됐다.

"누가 나왔어."

탄자오는 눈빛을 반짝이며 남은 아이스크림을 내던지고 내 시선을 따라 고개를 돌렸다. 주평셴 집 대문이 열리고 여러 사람이 밖으로 나왔다. 총 다섯 명인데 노인, 젊은이, 남자, 여자가 골고루 섞인 조합이었다. 아마도 주평셴, 둘째 아들 부부, 막내딸 커플일 것이다. 다섯 명 모두 말이 없고 긴장한 티가 역력했다. 주쯔한 엄마는 눈이 빨갛게 부어 있었다. 이들은 대문 앞에 세워져 있던 차를 타고 어딘가로 출발했다.

"탄자오, 어서 타."

탄자오가 올라타자마자 시동을 걸고 주평셴 가족을 뒤쫓았다. 방금 전 탄자오를 보며 솟구쳤던 미묘한 감정은 잠시 뒤로 물러섰다. 탄자오도 진지한 표정이었다. 방금 전 일은 어쩌면 나만의 환상이었는지도 모른다. 탄자오가 심각한 말투로 말했다.

"저 사람들, 어딜 가는 걸까?"

"오늘은 평일인데, 온 가족이 출근도 안 하고 한자리에 모여서, 온종일 대기하다가 다 늦게야 어딜 간단 말이지……. 그럴 만한 일이 뭘까?"

탄자오가 씩 웃으며 답했다.

"여우 같은 놈. 드디어 꼬리를 드러내고 사냥감을 유인하고 있어."

13

# 탄자오

우위가 날 유혹하는 게 틀림없다.

그렇지 않으면 병원에서 내가 같이 있는 게 싫으냐고 물었을 때 왜 아무 말 안 했을까? 왜 내 뒤에 서서 누군가를 보살펴주는 게 자기가 처음이냐고 물었을까? 그것도 그렇게 그윽한 목소리로 말이야. 그리고 아이스크림을 먹을 때 날 보던 그 눈빛은 또 뭐고! 곧 폭발할 뭔가를 억지로 감추고 있는 듯한 눈빛이었다.

어느덧 석양빛에 물든 구불구불한 산길에 접어들었다. 내 마음은 여전히 어지러이 헝클어진 실타래 같았다.

옆에 앉은 남자는 운전에만 집중할 뿐, 말 한마디 없었다. 사건 생각에 푹 빠져 있는 모양이었다. 지금은 딴생각을 할 때가 아닌 줄은 알지만 우위의 존재가 이미 내 마음에 가득 차 시도 때도 없이 날 흔들었다.

물론 내가 너무 깊이 생각했는지도 모른다. 되돌아보면 우위가 한 말은 딱히 특별한 뜻이 없었다. 그의 눈빛, 태도, 말로 표현하기 힘든 미묘한 분위기, 그 모든 것을 내 멋대로 착각하고 나 혼자 설렌 것이다. 미묘하다는 것 자체가 명확하지 않다는 뜻 아닌가. 그런데 혼자 착각하고 이렇게 혼란스러워하다니.

나는 이런 어지러운 생각에 빠져 있다가, 우위가 차를 세운 후에야 번쩍 정신이 들었다.

"무슨 이상한 생각이라도 해? 왜 이렇게 넋을 놓고 있어?"

"내 생각이 이상한지 아닌지 네가 어떻게 알아?"

우위가 내 치마 쪽을 힐끗 쳐다보기에 내려다보니, 나도 모르게 치마를 있는 대로 비틀어 쥐고 있었다.

당황한 마음에 얼른 치맛자락을 놓고 탁탁 털어서 폈다.

"됐어, 예쁘게 잘 펴졌어."

'예쁘게'라는 말에 또 한 번 설렜지만 우위는 시동을 끄고 덤덤하게 앞쪽만 주시했다.

하아, 이제 유치한 연애 소설 따위 그만둬야겠다. 애초에 내가 무슨 자격으로 그런 걸 썼는지 모르겠다. 실전에서는 아무것도 모르면서 말이다. 상대방은 별말 안 했는데 혼자 착각에 빠져 설레기나 하고.

주펑셴 가족의 차가 저 멀리에 멈췄다. 그 지점에서 도로가 끝나고 옆으로 작은 흙길이 나 있었다. 그들 가족은 차에서 내려 걸어서 산길을 올랐다. 우위가 입을 열었다.

"우린 다른 길을 찾아서 가능한 한 빨리 올라가야 해."

"왜?"

"범인이나 새 떼한테 발각되면 안 되니까."

우위는 확실히 치밀하고 계획적이었다. 같은 방법에 두 번 당할 사람이 아니다. 정말이지 생각도 깊고 세심하고, 완벽한 사람이다.

……지금 이런 생각이나 하고 있을 때가 아니지만.

우리가 찾은 길은 잡초와 덤불이 무성한 험한 길이었다. 그리고 '빨리' 올라가야 한다더니, 빨라도 너무 빨랐다. 우위는 가시덤불 따위

아랑곳하지 않고 거침없이 전진했다. 마치 피부에 아무런 감각도 없는 사람 같았다.

내가 "아얏" 하고 계속 낮은 비명을 지르자 우위가 손을 내밀어주었다. 따뜻한 우위 손을 잡는 순간, 다시 가슴이 미세하게 떨리기 시작했다. 가파른 경사에서는 우위가 자연스럽게 내 허리를 잡아주거나 아예 안아서 올려주었다. 산길을 오르는 동안 한마디도 하지 않고 오로지 눈빛으로, 깊고 그윽한 그 눈으로 날 지켜볼 뿐이었다. 분명히 특별한 의미가 담긴 눈빛이었다.

덤불을 헤치고 어느 정도 올라오니 무성한 잡초 너머로 낙엽이 수북이 쌓인 숲길이 보였다. 우리는 풀숲에 엎드려 몸을 숨겼다. 우위는 걱정스러운지 내 어깨에서 손을 떼지 못했다. 난 당연히 그 손을 뿌리치지 않았다.

드디어 주펑셴 가족이 나타났다.

주쯔한 아빠 주중링과 예비 사위 옌위안이 앞장섰고, 주펑셴, 주쯔한 엄마, 막내딸 주지루이가 그 뒤를 따랐다.

그런데 이들이 범인에게 연락을 받았다면 왜 경찰에 알리지 않았을까? 그 점이 계속 의아했다. 하긴 범인이 협박했을지도 모른다. 경찰이 따라붙으면 바로 아이를 죽여버리겠다고. 그리고 온 가족이 함께 몰려온 이유는, 혼자보다는 덜 무서워서?

아니면, 혹시 범인이 온 가족을 부른 거라면? 그 이유가 뭘까?

갑자기 우위가 한 말이 생각났다. 치정 혹은 원한.

선스옌에게 받은 자료와 창위가 조사한 내용을 머릿속으로 천천히 되짚었다. 주펑셴은 지금도 작은 슈퍼를 운영하고 있고, 일찍 세상을 떠난 아내는 초등학교 교사였다. 주펑셴은 덩치가 왜소하고 인상이 괴팍해 보여, 짜증이나 불평불만이 많은 사람일 것 같았다. 집안에서 가장의 권한을 강하게 휘두를 가능성도 클 것이다.

주중링은 평범한 회사원이고, 외모도 지극히 평범했다. 똑똑해 보이지는 않지만 눈매는 아버지를 닮아 완고하고 엄격해 보였다. 주중링 아내는 슈퍼에서 일하는데, 살집이 꽤 있는 편이고, 넓적한 얼굴에는 옅은 화장기가 남아 있었다. 눈은 퉁퉁 부었고, 머리는 산발이었다.

주지루이는 은행원이고 예쁘장하게 생겼는데, 예비 신랑 외모는 더 훌륭했다. 옌위안은 조각 미남까지는 아니어도 이목구비가 또렷하고 키도 크고 똑똑해 보였다. 작은 사업을 한다니 큰 부자는 아니겠지만, 이 지역에서는 이 정도면 일등 신랑감에 속할 것 같았다. 두 사람은 왼손 약지에 똑같은 디자인의 다이아몬드 반지를 끼고 있었다. 지나가기 힘든 길이 나오자 주지루이는 옌위안에게 손을 내밀었다. 옌위안은 주지루이의 손을 잡아준 후 다른 가족들에게도 손을 내밀었다. 이들 가족과 이미 돈독하게 잘 지내는 듯 보였다.

여기서 한 가지 짚고 넘어가자. 우리는 왜 경찰에 알리지 않았을까?

조금 전 산길을 올라오면서 우위와 상의한 끝에 내린 결정이다. 첫째, 확실한 증거를 잡기 전에 알리면 경찰이 믿지 않을 것이다. 둘째, 범인이 눈치를 채면 일이 더 복잡해질 게 분명했다.

주펑셴 가족이 우리 앞의 숲길을 지나간 후, 우위와 나도 몸을 일으켰다. 우리는 풀숲과 나무에 몸을 숨기며 조심히 그들의 뒤를 밟았다.

어느덧 날이 완전히 어두워졌다.

밤중의 산속은 쥐 죽은 듯 고요했다. 모든 빛이 사라지고 나뭇잎에 바람이 스치는 소리만 들려왔다. 주펑셴 가족은 손전등을 켜고 천천히 계속 걸었다. 주쯔한 엄마가 숨죽여 흐느끼는 소리와 주쯔한 아빠가 울지 말라고 나지막이 다그치는 소리가 들렸다. 주지루이와 옌위안의 다이아몬드 반지가 이따금 빛을 반사했다.

'이 커플도 참. 이런 데 올 거면 다이아몬드 반지는 빼놓고 오든가.'

이런 생각을 하다가 순간 멈칫했다. 중요한 뭔가를 놓치고 있는 것 같다는 생각이 들었다.

이들 가족과 거리가 조금 좁혀졌을 때였다. 우위가 내 팔을 잡고 아래로 끌어당겨, 나는 우위와 함께 쪼그려 앉았다. 몸을 숨긴 공간이 너무 좁아서 발도 제대로 딛기 힘들었다. 내 얼굴이 우위 가슴에 딱 붙은 자세여서 우위의 심장 박동이 고스란히 느껴졌다. 우위 손이 내 허리를 살짝 감쌌다. 우위가 고개를 숙여 날 내려다보는 것도 느껴졌다. 주변이 너무 조용해서 이 모든 것이 현실 같지 않았다.

"저 가족한테 무슨 짓을 하려는 걸까?"

난 거의 입만 뻥긋하는 정도로 작게 말했다. 우위는 나보다 더 작은 목소리로 대답했다.

"함정을 만들어놓고 한꺼번에 덮치려는 건가? 왜, 무서워?"

"조금."

우위가 어둠 속에서 날 가만히 처다보더니 내 허리를 감싼 손에 더욱 힘을 주었다. 처음엔 손이 닿은 부분이 살짝 간지럽다가 그 느낌이 점점 온몸으로 퍼져 나갔다. 가쁜 내 숨소리가 내 귀에도 들렸다.

살짝 몸을 움직이다가 내 손이 우위 손을 건드렸다. 아주 살짝 스쳤을 뿐인데, 우위가 갑자기 손바닥을 뒤집더니 내 손을 꽉 잡고 자기 다리에 올려놓았다.

심장이 걷잡을 수 없이 뛰었다. 이 행동은 무슨 의미지? 아니, 그냥 나를 보호하고 안심시키려는 것뿐이겠지? 어둠 속이라 우위 표정이 자세히는 보이지 않았지만 침착한 것만은 틀림없었다. 그런데 나는 뭔지 모를 느낌에 휩싸여 혼란스러웠다. 모든 모세혈관의 피가 손가락으로 흘러와 우위의 굵은 손가락을 휘감는 것 같았다. 이 느낌은 아주 고요하게 이어졌다. 너무 고요해서 겁이 날 정도로.

이때였다. 드디어 일이 벌어졌다.

비명 소리가 울려 퍼졌다. 칠흑처럼 어두운 산길로 고개를 돌리니,

방금까지만 해도 거기 있던 주펑셴 가족이 감쪽같이 사라졌다. 우위가 경솔하게 움직이지 말라는 듯 내 손을 꽉 잡아 눌렀다. 자세히 보니 어딘가 밑에서부터 올라온 손전등 불빛 여러 개가 하늘과 나무를 어지러이 비췄다. 그리고 고통스러운 듯한 신음 소리가 들려왔다.

함정이었다! 낙엽과 잡초로 뒤덮인 길 아래 깊은 함정이 있었다. 주펑셴 가족 모두 그 함정에 빠졌다. 우위의 예상이 맞았다. 그렇다고는 해도 구덩이를 파서 만든 진짜 함정일 줄은 몰랐다. 정말 이상한 놈인 모양이었다. 하긴, 생각해보면 이해가 안 가는 것도 아니었다. 자기 발밑도 안 보일 만큼 어두운 상황에서 혼자 여럿을 상대하려면 저런 함정이 가장 간단하고 효과적이었을 것이다.

어두운 밤, 깊은 산속에 이런 함정까지 파가면서 사람들을 유인했다면, 놈은 저 가족에게 깊은 원한이 있는 게 분명하고, 짐승처럼 울부짖는 저들을 어딘가에서 지켜보고 있을 터였다.

도대체 어쩌려는 걸까?

구덩이 안에 덫이나 가시덤불 같은 걸 설치해뒀는지 신음 소리가 끊이지 않았다. 적막한 산속에 울리는 신음 소리를 듣고 있자니 소름이 돋으면서 식은땀도 났다.

곧이어, 여기에 빠져서는 안 될 존재가 등장했다.

새카만 새 떼.

새들은 사방에서 날아와 일부는 제 몸보다 더 시커먼 숲으로 날아들고 일부는 구덩이 주변과 나뭇가지에 내려앉았다. 수많은 새가 동시에 날갯짓하는 소리는 누군가를 부르는 것 같기도 하고, 흥분해서 날뛰는 맹수의 포효 같기도 했다. 너무 무서웠다.

나는 고개를 최대한 깊숙이 숙였다. 이 상황만 해도 너무 끔찍하고 무서운데, 우위는 저 사나운 놈들을 어떻게 혼자 상대했을까? 도저히 상상이 가지 않았다. 내가 풀밭에 납작 엎드리자 우위가 내 손을 놓고 대신 어깨를 감싸주었다. 훨씬 안심이 됐다.

그리고 드디어 놈이 나타났다.

새 떼가 나지막이 울었다. 놈이 새 떼를 조종하는 것이 확실했다. 우리의 억측이 아니라 틀림없는 사실이었다. 그리고 이날 이후 나는 점점 더 많은 불가사의한 일을 목격하게 되었다.

남자는 지난번에 본 그 더러운 옷을 그대로 입고 있었다. 어쩌면 아주 오랫동안 갈아입은 적이 없는지도 모른다. 놈은 한 손에 등유 램프를 들고 다른 한 손으로는 아이를 안고서 바보처럼 히죽히죽 웃으며 나타났다. 아이는 볼 것도 없이 주쯔한이었다. 그런데 꼼짝도 하지 않아 생사는 알 수 없었다.

"다, 다들…… 왔군."

남자는 더듬거리며 그렇게 말하더니 구덩이 가까이 다가가 램프를 땅에 내려놓고 아래를 들여다봤다. 남자가 안고 있는 아이를 발견했는지 가족들이 울먹이며 소란스러워졌다. 남자가 피식 웃었다.

"아, 아니…… 괜찮아. 자는 거야. 내, 내가 수면제를 먹였어. 너, 너무 시끄러워서."

나는 안도의 한숨을 내쉬었다. 이때 떨리는 목소리가 들렸다.

"도대체 원하는 게 뭡니까? 요구한 돈 가져왔고 경찰에 신고도 안 했어요. 당장 우리 아이 돌려줘요!"

주중링 목소리 같았다.

"다, 다들…… 일단, 휴대전화부터 꺼내서, 위로 던져. 지, 집에 돌아간 후에도…… 경찰에 연락 안 한다고 맹세해……. 안 그러면, 이 애, 지금…… 주, 죽여버릴 거야."

상황이 심각하게 돌아가니, 이들 가족은 남자가 시키는 대로 할 수밖에 없을 터였다. 휴대전화 다섯 개가 구덩이 밖으로 던져졌다. 이어 놈이 발로 차버린 휴대전화를 검은 새가 물고 날아갔다.

"사, 사실…… 난, 돈은 필요 없어."

남자가 허리춤에서 긴 칼을 꺼내더니 아이 목을 겨누며 기분 나쁘게 웃었다.

"그, 그냥 죽일 거야……."

구덩이 안에서 울음소리가 터져 나왔다.

"선스옌한테 알려."

우위가 내 귀에 바짝 입술을 대고 거의 소리가 나지 않게 속삭였다. 감전이라도 된 것처럼 찌릿한 느낌이 귀에서 목까지 이어져, 황급히 고개를 돌리고 주머니를 더듬어 휴대전화를 꺼냈다. 그러고는 빛이 새나가지 않도록 가슴 앞에 딱 붙이고 팔로 가린 채 위치 정보와 함께 간단한 메시지를 남겼다.


〈용의자와 주쯔한이 여기 있어요. 아이 가족도.〉


선스옌은 언제쯤 올 수 있을까…….

어둠 속에서 고개를 돌리다가 입술이 우위 얼굴에 닿을 뻔했다. 우위는 아무 일도 없다는 듯 꿈쩍도 하지 않았다.

"우위, 저 사람들을 어떻게 구하지?"

"지금 우리 힘만으로는 놈을 상대하기 힘들어. 일단 기회를 봐야지."

주펑셴 가족이 울고불고 고함을 지르고 난리였지만 남자는 고개를 숙이고 가만히 서 있기만 했다. 얼굴은 마치 돌처럼 감정 변화가 전혀 보이지 않았다. 잠시 후 놈이 아이를 바닥에 내려놓고 말했다.

"애, 애가…… 죽는 건 싫어? 그, 그럼…… 한 가지 방법이 있어."

놈이 칼을 번쩍 들었다.

"딱 세 번만…… 찌를 거야. 너, 너희가 세 명을 정해서…… 애 대신, 찔리면…… 다 보내주지. 어때?"

남자가 음흉하게 웃었다.

주펑셴 가족은 순식간에 조용해졌다.

나는 등골이 서늘해졌다. 놈은 도대체 무슨 의도일까.

잠시 후 구덩이 안이 다시 소란스러워졌다.

"말도 안 돼!"

"저 미친놈 말을 어떻게 믿어?"

"아버님, 우리 쯔한이 살려야 해요. 제발 살려주세요…….'"

"누구한테 칼을 휘두르겠다는 거야? 우리 가족 누구도 다치게 할 수 없어!"

"그럼 어떻게 해요?"

"너 도대체 누구야? 우리 가족한테 왜 이래?"

남자는 칼을 높이 치켜들고 그들을 보며 미친 듯이 웃었다. 왠지 몹시 괴로워 보이는 웃음이었다. 구덩이 안이 점점 시끄러워지자 놈이 버럭 소리를 질렀다.

"저, 전부 입 닥쳐!"

주펑셴 가족은 겁을 먹었는지 다시 조용해졌다.

"못, 못 정하겠어? 그, 그래, 세 명은 좀 많지? 그럼…… 한 가지 방법이 더 있어. 한, 한 명만 골라서 죽이고…… 애랑 나머지는 보내주지. 이번이…… 마지막 기회야. 이, 이제…… 다른 방법은 없어."

말도 안 돼!

남자의 칼이 다시 아이를 향했다.

주펑셴 가족의 침묵은 생각보다 길어졌다. 한참 후에 주쯔한 엄마가 다시 울먹이기 시작했다.

"쯔한 아빠, 어떻게 좀 해봐. 뭐라고 말 좀 해보라고. 우리 어떻게 해? 이봐요, 우리 아들…… 제발 우리 아들 살려주세요."

"제발 부탁합니다. 우리가 가진 돈 전부 드릴게요. 전 재산을 다 드릴 테니 제발 아이를 돌려주세요."

그러나 남자는 아무런 대답도 하지 않았다.

"저놈이 칼 들고 있는 거 안 보여? 먼저 애를 죽이고 나면 우리도 다 죽일 거야!"

주펑셴 목소리였다.

"정말…… 누구 한 사람이 죽어야 해?"

주지루이도 울먹이기 시작했다.

"하나가 애 대신 죽으면 나머지는 다 살려준다잖아. 그렇지 않으면 다 죽는 거지!"

주펑셴의 호통 뒤로 다시 정적이 흘렀다. 저들의 모습은 보이지 않았지만, 오가는 대화만으로도 온몸의 털이 다 솟을 만큼 소름 끼치고 무서웠다. 아직 별일은 일어나지 않았지만, 이미 내 인생에서 가장 끔찍한 밤이라는 생각이 들었다.

잠시 후, 옌위안의 목소리가 들렸다.

"왜…… 다들 날 봐요?"

남자는 여전히 구덩이 앞에서 아무런 표정 없는 얼굴로 주펑셴 가족을 구경했다.

"너무 이기적인 거 아니에요? 양심도 없어요? 이 집안 아이를 구하는데 나보고 죽으라고요? 대신 죽으려면 당연히 가족 중 한 명이어야 죠! 저 애가 내 애예요?"

옌위안의 목소리가 고요한 밤하늘에 쩌렁쩌렁 울려 퍼지자 놀란 새들이 푸드득 날아올랐다. 구덩이 안에서 무슨 상황이 벌어졌을지 상상이 갔다. 이번에는 주지루이가 옌위안 앞을 막아선 듯했다.

"절대 안 돼! 이 사람 죽으면 난 어쩌라고? 오빠, 새언니! 두 사람 자식이잖아. 당연히 두 사람이 나서야지! 아빠, 이게 무슨 말도 안 되는 짓이야? 아빠가 얘기 좀 해봐!"

주펑셴이 천천히 입을 열었다.

"아직 결혼한 사이도 아니니까 어쨌든 저 녀석은 남이잖아."

"안 된다고!"

"꼭 한 사람이 죽어야 한다면, 당연히 제일 늙은 아버님이죠! 우린 아직 젊지만 아버님은 이미 70년을 살았고, 애를 잃어버린 것도 아버님이잖아요! 왜 본인이 희생할 생각은 안 하세요?"

옌위안의 말에 주펑셴은 부들부들 떨리는 목소리로 소리쳤다.

"봤지? 네가 데려온 잘난 사위감이 어떤 놈인지? 저 악독한 심보를 봐라! 나보고 죽으라고? 이 애비보고 빨리 죽으라고 하는 소리 너도 들었지! 저놈, 저놈을 죽이고 내 손자를 돌려줘!"

구덩이 안은 완전히 난장판이 된 듯했다. 치고받고 싸우는 소리와 주지루이가 목 놓아 우는 소리에 이어 주중링 부부의 고함 소리도 들렸다.

"지루이, 이리 안 와?"

"옌위안, 너나 죽어라!"

주펑셴 가족이 한편이 되어 옌위안을 몰아붙이는 소리가 들렸다.

이런 상황이 벌어지리라고는 정말이지 상상도 못 했다. 남자가 기대한 게 이런 걸까? 대체 놈이 원하는 게 뭘까?

"다, 입 다물어!"

남자는 호통을 치고 나서 다시 미친 듯이 웃었다. 기분이 몹시 좋아 보였다. 마치 세상에서 가장 재미있는 구경이라도 한다는 듯이.

"역시…… 그대로야."

남자는 주펑셴 가족을 무섭게 노려보며 혼잣말하듯 중얼거렸다.

"너희 가족은, 대체…… 자식을 뭐로 생각하는 거야? 자기 핏줄인데…… 어떻게 제 가족 구하겠다고 나서는 인간이 하나도 없어? 어떻게 남한테…… 대신 죽으라고 해? 25년 전에도 그러더니…… 아직도 그대로야? 아니면, 내가 더 확실히 말했어야 하나……. 너희 가족 중에서 하나가 대신 죽어야 애를 살릴 수 있다는 말이었어. 그런데 남보고 죽으라니……. 다, 불합격이야. 가족으로서 자격이 없어! 전부 죽어야 해……. 주펑셴, 당신부터 시작하지. 먼저 나한테 답해야 할 게 있어……. 25년 전에 잃어버린 아이가 있지? 다섯 살짜리 주수윈……. 그 애를 하찮게 여겼지? 애가 유괴됐는데, 겨우 며칠 찾다가 말았어……. 다른 자식들보다 바보라서 그랬어? 다섯 살인데 말도 제대로 못해서? 그래서…… 차라리 잃어버리고 싶었어? 그 애가 얼마나…… 집에 가고 싶어 했는지 알아? 그런데, 너희는…… 25년 동안 그 애를 찾지 않았어. 한 번도 찾지 않았어. 그 애는 항상 집에 가고 싶어 했는데……. 그래서…… 내가 먼저 가족을 찾았어. 그리고 나를 찾아오게 만들었지……. 아빠, 엄마, 크크…… 그리고 형이랑 동생도 다 왔네."

**14**

# 우위

사건의 윤곽이 드러나면서 내 머릿속에서 퍼즐이 맞춰졌다.

남자는 바로 주수원이다.

25년 전, 다섯 살이던 주수원이 유괴당했다. 하지만 주수원은 선천적으로 지능이 떨어졌고, 주펑셴 집에는 자식이 많았다. 주수원의 말이 사실이라면, 이들 가족은 며칠만 아이를 찾다가 바로 포기했다.

주수원은 결국 범죄 조직에서 자라며 절도 기술을 배웠다. 그리고…… 돌아왔다.

주수원은 본인이 유아기를 보낸 지역에서 네 아이를 납치했다. 그중 한 명이 친조카 주쯔한이었다. 탄자오가 분석했던 대로라면, 그가 여러 아이를 납치한 이유는 외로움 때문일 수도 있고, 감정 이입일 수도 있고, 그저 눈속임을 위해서였을 수도 있다.

주수원은 먼저 다른 아이 집에 몸값을 요구해 경찰의 관심을 돌렸다. 그 후 자기 집에 연락해 온 가족을 불러냈다. 그러고는 일단 함정에 빠뜨려 물리적으로 제압한 후, 정신적인 폭력을 가했다. 처음엔 주쯔한을 찌르겠다고 위협하고, 다음엔 아이 대신 세 명이 칼을 맞으라고 하더니, 마지막으로는 한 명에게 대신 죽으라고 말이다.

놈의 목적은 복수와 동시에 일종의 테스트를 하는 거였다. 주펑셴 가족은 아이를 위해 희생하려는 사람이 아무도 없었기에 테스트를 통과하지 못했다. 그래서 모두 죽이겠다는 게 놈의 주장이다. 아마 이게 진짜 목적일 것이다. 앞에 내걸었던 다른 조건들은 희망 고문에 불과했고.

그런데 또 한 번 예상치 못한 일이 벌어졌다. 주수원이 허리춤에서 권총을 꺼내 들었다. 구식 같았지만 총열이 반짝반짝 윤이 났다. 범죄 조직 출신이니 권총 한 자루 구하는 일이 전혀 불가능하지는 않았을 것이다. 이제 주펑셴 가족은 목숨을 건질 희망이 더욱 옅어졌다.

주수원의 소름 끼치는 쓴웃음을 보다가 문득 한 가지 의문이 들었다. 저 사람이 지적 장애를 가졌다고? 지금까지 그의 범행은 거의 완벽에 가까울 정도로 치밀했다. 물론 탄자오와 내가 몇 번이나 나타나 방해할 줄은 전혀 예상치 못했겠지만.

주수원이 총을 겨누자 구덩이 안에서 다시 비명이 터졌다. 그는 바보처럼 히죽거렸다.

"그, 그럼…… 누구부터 시작할까? 아빠? 형? 형수? 동생?"

"수원? 네가 수원이라고?"

주펑셴의 목소리가 파르르 떨렸다.

"오해야! 우린 계속 널 찾았어! 네 엄마하고 난, 네가 살아 있을지 어떨지도 모르면서 계속 찾았어. 그런데 못 찾은 거야. 수원아, 우릴 죽이면 안 돼. 우린 네 가족이잖아."

주수원은 혼란스러운 듯 두 눈을 부릅떴지만 이내 머리를 흔들었다.

"거짓말! 다 거짓말이야. 난…… 다 알아. 난 1992년 8월 15일에 납치됐어. 슈퍼 앞에서 누, 누가 사탕을 준다면서…… 데려갔어. 그, 그래, 나를 찾긴 했지. 한 3일 찾다가 엄마한테, 찾지 말라고…… 원래, 저능아니까…… 짐만 된다고 했지? 엄마가 말을 안 들으니까, 때렸어. 당신이 엄마를 때렸어. 여러 번……. 그래서 엄마가 그렇게 일찍…… 죽었어. 난, 억지로 물건을 훔치고 구걸을 하고, 그리고 매일 매를 맞았어. 그리고 열 살 때, 몰래 도망쳐 나왔어. 당신을 찾아갔는데…… 내가 아빠, 아빠, 나야…… 하고 말했잖아. 당신은 날 알아봤어! 분명히 알아봤는데, 누구냐고, 나를 쫓아버렸어. 난, 그때 당신 눈빛을 분명히 봤어……. 당신 눈빛은……."

파르르 떨리는 그 목소리는 우는 것 같기도 하고 웃는 것 같기도 했다. 가만히 보니 주수원의 얼굴에 눈물이 흐르는 게 보였다. 주수원이 말을 이었다.

"수원, 너무 불쌍해……. 주수원, 너무, 불쌍해……."

지금 들은 얘기가 사실이라면 주수원은 확실히 불쌍하다. 그리고 그 아버지 주펑셴은 더 불쌍하고 딱한 인간이다. 제 피붙이를 지능이 낮다고, 짐이 된다고, 두 번이나 버렸다니.

그런데 뭔가 좀 이상했다. 주펑셴 부부 사이에 있었던 일을 주수원이 어떻게 저렇게 잘 알지?

하지만 깊이 생각할 여유가 없었다. 마음은 냉탕과 온탕을 오가고 머릿속에서는 불꽃이 타올랐다. 이 세상에는 모든 것을 걸고 자기 가족을 되찾고 싶지만 그럴 수 없는 사람이 있다는 사실을, 주펑셴은 모를 것이다. 그 가족이 병이 났든 부상을 입었든, 그저 살아 있기만을 바라는 사람이 있다는 사실을.

문득 탄자오와 눈이 마주쳤다. 그 고요하고 깊은 눈이 마치 날 동정하는 것 같았다.

퍼뜩 정신이 들었다. 더 이상 탄자오에게 다가가면 안 된다. 그녀를 잃을 순 없으니까.

하지만 같은 미로를 헤매고 있는 지금은 반드시 그녀를 지켜야 한다.

주수원이 다시 입을 열었다.

"난…… 아무것도 없어……. 아무것도 원하지 않아……. 날 버린 인간들, 다 죽여버릴 거야. 그, 슈퍼 아줌마, 엄마한테 날 봐준다고 약속해놓고, 마작하러 가버렸어……. 그래서 죽여버렸어. 그리고 샤오룽……. 그때 나랑 같이 놀던 샤오룽 형, 내가 잡혀갈 때 도망쳤어. 혼자 뛰어가버렸어……. 사탕을 먹고 싶어 한 건 형이었는데, 내가 먹고 싶어 한 것처럼 말해서, 내가 잡혀간 거야……. 그래서 그 자식도 죽였어. 그리고 이제 너희들이야. 전, 전부…… 죽어야 주수원이 기쁘지. 원수가 다 사라지니까."

두서없이 쏟아내는 말이었지만 내용은 이해가 됐다. 주수원은 이미 두 사람이나 죽였다.

탄자오가 내 옷깃을 잡아당기며 속삭였다.

"그 두 살인 사건, 신문에서 봤어."

주수원이 사악한 표정으로 다시 총을 겨눴다.

놈이 사람을 죽이도록 보고만 있을 수는 없었다. 다시는 누구도 내 눈앞에서 죽도록 내버려두지 않겠다고 다짐했으니까.

"탄자오, 무슨 일이 벌어져도 절대 나오면 안 돼."

탄자오가 내 옷자락을 움켜쥐고 필사적으로 고개를 흔들었다. 난 웃으며 그녀를 안심시켰다.

"작가님은 여기 가만히 계세요. 그런데 나까지 가만히 있을 수는 없어. 누구든 무고한 사람이 죽으면 안 되니까. 자, 놔줘."

탄자오는 내 눈을 똑바로 쳐다보다가 천천히 손을 놓았다. 그러고는 씁쓸해 보이기도 하고 혼란스러워 보이기도 하는 미소를 지었다. 모든 것을 이해해주는 그녀의 모습이, 정말 좋다.

풀숲에서 제법 큰 돌을 주워 들고 허리를 굽힌 채 빠르게 달려 나갔다.

주수원은 크게 흥분한 상태여서 날 발견하지 못했다. 하지만 새들의 눈은 피할 수 없었다. 놈의 뒤를 지키던 새가 날카로운 울음소리와 함께 푸드득 날아올랐다.

제길!

난 주수원의 뒤통수를 노리고 덮쳤다. 하지만 놈이 고개를 돌리며 뒤로 한 발 물러나는 바람에 빗나가 가슴팍을 맞혔다. 주펑셴 가족이 놀랐는지 비명을 내질렀다. 주수원은 바닥에 쓰러지면서 내게 총을 겨눴고, 나는 몸을 날려 놈과 함께 뒤엉켰다.

탕! 허공을 가르는 총소리에 간담이 서늘했다. 총을 쥔 놈의 팔을 움켜쥐고 바닥을 뒹구는데 새 떼가 날아와 내 얼굴과 손을 사정없이 쪼아댔다.

불시에 기습해 치명타를 입히면 승산이 있다고 생각했는데, 결국 지난번과 똑같은 위기에 직면했다.

나는 탄자오가 풀숲에서 뛰쳐나온 줄도 몰랐다. 여전히 주수원과 뒤엉켜 있는데 갑자기 새 떼가 나한테서 떨어졌다. 흘끔 돌아보니 누군가 구덩이 앞에 서 있는 것이 보였다. 하늘색 민소매 속옷 차림으로 티셔츠는 벗어 얼굴에 뒤집어쓰고 눈만 내놓은 탄자오였다. 솔직히 정말 우스꽝스러웠다. 탄자오는 왼손에는 주수원의 램프를 들고 오른손에 쥔 굵은 나뭇가지를 마구 휘둘렀다. 하지만 시커먼 새 떼는 금방 다시 달려들었다. 탄자오가 갑자기 램프를 바닥에 집어던졌다. 낙엽 위에 불이 붙으면서 순식간에 화르르 불이 번졌다. 우왕좌왕하던 새 떼는 전부 도망갔다.

탄자오는 역시 똑똑하고 대범하다. 감히 불을 지를 생각을 하다니.

잠깐 한눈판 사이에 시커먼 총구가 나를 향했다. 순간적으로 머릿속이 하얘졌지만 거의 반사적으로 달려들어 주수원의 손목을 잡고 힘껏 비틀었다. 우드득, 관절 꺾이는 소리가 났다. 놈과 눈이 마주쳤다. 주수원의 흐릿한 눈에 공포와 슬픔이 스치는가 싶더니, 곧 뭔가 깨달은 듯한 눈빛으로 바뀌었다.

탕!

전혀 예상치 못한 일이었다. 손을 움직이지 못할 줄 알았는데 방아쇠를 당기다니. 놈의 가슴에서 피가 흐르고, 권총이 바닥에 툭 떨어졌다. 난 권총을 멀리 차버리고는 티셔츠를 벗어 돌돌 말아 놈의 가슴을 꾹 눌렀다.

"놈이 죽었어!"

구덩이 안에서 주펑셴 가족이 놀라 소리를 질렀다.

새들도 놈의 죽음을 알았는지 한꺼번에 공중으로 날아올라 순식간에 종적을 감췄다. 내 뒤에 멍하니 서 있던 탄자오가 갑자기 긴장이 풀렸는지 바닥에 털썩 주저앉으며 외쳤다.

"우위, 괜찮아?"

"응, 괜찮아."

구덩이 안에서 주펑셴 가족이 난리를 쳤다.

"우리 좀 구해줘요!"

"빨리 꺼내주세요!"

저 아래 산자락에 경광등이 번쩍거렸다. 주수원은 창백한 얼굴로 눈을 반쯤 감은 채 미동도 없이 누워 있었다. 나는 그의 상체를 일으켜 세웠다.

"조금만 더 버텨! 저 새들이 어디에서 왔는지 알고 있지? 저 새를 어떻게 조종하게 된 거야?"

주수원이 힘겹게 눈을 떴지만 숨소리는 이미 거의 들리지 않을 만큼 약했다.

"새…… 누가 줬어."

"누가?"

"비밀……이야……."

주수원은 새의 출처에 대해 함구했다.

"탄자오한테 쪽지를 남긴 것도 너지?"

"무슨 쪽지……. 나는 몰라……. 탄자오는…… 누구?"

주수원은 눈이 뒤집히며 고개를 떨구었다. 코밑에 손을 대봤지만 숨결이 거의 느껴지지 않았다. 요란한 발소리가 점점 가까워지고, 드디어 경찰이 도착했다. 돌아보니 탄자오가 내 뒤에 서 있었다. 그녀도 방금 전 대화를 들었을 것이다. 활활 타오르는 불꽃이 탄자오의 새카만 눈동자에 비쳐 보였다.

***

경찰서에서 꼬박 밤을 새우고도 한나절을 더 보낸 뒤, 해가 기울 무렵에야 경찰서를 나설 수 있었다. 주펑셴 가족이 그 자리에서 모든 과정을 지켜봤으니 경찰에서 날 의심하지는 않을 것이다.

이렇게 해서 연쇄 유괴 사건은 해결된 셈이다.

조사실에서 나오며 탄자오는 어떻게 됐는지 물었다.

"아, 여자분은 아직 조사받고 있는데, 곧 끝날 거예요."

정문까지 나가서야 탄자오 차는 현장 증거품으로 조사가 필요해 당분간 사용할 수 없다는 말이 떠올랐다. 카센터로 전화해서 샤오화에게 내 오토바이를 가져다달라고 했다. 헬멧도 두 개 부탁했다.

우리 탄자오 작가님은 아우디를 타는 분이지만 오늘은 내 낡은 오토바이로 모셔야겠다. 탄자오 성격상 까다롭게 굴지 않고 오히려 신선하다고 생각할 것 같았다.

샤오화는 금방 와서 오토바이를 넘겨주고 갔다. 나는 오토바이를 경찰서 정문 옆 길가에 세워두고 손톱을 물어뜯으며 나의 작가님이 나오기를 기다렸다.

주수원은 병원으로 옮기자마자 죽었다고 들었다. 동시에 사건도 종결됐고, 탄자오와 내가 뒤쫓던 비밀의 실마리도 뚝 끊어졌다. 사실 이 사건은 여전히 의문투성이였다. 주수원 혼자 그 많은 일을 벌였다고 보기엔 미심쩍었고, 주수원이 치명상을 입자마자 순식간에 사라져버린 새 떼도 의문이었다. 혹시 다시 나타나는 건 아닐까?

이런저런 생각을 하고 있을 때 등 뒤로 젊은 경찰 두 명이 지나갔다.

"그거 알아? 방금 선스옌이 팀장님한테 보고하는 거 들었는데, 그 여자랑 예전에 잠깐 만났던 사이래. 전여친 정도 되는 거지."

"어쩐지, 이번 사건에 유난히 매달리더라니. 어젯밤에는 굳이 침대까지 내주면서 쉬게 하고 오늘 아침에는 식사도 직접 챙겨주던데? 아직 미련이 있나 보지?"

"좀 전에 팀장님이 선스옌한테 그 여자 집까지 데려다주라고 하던데, 팀장님이 다시 다리라도 놓겠다는 건가?"

두 사람의 말소리는 금방 멀어졌다. 가슴이 답답해지면서 탄자오 얼굴이 떠올랐다. 선스옌과 같이 있을 때, 두 사람 모두 어색하고 불편해 보이더라니, 그래서였던 모양이다.

잠시 후 경찰서 정문을 빠져나오는 탄자오가 보였다. 옆에는 반듯한 제복 차림의 선스옌이 있었다. 탄자오 티셔츠는 어젯밤에 새 떼가 다 물어뜯어 지금은 국방색 경찰 티셔츠를 치마 안으로 넣어 입었다. 저렇게 대충 입어도 여전히 예뻤다.

두 사람이 무슨 얘기를 나누는지 모르겠지만, 탄자오가 웃었다. 뭔가 여유로우면서 상냥한 미소에 초롱초롱한 눈망울로 선스옌을 바라보았다. 선스옌도 탄자오를 향해 웃었는데, 사건을 처리할 때와 전혀 다른 모습이었다. 탄자오를 바라보는 눈빛이 부드럽고 따뜻했다.

선스옌이 탄자오에게 차 문을 열어주었다. 탄자오는 고개를 쭉 뽑고 잠시 사방을 두리번거렸으나, 이미 어둑해진 후라 나를 보지 못하고 차에 올라탔다.

선스옌이 탄자오를 태우고 사라졌다.

나는 오토바이를 타고 카센터로 돌아갔다.

***

이틀이나 자리를 비웠더니 밀린 일이 많았다. 나는 아예 밤새워 일을 해치우고 아침에야 잠자리에 들었다.

얼마 안 잔 거 같은데 샤오화가 나를 흔들어 깨우며 히죽거렸다.

"우위 형, 여친 왔어."

눈을 뜨니 방 안은 커튼을 쳐놔서 어두컴컴했다. 샤오화는 날 깨우고 바로 나갔고, 잠시 후 누군가 커튼을 들어 올렸다. 햇살이 안쪽까지 쏟아져 들어오고, 바로 이어 전등도 켜졌다. 다시 멀쩡히 차려입은 탄자오가 두 눈을 동그랗게 뜨고 내 앞에 서 있다.

"아직 자고 있어? 10시가 넘었는데."

10시? 그럼 딱 세 시간 잤네.

나는 졸린 눈을 깜빡이며 일어나 앉았다.

"어, 일어나야지."

그제야 내가 팬티 바람이라는 사실을 깨닫고 얼른 이불을 끌어다 허리 아래를 덮었다. 내가 손님을 챙길 상황이 아닌 걸 보고 탄자오가 직접 의자를 가져다 앉았다. 그러고는 나를 흘끔 쳐다봤다가 바로 시선을 돌렸다.

"좋은 소식이랑 나쁜 소식이 있는데, 뭐부터 들을래?"

"나쁜 소식."

"너답네. 맛없는 거 먼저 먹고 맛있는 건 나중에 먹는 스타일. 조금 아까 선스옌한테 전화가 왔는데 그 남자 DNA가 주펑셴 가족이랑 불일치한대. 그러니까 그 남자는 주수원이 아닌 거야. 부검 결과에서도 범인의 정신 이상 증상은 선천성 지능 결함이 아니라 장기간 구타로 인한 뇌출혈이 원인이라고 나왔대. 주수원이 아니야."

"그럼 그 남자는 누구야?"

경찰이 가지고 있는 실종자 DNA 데이터에서 범인 DNA랑 일치하는 정보를 찾았대. 20년 전쯤에 장쑤성에서 실종된 쉬쯔펑이라는 사람이래. 부모가 아직까지 찾고 있었다나 봐."

"그럼 왜 그 사람이 주수원 대신 복수를 했을까?"

"글쎄, 유괴된 뒤에 아마도 그쪽에서 인연이 됐겠지?"

"좋은 소식은 뭐야?"

"어제는 사건이 종결되고 단서도 사라졌다고 생각했는데, 아직 끝난 게 아니었어. 계속 추적해야 하지 않겠어?"

내가 말없이 고개만 끄덕이고 있으려니 탄자오가 다시 나를 돌아봤다.

"어이, 친구, 딴생각하고 있는 거 아니지?"

내가 언제부터 탄자오의 '친구'가 됐지? 나는 손을 들어 탄자오 콧등을 가볍게 튕기며 퉁명스럽게 대꾸했다.

"무슨 헛소리야? 누가 진짜 주수원일까 생각 중이었어."

## 15

# 탄자오

　이 참담하고 안타까운 사건 앞에서 '인연'의 기운을 감지하게 될 줄은 나도 몰랐다.

　나의 예리한 직감은 내가 생각해도 정말 대단하다.

　밤에 경찰서에서 대기할 때였다. 늦은 시간에 조사실에 앉아 내 차례를 기다리려니 졸리고 피곤했다. 우위가 어쩌고 있는지도 알 수 없어 답답하고 걱정됐지만, 워낙 똑똑하고 치밀한 성격이니 별일 없으리라고 믿었다.

　그때 갑자기 조사실 문이 열리더니 선스옌이 통화를 하는 소리가 들렸다.

　"네, 여기 같이 있어요. 휴대전화는 저희가 조사 중이라 연결이 안 될 거예요. 정말 아무 일 없으니 너무 걱정 안 하셔도 돼요."

　느낌상 여자랑 통화 중인 것 같았다. 돌부처인 줄 알았더니 아는 여자는 좀 있나 보네?

　"강압이나 강요라뇨, 지금이 어떤 세상인데……. 저우 작가님, 절대 그런 일 없어요. 탄자오 씨는 내 친구이기도 하고, 경찰은 모든 사건을 공정하게 법에 따라 처리해요."

저우 작가님? 창위잖아! 세상에, 선스옌이 창위한테 왜 이렇게 공손하지? 내 친구 창위하고 통화하는 거 맞아?

"잠이요? 이제 조사 시작하면 밤새울 것 같은데……. 네, 그럴게요. 여기까지 찾아와 소란 피우시면 안 돼요……. 알았다니까요. 네, 조사 끝나면 바로 쉴 수 있도록 할게요. 식사요? 네, 제때 준비할게요. 그럼 진짜 끊습니다."

처음엔 창위가 이렇게까지 날 걱정해주다니 감동스러웠다. 그런데 전화를 끊고 '정말 못 말리겠네.' 하는 표정으로 희미하게 미소 짓는 선스옌을 보는 순간, 나도 모르게 흠칫했다.

흑심을 품은 게 분명하다! 그동안 달달한 로맨스에서 마조히즘까지 다양한 사랑 이야기를 다뤄본 경험으로 나는 선스옌이 내뿜는 이상 기운을 바로 감지했다. 이 미묘한 감정은 이제 막 싹트기 시작한 수준이지만, 존재하는 건 확실했다.

선스옌이 창위한테 반했다? 충분히 가능성 있는 이야기였다. 창위의 미모는 확실히 남자들이 한눈에 반할 만하니까. 무뚝뚝한 돌부처께서 귀여움보다는 섹시함에 더 끌리는 타입이셨나 봐?

창위 쪽에서는 어떨지 잘 모르겠다. 평소 적극적이고 털털한 성격인데, 무뚝뚝한 남자가 눈에 찰까? 창위 입장에서 보면 재미없는 상대일 것 같다.

선스옌과 동료 형사가 조사실로 들어와 내 앞에 앉았다. 나는 의미심장한 미소를 띠고 선스옌에게 물었다.

"형사님, 방금 우리 창위랑 통화했죠?"

선스옌이 흠칫하더니 표정을 굳히고 무뚝뚝하게 대꾸했다.

"탄자오 씨, 똑바로 앉으세요. 조사 시작합니다."

"아, 네."

조사 내용은 내 예상과 크게 다르지 않았다. 형사들은 아주 세세하게 질문했고 난 거리낄 것 없이 술술 답했다. 날이 밝아올 무렵에야 눈을 붙일 수 있었다. 선스옌은 내가 쉴 수 있도록 접이식 간이 침대를 준비해주었고, 잠깐 눈을 붙이고 일어난 뒤에는 내가 제일 좋아하는 샤오룽바오를 사다주었다. 오호라, 챵위한테 약속한 것들을 잘 지킨다 이거지?

식사를 하면서 선스옌에게 의미심장한 미소를 지어 보였다. 내가 계속 히죽거리자 선스옌의 얼굴이 빨개졌다.

"무슨 기분 좋은 일이라도 있어요?"

"아뇨. 그냥 갑자기 내 친구 저우샤오위가 생각나서요. 저는 그 친구를 생각만 해도 기분이 좋거든요."

챵위 이름이 나오자 선스옌 눈빛이 한결 부드러워졌다.

"그 친구는 아직 대학생이죠? 두 사람 굉장히 친한가 봐요?"

난 입 안에 든 샤오룽바오를 꿀꺽 삼키고 열심히 대답했다.

"물론이죠. 챵위가 학교에서도 얼마나 인기가 많은지 몰라요. 쫓아다니는 남자가 한 트럭은 될 텐데, 결국 어떤 남자가 행운을 거머쥐게 될지 정말 궁금하다니까요."

챵위한테 받은 거 제대로 갚아줬다.

선스옌은 나를 힐끗 쳐다볼 뿐 별말이 없었다. 역시 대화를 잇는 데는 재주가 없는 사람이다.

이 즐거운 기분은 경찰서를 나설 때까지 쭉 이어졌다. 경찰서 문 앞에서 계속 두리번거렸는데 우위는 보이지 않았다. 하긴, 이미 조사도 마쳤다니까 먼저 돌아간 모양이었다.

엄청 피곤했겠지. 거기에 부상까지 입은 상태고.

우위가 꼭 날 기다려야 할 이유도 없고.

한잠 자고 일어나자마자 휴대전화를 확인했다. 우위한테 온 메시지나 부재중 전화는 없었다. 침대에 엎드려 곰곰이 생각해봤는데, 우위는 늘 이랬던 듯하다. 아무리 가까이 있어도 멀게만 느껴지는 냉담함이, 우위에게는 늘 있었다.

나, 우위를 좋아할까, 말까?

좋아하지 말자고 생각하니 가슴속에 솜뭉치를 채운 것처럼 답답했다. 내 안의 뭔가가 솜뭉치에 다 흡수되어버린 기분이었다.

그럼 좋아한다면?

왜 불안하고 조마조마하지?

학창시절에 좋아하는 남학생을 생각하며 두근거리던 것과는 전혀 다른 느낌이었다.

도대체 왜 이럴까?

선스엔 전화를 받고 당장 우위에게 달려갔는데, 우위가 아직 자고 있을 줄은 몰랐다. 또 새로운 모습이었다. 이전에는 번번이 우위가 먼저 일어나 나를 기다렸던 것 같다.

미처 말릴 틈도 없이 샤오화가 뛰어 들어가 우위를 깨웠다. 그런 샤오화가 마음에 안 들었지만 이미 깨워버렸으니 하는 수 없이 나도 커튼을 젖히고 안으로 들어갔다.

남자가 자는 방에 들어가본 적이 없어서 이렇게 민망한 상황일 줄은 생각도 못 했다. 샤오화가 쓸데없이 친절하게 불까지 켜주는 바람에 우위의 맨 등이 한눈에 들어왔다. 말랐지만 근육으로 단단해 보였다. 우위는 까만 팬티 바람으로 몸을 일으키다가 나랑 눈이 마주치자 이불을 끌어 허리에 둘렀다. 이 순간 우위 눈빛에 스친 감정은 단순히 곤란함뿐이었을까?

나는 의자 하나를 침대 앞으로 끌어다 앉은 뒤 태연하게 사건 얘기를 꺼냈다.

뜻밖의 반전으로, 사건은 다시 원점으로 돌아갔다. 그 남자가 주수원이 아니라 쉬쯔펑이라면 범행 동기를 설명할 방법이 없어진다.

한창 사건 얘기를 하는데 우위 반응이 좀 이상하다는 느낌이 들었다. 뭐에 화가 나기라도 한 것처럼 눈빛도 태도도 냉랭했다. 그렇다고 대화가 제대로 안 되는 것도 아니었다.

뭐지? 자는 걸 깨워서 그런가?

그래서 일부러 도발해봤다.

"어이, 친구, 딴생각하고 있는 거 아니지?"

우위는 평소처럼 태연한 표정으로 돌아와 내 콧등을 살짝 튕겼다.

"무슨 헛소리야?"

누가 진짜 주수원일지 생각 중이었다는 우위의 말에 나도 다시 사건 얘기에 집중했다.

진짜 주수원은 어디 있을까?

내가 추리한 내용을 우위에게 들려주었다.

"쉬쯔펑이랑 주수원이 친구일 가능성도 있지 않을까? 둘 다 지능에 문제가 있었으니까, 어쩌면 그래서 더 잘 통했을지도 몰라. 그러다 주수원한테 무슨 일이 생긴 거야. 예를 들면 갑자기 죽었다든가……. 그래서 쉬쯔펑이 친구의 복수를 하려고 나타난 거지."

"두 사람이 가까운 사이였던 건 맞을 거야. 아니면 쉬쯔펑이 주수원의 집안 사정이나 유괴 당시 상황까지 어떻게 속속들이 알겠어? 그리고 주수원은 지적 장애아가 아니었을 수도 있어. 다섯 살 때 유괴됐는데 당시 상황을 또렷하게 기억하고 있다가 쉬쯔펑한테 말해준 거잖아. 그리고 또 하나 의심 가는 부분이 있어. 쉬쯔펑은 확실히 온전한 정신은 아니었거든? 놈을 세 번 상대해봤는데, 매번 변수에 제대로 대처하지 못하고 감정 조절도 잘 못했어. 그런 사람이 이렇게 치밀한 계획을 세울 수 있었을까? 먼저 주변 인물 둘을 죽이고, 눈속임으로 경찰의 관심을 돌린 다음, 마지막으로 주수원 가족을 산으로 유인해 심판을 한다? 아무리 생각해도 말이 안 돼. 그리고 쉬쯔펑 말로는 새 떼는 다른 사람이 준 거고, 쪽지는 전혀 모른댔어. 거짓말은 아니었을 거야."

온몸에 전율이 일었다. 줄곧 마음속에 드리운 안개를 누군가가 순식간에 걷어내준 기분이랄까. 우위가 정말 대단해 보였다. 이렇게 예리한 추리라니.

"나도 같은 생각이었어. 내가 말하려고 했는데 선수를 뺏겼네."

내 말에 우위가 씩 웃었다.

드디어 웃는 모습을 보니 마음이 놓였다.

"어이, 친구, 왜 웃어?"

우위는 나를 빤히 보기만 할 뿐, 아무 대답이 없었다. 그 눈빛이 왠지 조금 무서웠다. 우위가 갑자기 침대 가장자리를 짚고 상체를 기울이는 바람에 침대 가까이 앉아 있던 나하고 서로 몸이 닿을 듯 가까워졌다. 단단한 근육이 내뿜는 뜨거운 열기가 고스란히 느껴지면서 내 심장이 정신없이 뛰기 시작했다. 이런 상황에서 어떻게 차분할 수 있겠어! 우위는 여전히 아무 말이 없었고, 나는 그대로 있을 수 없어 최대한 자연스럽게 고개를 돌렸다. 잠시 뒤 부스럭거리는 소리에 돌아보니 우위가 티셔츠를 입으며 몸을 일으켰다.

"세수 좀 하고 올게."

"어."

우위는 양치 컵과 수건을 챙겨 들고서 바깥으로 난 문을 열고 나가 수돗가에 쪼그려 앉아 세수부터 했다. 짙은 회색 티셔츠 위로 눈부신 햇살이 쏟아졌다. 우위는 지금의 생활에 완벽하게 적응한 듯 보였다. 며칠 동안 많은 시간을 함께하며 보니, 유람선에서 만난 엘리트의 이미지는 거의 사라지고 없었다. 아주 가끔 그때처럼 따뜻한 눈빛과 밝은 미소를 보이긴 했지만.

우위는 세수를 마친 뒤 수도꼭지 아래로 머리를 살짝 들이밀고 뒤통수 상처가 젖지 않도록 조심하면서 머리도 감았다. 그러고는 수건으로 툭툭 물기를 닦으며 다시 안으로 들어왔다.

"아침 먹었어?"

"아직. 전화받고 바로 달려왔거든."

우위가 또 웃었다.

"그럼 아침부터 먹자. 얘기는 먹으면서 하고."

밖으로 나가니 직원들 시선이 일제히 나에게 쏠렸다. 얼굴이 화끈거리는 걸 참고 애써 태연한 척하며 우위와 함께 카센터를 나섰다.

"그런데 오늘도 땡땡이야? 괜찮아?"

"어제 거의 밤새워서 일 많이 해놨으니까 조금 쉬어도 돼."

발걸음을 멈추고 우위 얼굴을 들여다봤다. 확실히 낯빛이 어두워 보여 마음이 아팠다.

"아니면, 밥보다 좀 더 자는 게 어때? 그러고 나서 얘기해도 돼."

"난 괜찮아. 너를 기다리게 하는 것도 싫고."

왠지 마음이 시큰하고 감정이 벅차올라 깊이 생각할 겨를도 없이 이렇게 내뱉었다.

"그럼 나도 앞으로 널 기다리게 하지 않을게. 이제 그렇게 많이 자지 말아야지."

"너는 많이 자도 돼. 자고 싶은 만큼 실컷 자. 난 상관없어."

그리고 보니, 조금 전 화난 것 같던 모습은 완전히 사라지고 없었다.


우리는 카센터 근처에 있는 작은 식당에 들어갔다.

사실 나는…… 음식 욕심이 좀 유별났다. 길거리 음식도 엄청 좋아해서 모락모락 김이 피어오르는 음식들의 유혹을 떨치지 못해 늘 이 것저것 한가득 주문하곤 했다. 오늘은 우위까지 있어 내 욕심이 물 만 난 고기마냥 폭주했다. 난 메뉴 일곱 개를 시키고 우위에게 물었다.

"다 먹을 수 있지?"

"너 먹고 싶으면 다 시켜. 내가 최대한 먹어치울게."

우위가 내 마음을 훤히 들여다본 것처럼 대답하니 은근히 기분이 좋았다. 우위는 그냥 해본 말이 아니었던 모양이다. 일곱 접시를 우리 둘이서 싹 비웠다.

식사를 마치고 큰길을 따라 카센터 방향으로 걷는데 정오의 햇볕 이 너무 강해 양산을 펼쳤다.

"같이 쓸래?"

"괜찮아."

"너, 1년 사이에 많이 탔어."

"그래? 나쁠 거 없잖아?"

"너는 하얀 피부가 더 잘 어울리는 거 같은데."

"얼굴 하얬을 때도 날 안 좋아했으면서."

갑자기 이 거리가 유난히 텅 빈 듯 느껴졌다. 누군가 내 마음을 쥐 고 이리저리 멋대로 조종하는 기분도 들었다. 우위가 왜 저런 말을 하 는지 궁금했지만, 그렇다고 설명을 해줄 것 같지도 않았다.

'내가 널 좋아하는지 아닌지 어떻게 알아?'

이렇게 되묻고 싶었지만 차마 입 밖에 낼 수는 없었다. 난 왜 이 남 자가 솔직하고 착하다고 생각했지? 생각해보면 늘 이런 식이었는데. 우위는 상대방이 곤란해할 말을 불시에, 아무렇지도 않게 툭툭 내뱉 었다. 혹시 일부러 그러는 걸까?

남자의 마음을 알기는 모래사장에서 바늘 찾기보다 힘들다. 더구나 깊은 상처가 있는 똑똑한 남자라면 더더욱. 난 어물쩍 화제를 돌렸다.

"만약에 주수원이 이 사건을 배후에서 조종한 거라면, 어떻게 찾아내지?"

"탄자오, 저기 멀리 있는 하얀 건물 옥상에 글자가 세 줄 붙어 있는데, 혹시 보여?"

또 무슨 말을 하려고 그러나 싶었지만 일단 우위가 가리키는 방향을 봤다. 나는 시력이 1.5인데도 첫줄의 큰 글자 두 개만 겨우 알아봤다. 워낙 먼 데다가 두 번째, 세 번째 줄은 글자가 더 작아서 글씨라는 사실만 간신히 알 수 있었다.

"첫줄은 무슨 은행 이름인가?"

"둥야다퉁 상업은행. 두 번째 줄은 신용과 믿음을 우선으로 최선을 다하겠습니다. 세 번째 줄은 은행 이름을 영어로 표기한 거야."

우위는 영어 단어까지 술술 읽었다. 정말 놀라웠다.

"시력 장난 아니네! 대단한데!"

그러고 보니 지난번에 하오네 집에 가는 길에도 아주 멀리서부터 새 떼를 발견했던 일이 떠올랐다. 그때 우위가 나중에 자세히 설명해준다고 했던 거 같은데…….

"유람선 여행을 가기 전에는 심한 근시였어."

우위는 내 반응을 확인하려는 듯 나를 똑바로 주시했다. 난 두 눈을 동그랗게 떴다.

"그런데?"

"배에서 내린 다음부터 이렇게 됐어. 친구한테 부탁해서 시력을 재봤는데 6.0이래."

나는 우위 눈을 뚫어져라 쳐다봤다. 유난히 까맣고 깊은 그 눈동자를 볼 때마다 뭔가를 숨기고 있다는 생각이 들긴 했지만, 그 뭔가가 이렇게 놀라운 초능력일 줄이야! 갑자기 가슴 한편이 깊은 수렁으로 한없이 추락하는 기분이 들었다. 이 수렁의 끝은…… '덴메이런 호'다.

"6.0이면 도대체 어느 정도로 잘 보이는 거야?"

"10킬로미터 정도 떨어진 곳에 있는 사람도 똑똑히 보여."

"……왜 그렇게 된 건데?"

"모르겠어. 병원에서도 알 수 없다고 하니까. 한 가지 확실한 건, 기억을 잃은 동시에 시력이 좋아졌다는 거야."

"그럼, 그 유람선이랑 관계있는 걸까?"

우위가 고개를 끄덕였다. 믿기지 않는 상황이었지만, 누군가는 새 떼를 마음대로 움직이고, 우위와 내가 불가사의하게 기억을 잃어버린 사실을 생각하면 우위의 초인적인 시력도 전혀 불가능하지는 않을 것 같았다.

"세상에! 그 대단한 시력으로 이렇게 초야에 묻혀 살 거야? 그런 능력이면 뭐든……."

"뭘 할 수 있는데?"

"「차이나 갓 탤런트」 같은 데 나가봐야지! 넌 키도 크고 잘생겼으니까 엄청 인기를 끌 거야. 그러다 연예계에 진출해서 성공할지 누가 알아?"

"난 그런 실없는 생각 안 하거든?"

뭐야, 나보고 지금 실없다는 거야?

카센터가 마주 보이는 곳까지 왔을 때 우위는 걸음을 멈추고 길가의 난간에 기대섰다. 마침 나무 그늘이어서 나도 그 옆으로 가서 섰다. 발끝으로 한참 돌멩이를 톡톡 차는데 문득 우위의 시선이 느껴져 얼른 발을 거둬들였다.

"왜 쳐다봐?"

우위는 내 발끝을 내려다보던 시선을 거두었다.

"아무것도 아니야."

갑자기 귓불이 뜨거워졌다. 정말이지, 무뚝뚝한 모습마저도 매력적이었다. 누구든 이 남자에게 마음을 사로잡히는 여자는 속수무책으로 빠져들고 말 것이다.

우위가 다시 조금 전의 이야기로 돌아갔다.

"지난번에 시력 얘기를 안 한 건, 네가 놀랄 것 같기도 하고, 믿지 않을 것 같기도 해서 그랬어. 사실 그날 새 떼를 본 뒤에야, 혹시 유람선에서 어떤 영향을 받아서 내 시력이 이상해진 게 아닐까 하는 생각이 들었어. 어쨌든 다른 원인은 알 수가 없고, 여러 일들이 유람선하고 관계가 있는 것 같으니까. 그렇다면, 새 떼를 조종하는 사람도 그 유람선 때문에 그런 능력이 생긴 게 아닐까? 새 떼가 우리를 알아봤고, 그자는 너한테 쪽지도 남겼잖아. 그러니까 우리가 찾는 진짜 주수원은 분명히 그 유람선에 탔던 사람일 거야."

순간 나는 뭐라 표현하기 어려운 묘한 기분에 휩싸였다. 우위 말이 번개처럼 내 뇌리를 강타하면서 흐릿한 기억이 단편적으로 머릿속에 펼쳐졌다.

유람선 여기저기를 돌아다니는 나.

눈앞의 사람들을 관찰하는 나.

조용한 모녀, 창밖으로 지나가는 우위와 여동생, 회사 동료 사이로 보이는 한 무리의 사람들, 우울한 눈빛의 남자, 그리고…… 그 커플!

당시에 내가 신혼부부라고 생각한 커플이었다. 내가 앉은 자리에서는 두 사람의 옆모습만 얼핏 보였기 때문에 어제 그 커플을 알아보지 못한 것이다. 남자는 키가 크고 옷차림이 세련됐고, 여자도 고급스럽게 차려입고 있었다. 두 사람이 다정하게 깍지를 낀 손에서는 같은 디자인의 다이아몬드 반지가 반짝거렸다. 그때는 새 반지 같았는데 어제는 확실히 반짝거림이 덜했다. 그 커플은 한눈에 봐도 남자가 주도권을 쥐고 있고 여자는 그냥 남자에게 푹 빠진 상태였다.

"생각났어……."

감정이 북받쳐 목소리가 갈라졌다.

"유람선에서 어떤 커플을 봤는데……. 나, 진짜 주수원의 정체를
알 것 같아. 그 두 사람이 어떻게…… 이건 정말 말도 안 돼."

## 16

## 우위

나는 탄자오를 오토바이에 태우고 주펑셴 집으로 달렸다.

가는 길에 탄자오가 선스옌에게 전화했지만 연결되지 않았다.

"이 인간, 뭐가 바쁘다고 전화도 안 받아!"

탄자오가 투덜거렸다. 난 백미러에 비친 그녀를 보면서 외쳤다.

"전화 안 받는 사람은 됐어. 내가 있잖아."

"응."

탄자오는 조심스럽게 내 허리께의 옷자락을 잡고 있었다. 난 앞을 주시하며 외쳤다.

"꽉 잡아!"

속도를 높이자 탄자오가 놀란 듯 숨을 들이마시고는 내 등에 머리를 기대고 허리를 꽉 껴안았다. 나는 한낮의 뜨거운 햇살을 가르며 질주했다.

"오토바이는 언제부터 탔어? 여기에 온 뒤로?"

"아니. 고등학교 때부터 탔는데, 그땐 돈이 없어서 사지는 못하고 친구 오토바이를 탔지."

"다음에 나도 오토바이 사서 배워야지. 가르쳐줄 수 있어?"

"……차 운전도 아슬아슬한데 오토바이가 가능할까?"

"뭐야! 사람을 막 무시하고 그래도 돼?"

탄자오가 주먹으로 등을 쳤다.

"그냥 사실을 얘기한 거야."

"내릴 거야!"

탄자오는 토라진 모습도 귀여웠다. 난 속도를 더 높였다. 탄자오가 깜짝 놀라 내 허리를 더 꽉 잡았다.

"나빴어!"

나는 아무 말 없이 탄자오 손을 잡고 앞으로 끌어당겨 더 단단히 끌어안게 했다. 심장이 빠르게 두근거리면서 뜨겁게 달아올랐다. 탄자오는 그대로 나를 꼭 안은 채 아무말도 하지 않았다.


주펑셴 집 앞에 도착했다.

대낮인데 커튼이 모두 내려져 있고, 커튼 너머로 은은한 불빛이 아른거렸다. 차는 대문 앞에 주차되어 있었다.

예감이 좋지 않았다.

일단 현관문을 두드렸다.

대답이 없었다.

다시 세게 두드렸다. 안에 사람이 있다면 못 들은 체할 수 없을 정도로 큰 소리가 울렸다. 잠시 후 옌위안의 목소리가 들렸다.

"누구세요?"

슬쩍 옆을 보니 탄자오는 무척 긴장한 표정이었다. 본능적으로 그녀를 내 뒤로 숨겼다.

문이 열리고 옌위안이 나왔다. 역시 준수한 얼굴인데, 자세히 보니 큰 키와 또렷한 이목구비가 확실히 주펑셴 가족을 닮았다. 옌위안은 무슨 일인지 얼굴이 벌겋게 상기되고 머리카락 끝에는 땀방울도 맺혀 있었다. 날이 꽤 더운데도 검은색 긴팔 티셔츠에 긴 바지 차림이었다. 티셔츠에 뭐가 묻은 것 같은데 검은색이라 잘 분간이 가지 않았다. 옌위안은 우리를 보고 순간적으로 눈빛이 날카로워졌으나, 곧 미소를 지으며 인사를 했다.

"아, 두 분. 이번에 정말 큰 도움을 받았는데 인사도 못 드렸네요. 그런데 이렇게 갑자기 무슨 일이신지…….."

"이 댁에 몇 가지 알려드릴 게 있는데, 지금 얘기 좀 나눌 수 있을까요?"

옌위안은 잠깐 망설이다 대답했다.

"네, 말씀하세요."

옌위안이 열린 문틈을 완전히 가로막고 선 상태여서 집 안 상황은 전혀 보이지 않았다. 나는 한 발 앞으로 다가섰다.

"주펑셴 어르신께 직접 말씀드려야 할 것 같아요."

옌위안이 씩 웃었다.

"그건 좀 어렵겠는데요. 아무래도 연로해서 많이 힘드셨는지, 경찰서 다녀온 후 바로 자리에 누워서 아직 안 일어나셨거든요. 내일 다시 오시겠어요? 일어나시면 말씀드려놓을게요."

"아니에요. 그럼 어르신 귀찮게 하지 않고 아드님이랑 얘기할게요."

옌위안 표정이 살짝 굳었다.

"형님 부부는 조금 전에 외출하셨는데요."

"그럼 주지루이 씨는요?"

"그 사람도 나갔어요."

잠시 침묵이 이어지다가 옌위안이 씩 웃으며 입을 열었다.

"우위 씨, 탄자오 씨, 두 분 정말 열정과 정의감이 대단하시네요. 진심으로 감사드려요. 나중에 한번 다 같이 찾아가서 인사드릴게요. 그럼, 다른 용건 없으시면 이만 실례하겠습니다. 저도 좀 피곤해서요."

내가 입을 열기도 전에 탄자오가 방긋 웃으며 앞으로 나섰다.

"위험에 빠진 사람을 돕는 건 당연한 도리죠. 고마워하시지 않아도
돼요. 그나저나 여기까지 와서 아무도 못 만나고 가네요. 날도 더운데
급하게 달려왔더니 목이 너무 마른데, 물 좀 마실 수 있을까요? 쉬셔
야 하니까 물만 마시고 금방 갈게요."

나도 따라 웃으며 옌위안 표정을 살폈다. 보통, 이 정도 부탁은 딱
히 거절할 이유가 없다. 하지만 옌위안은 곤란하다는 표정으로 문 앞
을 단단히 가로막고 서서 고개를 흔들었다.

"그게 좀……. 집도 엉망이고 저도 지금 막 씻고 누우려던 참이거
든요. 죄송하지만 오늘은 그냥 돌아가시죠."

옌위안이 문을 닫으려고 해 나는 반사적으로 문을 붙잡았다. 탄자
오는 내가 걱정되는지 내 옷자락을 잡아당겼다. 나는 문을 사이에 두
고 옌위안의 음침하고 날카로운 눈빛과 대치했다. 더 이상 상냥하지
도 친절하지도 않은 눈빛이었다.

바로 이때, 안에서 우당탕탕 요란한 소리가 났다. 계단에서 무거운
물건이 굴러 떨어진 듯한 소리였다. 옌위안이 깜짝 놀라 주의가 흐트
러진 사이 나는 온몸을 던져 문을 밀었다. 옌위안도 나에게 떠밀려 뒷
걸음치면서 집 안 상황이 훤히 드러났다. 계단 아래로 굴러 떨어진 것
은 의자에 꽁꽁 묶인 주중링이었다. 입은 수건으로 틀어막히고 머리
와 얼굴은 온통 피범벅을 한 주중링이 탄자오와 나를 보며 무어라 웅
웅거렸다. 그의 눈에 공포와 눈물이 가득했다.

대체 이 가족에게 무슨 일이 벌어진 것일까?

아마도 주중링이 실낱같은 마지막 생존 기회를 포착하고는 필사적
으로 몸을 던진 것 같았다.

갑자기 옆에서 날카로운 빛이 번쩍하며 나를 향해 날아들었다. 순

식간에 벌어진 일이었다. 탄자오의 비명이 들렸다.

"조심해!"

옌위안이 뒷주머니에 숨겼던 칼을 뽑아들고 달려든 것이다. 나는 재빨리 옆으로 돌면서 탄자오를 뒤로 밀어냈다. 하지만 반 박자 늦어, 칼날이 복부를 스쳤다. 살이 찢어지는 고통이 느껴졌다. 한 손으로 놈의 팔을 움켜잡았지만 놈은 차갑게 비웃었다. 생각보다 힘이 세고 민첩했는데, 절대 평범한 사업가의 몸놀림은 아니었다. 내가 상대하기에는 좀 벅찼다.

"탄자오! 경찰 불러! 빨리!"

옌위안이 미간을 찌푸리며 탄자오 쪽을 쳐다봤다. 절대 놈이 탄자오를 해치게 할 수는 없었다. 필사적으로 놈에게 달려들어 거실로 밀어붙였다. 탄자오 발소리가 순식간에 멀어져 안도했다. 옌위안이 내게서 벗어나 뒤로 한 걸음 물러서더니 시뻘건 눈을 부릅뜨며 소리쳤다.

"너 뭐 하는 놈이야? 왜 쓸데없이 남의 집안 일에 참견이야?"

난 재빠르게 생각을 정리했다.

새 떼는 날 알아봤는데, 놈은 날 모른다.

"쉬쯔펑이 부리던 새 떼, 네가 준 거야?"

옌위안이 멈칫했다가 씩 웃었다.

"그건 또 어떻게 알았어? 쯔펑이 말했어? 그 녀석이 왜 그랬을까?"

마지막 한마디는 유난히 음산한 말투였다. 놈이 갑자기 손을 입에 갖다 대더니 독특한 휘파람 소리를 냈다. 커튼을 친 유리창 밖에서 푸드덕거리는 날갯짓 소리가 들리고, 놈의 표정이 여유로워졌다.

갑자기 무언가 뇌리를 스쳤다. 쉬쯔펑이 죽었을 때 구덩이 안에서 누군가 "놈이 죽었어!"라고 외쳤는데, 지금 생각해보니 옌위안 목소리였다. 그리고 그 외침과 동시에 새 떼가 사라졌다. 그게 일종의 신호였을까?

"작년 6월에 유람선 여행을 갔다 왔지? 첫날을 제외하고는 전혀 기억이 안 나고, 여행을 다녀온 후부터 새 떼를 조종할 수 있게 됐고?"

옌위안은 내 말에 크게 놀란 것 같았다.

"그걸 어떻게 알아?"

놈은 그렇게 묻더니 금방 상황을 파악했다.

"너도 그 배 탔어?"

이때 살짝 열린 창 틈으로 새들이 줄줄이 들어와 옌위안 등 뒤로 빽빽하게 몰려들었다. 마치 옌위안에게 어마어마하게 커다란 검은 날개가 달려 있는 것처럼 보였다. 고요하면서 소름끼치는 장면이었다.

주인의 명령을 기다리는 새 떼. 새 떼의 진정한 주인은 바로 옌위안이었다.

초조하고 불안했지만 최대한 시간을 끌어야 했다. 그러자면 어떻게든 놈에게 충격을 줘야 한다. 난 고개를 끄덕였다.

"맞아. 나도 그 유람선에 있었어. 둘째 날부터 무슨 일이 있었는지 궁금하지 않아? 우리 몸에 무슨 일이 있었던 건지 말이야."

예상과 달리 옌위안은 고개를 저었다.

"알 게 뭐야. 유람선에서 내린 뒤에 보니 나한테 이런 능력이 생겼더라고. 이 새 떼는 천리안이나 다름없어서 적을 기습 공격하는 데 최고의 무기지. 덕분에 그 옛날 내가 어떻게 해서 버려졌는지도 알게 됐고, 복수를 위해 치밀하고 완벽한 계획도 세울 수 있었어."

놈은 사나운 표정을 지으며 손을 들어 날 가리켰다. 그러자 오른쪽에 있던 새 떼가 일제히 울음소리를 냈다.

"네놈만 아니었으면 쯔펑은 안 죽었어. 이 집 식구들은 지금쯤 뼛속 깊이 후회하고 있겠지. 이기적이고 더러운 피가 흐르는 놈들! 하지만 이젠 다 상관없어. 내가 모든 걸 끝내버릴 거거든. 이 인간들을 죽이는 건 식은 죽 먹기지."

놈의 말이 끝나자마자 새 떼가 공격 진형을 갖췄다. 놈들의 번뜩이는 황갈색 눈동자는 주인의 손짓에 따라 나를 주시했다. 나는 몸을 숨길 곳이 없어 그 자리에서 주먹을 불끈 쥐고 기다렸다. 문득 산속에서 티셔츠를 머리에 뒤집어썼던 탄자오 모습이 떠올랐다. 용감하긴 했는데, 사실 좀 많이 귀여웠다. 탄자오를 생각하니 마음이 편안해지고 두려움도 사라졌다.

"탄자오한테 남긴 그 쪽지는 뭐야?"

나는 놈을 뚫어지게 쳐다보며 작은 표정 변화도 놓치지 않으려 했다. 하지만 놈은 침착했다.

"무슨 쪽지? 어떻게든 시간을 끌어보려는 수작인가 본데, 미안하지만 내가 좀 바빠서 더 이상은 낭비할 시간이 없어."

옌위안은 이렇게 말하고는 손을 획 휘둘렀다.

나는 있는 힘을 다해 놈에게 달려들었다. 단번에 제압해야 놈을 붙잡고 새 떼 공격을 피할 수 있다.

일촉즉발의 긴장감이 감돌았다.

이때 계단 위쪽에서 불안정한 발소리가 들렸다. 옌위안이 흠칫 놀라 팔을 내리자 새 떼도 창 아래 그늘진 바닥에 내려앉았다. 계단 위에 나타난 사람은 주지루이였다. 긴 머리는 잔뜩 헝클어지고, 입가와 손에는 핏자국이 선명했다. 손목에는 미처 풀지 못한 밧줄도 묶여 있었다. 어딘가에 갇혀 있다 탈출한 듯 보였다. 옌위안을 바라보는 주지루이의 눈빛에 슬픔과 절망이 가득했다. 옌위안도 잠시 그녀를 마주 봤다.

주지루이가 거의 굴러 떨어질 듯 계단을 뛰어내려 왔다. 바닥에 쓰러져 있던 주중링이 살려달라는 듯 웅웅 소리를 냈지만 주지루이는 아무것도 듣지 못한 듯 바로 옌위안에게 달려들어 그의 옷자락을 붙잡고 말없이 울부짖었다. 옌위안의 얼굴이 일그러지고 이마에 핏줄이 불거졌다.

"죽기 싫으면 당장 올라가!"

옌위안이 주지루이 목에 칼을 들이대며 위협했지만 그녀는 아랑곳하지 않고 그의 가슴을 때리며 소리쳤다.

"사람도 아니야! 짐승! 우린 약혼까지 했다고!"

옌위안이 주지루이를 강하게 밀어냈다. 그 순간 내가 재빠르게 달려들어 놈의 관자놀이에 주먹을 날렸다. 놈은 내 주먹을 정통으로 맞고 쓰러졌다. 난 주지루이에게 외쳤다.

"빨리 도망가요!"

주지루이가 비틀거리며 문 쪽으로 향했지만, 분노한 옌위안이 손가락으로 그녀를 가리키자 새 떼가 그녀에게 몰려가 길을 가로막았다. 주지루이는 겁을 집어먹고 그 자리에 주저앉았다. 나는 옌위안의 팔을 잡아 강하게 비틀었다. 옌위안은 당황해 잠시 멈칫했지만 이내 강하게 반격해왔다. 놈의 주먹이 내 배를 강타해 나지막이 신음을 내뱉으며 뒷걸음쳤다. 새 떼가 이번에는 나를 에워쌀 듯 몰려와 작은 의자를 들고 마구 휘둘렀다. 빽빽하게 몰려든 새 떼 너머로 옌위안이 움직이는 것이 보였다. 몸을 일으킨 놈은 칼을 들고 주중링에게 다가가고 있었다.

재빨리 의자를 버리고 그쪽으로 가려 했지만 새들은 옌위안과 텔레파시라도 통하는지 점점 많이 몰려들며 그물처럼 날 뒤덮었다. 도저히 어떻게 할 방법이 없었다.

옌위안은 주중링 머리채를 잡고 섬뜩하게 웃었다. 쉬쯔펑이 그랬던 것처럼 웃는 건지 우는 건지 헷갈리는 웃음이었다. 번쩍이는 칼날이 주중링 목을 스치는가 싶더니 곧 피가 배어나왔다.

쾅. 문을 걷어차는 소리에 이어 총성이 울렸다. 옌위안은 잠시 굳어

166

있다가 고개를 숙여 자기 가슴에 흐르는 피를 보았다. 새 떼가 그의 곁으로 모여들었다.

나도 새 떼의 공격으로 온몸이 피투성이가 된 채 현관으로 고개를 돌렸다. 차갑고 날카로운 표정의 선스옌이 보였다. 총을 든 선스옌 뒤로 탄자오가 따라 들어와 내게 달려왔다.

"우위! 괜찮아? 많이 다쳤어?"

나는 탄자오의 손을 꼭 잡았다.

"괜찮아. 그냥 긁힌 정도야."

뒤따라온 경찰들이 주중링과 주지루이의 상태를 살폈다. 옌위안은 이미 바닥에 쓰러져 있었다. 선스옌은 총을 거두고 옌위안에게 수갑을 채우며 다른 경찰에게 외쳤다.

"빨리 구급차 불러! 위독해!"

푸드덕 푸드덕. 새들이 줄줄이 창문으로 빠져나갔다. 새 떼는 바로 사라지지 않고 한동안 지붕 위를 맴돌며 소름끼치는 울음소리를 냈다. 다른 경찰들이 새 떼에 정신이 팔린 동안 선스옌은 탄자오와 나를 돌아봤다. 옌위안, 아니 주수원은 얼굴이 백지장처럼 창백했고 초점 잃은 눈동자가 파르르 떨렸다.

문득 '숙명'이란 단어가 떠올랐다. 옌위안이든 주수원이든, 저자는 결국 이렇게 될 운명이 아니었을까?

탄자오와 나는 주수원에게 다가갔다. 이미 초점을 잃고 흐릿해지던 주수원의 두 눈이 갑자기 커졌다. 엄청난 공포 혹은 정신적인 충격을 받은 듯한 표정이었다. 주수원이 부들부들 떨며 우리 둘을 가리켰다.

"두 사람이…… 어떻게……."

하지만 주수원은 말을 끝내지 못했다. 깊은 잠에 빠지듯 눈빛이 사그라지더니, 눈을 부릅뜬 채 팔이 천천히 아래로 떨어졌다. 나는 앞을 막고 선 경찰을 밀쳐내고 뛰어가 주수원 손을 잡았다.

"뭔가가 생각났어?"

하지만 그는 엄청난 공포에 사로잡혀 내 말이 전혀 들리지 않는 것 같았다. 한참 온몸을 부르르 떨더니 갑자기 눈알이 뒤집히고 다리를 쭉 뻗으며 늘어졌다.

다들 말없이 서로 눈만 마주치고, 경찰 한 명이 다가와 나를 일으켜 세웠다. 탄자오가 내 품에 얼굴을 묻고 넋 나간 사람처럼 중얼거렸다.

"죽었어? 세상에……. 그런데 갑자기 왜 그렇게 놀랐을까?"

"아마 죽기 전에 심적으로 완전히 무너졌겠지. 우리 때문이 아니라 자기 내면의 공포를 느꼈을 거야."

"아……."

탄자오는 놀란 마음이 쉽게 진정되지 않는 듯했다.

결국 이렇게 끝나버렸다.

새 떼는 사라졌고, 위기의 주펑셴 가족은 모두 구조됐다. 우린 경찰과 함께 밖으로 나왔다. 날은 이미 어두워졌고, 번쩍거리는 경광등이 집 주변을 에워싸고 있었다. 문득 뒤를 돌아보니 주수원이 공포에 질린 눈을 부릅뜬 채 거실 바닥에 누워 있었다. 탄자오도 뒤를 돌아보려 했지만 나는 그녀의 머리를 감싸 다시 앞을 보게 했다.

주수원이 죽기 직전 공포에 질렸던 진짜 이유를 알게 된 것은, 이로부터 한참 후의 일이다.

유람선에서 내린 후 특별한 능력이 생긴 사람들은 죽기 직전 잠시 시간이 멈추며 유람선에서 일어난 모든 일을 떠올렸다.

탄자오와 나도 그랬다.

## 17

# 탄자오

꿈을 꿨다.

꿈속에서 옌위안, 아니 주수원을 봤다. 그자가 내 침대에 달라붙어 필사적으로 내 다리를 잡아끌었다.

"널 죽여버릴 거야!"

그러고는 갑자기 악귀로 변해 시퍼런 얼굴에 날카로운 이빨과 손톱을 드러냈다.

"악!"

비명을 지르며 눈을 번쩍 떴다. 식은땀이 흘렀다. 눈에 보이는 건 다행히 새하얀 천장이었다.

한참을 멍하니 침대에 앉아 있었다. 난 겁이 없는 편이지만 죽어가던 주수원의 모습이 빌어먹을 모기처럼 끊임없이 머릿속을 맴돌아 왠지 불안했다.

주수원 사건은 대략 마무리됐다. 우위와 나는 몇 번 경찰서에 불려가 조사를 받았지만 이제는 더 이상 연락이 없었다. 하지만 내가 선스옌이라면 이렇게 끝내기에는 석연치 않을 것 같았다. 이번 사건의 현장마다 우리가 경찰보다 먼저 등장해 범인과 싸우고 있었는데, 이상하지 않을까?

그건 그렇고, 나한테 감사패라도 줘야 하는 거 아니야? '의협심을 발휘하여 많은 이의 목숨을 구한 용감한 시민' 같은 문구를 박아서.

이를 닦으며 이런저런 생각을 하다 보니, 경찰은 역시 경찰이라는 생각이 들었다. 그날 주평셴 집에서 도망쳐 나와 막 경찰에 전화를 걸려는데 멀리서 이미 사이렌 소리가 들렸다. 나중에야 알았는데, 경찰은 이미 가족 진술과 증거를 분석해 이들 가족 중에 쉬쯔펑과 내통한 사람이 있다고 판단했다. 윤리적으로 납득하기 어려운 추론이긴 했지만, 바로 옌위안의 이력을 조사했고 의심스러운 점이 많아 결국 DNA 검사까지 했다. 그 결과, 옌위안이 바로 주수원이라는 사실이 밝혀졌다. 경찰은 바로 주수원을 잡으려고 출동했지만 한 발 늦고 말았다.

옷을 갈아입고 베란다로 나가 멍하니 바깥 풍경을 바라봤다. 이 사건은 이렇게 끝나버렸는데, 내가 잃어버린 1년의 기억과 누가 남겼는지 모를 쪽지는 여전히 미스터리였다. 쪽지를 남긴 침입자에 대해 여전히 아무것도 알아내지 못했다.

사실 기억을 찾지 못해도 별 상관은 없다.

다만…… 우위와 나의 관계가 신경 쓰일 뿐이다.

우위는 나한테 마음이 있긴 할까? 유람선에서 느낀 호감이 아직 남아 있는 것뿐일까? 아니면 함께 기억을 잃은 사람으로서 동지애? 하긴 우위는 위험에 빠진 아이는 물론 그 이기적인 주평셴 가족도 구하려고 자신을 내던진 사람이니까, 나한테도 그 비슷한 마음일 수 있다. 처음엔 자기밖에 모르고 허세 가득한 인간인 줄 알았는데, 알고 보니 거친 운명을 강인한 의지로 헤쳐온 사람인 것 같았다.

팔에 얼굴을 묻고 계속 생각을 이어갔다. 나는 정말 우위를 좋아하는 걸까? 러닝셔츠에 스패너를 쥐고 기름에 찌든 땀 냄새를 풍기는 모습도 너무 멋있긴 한데, 우리가 좋은 관계로 발전할 경우, 서로의 생활 습관을 맞춰나가며 행복할 수 있을까?

……내가 지금 무슨 생각을 하는 거야?

살짝 고개를 들고 멀리 시선을 던졌다. 아파트 단지 밖에 늘어선 건물 사이로 카센터가 있는 거리가 보이고, 카센터 건물의 파란색 지붕까지 보였다. 한동안 그렇게 베란다 난간에 기대 있는데 전화벨이 울렸다. 창위였다.

"추리의 여신님, 사건 해결 감축드려요."

"뭐 별거라고."

"세상에, 따주가 그렇게까지 용감한지 몰랐어. 그 집 정신병자 아들을 잡으려고 호랑이굴에 제 발로 찾아갔다며? 그 집 장난 아니더라? 사람이 사람의 탈을 쓰고 어떻게 그래? 따주 소설에 나오는 놈들보다 더 잔인하잖아."

"그러게. 아들이 유괴됐는데 아버지라는 사람은 애가 지능이 낮다는 이유로 제대로 찾지도 않았으니, 아들이 원한을 안 품을 수 있겠어? 그 어린 나이에 범죄 조직에서 도둑질을 배우고, 나중에는 도망쳐 나와 떠돌이 생활을 하고, 얼마나 집이 그리웠겠어. 그런데 열 살쯤 됐을 때 간신히 집을 찾아갔더니 아버지가 무슨 거지 보듯 외면했대. 아마 그때부터 복수하고 싶다는 생각을 품었겠지. 어렸을 때 말이 좀 늦었을 뿐이지, 사실은 머리가 꽤 좋았나 봐. 번듯한 사업가로 성공해서 자기 여동생이랑 약혼까지 했잖아. 쉬쯔펑도 원래는 지능이 정상이었는데, 상습적으로 구타를 당해서 머리가 잘못됐을 거래. 쉬쯔펑은 옌위안을 가장 가까운 친구로 생각했을지도 모르는데, 옌위안은 쉬쯔펑을 이용해서 그런 잔인한 복수극을 계획하고 말이야. 자기 친조카를 유괴하게 하고 자기 가족들 인성이 얼마나 바닥인지 완전히 드러내도록 만들고……. 본인이 직접 죽이는 것보다 그게 더 통쾌하다고 생각했을까? 그러고도 결국 본인이 직접 나서야 했지만 말이야. 경찰 조사를 마치고 집에 돌아와서 가족들한테 수면제를 먹였대. 꽁꽁 묶어놓고 괴롭히다가 한 명 한 명 죽일 생각이었겠지. 우리가 들이닥치지 않았으면 아주 완벽하게 복수를 했을지도 몰라."

묵묵히 듣고만 있던 쫭위가 긴 한숨을 내쉬었다.

"정말 변태네. 완전히 미친놈이야."

"사실 옌위안보다 더한 놈들도 있어. 더 경악스러운 거 보여줄까?"

"싫어!"

쫭위가 단호하게 거부했다.

우린 절친한 사이지만 소설을 쓰는 스타일은 전혀 다르다. 나는 공상 과학 용어만 나오면 머리에 쥐가 났고, 쫭위는 귀신이고 깡패고 세상 무서울 게 없는데 딱 하나, 피 튀기는 장면에는 벌벌 떨었다. 그런 장면을 보면 가위 눌린다나.

우리는 여러모로 정말 천생연분이다.

"저녁 같이 먹을까? 사지에서 탈출해 떨고 있을 친구의 영혼을 달래줘야지."

흔쾌히 오케이 하려는 찰나, 메시지 도착음이 울렸다. 뭔가 중요한 일이라는 직감이 들었다.

"잠깐만, 끊지 말고 기다려."

역시, 우위가 보낸 메시지였다.


〈일어났어? 시간 되면 얘기 좀 할까? 지금까지 찾은 단서를 정리해보고 싶어.〉


난 바로 결정을 내렸다.

"쫭위, 오늘 저녁엔 일이 있어. 다음에 보자."

창위가 피식 웃었다.

"엄청 바쁘시네요. 요즘 작품 쓰는 것도 없잖아. 친구도 별로 없고, 매일 집에만 있으면서 뭘 그렇게 바빠?"

"넌 아직 어려서 말해줘도 몰라."

"그 카센터 기사 만나러 가는 거지?"

"어."

나도 모르게 입가에 미소가 번졌다.

"쯧쯧, 이미 다 넘어간 거 아니야? 그 남자도 따주 보는 눈빛이 예사롭지 않던데?"

나는 은근히 솟아오르는 기대감을 감추며 애써 침착하게 되물었다.

"그 남자 눈빛이 그랬어? 정말 나한테 마음 있는 거 같아?"

"진짜 더는 못 봐주겠네!"

"어, 그럼 끊을게."

"잠깐! 그럼…… 따주랑 그 돌부처 형사랑은 전혀 가능성 없는 거야?"

난 세상이 떠나가도록 웃고 싶었지만 간신히 참고 태연한 목소리로 대꾸했다.

"그 형사랑은 원래 아무 사이 아니야. 앞으로도 그럴 거고. 그 사람이 누구랑 사귀든 나하고는 아무 상관 없고."

"응."

창위도 아무렇지 않은 것처럼 반응했다. 우리는 이심전심 절친한 사이답게 서로 기분 좋게 통화를 마쳤다.

나는 선스엔이 내 '제부'가 되는 상상을 해봤다. 창위가 부르면 어디든 달려가고 창위에게 푹 빠져 정신을 못 차리는 선스엔. 꽤 괜찮은 그림인데?

우위에게 답문자를 보냈다.

〈좋아.〉

〈그럼 저녁때 데리러 갈게.〉

〈오늘 저녁은 내가 살게. 네가 몇 번이나 샀잖아.〉

〈그래.〉


가만, 지금 이게 무슨 상황이지? 첫 데이트? 유람선에서 못 한 데이트를 오늘 드디어 하는 건가?

옷장 앞으로 달려가 한참을 고민하다가 짙은 네이비 색 미니스커트와 흰 티셔츠를 골랐다. 그리고 스트랩 샌들로 좀 더 힘을 주었다. 아무래도 미용실에 가서 머리도 좀 정리해야겠다. 요즘 우위와 함께 정신없이 사건 현장을 누비느라 머리끝부터 발끝까지 상태가 엉망이었다.

식당도 예약해야 한다. 너무 고급스러운 곳은 우위가 괜히 거리감 느끼면 안 되니까 피하고, 그렇다고 첫 데이트를 허름한 길거리 식당에서 할 수는 없다.

또 뭘 챙겨야 하지?

문득 우위 눈빛이 떠올랐다. 항상 짙은 안개가 낀 것처럼 아득해서 도무지 속을 알 수 없는 눈빛. 그리고 늘 멀게 느껴지는 차가운 표정. 전에 한번 그 이유를 물어보려 했는데 우위가 딱 잘라 말했다.

"그럼 묻지 마."

하지만 나는 우위의 모든 것을 알고 싶었다.

방금 전까지 들떠 있던 마음이 점점 무겁게 가라앉았다.

노트북을 켰다. 지난번에 우위 이름을 검색했을 때는 별다른 내용이 없었기에, 이번엔 다른 이름을 검색해봤다.


우먀오.

***

해가 질 무렵, 우위가 집 앞으로 찾아왔다.

문을 열고 나가니 깔끔한 티셔츠에 청바지 차림의 우위가 오토바이에 기대어 서 있었다. 나는 우위에게 시선을 고정한 채 천천히 걸어갔다. 머리는 붕대를 풀고 상처 부위에 작은 반창고를 붙여 놓은 게 보였다. 우위는 날 보자마자 오토바이 손잡이에 걸려 있던 헬멧을 내밀었다.

"쓰기 싫은데……. 날도 더운데 헬멧 쓰면 답답해."

우위는 그래도 헬멧을 내 머리에 씌우고 나를 쓱 훑어보았다. 아무렇지 않은 척했지만 치마 밑으로 드러낸 맨 다리가 화끈거리는 기분이었다.

우위도 벗어놨던 헬멧을 다시 쓰고 오토바이에 올라탔다. 나는 치마를 잘 갈무리해 앉은 뒤 자연스럽게 우위 허리에 팔을 둘렀다. 그런데 우위가 살짝 몸을 뺐다. 얇은 티셔츠 안으로 칭칭 감긴 붕대가 비쳐 보였다. 아차 싶어 얼른 팔을 풀고 조심스럽게 옷자락을 잡았다.

주수원의 칼에 베인 상처다.

"다친 데는 좀 괜찮아?"

"많이 좋아졌어. 어디로 갈까?"

휴대전화로 검색해둔 식당 주소를 보여주니 기억력 좋은 우위는 한 번 쓱 보고 고개를 끄덕였다.

"응, 어딘지 알겠어."

우위는 지난번보다 천천히, 조심스럽게 오토바이를 몰았다. 예상보다 오래 걸려 식당 앞에 도착했다. 입구는 약간 허름하고 평범해 보였지만, 내부는 꽤 넓고 칸막이로 분리된 테이블도 많았다. 부담스럽지 않은 편안한 분위기에 개인적인 공간까지, 정말 만족스러운 선택이었다.

우리는 칸막이가 되어 있는 테이블에 앉았다. 대나무 칸막이 덕에 시원하고 색다른 분위기가 났고, 입구에 늘어뜨려진 천이 완벽하게 우리 둘만의 공간을 만들어주었다. 나무로 만든 테이블과 의자는 반들반들 윤이 났다.

우위에게 휴대전화를 보여주며 말했다.

"2인 세트로 예약해뒀어."

우위는 고개만 끄덕였다. 은은한 실내등 아래 우위 눈동자가 더 까맣고 깊어 보였다. 새카만 머리, 새카만 눈동자, 새카만 티셔츠. 보면 볼수록 멋있었다.

음식을 기다리는 동안 내가 먼저 입을 열었다.

"상처는 어때? 어디 좀 봐."

하늘에 맹세컨대, 정말 별 뜻 없이 나온 말이었다. 그런데 우위가 나를 보며 이렇게 물었다.

"정말 보여줘?"

이 시간, 이 공간의 차분한 분위기 덕분인지, 이런 민망한 상황에서도 나는 이상하리만큼 침착할 수 있었다.

"응."

"이쪽으로 와."

4인용 테이블에 우위와 마주 앉아 있던 나는 두말없이 우위 옆자리로 가서 앉았다. 우위는 티셔츠를 걷어 올리고 배에 감긴 붕대를 풀었다. 복근이 먼저 눈에 들어왔다. 군살 하나 없는 구릿빛 근육이 제법 단단해 보였다. 복부 상처는 옆구리까지 길게 이어졌는데, 다행히 상처가 깊지 않아 붕대로 몇 번 감아주었을 뿐이다. 갑자기 목이 타는 듯해 잔을 들어 차를 한 모금 마셨다.

"됐어. 다 봤어."

우위는 붕대를 다시 감고 옷자락을 내린 후 물을 마셨다. 갑자기 분위기가 어색해진 기분이었다.

"그러고 보니 온몸이 상처투성이네."

"둘 다 몸놀림이 장난 아니어서 상대하기 힘들었어."

"그래도 두 사람이 살인을 못 하게 네가 다 막아냈어."

"우리 둘이 같이 막았지."

날이 어두워지니 실내 불빛이 더 은은하게 느껴졌다. 갑자기 가슴이 설렜다. 나 지금, 오늘 밤에 무슨 일이 벌어지길 은근히 기대하는 건가?

우위도 오늘따라 유난히 말이 없었다. 우린 몇 번이나 눈이 마주쳤지만 말없이 시선을 돌렸다.

음식이 나왔다. 대바구니 한가운데 밥을 놓고 여덟 가지 반찬을 빙 둘러 담는 다이족 음식인데, 비닐장갑을 끼고 손으로 먹어야 했다.

음식을 반쯤 먹었을 때, 실수로 그만 매운 고추를 씹었다. 어찌나 매운지 얼굴 전체가 불 타는 느낌이었다. 나는 비닐장갑을 벗어던지고 물부터 찾았다.

"아, 물, 물 좀."

우위가 물을 따라주려 했는데 하필 물병이 비어 있었다. 나는 너무 급해서 큰 소리로 외쳤다.

"여기요! 물 좀 주세요!"

종업원이 천을 젖히고 들어와 물병을 가지고 나갔다. 난 일단 매운 맛을 가라앉힐 다른 방법을 찾아 테이블을 훑어보았다. 옆에 앉은 우위가 물었다.

"많이 매워?"

난 정신없이 고개를 끄덕였다. 눈물까지 날 것 같았다.

우위가 덤덤한 얼굴로 젓가락을 내려놓고 내 쪽으로 상체를 기울이더니, 두 손으로 내 얼굴을 감싸고 입을 맞췄다.

나는 너무 놀라 숨을 멈추었다. 코앞에서 우위 숨결이 느껴졌다. 그 숨결이 낯설지는 않았지만 너무 당황스러웠다. 우위는 눈을 감고 천천히 내 입술을 핥았다.

잠시 후, 우위가 내게서 떨어져 다시 몸을 바로 세워 앉았다. 나와는 눈도 마주치지 않았다. 마침 종업원이 물병을 가져왔다.

종업원이 나간 후 나는 무의식적으로 음식을 입에 넣었다. 서서히 정신이 들며 상황이 파악됐다.

"무슨 의미야?"

우위는 아무 말도 하지 않았다. 키스를 해놓고 아무 말도 안 하다니…….

심장이 어찌나 심하게 쿵쾅대는지 당장이라도 터질 것만 같았다.

나도 잠시 침묵을 지키고 있다가 태연하게 말했다.

"이 고기 맛있어. 먹어봐."

그때 갑자기 우위가 몸을 일으켰다.

"화장실 좀 다녀올게."

그러고는 내가 뭐라고 대답하기도 전에 나가버렸다. 잠시 후 살랑대는 파란 커튼 너머로 맞은편 건물 앞에 우두커니 서 있는 우위가 보였다. 외롭고 쓸쓸해 보였다.

그 모습이 왠지 안쓰러웠다. 먼저 키스해놓고 화장실에 간다는 핑계로 도망쳐 나가다니, 도대체 무슨 생각인 걸까. 그냥 마음을 진정시키려고? 아니면 부끄러워서? 아니면 혹시…… 후회하는 걸까?

나는 서로 민망하지 않게 아무 일도 없었던 것처럼 행동하기로 했다.

하지만 입술에서는 여전히 우위의 숨결이 느껴졌다. 이 특별한 느낌은 미묘한 예감으로 이어졌다. 아무 일도 없었던 것처럼 행동하기는 어려울 것이라는 예감.

우위가 돌아왔다. 나도 어느 정도 진정이 되었다.

"이미 온라인으로 결제했으니까 괜히 계산한다고 나서지 마."

"알았어."

잠깐 눈이 마주쳤지만 우위가 먼저 시선을 피했고 나도 눈을 돌렸다.

"이만 일어날까? 집까지 데려다줄게."

"그래."

우위가 먼저 일어나는데 도저히 더는 참을 수가 없어 우위 팔을 덥석 잡았다. 우위가 나를 홱 돌아봤다. 가슴속에서 열불이 치솟아 목구멍까지 타들어가는 것 같았다. 왠지 억울한 마음에 눈시울도 뜨거워졌다.

"지금 뭐 하자는 거야? 키스해놓고 모르는 척하는 건 도대체 뭐야? 내가 널 좋아한다고 한 것도 아니고, 내가 키스하자고 한 것도 아니고……."

우위 눈동자에 강렬한 불꽃이 일었다.

나는 말을 끝맺지 못했다. 우위가 나를 힘차게 끌어안고는 거친 키스를 퍼부었다. 그의 혀가 내 안을 침범하는 순간, 갑자기 눈물이 핑 돌면서 울고 싶어졌다. 이때 내 등을 따뜻하게 어루만지는 우위의 손길이 느껴졌고, 그의 열렬한 키스에 그만 정신이 아득해졌다. 그러다가 정신을 차리고 보니 나는 어느새 우위에게 손을 잡힌 채 그의 무릎에 앉아 강렬한 키스 세례를 받고 있었다.

잠시 후, 종업원이 들어왔다. 우위가 멈칫한 사이 나는 용수철 튕기듯 벌떡 일어섰다. 우위는 내 손을 놓지 않고 조금 상기된 표정으로 날 올려다봤고, 종업원은 어색하게 웃으며 돌아나갔다. 우위가 다시 내 손을 잡아당겼다.

"도대체 뭐 하는 거야?"

"탄자오, 널 좋아해. 이게 내 마음이야. 너도 알고 있었을 거야. 굳이 숨기려고 한 적 없으니까. 너의 말투, 행동, 너의 모든 것이 다 좋았어. 하지만 함께하자고 차마 말할 수 없었어. 앞으로 나한테 무슨 일이 벌어질지 알 수 없는데 너한테 무슨 약속을 할 수 있겠어? 그리고 난…… 꼭 해야 할 일이 있어서, 어쩌면 여기에 오래 머물지 못할 수도 있어. 네 곁에 있을 거라고 약속할 수 없으니 널 붙잡을 수도 없어."

우위의 말을 들으며 기쁨과 두려움이 교차하다가, 마지막 말을 들을 때는 마음이 무겁고 불안했다. 하지만 이대로 포기할 수 없어 애써 아무렇지 않은 척했다.

"꼭 해야 할 일이, 혹시 우먀오 사건이야?"

우위가 내 손을 놓고 자신의 손톱을 물어뜯었다. 그러고는 눈가에 잔뜩 힘이 들어간 표정으로 한동안 말이 없었다.

처음에 인터넷에서 우위 이름을 검색했을 땐 별 내용이 없었지만, 무슨 일이 있었던 게 분명하다는 생각이 머릿속을 떠나지 않았다. 그렇지 않고서야 사람이 이렇게 백팔십도 달라질 리는 없을 것 같았다.

"인터넷에서 찾아봤어. 작년에, 유람선 여행에서 돌아온 뒤 한 달쯤 지나서 우먀오가…… 연쇄 살인의 다섯 번째 피해자가 됐다고."

난 잠시 머뭇거리다 말을 이었다.

"그리고 한 달 후, 너희 어머니도 슬픔을 못 이겨서 강물에 투신하셨다고. 그 짧은 시간에 네가 모든 걸 잃었다는 사실을 알았어."

"탄자오, 그만해. 다 지나간 일이야."

거짓말. 그 상처는 우위 가슴속 깊이 자리 잡아, 지금까지 전혀 아물지 않았다. 나는 결국 눈물이 터졌다.

"그래서 공부도, 너의 미래도 다 버리고 1년 동안 범인을 찾아다닌 거야? 그럴 수밖에 없었던 네 심정, 나도 이해해. 나도 너하고 같이 범인을 찾을 거야. 네가 여기를 떠나야 한다면, 돌아올 때까지 기다릴 거야."

"아니, 넌 이해 못 해. 직접 겪어본 사람이 아니면 결코 알 수 없어. 이 고통이 영원히 끝나지 않을 거라는 사실을."

나는 뭐라고 대꾸하지 못하고 계속 눈물만 흘렸다. 우위도 눈이 빨개진 것 같았다.

"그래서, 우리 그냥 이렇게 끝이라고?"

내 목소리가 날카롭게 갈라졌다. 날 보는 우위 눈빛은 아주 단호하고 명확했다.

"유람선의 비밀도 아직 풀지 못했고, 또 다른 사건이 벌어질 것 같은 예감도 지울 수가 없어. 무슨 일이 있어도 너만큼은 지키고 싶어. 너한테는 절대 아무 일도 일어나지 않도록 하고 싶어."

"그러니까 유괴당한 아이들을 구했던 것처럼 순수하게 정의로운 마음으로 지켜주겠다는 거야?"

우위는 잠시 머뭇거리다가 입을 열었다.

"아니, 사랑하니까."

그 대답에 나는 잠시 멍하니 있다가 다시 눈물이 터졌다. 하지만 우위는 여전히 속을 알 수 없는 표정이었다. 방금 우위가 말한 것처럼, 우위는 영원히 이 고통에서 벗어날 수 없을지 모른다. 난 우위의 손을 붙잡고 말했다.

"그런데 함께할 수 없다는 게 무슨 말이야? 사랑해서 지켜주고 싶지만 함께할 수는 없다니, 말이 돼? 나한테 무슨 일이 생길까 봐 두려워하면서, 지켜주고 싶어 하면서, 곁에 있을 수는 없다니……. 정 그럴 거면 이제 다시는 만나지 마. 나한테 무슨 일이 생겨도 나 혼자 책임지고 다 감당할 테니까, 넌 아무 상관 하지 마!"

우위는 내 손을 힘주어 맞잡았지만 한참을 망설이며 쉽게 입을 열지 못했다. 제발 방금 전처럼 솔직한 마음을 그대로 말해주길 바랐지만, 그는 다시 단호한 눈빛으로 사납게 말했다.

"나랑 같이 있다가 놈이 너까지 노리면 어쩌려고!"

나는 그만 멍해졌다. 지금 우위는 궁지에 몰린 짐승 같았다. 우위가 이렇게 분노하는 모습은 처음이었다. 우위의 차가운 목소리가 이어졌다.

"난 그동안 내가 똑똑하다고 생각하며 살았어. 우먀오가 그렇게 됐을 때, 반드시 놈을 잡겠다고 다짐했는데…… 그런데 벌써 1년이 지났어. 놈의 흔적을 찾아 온 세상을 다 뒤지고 다녔는데, 이렇게 대단한 시력을 가지고도 아무것도 알아내지 못했다고. 놈은 결코 쉬운 상대가 아니야. 그리고 정말 잔인해. 놈은 내가 자기를 쫓고 있다는 걸 분명히 알아……. 그러니까 놈이 널 주시하게 될지도 몰라. 그게 무슨 뜻인지 알아? 너는 우먀오랑……."

우위 손이 내 뺨 가까이 다가왔다.

"그리고 다른 피해자들이랑…… 너무 닮았어."

나는 아무 말도 할 수 없었다.

"탄자오, 원래 네 삶으로 돌아가. 지금까지처럼 인기 작가로 즐겁고 행복하게 살아. 사실 오늘 너를 만나러 오기 전까지도 계속 생각하고 또 생각해봤어. 살다 보면 내 힘으로 어쩔 수 없는 일이 너무 많고, 그런 일은 대부분 미리 예측할 수도 없어. 이 지옥에 널 끌어들일 순 없어. 내 말 들어. 나는 멀리서 늘 너를 지켜볼게."

\*\*\*

그날 밤, 나는 오랫동안 숨죽여 울었다. 그저 우는 것밖에 아무것도 할 수 없었다.

한밤중에 창가에 서서 밝은 달을 올려다보며, 처음으로 사랑이 무엇인지 진지하게 생각해봤다.

한없이 달콤하고, 세상을 다 가진 느낌이 드는 것일까? 아니 절대 그렇지 않을 것이다.

그럼, 원하고 원해도 가질 수 없는 것일까? 그러니 포기하라고? 절대 그럴 순 없다.

의자에 앉아 가만히 달력을 넘겨봤다. 우리가 다시 만난 지 꼭 보름이 지났다. 겨우 보름 만에 포기하다니, 말도 안 된다. 우위는 이미 날 밀어냈지만 내 마음은 그를 쉽게 포기할 수가 없다.

사랑이 뭔지, 정말 모르겠다.

지금 돌이켜 보면, 지난 보름 동안 우리가 함께한 1분 1초가 모두 서로를 향한 뜨겁고 진실한 순간이었다. 그 모든 순간이 사랑이었다. 이것만은 확실했다.

나는 우위의 세상으로 기꺼이 뛰어들었지만, 우위는 나와 함께 가기를 원치 않는다.


한참을 자고 일어난 것 같은데 여전히 '우위'라는 두 글자가 가슴을 짓누르고 있었다.

창문으로 고개를 돌리니 황금색 커튼이 바람결에 살랑이고 창밖으로는 푸른 산이 보였다. 비 온 후 맑게 갠 하늘은 유난히 싱그럽고 구름도 더 새하얬다.

나는 순간 벌떡 일어나 앉았다. 눈앞에 보이는 모든 것이 믿기지 않았다. 온몸의 세포 하나하나가 금방이라도 폭발할 것처럼 심하게 떨리는 기분이었다.

믿을 수 없지만 눈앞의 모든 것은 현실이 분명했다. 손을 뻗어 침대를 만져봤다. 유람선 객실에 있던 폭신한 킹사이즈 침대가 확실했다. 바보 같은 줄 알지만, 팔도 세게 꼬집어봤다. 결코 꿈이 아니었다.

침대에서 내려서는데 다리가 후들거려 넘어질 뻔했다. 한 발 한 발 내디디는 내 앞으로 펼쳐지는 모든 것이 실제였다. 여기는 객실 안이고, 이것은 현실이 분명했다.

유람선으로 돌아왔다!

사위가 고요하고, 가볍게 부는 바람 소리와 청량한 새소리만이 들려왔다. 아, 그 이상한 검은 새! 창밖에 검은 새 몇 마리가 보이는데 멈추지 않고 휙 지나가는 걸 보니 날 알아보지는 못한 모양이었다. 거칠어진 내 숨소리가 귓가에 또렷이 들려왔다.

절대 꿈이 아니었다. 지난번에 꿈이라고 생각했던 것도 어쩌면 현실이었을지 모른다. 정말로 유람선으로 돌아온 것이다.

깊은 동굴에서 불어오는 듯한 한기가 느껴졌다.

날짜를 확인하려 침대 머리맡에 둔 휴대전화를 잡는데 긴장으로 팔이 굳었다.

2016년 6월 24일 10시 33분.

도저히 믿기지 않아 텔레비전도 켜보고 노트북도 켜봤지만, 모두 같은 날짜, 같은 시간을 가리켰다.

나 혼자 왜곡된 시간 속에 갇혀버리기라도 한 건가? 유람선 바깥 풍경을 보니 이미 다리 시내에서 한참 멀어진 곳 같았다.

정말 말도 안 되는 상황이었다.

지금이 2016년 6월 24일이라니.

1년 후의 내 기억 속에서는 사라진 날짜를 지금 이 순간 직접 경험하고 있다는 생각에 섬찟했다.

기억의 공백이 채워지려 한다.

잃어버린 것을, 되찾고 있다.

한동안 멍하니 앉아 있다가 간신히 마음을 진정시키고 용기를 끌어 모아 객실 밖으로 나갔다.

햇살은 좋은데 아직 먼 하늘 끝에 구름이 켜켜이 몰려 있었다. 조만간 또 비가 올 듯 보였다. 물결은 햇빛에 반짝이고, 갑판 위에는 은은한 음악이 흘렀다. 저 앞쪽에는 승객들이 삼삼오오 모여 이야기를 나누고 있었다. 고요하고 평화로운 풍경이었다.

지금 내 표정이 어떤지도 모르고 발길 닿는 대로 돌아다니는데 승무원이 다가와 친절하게 말을 건넸다.

"손님, 괜찮으세요? 안색이 안 좋아 보이는데……."

"아, 괜찮아요. 저기…… 오늘이 며칠이죠?"

승무원의 대답 역시 같은 날짜였다. 아마도 내 표정은 더 이상해졌을 것이다.

정처 없이 걷다 보니 1층 레스토랑 앞까지 왔다. 낯설지 않은 얼굴이 간간이 보이는데 모두 평화로워 보였다. 레스토랑으로는 들어가지 않고 배 앞쪽에서 바람을 쐤다. 마음속으로 '이건 진짜야, 정말 현실이야.'라고 계속해서 되뇌었다.

갑자기 중요한 사실이 떠올랐다. 이게 진짜라면, 우위는? 우위도 여기로 돌아와 있을까? 서둘러 몸을 돌리다가 그만 뒤에서 오던 사람과 부딪혔다.

"어머!"

여자의 놀란 외침이 들렸다.

"죄송합니다."

얼른 사과하고 고개를 든 순간, 숨이 멎는 줄 알았다. 키가 훤칠하고 잘생긴 남자와 얌전해 보이는 예쁜 여자. 옌위안과 주지루이였다.

두 사람도 돌아왔다니……. 옌위안은 환생한 걸까?

나는 무의식적으로 뒷걸음쳤다. 전혀 감정이 느껴지지 않는 옌위안의 덤덤한 눈빛에 소름이 끼쳤다.

"괜찮아요. 조심히 보고 다니세요."

주지루이는 날 알아보지 못한 듯 새침하게 그렇게 말하고는 옌위 안 팔짱을 꼈다. 옌위안은 잠깐 나를 물끄러미 보다가 웃으며 괜찮다고 말했다. 내가 멍하니 있는 사이 두 사람은 이미 내게서 멀어졌다.

두 사람 다 날 못 알아본 게 분명했다.

아마도 2016년 6월 24일의 옌위안과 주지루이니까 그럴 테다.

멀어지는 둘의 뒷모습을 잠시 지켜보다가 바로 우위 방으로 달려 갔다.

은은한 불빛이 비추는 객실 복도에 들어서는데 나도 모르게 발걸음이 느려졌다. 어젯밤의 대화가 떠올라 우위를 만나도 될지 망설여졌다. 머뭇거리며 우위 방 앞까지 갔는데 문이 살짝 열려 있었다.

"우위."

내 목소리가 너무 작았는지 안에서는 대답이 없었다. 가만히 문을 밀어봤다.

우위는 방 안에 없었다.

방에 벗어둔 옷가지와 전원을 켠 채 책상에 올려놓은 노트북을 보니 조금 전까지 여기 있었던 것 같은데, 어디 갔을까?

혹시, 우위가 날 몰라보는 건 아닐까? 옌위안이나 주지루이처럼. 생각만으로도 뜨거운 돌덩이가 가슴을 짓누르는 듯 답답했다.

아니, 그럴 리 없다. 우위가 날 밀어내긴 했지만 그렇다고 나를 잊어버리진 않았을 것이다. 비록 긴 시간은 아니지만 보름 동안 우리는 밤낮으로 많은 시간을 함께했다. 매 순간 진심이었고, 우위도 사랑이라고 인정했다. 이대로 끝낼 수는 없다.

문을 닫고 나와 조용한 복도를 응시하며 멍하니 서 있는데 갑자기 눈물이 나오려 했다.

하룻밤 사이에 시간의 흐름이 바뀌다니, 이게 도대체 무슨 상황일까?

한 가지 확실한 사실은, 앞으로 유람선 여행이 이어지는 며칠 동안 상상도 하지 못한 일들이 벌어지리라는 것이다. 잃어버린 기억과 감춰진 비밀이 드디어 밝혀지겠지.

마음을 진정시키려 애쓰는데 문득 우먀오가 떠올랐다.

맞다, 우먀오!

만약 우위도 지금 유람선에 타고 있고 객실에서 급하게 뛰쳐나간 거라면 분명히 우먀오 방에 갔을 것이다. 한 줄기 희망에 심장이 두근거렸다.

그런데 우먀오 방이 어디지?

초조한 마음으로 복도를 서성거리다가 승무원에게 물어봐야겠다고 생각하며 발길을 돌리려는 순간이었다. 마찬가지로 문이 살짝 열려 있는 바로 옆방에서 당황한 여자 목소리가 들렸다.

"오빠…… 뭐야? 갑자기 왜 이래? 무슨 일 있어?"

정신없이 쿵쿵대는 심장을 애써 진정시키며 침착하게 문을 밀어 열었다.

객실 안에는 햇살이 가득했다. 그리고…… 2016년 8월에 죽은 우먀오가 내 눈앞에 멀쩡히 살아 있었다. 객실 창가에 앉아 있던 우먀오는 나를 발견하고 눈이 동그래졌다. 우위와 닮은 예쁜 얼굴에 생기발랄하고 귀여운 분위기였다. 우위는 지난 보름 동안 내가 좋아한 그 우위와 완전히 다른 모습이었다. 하지만 분명히 같은 사람이다. 우위는 우먀오 머리카락에 얼굴을 묻은 채 동생을 꼭 끌어안고 있었다. 우먀오가 우위를 밀어내며 헛기침을 했다.

"누가 오빠 찾아온 거 같은데. 도대체 왜 이래……. 맨날 수학 공식만 들여다보다가 머리가 어떻게 된 거 아니야?"

우위는 우먀오를 끌어안은 자세 그대로 고개만 들었다. 짙은 안개에 휩싸인 듯 깊고 그윽한 그 눈동자가 살짝 빨갰다. 새하얀 피부에 깡마른 몸에서는 카센터 수리 기사의 모습을 흔적도 찾아볼 수 없었다.

"우먀오, 여기 꼼짝 말고 있어. 절대 밖에 나가면 안 돼. 중요한 얘기가 있으니까."

"어."

우먀오는 살짝 긴장하는 기색이었다.

나는 나를 향해 다가오는 우위를 멍하니 쳐다봤다. 분명히 어제도 봤는데, 새삼스럽게 왜 또 이렇게 두근거리지?

우위가 날 보며 웃었다. 첫 만남부터 내 마음을 설레게 했던 그 미소였다. 따뜻하게 상대의 마음을 사로잡아 도저히 거부할 수 없게 만드는 미소.

우위가 내 어깨를 붙잡았다. 나도 모르게 뒷걸음쳤지만 금방 등이 벽에 닿았다. 그렇게 우위와 벽 사이에 갇힌 채 꼼짝 못 하고 있는데 우위가 나를 와락 끌어안았다.

우먀오가 믿을 수 없다는 표정으로 입을 틀어막았다가 히죽 웃었다.

"오빠…… 대체 언제…… 이렇게 예쁜 여자 친구가 생겼어? 만년 돌부처인 줄 알았더니, 세상에……."

나는 웃을 기분이 아니어서 씩씩대며 우위를 확 밀어냈다.

"이게 뭐 하는 짓이야? 우리, 이미 얘기 끝난 거 아니야? 이거 놔!"

우먀오가 깜짝 놀라 입을 다물었다.

우위는 내 손을 꽉 잡고 뚫어져라 나를 쳐다봤다.

"나가서 얘기하자."

손을 빼내려 했지만 결국 붙들려 나갔다. 우위는 자기 방으로 들어가 문을 닫은 후에야 손을 놓아주었다.

나는 우위를 등지고 서서 창밖을 보며 아무 말도 하지 않았다. 우위가 내 옆으로 와 가만히 서 있다가 조심스럽게 말했다.

"꿈을 꾸는 줄 알았어."

나도 겨우 입을 뗐다.

"대체 이게 어떻게 된 일일까?"

"어떻게 된 일이든 상관없어. 지금까지 계속 이상한 일투성이였잖아. 내 시력, 잃어버린 우리 기억, 옌위안과 새 떼, 그게 전부 다 이 유람선에서 시작됐어. 그리고 지금은 시간을 거슬러 다시 여기로 왔고. 탄자오, 이 일이 나한테 어떤 의미인지 알아?"

난 우위를 똑바로 쳐다봤다. 우위의 두 눈이 빨갰다. 울었던 모양이다.

이 일이 어떤 의미인지 나도 잘 안다. 이제 우리는 과거를, 운명을 바꿀 수 있다. 우위 여동생과 어머니가 세상을 떠나지 않도록 말이다.

감정을 애써 다스리는 우위의 따뜻한 눈빛을 보니 마음이 아프고 뭉클하기도 했다.

"잘됐어. 정말 잘됐어. 두 사람한테 닥칠 불행을 막으면 너도 네 삶을 포기하지 않아도 돼. 넌…… 잘될 거야. 다 잘될 거야. 이제, 우리는 어떻게 해야 할까?"

"무슨 수를 써서라도 살인 사건을 막아야지."

"맞아, 그래야지."

"나 좀 도와줄 수 있어?"

"물론이지. 얼마든지."

"그럼 먼저 우먀오한테 가자."

우위가 멋쩍게 웃으며 우물쭈물 어렵게 말을 이었다.

"사실, 네가 우먀오 우상이야. 칠주 여신. 우먀오가 내 말은 잘 안 듣는데, 지금 일어나고 있는 일들을 네가 설명해주면 더 믿을 것 같아."

난 우위를 따라 걷다가 우뚝 멈췄다. 조금 전부터 문득문득 뇌리를 스치는 불안감을 더 이상 숨길 수 없어서, 우위 옷자락을 붙잡고 바닥을 보면서 말했다.

"만약 과거가 바뀌면…… 넌 카센터에서 일하지 않겠지? 그럼, 우린 다시 만날 수 없는 거 아닐까?"

"그렇지 않아."

우위가 돌아서서 내 얼굴을 어루만졌다. 어제까지의 그 거친 손과 다르게 하얗고 부드러운 손가락 끝에서 공붓벌레 특유의 굳은살이 느껴졌다.

"내가 널 기억할 거니까. 절대 잊지 않을 거야."

이 말에 왠지 더 가슴 아팠다.

"어떻게 확신해."

"2016년 6월 24일 10시 55분, 지금 너는 내 옆에 있어. 내가 모든 걸 다 기억할게. 만약 과거를 바꿀 수 있다면 바로 지금부터 시작하는 거야. 지금부터 바뀌는 거야. 난 널 분명히 기억할 거고, 영원히 널 잊지 않을 거야."


우리는 다시 우먀오 방으로 갔다.

방문을 두드리는 우위의 얼굴에 살짝 미소가 떠올랐다. 만감이 교차하는 듯한 그의 미소를 보니 더 안타까웠다.

이때였다. 한낮의 태양이 너무 강해서인지, 아니면 오전 내내 너무 긴장했던 탓인지, 갑자기 눈앞이 번쩍하면서 머리가 어질했다. 하지만 한시도 지체할 시간이 없으니 견뎌야 했다.

우먀오가 방문을 열어주고는 우리 둘을 번갈아보며 야릇한 미소를 지었다.

"기어이 다시 모셔온 거야? 언니, 어쩌다 우리 오빠 같은 잘난 척

대마왕이랑 엮였어요?"

우위는 우먀오가 자기를 무서워하면서도 말은 안 듣는다고 했지만 나는 이 귀여운 여동생이 단번에 마음에 들었다.

"우먀오, 반가워. 난 탄자오라고 해. 말씀언 변이 붙는 탄에 달이 밝다는 뜻의 자오."

생긋 웃으며 내 소개를 하는데 우위의 뜨거운 시선이 느껴졌다. 우먀오가 다가와 친근하게 내 손을 잡아끌었다. 우리는 나란히 소파에 앉고 우위는 맞은편 침대에 걸터앉았다. 우위 표정이 한결 편안해 보이고, 우먀오와 나를 바라보는 눈빛에서는 말로 표현하기 힘든 애틋함도 느껴졌다.

그동안 나를 밀어냈던 우위의 심정이 이해되며, 가슴 한편이 찌르르 아파왔다.

우위가 진지하게 말을 꺼냈다.

"우먀오, 지금부터 아주 중요한 얘기를 할 거야. 이번만큼은 꼭 오빠 말 들어야 해."

"응……."

우위가 내 쪽을 눈짓으로 가리키며 말했다.

"내 말은 안 믿어도 이쪽 말은 믿을 것 같네. 이 친구 필명이 칠주야. 네가 제일 좋아하는 웹소설 작가 칠주 여신."

칠주 여신이라니, 면전에서 듣기엔 부끄러운 호칭이었다. 우먀오는 입을 틀어막고 소리를 질렀다.

"우와! 정말 칠주 작가님이에요? 정말요? 말도 안 돼! 칠주 여신님을 실제로 보게 되다니!"

그러고는 누가 우위 동생 아니랄까 봐 빠르게 머리를 굴려 단숨에 상황을 정리했다.

"설마 그 중요한 일이라는 게 두 사람이 사귄다는 건 아니지? 내가 칠주 여신을 너무너무 좋아하니까 오빠가 아예 내 새언니로 만들어 주려는 거야? 세상에! 그런데 칠주 언니, 어쩜 이렇게 날씬하고 예뻐요? 아, 눈물 날 것 같아…….”

우먀오는 진짜 눈물을 글썽이며 손을 들어 얼굴을 가렸다. 우먀오 눈물을 보니 나도 울컥했다. 순간 인터넷에서 본 기사 내용이 떠올랐다. 그런 일은 절대 일어나면 안 된다. 난 우먀오 어깨를 토닥이며 말했다.

“진정해. 우리 이제 앞으로 쭈욱 친구로 지낼 텐데 뭘. 오빠랑 상관없이 우린 친구야. 만약 내가 오빠랑 헤어지더라도 난 변함없이 우먀오의 칠주 작가고 친구야.”

우먀오가 손가락 사이로 눈동자를 굴리며 나와 우위를 번갈아 쳐다봤다. 이때 우위도 언제나처럼 설레는 눈빛으로 날 쳐다봤다. 왠지 살짝 놀란 듯도 보였다.

우위가 다시 말을 이었다.

“우먀오, 잘 들어. 8월 5일에 절대 너 혼자 슈위 광장 옆에 있는 골목길에 가면 안 돼.”

그때였다. 갑자기 세상이 빙빙 돌기 시작하더니 눈앞이 흐릿해지면서 어지럽게 흔들리고 우위 모습도 희미하게 뒤틀려 보였다. 그리고 우먀오의 외침이 들렸다.

“오빠! 언니! 두 사람, 왜 그래?”

난 입을 뗄 수조차 없었다. 눈앞의 세상이 계속 소용돌이치고 방 안의 모든 것들이 기묘하게 비틀렸다. 우먀오와 다른 모든 것들이 내게서 점점 멀어지면서 깊은 소용돌이로 빨려 들어갔다. 나는 이미 죽어 버린 것처럼 손가락 하나 까딱할 수 없었다. 이때, 누군가 내 손을 꽉 잡는 게 느껴졌다. 우위는 어떻게 내 옆까지 왔지? 문득 조금 전 그가 한 말이 떠올랐다.

지금 이 순간부터 영원히 널 잊지 않을 거야.

어렴풋이 우위의 외침도 들렸다.
"우먀오! 8월 5일이야! 절대 아무 데도 가면 안 돼! 꼭 집에 있어!"
나는 곧 깊은 어둠으로 빨려 들어가며 의식을 잃었다.

***

눈을 뜨자 내 방의 익숙한 천장이 보였다.
창밖에서 눈부신 햇살이 쏟아져 들어오는, 평범하고 평온한 아침이
었다.
굳이 달력을 보지 않아도 다시 1년 후로 돌아온 게 분명했다. 지금
은 2017년 여름이다.
이 무더운 날씨에도 등골이 오싹했다. 손을 들어 손가락을 가만히
쳐다봤다. 이건 현실이다.
다시 돌아왔다.
우위는?
가슴이 텅 빈 느낌이었다. 우위에게 가봐야겠다는 생각에 벌떡 일
어나다가 멈칫했다.
허둥지둥 노트북을 켜고 모서리에 표시된 날짜를 확인하니, 역시
우위와 저녁을 먹은 다음 날이었다. 검색창에 '우먀오'라고 써넣었다.
새로운 검색 결과가 나왔다.

우먀오, 장쑤성 X현, 쑤저우 XX대학 4학년. 쑤저우 토막 살인 사건
다섯 번째 피해자. 2016년 8월 7일, 다른 피해자와 달리 집에서 납치되
었다. 경찰은 현장 조사를 통해 동일범 소행으로 판단했으나, 연쇄 사

건 중 유일한 자택 침입 사건이다. 피해자의 시신이 발견되지 않아 장기 실종 상태이다.


심장이 쿵쾅거렸다. 살인 사건이 실종 사건으로 바뀌고, 범인의 수법도 바뀌었다. 과거가 바뀐 것이다.

어떻게 된 거지? 도대체 구한 거야, 못 구한 거야?

난 다시 벌떡 일어나 밖으로 뛰어나가 차에 올라탄 뒤, 내 인생 최고 속도를 기록하며 카센터로 달렸다.

우위, 아직 거기 있는 거야?

**18**

# 우위

우먀오 객실 문을 여는데 금방이라도 눈물이 터져 나올 것만 같았다.

우먀오와 엄마가 살아 있을 때, 나는 눈물을 흘린 적이 거의 없다.

내게는 책임져야 할 가족이 있고, 어려운 가정 형편 때문에 앞날은 불안하기만 했다. 반드시 강해져야 했고, 안간힘을 다해야 했다. 내 가족을 위해, 내가 원하는 삶을 위해.

우먀오 등 뒤의 유리창을 통과한 밝은 햇살이 무지갯빛으로 방 안에 퍼졌다.

우먀오는 깔끔하게 차려입고 예쁘게 화장을 한 그 모습 그대로였다. 늘 외모에 관심이 많은 아이였다. 의자에 걸터앉아 탄자오 책을 읽고 있다가 날 보고 화들짝 놀라 책을 떨어뜨렸다.

"오빠, 전공 과제는 다 했고, 아침 일찍 뭐 할 게 없어서……."

도대체 이 많은 책을 어디에 숨겨 왔을까? 하긴 어려서부터 꾀가 많아 뭐든 잘 숨긴 아이다.

그런데 8월 5일에는 왜 제대로 숨지 못했을까?

우먀오의 마지막 모습을 영원히 잊을 수 없다. 냉동고에서 발견된, 형체를 알아볼 수 없는 토막.

난 우먀오에게 다가갔다.

내 표정이 너무 무서웠는지 우먀오는 처음엔 꿈쩍도 못 하더니 이내 달아나려고 폼을 잡았다. 나는 얼른 우먀오를 붙잡고 꼭 끌어안았다.

우먀오, 사랑하는 내 동생, 내 소중한 동생.

결국 눈물이 흘러내렸다. 우먀오를 안은 팔에도 주체할 수 없이 힘이 들어갔다. 우먀오가 놀라 흠칫하는 게 느껴졌다.

우먀오는 최대한 몸을 뒤로 빼고는 두 손을 들어올려 내 얼굴을 감싸 쥐었다.

"오빠, 왜 그래? 무슨 일 있어?"

살아 있는 우먀오 얼굴을 보니 배시시 웃음이 났다. 그런데 갑자기 우먀오도 울기 시작했다.

"오빠, 왜 울어? 울지 마."

한참 동안 우먀오를 안고 있었더니 마음이 좀 가라앉았다. 그리고 이루 말할 수 없는 자신감과 에너지가 샘솟았다. 앞으로 내가 해야 할 일이 무엇인지, 지금 이 불가사의한 상황이 내게 얼마나 큰 축복인지 확실히 깨달았다.

일단 휴대전화를 꺼내 엄마에게 전화를 걸었다. 엄마의 자상하고 따뜻한 목소리를 듣는 순간 또 눈물이 나려 했다. 이렇게 흥분한 내 모습을 처음 보는 우먀오는 도저히 영문을 모르겠다는 표정이었고, 엄마도 바로 이상한 낌새를 눈치챘다.

"우위, 무슨 일 있어? 목소리가 잠겼네. 감기 걸렸니?"

안 그래도 지금껏 엄마에게 걱정을 끼치지 않으려 애쓰며 살아왔는데, 갑자기 깡마른 엄마 시신이 떠올라, 더욱더 엄마에게 걱정을 끼처서는 안 된다는 생각이 들었다. 심호흡을 하며 애써 마음을 가라앉힌 뒤 대답했다.

"아니야, 아무 일 없어. 우리 여행 잘하고 있으니 걱정 마. 엄마도 잘 지내고 있어야 해……. 앞으로 좋은 날들 누려야지."

엄마는 그저 웃기만 했다.

전화를 끊고 우먀오를 보며 씩 웃었다. 우먀오는 여전히 걱정스러운 눈빛이었다. 이번엔 힘을 빼고 가볍게 우먀오를 안았다.

"우먀오, 앞으로는 놀고 싶으면 놀고 소설책 읽고 싶으면 읽고, 너는 너 하고 싶은 것만 해. 나머진 오빠가 알아서 할게."

우먀오는 한참 대답이 없더니 의심에 가득 찬 목소리로 말했다.

"오빠…… 지금 나 시험하는 거야? 내가 넘어갈 줄 알고! 놀긴 뭘 놀아. 앞으로 공부도 더 열심히 하고, 내 앞가림 잘하도록 노력할게!"

장난기 섞인 우먀오의 말에 절로 웃음이 났다. 그렇게 가만히 우먀오를 안고 있는데, 탄자오가 등장했다.

창백한 얼굴에 붉어진 눈시울을 보니 많이 놀란 듯했다.

갑자기 어젯밤 일이 생각났다. 어젯밤이 맞기는 한지 모르겠지만. 대나무 칸막이 안쪽 테이블에서 탄자오는 훌쩍거리며 말했다.

"집에 데려다줄 필요도 없어. 그냥 여기서 헤어져."

탄자오는 내가 얼마나 힘들게 손을 놓으려 하는지 이해하지 못할 것이다.

은은한 실내등 때문인지, 식사하는 내내 탄자오는 유독 귀엽고 사랑스러워 보였다. 매워서 얼굴이 빨개지고 앵두 같은 입술을 쉴 새 없이 오물거리는 모습은 수줍음 많은 소녀 같기도 하고 장난꾸러기 같기도 했다.

결국 참지 못하고 키스를 했다. 이성에게 그런 떨림을 느끼기는 평생 처음이었다. 사실 이미 많이 참은 뒤였다. 지난 며칠 간 힘들고 위험한 일들을 연달아 겪은 터라 더 이상 복잡한 문제를 만들고 싶지 않았고, 스스로 충분히 자제할 수 있다고 자신했다. 하지만 그런 생각 때문에 오히려 더 강한 충동을 느꼈는지 모른다.

그러나 탄자오를 이 수렁에 끌어들일 순 없다. 나는 앞으로도 계속 우먀오를 죽인 놈을 찾아 세상을 떠돌 테고, 복수를 위해 수많은 위험도 감수할 것이다. 어쩌면 불법도 저지르게 될지 모른다. 그녀는 내가 완벽한 상황일 때 만나야 할 완벽한 여자다. 지금 그녀를 놓아주지 않고 이 위험 속으로 끌어들인다면, 그건 진짜 사랑이 아니다.

어쩌면, 아니 확실히, 난 사랑하는 사람을 잃는 것이 두려웠다.

지금 다시 내 눈앞에 나타난 탄자오는 할 말이 아주 많은 듯 억울해 보이는 표정이었다. 그녀 마음을 모르는 건 아니지만 지금 우리는 그렇게 한가한 상황이 아니다. 앞으로 무슨 일이 벌어질지 아무도 모른다. 난 반드시 그녀를 지킬 것이다.

탄자오를 향해 다가갔다.

탄자오 눈빛이 점점 슬퍼져 나도 모르게 그녀를 안아버렸다. 그녀가 계속 이런 눈빛으로 날 쳐다보면, 결국 무릎을 꿇을지도 모른다. 미래가 불투명한, 책임질 수 없는 이기적인 사랑을 시작해버릴지도 모른다.

탄자오는 타인에게 기꺼이 도움의 손길을 내미는 사람이고, 지금 이 순간 내게는 그녀의 도움이 필요했다. 역시 탄자오는 흔쾌히 내 청을 받아주었고 우먀오에게 살갑게 다가갔다. 나를 의식해서가 아니라 그녀의 진심이었을 것이다. 우먀오 방에서 탄자오는 날 제대로 쳐다보지도 않았다. 그녀의 태도가 고마우면서도 조금은 섭섭했다.

하지만 지금은 사랑 타령이나 할 때가 아니다.

탄자오와 함께 다시 우먀오 방에 들어설 때부터 살짝 어지러웠지만 대수롭지 않게 여겼다.

그런데 이 시공간이 이렇게 순식간에 사라질 줄은 몰랐다. 이상한 낌새를 느끼고는 서둘러 우먀오에게 당부의 말을 남겼다. 휘청거리는 날 붙잡으려는 우먀오의 어리둥절한 표정이 어렴풋이 보였다. 우먀오에게 좀 더 충분히 말해두지 못해 여전히 불안했지만 어쨌든 꼭 해야 할 말은 했다. 온힘을 다해 우먀오에게 미소를 지어 보이고 탄자오를 돌아봤다. 눈을 감고 쓰러진 탄자오의 창백한 얼굴이 흐릿하게 보였다. 그녀에게 다가가려다 그대로 고꾸라지고 말았지만, 정신이 점점 흐릿해지는 가운데도 끝까지 손을 뻗어 간신히 그녀의 손가락을 잡았다.

탄자오, 내 말 잊지 마. 시공간이 어떻게 흘러가든, 과거가 어떻게 바뀌든, 난 널 절대 잊지 않을 거야.

다시 깨어났을 때 내가 그 자리에 없다 해도.


눈을 떴을 때 나는 카센터 숙소에 누워 있었다. 막 떠오른 아침 햇살이 부드럽게 비쳐 들어왔다. 하지만 잠시 후, 나는 익숙한 깊은 슬픔에 점령당했다.

여전히 이곳에 있다니, 과거가 바뀌지 않은 걸까?

얼른 휴대전화를 꺼내 우먀오와 엄마에 관한 기사를 검색해봤다.

우먀오는 1년 전에 실종됐다고 나왔다. 원래보다 이틀 늦어진 날짜였다. 엄마에 관한 기사는 변함이 없었다.

휴대전화를 꼭 쥔 채 한동안 멍하니 앉아 있는데, 문득 실낱같은 희망이 느껴졌다.

실종이라면 아직 죽지 않았을 수도 있다. 어쩌면 우먀오가 살아 있을지도 모른다!

물론 막연한 바람이고 잔인한 희망 고문이 될 수도 있다.

지금부터 뭘 해야 할지 분명해졌다. 당장 짐을 정리하고 사장에게 일을 그만두겠다고 말했다. 사장은 친구의 친구라서 내 사정을 잘 알기에 그동안 여러 가지 편의를 봐줬다.

"일 다 해결하고 갈 데 없으면 언제든 돌아와. 네 기술이면 어딜 가도 환영받겠지만."

"그래. 마음 써줘서 고마워."

사장이 월급을 정산해준다는 것도 마다하고 동료들에게 작별 인사도 하지 못하고 바로 떠났다. 버스를 타고 기차역으로 가서 쑤저우행 열차에 올랐다.

쑤저우에서 열흘을 넘게 보냈다.

먼저 우먀오가 실종된 거리를 뒤지고 범인이 목격된 장소도 빠짐없이 가봤다. 그리고 이 사건을 담당하는 형사팀 딩 팀장을 찾아갔다. 딩 팀장은 미안하다는 표정을 지었다.

"우위, 미안해. 하지만 우리도 이 사건 포기 안 했어. 다만 놈이 정말 흔적도 없이 사라져버려서……. 어쨌든 걱정 마. 여동생 찾을 때까지, 끝까지 수사할 거야."

밤늦도록 거리를 배회하다가 문득 밤하늘을 올려다봤다. 쑤저우 달도 탄자오가 있는 그곳의 달처럼 밝고 또렷했다. 멍하니 담벼락에 기대 있는데 갑자기 그리운 목소리가 떠올랐다.

'난 탄자오야. 말씀언 변이 붙는 탄에 달이 밝다는 뜻의 자오.'

탄자오는 내가 첫눈에 반한 줄 모르겠지? 그래, 모를 거야.

우먀오와 엄마가 그렇게 내 곁을 떠난 후 내 인생은 끝을 모르고 나락으로 떨어졌다. 수석 졸업생이었지만 졸업식에도 가지 않았고, 남들이 다 부러워하는 좋은 직장도 아무렇지 않게 다니며 살아갈 자신이 없었다. 그때부터 나는 방황하는 처지가 되었다. 매일 밤 이불을 뒤집어쓰고 숨죽여 울었다.

사건 당일 우먀오가 내게 전화를 걸어와 면접 때 입을 옷을 사러 같이 가달라고 했다. 하지만 나는 장차 내 이력서를 더욱 빛내줄 중요한 논문을 손보던 중이어서 우먀오 부탁을 거절했다. 어차피 난 옷을 볼 줄도 모르니까, 대신 옷 살 돈을 보내줄 테니 다른 친구와 가라고 했다.

그날 우먀오는 결국 혼자 나갔다.

사건 이후, 유람선에서 만났던 여자가 내게 퍼부은 말이 계속 뇌리에 맴돌았다.

"뭐 본인은 가난하지만 근면 성실하고 자기 관리도 잘하는, 똑똑한 야심가라고 생각하나 본데, 사람이 그렇게 목적의식만 갖고 이기적으로 살면 안 돼요. 그렇게 살다가는, 나중에 성공하더라도 잃는 게 더 많을 테니까. 어쩌면 가장 소중한 걸 잃을지도 모르죠. 그때 가서 땅을 치고 후회해도 소용없다고요!"

이 말은, 그리고 그 여자는 그 후 내 삶에 큰 의미로 자리 잡았다.

일종의 훈계이자 징벌로서.


다리시를 떠나고 며칠 후 샤오화에게서 전화가 걸려왔다.

"형 떠난 날 어떤 여자가 찾아왔었어."

"누구?"

"엄청 귀엽고 예쁘게 생긴 여자 있잖아. 우리 가게 근처에 살고, 형광 주황색 아우디 모는 사람. 알지?"

샤오화 녀석이 나를 놀리려는 의도인지 빙빙 돌려 말했다. 그래, 알지. 탄자오.

"……와서 뭐랬는데?"

"형 어디 갔냐고, 언제 돌아오느냐고 묻더라고. 아, 형이 여기서 일한 지 얼마나 됐냐고도 묻고. 형, 솔직히 불어. 그 여자랑 어디까지 간 거야?"

나는 녀석의 농지거리를 무시하고 전화를 끊어버렸다. 탄자오 모습이 눈앞에 어른거렸다. 달빛처럼 맑고 밝은 얼굴, 툭하면 붉어지던 눈시울. 나는 눈을 감고 천천히 그녀 얼굴을 그렸다.

다리시를 떠난 후, 탄자오에게서는 전화도, 문자도 없었다.

나는 그냥 덤덤했다. 그게 바로 내가 원한 결과였으니까.

탄자오는 지난 1년간 내가 어떻게 살았는지 모른다. 나는 주로 범인을 찾아다녔지만 혼자 이곳저곳 정처 없이 떠돌기도 했다. 현대 문명에서 조금 떨어져 있는 티베트, 윈난, 내몽고, 신장처럼 고요하고 적막한 곳에서야 잠시나마 마음의 평화를 찾을 수 있었다.

그렇게 다니다 보니 점점 더 적막한 곳을 찾게 됐다. 메이리 설산 자락, 칭하이 호수, 얼음 덮인 초원, 얼하이 호수…….

탄자오는 내 고요한 마음에 일어난 유일한 파문이었다.

하지만 이제 그 파문은 가라앉았고, 범인 추적은 실패했고, 유람선의 비밀은 풀지 못했다.

다리시로 돌아갈 이유가 없어졌다.


나는 지금까지 위챗이니, QQ니, 웨이보니 하는 SNS를 해본 적이 없다. 그런데 어느 날 인터넷에서 '칠주'라는 이름을 검색한 후로는 매일 그녀의 웨이보를 확인한다. 그녀는 웨이보에 자주 글을 올려서 웬만한 일상은 웨이보를 통해 거의 다 알 수 있었다.


2017년 7월 1일

오늘은 진짜 너무너무 우울하다. 왜냐고는 묻지 마시길. 정말이지 말로 다 할 수가 없으니까. 나의 진정한 독자라면 그냥 응원을 부탁드림.


날짜를 확인해보니 내가 다리시를 떠난 날이다. 속내를 그대로 드러낸 문장을 보자니 피식 웃음이 났다.

2017년 7월 3일
다시 소개팅이라도 해야 할 듯.

나도 모르게 주먹을 꽉 쥐었다. 댓글을 열어보니 대부분 반대라고
외쳤다.

남쪽제비: 소개팅이라뇨? 연재 시작하셔야죠!
귀요미 땡글이: 따주, 아직 젊잖아요. 지금은 연애보다 열심히 일할
때임.
남신 품에서: 저 '다시'라는 말에 주목해야 함. 이미 최소 한 번 이상
실패했다는 말?(웃음)

유쾌한 댓글들을 읽는 동안 잠깐이나마 고통과 슬픔을 잊을 수 있
었다.
탄자오가 귀엽고 발랄하니 그녀의 독자들과 그녀의 일상도 이토록
생기가 넘치는가 보다.

2017년 7월 5일
오늘은 얼하이 호수에 가서 뱃놀이를 했다. 햇살이 강했지만 일부러
가리지 않았다. 좀 바보 같았지만 덕분에 파란 하늘, 하얀 구름, 푸른
산을 제대로 눈에 담으면서 인생을 깨달았다. 이 또한 지나가겠지.
그리운 사람이 있다면, 그 이름을 종이에 써서 호수에 띄워보길. 물
결 따라 흘러가는 그 종이를, 그 이름을 보고 있으면 그 사람을 떠나보
낼 수 있을 것 같으니까.

2017년 7월 8일

오늘 @걷는사람쫭위 하고 같이 밥 먹고 이백의 시를 실천했다. '살면서 뜻을 얻으면 모름지기 마음껏 즐겨야 할지니, 달빛 아래 빈 황금 술잔을 내려놓지 말지어다.' 우리 두 솔로에겐 남자도 소개팅도 다 부질없어라.

2017년 7월 10일

오늘은 뭘 하면 좋을까? 세차나 하고, 청명한 다리 시내를 달려야겠다. 그러면 기분이 좀 나아지겠지!

2017년 7월 12일

세상에서 가장 괴로운 일,

나는 조각달, 당신은 검은 구름.

검은 구름이 휘영청 밝은 달을 만났으나,

구름 흩어지면 달은 알 길이 없네.

**19**

# 탄자오

요 며칠 계속 멍한 상태다. '살면서 뜻을 얻으면 모름지기 마음껏 즐겨야 할지니'라는 내 신조와 완전히 다른 삶이다.

그러다 보니 오늘은 우울함이 극에 달했다. 모든 게 다 하찮게 느껴졌다. 사랑마저도.

일단 깨끗하게 목욕재계를 하고 옷장에서 제일 섹시한 원피스를 골라 입었다. 화장도 진하게 하고 하이힐까지 신었다. 그리고 쫭위랑 사천요리를 먹으러 갔다. 스트레스에는 매운 걸 먹어줘야지! 대문호 루쉰 선생도 말씀하시지 않았던가. 침묵에서 폭발하지 않으면 침묵 속에 변태가 될지어다.

일단 쫭위 학교 앞에서 만나기로 했다.

요즘 쫭위도 사는 게 순탄치 않은 모양이었다. 남들은 대부분 여름방학이 시작됐는데 아직도 과제며 시험이 끝나지 않아, 내가 만나자고 전화할 때마다 시험에 치여 죽을 것 같다며 우는소리를 했다. 그러다가 오늘에야 겨우 내게 시간을 내줬다.

쫭위는 꼬깃꼬깃한 검은 티셔츠 차림에, 머리는 언제 감은 건지 모르겠고, 양손에는 프린트물 같은 걸 잔뜩 들고 있었다. 원래는 내가 너무 힘들어서 하소연하려고 찾아온 건데, 상태를 보니 챵위가 더 힘들어 보였다. 아무래도 하소연은 그른 것 같았다.

사는 게 힘든 두 여자는 맵디매운 생선 요리를 대자로 주문했다.

챵위는 음식을 기다리는 동안에도 프린트물에서 눈을 떼지 못했다. 하지만 나도 오늘 이 만남에 목적이 있단 말이다! 며칠 전에 겪은 그 이상한 일이 내 삶을 송두리째 뒤흔든 기분인데, 내 주위에 그런 얘기를 온전히 믿어줄 사람은 챵위뿐이었다. 타임 슬립이니 양자 역학이니 하는 단어를 익숙히 쓰는 사람도.

"챵위, 있잖아, 할 얘기가 있어. 엄청 이상하고 무서운 일이야."

챵위는 슬쩍 눈을 들어 나를 보고는 조급한 목소리로 말했다.

"알았어. 근데 잠깐만. 이것만 다 보고."

갑자기 망설여졌다. 이렇게 엄청난 우주의 신비를, 챵위한테 털어놔도 될까?

타이밍도 딱 맞게, 음식이 나오는 것과 동시에 챵위가 프린트물을 옆으로 치웠다.

"아, 드디어 다 봤네! 젠장, 힘들어 돌아가시는 줄 알았어!"

일단 앞접시에 음식을 덜어 챵위에게 건넸다. 챵위는 허겁지겁 생선 살을 집어 먹고 맥주를 따랐다.

"이제 말해봐. 그 엄청 이상하고 무서운 일이 시험으로 지치고 무뎌진 내 심장을 다시 뛰게 할 수 있을지 보자고."

"농담 아니야. 나 진짜 진지해. 너, 타임 슬립이 가능하다고 믿어?"

챵위가 입 안에서 생선 가시를 깔끔하게 발라 뱉어냈다.

"당연하지. 광속을 넘어서면 가능해. 물론 대다수 지구인은 그 사실을 잘 모르지만. 난 이 우주에 분명히 타임 슬립이 존재한다고 믿어."

이 말을 들으니 확실히 위안이 됐다. 내게 이런 친구가 있다니, 너무 자랑스럽고 정말 크나큰 위로다.

"그게, 엄격히 말하면 타임 슬립이 아닐 수도 있어. 과거의 어느 한 시점으로 갔다가 금방 돌아온 거니까."

"음, 그리고?"

나는 엿듣는 사람이 없는지 주위를 한번 둘러보고 작은 목소리로 또박또박 말했다.

"그러니까, 내가 갔다 왔다고."

이 말을 하는데 갑자기 심장 박동이 빨라졌다. 창위는 흠칫하며 표정이 굳었다가 몇 초 후 "푸흡" 하고 내 얼굴에 맥주를 뿜었다.

"아 더러워!"

나는 소리를 빽 지르고는 휴지를 뽑아 벅벅 닦은 뒤 창위 얼굴로 내던졌다. 창위는 애써 웃음을 참고 있었다.

"미안, 미안. 근데 방금 엄청 긴장한 것처럼 고개를 숙이고 속삭이는 따주 표정이…… 진짜 정신이라도 나간 거 같아서."

"……."

얼굴에 묻은 맥주를 마저 닦고 나니 창위가 미묘한 표정으로 날 뚫어지게 보고 있었다. 잠시 어색한 기류가 흘렀지만 내가 먼저 분위기를 수습했다.

"나 지금 농담하는 것도 아니고 미친 것도 아니야. 엄청 멀쩡하고 진지해. 정말 나한테 그런 일이 일어났다고."

지금 내 표정이 얼마나 가관일지 모르겠지만, 손끝은 피가 안 통하는 것처럼 차가운 게 느껴졌다. 창위는 한참 후에야 입을 열었다.

"꿈이 아닌 게 확실해? 옛날에 있었던 일이랑 너무 비슷한 상황이라서 착각한 거 아니야?"

"절대 아니야. 나 작년 여름에 유람선 여행 갔었잖아? 그때로 돌아갔다 왔어. 겨우 몇 시간 있다 왔지만, 절대 꿈이 아니었어. 그 사람도 거기 있었거든. 같이 과거로 돌아갔다고."

챵위가 이맛살을 찌푸리며 물었다.

"그 사람이 누군데?"

"우위."

식당 안이 시끄러워 잘 안 들렸는지 챵위가 다시 물었다.

"누구?"

"우위 말이야. 우위도 그때 유람선 승객이었다고 내가 말했잖아. 여행 첫날 대판 싸우고 기분 나쁘게 헤어졌다고. 그런데 이번에 우리 둘다 여행 둘째 날로 돌아갔었어."

"아."

챵위는 그제야 생각났다는 표정으로 다시 내 눈을 똑바로 보며 말했다.

"그럼, 그 사람이랑 확실히 인연이네."

우위를 생각하니 마음이 시큰했다. 나는 계속 이야기를 이었다.

"유람선 여행 둘째 날로 돌아가서 우위 여동생 우먀오를 만났어. 우먀오는 원래 유람선 여행을 다녀오고 한 달 뒤에 죽었는데 과거라서 살아 있었던 거야."

"여동생?"

아, 챵위한테 우먀오 얘기는 안 했구나. 나는 챵위에게 모든 자초지종을 들려주었다. 당시 우위는 명문대에서 석사 과정을 밟던 중이었고, 남매가 함께 유람선 여행을 왔으며 우위도 나도 여행 둘째 날부터는 기억이 나지 않는다는 것, 그리고 여행 후에 우먀오가 살해당하고 곧 어머니도 세상을 떠나고 우위는 모든 걸 포기한 채 범인을 찾으러 돌아다니다가 카센터 정비사가 된 것까지 모두 이야기했다. 우위와 내가 과거의 유람선으로 돌아갔다가 다시 현재로 돌아왔다는 것도 물론.

챵위가 시간의 흐름을 파악할 수 있도록 처음부터 끝까지 모든 사건을 정리해서 들려주었다. 그런데 챵위는 가끔 숲 대신 나무를 볼 때가 있다. 내가 들려준 이 엄청난 이야기를 모두 듣고 챵위가 눈썹을 까딱이며 내뱉은 첫마디는 이랬다.

"따주, 지금 그 우위라는 사람 얘기할 때 말투랑 표정이 묘하던데?"

아니, 지금 내 아픈 곳 찌르라는 얘기가 아닌데……. 나도 웃으며 회심의 반격을 가했다.

"그러고 보니, 너랑 선스옌은? 내가 보니까 선스옌 눈빛이 심상치 않던데?"

챵위가 당황하는 모습을 보려고 꺼낸 말인데, 어쩐 일인지 반응이 미적지근했다.

"선스옌? 따주랑 소개팅했던 형사? 그 사람이 나랑 무슨 상관이야?"

오히려 내가 당황했다. 일부러 모르는 척하는 것 같지는 않았다. 챵위가 그럴 성격도 아니고. 내가 너무 앞서갔나? 두 사람 사이에 아무 일도 없었던 거야? 아니면 선스옌 일방통행이야?

"아니면 됐어. 하던 얘기나 계속 하자. 그러니까, 네가 잘 분석해봐. 도대체 이게 어떻게 된 일일까?"

챵위는 진지한 표정으로 연필을 돌리며 골똘히 생각하다가 종이를 펼쳐 가로선 여러 개를 계단식으로 그렸다.

"봐봐. 시간은 이렇게 곧은 직선 형태고 한 방향으로 뻗어나가. 이렇게 부분을 나눈 건 이해하기 편하라고."

내가 고개를 끄덕이자 챵위가 계속 연필을 움직였다. 아래 직선에 점을 찍고 그 위 직선에도 점을 찍은 다음 두 점 사이에 화살표를 그렸다.

"지금 따주 말대로라면, 따주는 이 지점에서 이 점으로 돌아갔던 거야."

이번엔 반대 방향으로 화살표를 그렸다.

"그리고 다시 돌아온 거지. 따주랑 우위의 시간선이 왜곡되면서 한데 묶였을 거야. 상식적으로는 이해하기 어려울 거야. 사람들은 대부분 시간이 실체가 없고 한 방향으로만 흐른다고 생각하니까. 하지만 시간은 '차원'이거든. 공간 차원에서는 이 지점에서 이 지점으로 이동하는 게 가능하잖아. 다리에서 쿤밍으로, 쿤밍에서 상하이로, 상하이에서 다리로 말이야. 시간 차원도 일정 조건이 갖춰지면 이렇게 이동이 가능해."

믿기지는 않지만 무슨 말인지는 알아들었다. 한참 생각하다가 다시 물었다.

"그럼, 이런 현상이 왜 일어나는 거야?"

쫭위는 맥주를 한 모금 들이켜고 심오한 눈빛으로 날 쳐다봤다.

"딱 꼬집어 말하기는 어려워. 어쩌면 웜홀이 열려서 그랬을 수도 있겠지. 웜홀, 들어본 적 있지? 시간 차원의 두 지점을 왜곡해서 연결하는 거야. 우주의 26퍼센트가 암흑 물질이고, 70퍼센트가 암흑 에너지인데, 현재 과학은 여기에 대해 아는 게 전혀 없어. 그리고 우주가 거품 모양이라는 이론도 있어. 우주 안에 수많은 거품이 존재하기 때문에 수많은 평행 우주가 존재한다는 거지. 따주는 그 평행 우주에 갔던 거고……. 암튼, 이 문제는 아무리 대단한 과학자라도 정답을 모를 거야. 그래서……."

쫭위가 갑자기 내 어깨를 꽉 잡았다.

"젠장! 도저히 못 믿겠어. 따주가 정말 과거로 갔었다고? 그런 일이 왜 나한테는 안 일어나는 거야? 나도 가고 싶다고! 시간아, 제발 나도 좀 데려가줘라! 따주, 표정이 왜 그래? 과학 분야에서 평생을 연구해도 알 수 없는 기적이 따주한테 일어났는데!"

난 쾅위의 흥분한 얼굴을 밀어내며 퉁명스럽게 말했다.

"그러니까 결론은, 넌 아무것도 모른다는 거지?"

"에이, 그렇게 말하면 섭섭하지. 구체적인 이유는 몰라도 근본적인 원인은 추측해볼 수 있거든. 타임 슬립이 일어나려면 막강한 우주 에너지가 필요해. 그런데 우주의 비밀은 아무도 알 수가 없지. 어쨌든 멀쩡한 대낮에 두 사람이 동시에 벼락을 맞았을 리는 없고……. 잘 생각해봐. 예전에 어디, 뭔가 아주 이상한 곳에 갔던 적은 없는지."

쾅위랑 헤어진 뒤 정처 없이 차를 몰고 돌아다녔다. '뭔가 아주 이상한 곳'이라……. 왠지 등골이 서늘했다.

집에만 틀어박혀 사는 나한테는 정말 어려운 문제였다. 가끔 여행 가는 걸 제외하면, 기본적으로 집, 도서관, 식당만 오가며 사니까.

기억을 잃어버린 1년 동안, 난 대체 어떤 이상한 곳에 갔던 걸까? 정말 모르겠다.

아니, 알 것 같다!

아주 명확하고 강렬한 직감이 내게 말해주었다. 바로 그 유람선이다!

잃어버린 기억, 우위의 초인적인 시력, 옌위안의 새 떼가 그 증거다. 만약 정말로 신비로운 우주 에너지가 시간선을 왜곡시켰다면, 그 과정에서 일련의 이상한 일들이 생겼을 가능성도 충분하니까.

그 유람선만큼 '뭔가 아주 이상한 곳'이 또 있을까?

우리는 그 유람선을 타고 어디를 갔다 왔을까? 무슨 일이 있었을까?

나는 흥분한 마음에 얼른 우위에게도 이 얘기를 해줘야겠다고 생각했지만, 이내 현실을 깨닫고 김이 빠져버렸다.

알리긴 뭘 알려? 이미 떠나버린 사람한테. 다시는 돌아오지 않을 것처럼 가버렸잖아. 엄청난 우주의 신비는 개뿔.

무거운 마음을 안고 집 쪽으로 차를 몰다 보니 저 멀리 카센터가 보였다. 조금 더 가까이 가서 길가에 차를 세우고 한동안 멍하니 카센터를 응시했다. 저기가 뭐라고, 입구 근처에 뒹구는 타이어만 봐도 마음이 찡하다니.

우위는 떠났다. 열흘 전쯤 일을 그만두고 떠났다고 했다. 이제 그는 저기에 없다.

난, 실연당했다.

차를 몰고 카센터로 들어갔다. 처음 보는 직원이 달려 나왔다.

"어서 오세요. 뭘 도와드릴까요?"

"세차하려고요."

"넵, 알겠습니다! 저희가 지금 오픈 이벤트를 하고 있는데, 세차 카드 만드시겠어요?"

번번이 영업 잘하네.

"아니요. 만든 거 있어요."

지갑이랑 차 안을 한참 찾았는데 세차 카드가 보이지 않았다. 직원이 난감해했다.

"그게, 카드가 없으면 확인이 안 되는 시스템이어서요……."

확 짜증이 치밀었다.

"그냥 현금으로 계산할게요."

세차하는 동안 카센터 맞은편 보도 가장자리에 서서 먼 하늘을 바라봤다. 노을이 내려앉은 이 도시는 한층 더 포근하고 고요해 보였다. 덕분에 기분이 많이 나아졌다. 오랜만에 신은 하이힐을 또각거리며 뒷짐을 지고 보도 가장자리를 따라 걸었다.

"우위 형."

우위를 부르는 소리가 내 귀에 날아와 꽂혔다. 나는 우뚝 멈췄다.

설마, 잘못 들었겠지.

고개를 돌려 카센터 쪽을 보았다. 바람이 닿는 모든 것이 웅웅 소리를 내고 저녁놀이 하늘의 푸른빛을 집어삼킨 지금 여기, 카센터 입구에 익숙한 흰색 러닝셔츠와 청바지 차림의 한 남자가 서 있었다. 고개를 다른 쪽으로 하고 있어서 얼굴은 볼 수 없었지만 짧아진 머리와 목덜미까지 흐르는 굵은 땀방울은 어렴풋이 보였다. 남자가 내 쪽으로 고개를 돌렸다.

시력이 무려 6.0이니 내 얼굴 모공까지 훤히 보이겠지.

살짝 몸이 휘청거려 균형을 잡다가 발을 헛디뎌, 허둥대며 보도 아래로 내려섰다. 이런 바보 같은 모습을 보이다니. 이 도시는 한없이 평화로웠지만 내 마음은 독한 술 단지에 담그기라도 한 것처럼 씁쓸하고 무거웠다. 도무지 빠져나갈 길이 없었다.

다시 정신을 차리고 보니 우위가 샤오화와 다른 두 직원과 함께 카센터를 나와서 이쪽으로 걸어오고 있었다.

"우위 형이 돌아왔는데 환영식을 안 할 수 없지!"

"당연하지! 형, 일은 잘 해결됐어?"

우위 목소리는 너무 작아서 뭐라고 대답했는지 들리지 않았다.

우위와 카센터 직원들이 길을 건너왔다. 다들 나와 눈이 마주쳤지만 우위가 뭐라고 말해뒀는지 인사는커녕 알은척도 하지 않았다. 처음 보는 사람처럼 힐끔거리고 지나갈 뿐이었다. 우위는 심지어 날 쳐다보지도 않았다.

우위에게 철저히 외면당했다. 나를 성가신 존재로 여기는 걸 테지.

세차가 끝난 뒤 멍하니 차를 몰고 한참 동안 동네를 돌았다. 방금 본 우위 모습이 머릿속에서 떠나질 않았다. 살짝 숙인 고개, 차가운 눈빛. 열흘 전 그 키스는 나만의 착각이었던 걸까?

그렇게 아무렇지도 않은 모습이라니, 대단하네. 맺고 끊는 게 확실하다 이거지.

나도 냉정해져야겠다. 그날 일은 더 이상 생각하지 않을 거다.

나도 싫어. 너 같은 인간은, 나도 필요 없어.

20

## 우위

시끄럽고 연기 자욱한 구이 전문점에 멍하니 앉아 있으니, 주변 모든 것이 비현실적으로 느껴지고, 머릿속은 카센터 앞에서 본 탄자오 생각으로만 가득찼다. 문득 샤오화가 나를 계속 부르는 소리가 들렸다.

"형, 우위 형! 무슨 생각해? 왜 이렇게 넋이 나갔어?"

"내 여자 생각."

내가 여자 얘기를 꺼낸 건 처음이라 그런지 다들 의외라는 표정을 지었다. 그러고는 곧 질문을 퍼부었다.

"형수는 어디 사람이야?"

"이번에 집에 다녀온 게 애인 때문이었어?"

"여자 얘기가 나왔으니 말인데, 우위 형은 진짜 여자 복도 많아. 아까 가게 앞에 서 있던 엄청 예쁜 여자 봤지? 형이 가게 그만둔 날 그 여자가 찾아왔는데, 형이 그만뒀다는 소리를 듣고는 엄청 실망하고 당황한 눈치더라고. 도대체 언제 꼬신 거야? 그리고 화팅 단지에 사는 그 미녀 있지? 에, 모른다고? 며칠 전에도 세차하러 와서 형만 찾았는데…….”

샤오화 얘기를 듣다 보니 가슴이 아려왔다.

“탄자오가 그날 뭐 다른 말은 안 했어?”

“누구?”

샤오화가 못 알아들은 듯해 다시 물으려는데 입구 쪽에서 무언가가 시선을 끌어 돌아봤다.

호랑이도 제 말 하면 온다더니, 그녀가 나타났다.

탄자오는 고개를 푹 숙인 채 입구 근처 테이블로 가서 앉았다. 얼굴에는 생기가 하나도 없고 어깨도 축 늘어져 있었다. 내가 있는 줄은 모르는 듯했다.

집에서 가까운 맛집이라 자주 온다고 듣기는 했지만, 여기서 만나게 될 줄은 몰랐다. 나는 잠시 멍하니 탄자오만 바라보았다.

탄자오는 종업원이 가져온 주문서에 한참을 이것저것 표시했다. 잠시 후 그녀가 주문한 게 나왔다. 갈비살 여섯 꼬치, 힘줄 여섯 꼬치, 새우 여섯 꼬치, 닭 날개 두 꼬치, 오징어 두 꼬치, 팽이버섯 한 접시, 두부 한 접시, 감자 한 접시, 부추 한 접시, 피망 한 접시. 겉으로는 의기소침해 보이는데, 다행히 식욕은 좋은 모양이었다. 내가 너무 티 나게 탄자오에게 시선을 고정하고 있었는지 녀석들이 놀려댔다.

“형, 뭘 그렇게 뚫어지게 봐?”

“애인도 있다면서 욕심이 너무 많은 거 아니야?”

탄자오가 갑자기 고개를 번쩍 들고 이쪽을 쳐다보는 바람에 눈이 마주쳤다. 그녀와 나 사이에는 숯불 연기와 고기 냄새, 시끄럽게 떠들며 고기를 먹는 많은 사람이 있었다. 탄자오의 맑은 눈동자에 수많은 감정이 스치는 게 느껴졌지만 그것도 잠시뿐, 이내 침착한 표정이 되었다. 난 그녀의 마음을 뻔히 알면서 차마 손을 내밀 수 없었다.

탄자오는 날 보지 않으려고 시선을 돌리고는 주먹을 꼭 쥐었다. 자신의 감정과 힘든 싸움을 벌이는 것 같았다.

어제 탄자오 웨이보에 올라온 글을 읽다가, 명치를 얻어맞은 듯 뜨거운 감정이 온몸을 휘감았다. 그래서 바로 짐을 싸 기차역으로 달려가 가장 빨리 출발하는 다리행 열차에 몸을 싣고 오늘 아침에 도착했다. 기차에서 내려 이곳의 푸른 하늘과 흰 구름을 보니 탄자오 웨이보에서 본 문구가 다시 떠올랐다.

검은 구름이 휘영청 밝은 달을 만났으나, 구름 흩어지면 달은 알 길이 없네.

역시 작가는 작가였다. 담담한 그 한 문장이 이토록 애간장을 녹일 줄이야.

오늘 카센터 앞에 서 있던 탄자오는 유난히 예뻤다. 아무리 쳐다보지 않으려 해도 시선이 자꾸 갔다. 어깨를 드러낸 원피스를 입고 윤기나는 머리는 길게 늘어뜨린 데다 공들여 화장도 한 듯했다. 나와 함께 사건 현장을 뛰어다닐 때와는 완전히 딴판이었다. 하지만 머리카락을 하나로 질끈 묶고 편안한 티셔츠 차림이던 그 모습도 예뻤는데…….

왜 이렇게 달라졌을까? 보통은 상심하면 의욕을 잃고 위축될 텐데, 정반대라니. 그녀는 정말 내가 헤아리기 어려운 존재다. 마음이 점점 더 답답해졌다.

"형, 우위 형!"

"우위 형!"

녀석들은 탄자오와 내 눈빛이 심상치 않음을 알았는지, 뭐가 재밌다고 괜히 소란을 피웠다. 일부러 탄자오를 보면서 내 이름을 크게 외쳐서 다른 사람들까지 우리 테이블을 돌아볼 정도였다. 탄자오는 덤덤한 표정을 유지했지만 귀가 빨갰다.

"조용히들 해!"

다들 고분고분 입을 다물었다.

탄자오는 고개를 푹 숙였다.

새로 나온 음식을 먹는데 모래알을 씹는 기분이었다. 머릿속은 온통 탄자오 생각뿐이었지만 차마 다가갈 수는 없었다. 지금 이 식당에서 조용한 사람은 우리 둘뿐인 듯했다.

이때 뜻밖의 전화가 걸려왔다. 대학원 은사인 천 교수님이었다.

부학장이었던 천 교수님은 나를 무척 배려해주고, 특히 내가 경제적으로 힘들 때는 용돈 벌이라도 할 수 있게 연구 프로젝트에 끼워주기도 했다. 이것저것 도움을 많이 받아 늘 감사한 마음이었지만, 우먀오 사건 이후 거의 연락을 드리지 못했다.

그러다 몇 달 전에 교수님 댁에 변고가 있었다는 소식을 들었다. 화재가 나서 가족 여러 명이 목숨을 잃었다는 얘기를 듣고 바로 교수님에게 연락해봤지만 연결이 되지 않았다. 화재 이후, 학교를 그만두고 유일하게 살아남은 딸을 데리고 고향으로 돌아갔다는 것까지가 내가 들은 소식이었다.

이런 사정 때문에 휴대전화 화면에 뜬 교수님 이름을 보고 무척 놀라고 반가웠다.

"교수님? 잘 지내시죠?"

교수님은 확 나이 들어버린 것 같은 목소리로 침울하게 말했다.

"우위, 오랜만이야. 난 잘 지내. 자네야말로 학업도 포기하고, 지금은 어떻게 지내나?"

"저도 뭐, 제 나름대로 잘 지내고 있어요."

"나름대로? 허허……. 그래, 그것도 나쁘지 않지."

왠지 살짝 민망했다.

옆에서 녀석들이 귀를 쫑긋 세우고는 속닥거렸다.

"교수님? 우와, 우위 형, 교수님도 알아?"

"무슨 군사 학교 교수님일 거야. 틀림없어."

난 녀석들 반응을 무시하고 전화 통화를 이어가며 흘끔 탄자오 쪽을 보았다. 닭 날개 꼬치를 뜯으려던 탄자오는 나와 시선이 마주치자 얼른 고개를 숙였다. 다시 교수님 목소리가 들려왔다.

"자네는 지금 어디에 있나?"

"윈난에 있어요."

"그래? 나도 윈난이야. 고향집이 리현에 있거든."

교수님이 이렇게 가까운 곳에 있을 줄은 몰랐다. 리현은 다리시와 이웃한 곳이었다.

"제가 있는 곳이랑 멀지 않으니 내일 한번 찾아뵐게요."

교수님은 내 말을 듣고 굉장히 반가워했다.

"자네가 와준다면 정말 좋지. 그런데…… 한 가지 부탁 좀 해도 될까?"

"그럼요. 편하게 말씀하세요."

"여기 오면 루잉을 좀 봐줄 수 있을까? 같이 시간을 보내주면 좋겠는데……. 집안에 그런 일이 있고부터 루잉이 몸도 마음도 많이 안 좋아. 대인 기피증인지 친구도 안 만나고 밖에 나가는 것도 싫어하는데, 계속 이렇게 지내다 무슨 일이라도 생길까 봐 걱정이야. 그 애가 예전에 자네를 잘 따랐으니까 좀 도와주겠나?"

천루잉, 전생의 인연처럼 아주 멀고 흐릿한 이름이었다. 천 교수님이 금지옥엽으로 키운 외동딸이었다. 연구실에도 자주 놀러왔는데 내 뒤를 졸졸 따라다니곤 했다. 워낙 밝고 순수해서 연구실의 다른 교수와 연구생들에게도 예쁨을 많이 받았다.

사실 나를 향한 그녀의 마음을 모르지는 않았지만 나는 전혀 마음이 없었다. 교수님이 루잉과 날 이어주려고 몇 번 자리를 만들었을 때도 나는 의도적으로 거리를 유지했다. 나중엔 교수님도 내 마음을 알아채고 더는 곤란한 상황을 만들지 않았다. 하지만 루잉은 계속 내 주변을 맴돌았다. 그러다가 내가 눈코 뜰 새 없이 바빠지면서 자연스럽게 거리가 멀어졌다.

언젠가 두어 번, 내가 우먀오와 같이 밥을 먹으러 가는데 루잉이 기어이 따라온 적이 있다. 하지만 우먀오는 루잉을 싫어해서, 둘이 서로 툭툭 쏘아붙이곤 했다. 그러다 한번은 루잉이 화를 못 참아 자리를 박차고 가버린 적도 있다.

"오빠, 안 쫓아가?"

"내가 왜 쫓아가? 내가 같이 오자고 한 것도 아닌데."

우먀오가 헤헤 웃으며 내 팔짱을 꼈다.

"그럼, 그래야지. 오빠는 저런 온실 속 화초랑은 안 어울려. 난 저런 새언니 결사반대야."

"그럼 어떤 새언니를 원하는데?"

"음……. 솔직하고 내숭 떨지 않는 성격에, 오빠를 잘 이해하고 배려하고 아껴주는 사람. 루잉처럼 말끝마다 로맨틱 타령이나 하는 세상물정 모르는 여자 말고."

노란 백열등 불빛 아래 지난 일들이 하나하나 떠오르며 눈앞을 스쳐갔다.

고개를 들어 그 노란 불빛 너머 탄자오를 보았다. 따스한 노란빛을 받아서인지 그녀의 모습이 더 밝고 부드럽게 느껴졌다.

우리 테이블에서 오가는 대화를 엿듣느라 귀를 쫑긋 세운 것 같은데 먹는 속도에는 전혀 차질이 없었다. 아까 주문한 음식이 이미 절반 가까이 사라졌다. 지금은 왼손에는 맥주, 오른손에는 오징어 꼬치를 들고서 입가에 기름기를 반지르르하게 묻힌 채 우리 테이블을 힐끔 쳐다보다가 나와 눈이 마주치자 얼른 시선을 피했다.

왠지 마음이 쓸쓸했지만 문득 우먀오가 했던 말이 떠올라 무심코 피식 웃었다.

나는 다시 교수님과의 통화에 집중했다.

"루잉 상태가 그렇게까지 안 좋아진 거예요?"

교수님은 잠시 머뭇거리다 대답했다.

"그게…… 제 엄마랑 할머니, 고모가…… 루잉 눈앞에서 불길에 휩싸여 죽었거든."

그 정도였다니……. 마음이 아팠다.

그때 문득 한 가지 중요한 사실이 생각났다.

당시 나에게 그 유람선 여행을 추천해준 사람이 바로 천 교수님이었고, 나중에야 루잉 모녀도 그 여행을 신청했다는 사실을 알았다.

루잉 모녀도 그 유람선에 있었다.

그리고 그 집에도 변고가 생겼다.

전에는 크게 신경 쓰지 않았지만 지금은 다르다. 천 교수님 집에서 일어난 일도 그 유람선과 관계있는 것일까? 루잉을 꼭 만나봐야 할 것 같았다.

"그럼 내일 찾아뵙겠습니다. 루잉도 제가 한번 만나볼게요."

전화를 끊자 녀석들이 날 보고 씩 웃었다.

"형, 루잉이 누구야? 여자? 그 이름 말하면서 입가에 미소가 떠나질 않던데?"

내가 언제 루잉 얘기를 하면서 웃었다고 그래?

"우위 형, 조금 아까 애인 생각하고 있었다더니, 그 여자야?"

녀석들이 뭐라고 떠들든 내 머릿속은 온통 유람선 생각뿐이었다. 이때 차갑고 날카로운 탄자오 목소리가 들렸다.

"여기요! 계산요! 이거 포장해주세요!"

탄자오 표정이 저렇게 차가웠던 적이 있었나? 탄자오는 내 쪽은 쳐다보지도 않고 허공만 노려보다가 잠시 후 포장한 음식과 잔돈을 받아 들고 뒤도 돌아보지 않고 나가버렸다.

나는 멀어지는 탄자오의 뒷모습을 한참 바라보다가 꼬치를 내려놓았다. 식욕이 싹 가셨다. 샤오화 녀석이 또 눈치 없이 입을 놀렸다.

"분위기 묘한데? 방금 그 여자는 삐쳐서 가버린 거 같지 않아? 질투하나?"

마음이 더 심란해졌다.


다음 날 오전, 가게에는 손님이 많지 않아 한산했고 나는 차를 한 대 손보고 있었다.

그때 누가 내 어깨를 툭 쳤다. 쪼그려 앉은 채 돌아보니 샤오화가 의미심장한 미소를 짓고 서 있었다.

"우위 형, 어떤 손님이 세차 카드를 만들겠대. 무려 800위안짜리 VIP 카드! 그런데 조건이 있다네. 꼭 형이 세차를 해줘야 한대. 그래서……."

"시간 없어."

"어제 그 탄자오라는 여잔데, 안 돼?"

샤오화 뒤로 카센터 입구에 서 있는 탄자오가 보였다. 나는 스패너를 손에 쥔 채 일어나 천천히 그녀에게 다가갔다. 우리의 시선은 서로에게 고정되었다.

하지만 내가 바로 앞까지 다가가자 탄자오가 먼저 당황한 듯 시선을 피했다.

오늘도 어제처럼 예쁘게 꾸민 모습이었다.

난 셔터 문에 기대 이미 불그스름하게 부어오른 손톱 주위를 물어 뜯었다. 탄자오는 꼼짝 않고 그대로 서 있었지만 얼굴이 서서히 빨개지는 게 보였다. 직원 몇 명이 우리 사이로 지나가려다 내가 눈을 치뜨자 옆으로 돌아갔다.

이렇게 몇 분 동안 말없이 서 있다가 결국 내가 먼저 입을 열었다.

"카드 있으면서 왜 또 만들어?"

"잃어버렸어."

표정도 말투도 아주 당당했다.

나도 요동치던 마음을 가라앉혔다.

"알았어. 세차 내가 해줄게."

탄자오는 꼼짝 않고 서서 아무 말도 하지 않았다. 나는 밖으로 나가 카센터 앞에 주차된 탄자오 차를 살펴보았다. 어디 한 군데 닦을 필요도 없이 깨끗했다. 아, 어제도 세차하러 왔었지. 그런데 오늘 또 하겠다고? 나는 이 익숙한 차를 슥 쓰다듬고는 호스를 들고 전체적으로 물을 뿌렸다. 한창 세차를 하고 있는데 뒤에서 또각또각 발소리가 났다. 돌아볼 필요도 없이 탄자오다.

"내가 세차를 핑계로 질척거린다고는 생각하지 마. 세차는, 네가 전에 약속한 일이야."

"어."

"나, 이제 너한테 아무 기대도 없어."

광나게 잘 닦인 차 문에 하늘과 건물이 굴절되어 비쳤다. 나는 묵묵히 차를 닦았고, 탄자오는 차분하게 말을 이어갔다.

"하긴, 전에도 뭐 큰 기대는 없었어. 갑자기 키스를 하고는 함께하니 못 하니 떠들었던 건 너야. 그러니까 쓸데없는 오해는 하지 마."

순간적으로 걸레를 바닥에 내던지고 탄자오를 돌아봤다. 탄자오는 깜짝 놀랐는지 뒷걸음쳤다. 방금 내 행동이 좀 과했다 싶어서, 격해진 감정을 애써 가라앉히고 말했다.

"알았어. 그 얘긴 그만하자. 나는 오늘 오후에 일이 있어서 리현에 갔다가 아마 하루 이틀 뒤에 올 거야. 유람선 일로 상의할 게 있으니까 다녀와서 만나자."

탄자오의 까만 눈동자가 날 뚫어지게 쳐다봤다. 유람선에서 처음 만났을 때 본 차갑고 도도한 그 눈빛이었다.

"나도 그 얘긴 다시 하고 싶지 않아. 오늘, 무슨 교수님이랑 루잉 인가 하는 여자 보러 가는 거지? 어제 어찌나 크게 떠들던지 다 들렸 거든."

탄자오의 말이 날카롭게 가슴을 찔러왔다.

"예전에 날 많이 도와주신 교수님인데, 집안에 안 좋은 일이 있다고 해서 찾아가 뵈려고. 사실 한 가지 이유가 더 있어. 교수님 사모님하 고 딸도 우리랑 같은 유람선에 있었어."

그제야 탄자오의 공격적인 표정이 좀 사라졌다.

"교수님 부인이랑 딸이? 그걸 왜 이제야 말해?"

"전에는 그 사람들 얘기를 꺼낼 이유가 없었잖아?"

우리는 잠시 말없이 서로를 응시했다.

탄자오가 무언가를 생각하는 듯 눈을 굴렸다. 격앙됐던 감정은 거 의 가라앉은 듯 보였다.

"음……. 사실 나도 너한테 할 말이 있어. 우리가 여행 둘째 날로 돌아갔던 일 말이야, 챵위랑 얘기해봤는데……."

탄자오는 평행 우주 시간선, 웜홀 왜곡, 신비한 우주 에너지에 대해 한참 설명했다. 나도 비슷한 추측을 하고 있던 터라 크게 놀랍지는 않 았다. 그런 내 반응을 보고 탄자오가 약간 실망한 목소리로 말했다.

"너도 그렇게 생각한 거야? 역시 똑똑한 사람들은 다르네. 챵위도 그렇고."

탄자오는 소외감을 느끼는 듯한 표정이었지만 금방 다시 활기를 되찾았다. 조금 전까지는 최대한 감정을 억누르는 것 같더니 이제는 한결 편안해 보였다. 홧김에 다시는 만나지 말자고 한 그날 일을 완전히 잊어버린 것 같았다. 우린 다시 예전처럼 편하게 대화를 이어갔다.
이게 바로 내가 바라던 바다.

"그 유람선에 있을 때 어떤 신비한 에너지의 영향을 받은 게 분명
해 보여."

"나도 그렇게 생각해. 그래서 무슨 일이 벌어졌던 건지, 도대체 어
떻게 해야 알 수 있을까?"

"어떻게든 알게 될 거야. 탄자오, 혹시 우리가 다시 유람선으로 돌
아갈 것 같다는 생각 안 들어?"

21

# 탄자오

뭔가 이상했다. 눈앞에 있는 우위는 분명 보름 전과 똑같은 얼굴인데 왠지 익숙한 듯하면서도 낯설었다.

실연당한 입장에서 봐서 그런가?

머릿속이 혼란스러워 나도 모르게 툭 내뱉었다.

"나도 같이 갈래!"

우위와 눈이 마주치는 순간, 내 혀를 깨물고 싶었다.

도대체 무슨 생각으로 그런 말을 한 거야!

나는 재빨리 머리를 굴려 심각한 표정으로 한마디 덧붙였다.

"유람선이랑 관련이 있는 게 분명하니까 무슨 일인지 나도 가봐야겠어."

"나 혼자 다녀올게. 혹시 위험한 일이 생길지도 모르는데 너까지 신경 쓰려면 힘들어. 교수님 댁에 친구를 데려가는 것도 좀 그렇고."

결국 우리는 평범한 친구들처럼 무덤덤하게 돌아섰다. 나는 발걸음을 떼기 전에 아무렇지 않은 듯 덧붙였다.

"맞다. 지난번에 우리 집에 벗어놓고 간 옷은 언제 가져갈래?"

우위는 이미 바닥에 쪼그려 앉아 다시 차를 손보는 중이었는데, 나를 돌아보지도 않고 등을 보인 채 대꾸했다.

"리현에 다녀와서 갈게."

"그래."

몇 걸음 가다가 뒤를 돌아봤다. 우위 등의 단단한 근육 라인이 눈에 들어왔다. 달려가 몇 대 때려주고 싶은 충동이 일었다.

정신이 산란한 채 차를 몰고 집에 돌아왔다.

집에 돌아와서도 멍한 상태로 시간을 보냈다. 밥을 먹고 텔레비전을 보고 인터넷을 하긴 했는데, 그러는 중에도 정신은 내내 다른 데가 있었다.

내 마음의 목소리는 끊임없이 나를 일깨웠다. 당분간 그와의 인연은 없을 거라고. 어쩌면 영원히 없을 거라고. 내 성격상 남자한테 매달리지도 못할 거라고. 우위 마음에 내가 없으니 나도 내 마음속의 우위를 지워야 한다고.

하지만 어제저녁 식당에서 들은 이름이 계속 뇌리에 맴돌았다.

루잉.

'루잉 상태가 그렇게까지 안 좋아진 거예요?'

'내일 찾아뵙겠습니다. 루잉도 제가 한번 만나볼게요.'

우위는 다른 여자 얘기를 하면서 날 보고 있었다. 따뜻한 눈빛에 언뜻 미소도 보이면서. 샤오화가 우위 애인이 어쩌고저쩌고 했는데, 혹시 그 여자 얘기인가?

물론 그럴 거라고 믿는 건 아니다. 우위가 그런 눈빛으로 날 보면서 다른 여자를 생각했다고도 믿지 않고. 하지만 예전엔 잘나가는 명문대생이었고 잘생기기까지 했으니 여자 친구가 없었으리라는 법도 없다. 생각해보니 우위는 나를 좋아한다면서도 냉정하게 밀어냈다. 결국 감정이 크지 않으니 쉽게 포기하는 거 아닐까?

이렇게 생각하니 정말 마음이 쓰렸다.

그래, 우위가 포기할 수 있다면, 나도 포기할 수 있어.

한참 이런저런 생각을 하다가 침대 위에 벌렁 드러누웠다. 새하얀 천장을 보면서 복잡한 생각들을 머릿속에서 지우려 했지만, 밀물에 잠겼다가도 썰물에 드러나는 바닷가 바위처럼, 내 머릿속 생각들도 금방 다시 모습을 드러냈다.

우위는 쉽게 날 포기했다. 나도 포기해야 한다는 사실을 안다. 혼자 매달리는 관계는 싫으니까.

하지만 미련 없이 우위를 포기할 수 있을까? 그러다 어느 정도 시간이 지나면, 다른 사람을 만나서 다시 사랑을 하고? 그때가 되면 우위는 정말 영영 떠나버리고 없겠지.

우위는 끝내 나를 떠나갈 것이다. 유람선에서 잘난 척하던 남자, 바닥에 쪼그려 앉아 자동차를 수리하던 남자, 열정적인 키스를 퍼붓던 남자.

눈물이 흘러내렸다.

확실히 깨달았다.

포기할 수 없다.

간절히 우위와 함께하고 싶다. 유람선에서 처음 봤을 때부터 한순간도 잊을 수 없었다. 온 마음을 다해 그를 사랑한다.

***

난 우울한 마음을 오래 담아두는 성격이 아니다. 정오가 지날 무렵 벌떡 일어나 짐을 싸기 시작했다. 우위가 눈을 떼지 못하던 섹시한 원피스도 챙겼다.

머릿속으로 대충 계산해봤는데, 우위는 오후에 대중교통으로 갈 테니 내가 먼저 도착할 것 같았다. 주소는 어제 우위가 통화하면서 교수님에게 확인할 때 잘 듣고 적어뒀다.

주소를 검색해보니 관광지하고는 거리가 먼 그냥 시골 마을이었다. 그래도 다행히 숙박할 곳은 있어서 바로 예약했다. 이번에야말로 확실히 매듭을 지어야겠다는 생각에 독립 테라스에 넓은 거실까지 있는 스위트룸 스타일로 골랐다.

해 질 무렵 리현에 도착했다. 숙소를 찾아갔을 땐 완전히 녹초가 된 상태였다. 장거리 고속도로 운전이 처음이라 온 정신을 집중하며 내내 긴장한 탓이었다. 멀리서 천 교수 집을 힐끗 쳐다보고 방에 들어가 뻗었다.

천 교수 집은 마을과 꽤 떨어진 조용한 산자락에 외따로 있었다. 목재와 석재를 혼합해서 지은 건물이 주변 숲과 잘 어우러졌다. 우위 말로는 반년 전쯤 큰 화재가 나서 사망자가 여럿 나왔다고 했는데, 지금은 깨끗이 수리를 했는지 화재 흔적이 전혀 보이지 않았다. 그런 큰 사고가 있었는데도 다시 돌아와 살고 있다니, 천 교수 부녀는 대단한 강심장인 모양이었다.

숙소가 있는 마을은 워낙 작은 데다 빈집이 많아서 인적이 드물었다. 내가 예약한 숙소도 거의 개점휴업 상태라 손님이 나뿐이었다. 이렇게 외진 곳인 줄 모르고 충동적으로 나선 길이어서 좀 긴장하긴 했지만, 그래도 우위 몰래 잘 도착했으니 다행이었다.

그러나 이 생각이 틀렸음을 알기까지 그리 오래 걸리지 않았다.

초보 운전자에게 고속도로는 정말 난코스였기에, 방에 들어가자마자 기절하듯 잠들었다. 잠깐 잔 줄 알았는데 일어나니 밖이 완전히 캄캄했고, 숙소 마당을 비추는 희미한 불빛만 하나 보였다. 밖에서 인기척이 살짝 들려왔다. 다른 손님이거나 주인아주머니려니 생각하며 별생각 없이 하품을 하면서 방문을 열었다.

마당을 비춘 불빛은 객실 앞 복도 등이 내는 빛이었다. 옆방 투숙객이 마침 숙소 정문 쪽으로 걸어가고 있었다. 난 손으로 입을 가리며 하품하다 말고 번개처럼 빠르게 방문을 닫았다.

나도 모르게 뒷걸음질하는데 심장이 미친 듯이 뛰면서 얼굴이 뜨거워졌다.

다시 문에 바짝 붙어 귀를 대봤다. 아무 소리도 안 들리는 걸 보니 상대는 날 보지 못한 모양이었다.

세상에, 우위가 왜 여기에 있지? 친애하는 교수님과 루잉 아가씨 집에 안 가고 왜 여기로 온 거야? 그것도 내 옆방에!

속으로 구시렁구시렁하는데 똑똑, 노크 소리가 들렸다. 난 귀신이라도 본 것처럼 뒷걸음쳤다.

누구지? 우위인가?

"탄자오?"

아……. 역시나, 익숙한 낮은 목소리였다. 난 입을 꽉 다물고 대답하지 않았다.

"탄자오."

이번엔 확신에 찬 말투였다.

"다 봤어. 문 열어."

우위를 만나면서 이렇게 당황스럽고 민망한 적은 없었다. 잠시 멍하니 서 있다가 살금살금 침대로 올라가 텔레비전을 켜고 소리를 키웠다.

문밖에서는 더 이상 아무 소리도 나지 않는 것 같았다.

두 팔로 무릎을 감싸고 얼굴을 묻었다.

아, 요즘 정말 되는 일이 없네! 날씨는 덥고, 쟝위는 다시 기말고사라도 보는 것처럼 바빠서 얼굴 보기도 힘들고, 세차 카드는 어디서 잃어버렸는지도 모르겠고, 우위는 날 거들떠보지도 않고, 카센터 직원들도 다 날 모르는 체하고……. 이게 뭐람. 거기에 더해 내 인생 처음으로 붙잡고 싶은 남자를, 잘못하면 다른 여자한테 뺏길지도 모르는 상황이라니.

"아아!"

혼자 괴성을 지르며 머리를 쥐어뜯는데, 테라스 쪽에서 무슨 소리가 들렸다. 반사적으로 고개를 드니, 손 하나가 슥 나타나고 이어 우위가 테라스를 넘어 들어왔다. 그 새카만 눈동자가 날 뚫어지게 쳐다봤다. 예상치 못한 우위의 행동에 머릿속이 하얘졌다. 우위는 이내 침대 앞에 와서 섰다.

나는 고개를 숙이고 이불만 보면서 잠자코 있었다. 가슴이 타들어가는 것처럼 괴로웠다. 우위의 존재감은 정말 대단했다. 온 방 안이 그의 숨결로 가득 찬 느낌이었다. 나는 정신을 가다듬으며 다짐했다. 나한테 뭐라고 하기만 해봐, 당장 문을 박차고 나가버릴 거야!

잠시 후 푹 가라앉은 우위 목소리가 들렸다.

"저녁 먹었어?"

번쩍 고개를 들었다. 방 안이 어두워 우위 표정이 잘 보이지 않았지만 화난 것 같지는 않았다. 난 기어들어가는 목소리로 대답했다.

"아직."

"밥 먹으러 가자. 밖에서 기다릴게."

우위는 그렇게만 말하고 바로 방문을 열고 나갔다. 나는 다시 닫힌 방문을 쳐다보며 잠시 멍하니 앉아 있었다.

5분 뒤, 특별히 준비해온 원피스로 갈아입고 밖으로 나갔다. 우위는 검은 티셔츠에 청바지 차림으로 숙소 정문에 기대어 서 있었다. 딱 내가 좋아하는 스타일이다. 우리는 앞뒤로 조금 떨어져서 숙소 앞 골목을 빠져나갔다.

저녁 8시가 넘은 시간이어서 거리가 한적했다. 시골 마을 가로등은 왠지 더 높고 밝아 보였고, 풀숲에서는 귀뚜라미 소리가 들려왔다. 우리는 아무 말 없이 걷기만 했다. 그 긴 침묵이 날 초조하게 만들어 결국 내가 먼저 입을 열었다.

"교수님 집에서 자는 거 아니었어?"

"불편해서."

"아. 그럼 뵙기는 했어?"

"아직. 너 밥 안 먹었다며?"

우위는 바로 말을 돌리고 다시 입을 닫았다. 나도 딱히 더 말할 기분은 아니었다.

한참 걸어 큰길까지 나오니 길 양쪽에 식당이 몇 군데 보였다.

"네가 가고 싶은 데로 가."

나는 생각할 것도 없이 손님이 가장 많은 식당을 골랐다.

"식당을 고를 때는 손님이 얼마나 많은지가 제일 중요해. 벌써 8시가 넘었는데 이 집은 아직도 손님이 많잖아. 분명히 다른 집보다 맛있을 거야."

자신 있게 앞장서서 들어가 가게 안을 둘러보다가 우위를 돌아봤는데, 살짝 고개를 숙인 우위 입가에 따뜻한 미소가 걸려 있었다.

심장이 요란하게 두방망이질을 해 얼른 시선을 돌렸다.

우리는 구석 테이블에 자리를 잡았다. 우위가 내게 주문을 맡겨, 나는 몇 가지 요리를 고르며 우위도 좋아하는 음식인지 물었고, 그는 하나하나 차분하게 대답해주었다. 그러다 보니 어느샌가 긴장이 완전히 풀려 입꼬리도 슬그머니 올라갔다. 이 정도면 우리 둘, 다시 사이 좋아진 거 맞지?

편한 친구 사이.

하지만 누가 우위하고 친구하고 싶대?

내 남자로 만들고 싶다고!

음식을 기다리는 동안 우위가 불쑥 말을 꺼냈다.

"선스옌한테 전화해서 천 교수님 댁 화재 관련 자료를 구할 수 없는지 물어봐줘."

우위가 무슨 생각을 하는지 대충 알 것 같았다.

"알았어. 전화해볼게."

그런데 휴대전화를 아무리 뒤져도 선스옌 번호를 찾을 수가 없었다.

"번호가 왜 없지? 분명히 저장해뒀는데. 내가 실수로 지웠나? 잠깐만, 다시 한번 찾아볼게. 얼마 전까지도 몇 번이나 전화했는데……."

우위는 찻잔을 들어 입으로 가져가다가 순간 손을 멈췄다.

"어? 통화 기록에도 없네? 전화기가 맛이 갔나?"

우위는 구시렁거리는 나를 차가운 눈빛으로 쳐다봤다.

나는 영문도 모르고 심장이 덜컥 내려앉았다.

이때 식당 안에 요란한 박수 소리가 퍼졌다. 만면에 미소를 띤 통통한 주인이 식당 한가운데 서서 이렇게 외쳤다.

"2017년 7월 15일 오늘은 우리 아들이 태어난 지 꼭 한 달 되는 날입니다. 만월 기념으로 맥주는 무료 제공, 요리는 20퍼센트 할인해드리겠습니다. 저희 가게를 찾아주신 여러분 모두 고맙습니다!"

다시 박수 소리가 울리고 다들 즐겁게 웃고 떠들었다. 대부분 단골 손님인 듯 식당 주인과 건배를 하며 담소를 나눴다.

나도 휴대전화를 뒤적이던 손을 잠시 멈추고 신나했다.

"우와, 20퍼센트 할인이래! 우리도 가서 건배하고 축하해줘야 하지 않을까?"

그런데 우위는 즐거워하기는커녕 낯빛이 확 어두워졌다. 무슨 일이지?

"왜 그래?"

모두가 신나게 웃고 떠드는 식당 안에서 우위는 내게 시선을 고정한 채 물었다.

"방금 주인아저씨가, 오늘 며칠이라고 했어?"

우위 목소리가 살짝 떨렸다. 단순히 오늘 날짜를 확인하려는 건지, 잊고 있던 중요한 일이 생각난 건지, 영문은 모르겠지만 휴대전화로 날짜를 확인해주었다.

"7월 15일."

우위는 아무 말 없이 고개를 들어 벽에 걸린 텔레비전을 쳐다보았다. 마침 뉴스 시간이라 하단에 날짜와 시간이 표시됐다. 내가 눈만 끔뻑이는데 우위가 다시 나를 바라봤다.

이때의 우위 눈빛을 뭐라고 묘사하면 좋을까. 깊은 잠에서 막 깨어난 듯한 그 눈빛 속에는 강한 충격과 깨달음과 고통 같은 것이 뒤섞여 있었다. 우리는 시끄럽고 혼잡한 세상 한구석에서 말없이 서로에게 집중했다. 잠시 후, 우위의 눈동자에 안타까움이 스쳤다. 깊은 슬픔을 간직한 듯한 그의 눈빛이 내 온몸을 휘감았다.

저 눈빛은 도대체 무슨 의미지? 어렴풋이 무언가를 알 듯하면서도 너무 희미하고 모호했다. 테이블에 올려놓은 내 손은 언제부터인지 주먹을 꽉 쥐고 있었다. 왠지 두려웠다. 우위의 날카로운 눈빛이 포착한 새로운 사실이 곧 드러난다는 것이 두려웠다.

"탄자오…… 뭐가 잘못됐는지 전혀 모르겠어?"

22

우위

리현으로 오기 전에 몇 가지 사실을 확인했다.

탄자오가 세차 카드를 잃어버렸다는데 샤오화는 카드 발급 기록에 탄자오 이름이 없다고 했다. 녀석이 대충 확인한 게 아닐까 싶어서 내가 다시 한 장 한 장 확인했다.

탄자오 이름은 확실히 없었다.

"정말 없다니까. 요 며칠 카드를 만든 사람은 이게 다야. 여기 없으면 나도 모르지……."

뭔가 이상한 느낌이 드는데, 그게 뭔지 뚜렷이 잡히지 않았다. 샤오화 녀석이 맨날 나와 탄자오를 엮어 실없는 농담을 하긴 해도, 이건 농담이 아닌 것 같았다.

그러고 보니 쑤저우에 다녀온 후로 줄곧 샤오화의 태도가 조금 이상했다.

일단은 깊이 생각하지 않고 조용히 상황을 지켜보기로 했다. 오후에 카센터를 나서면서 무심코 뒤를 돌아보는데 직원들이 카센터 오픈 이벤트 현수막을 다시 걸고 있었다.

저녁 무렵에야 리현에 도착했다. 중간에 교수님이 전화를 걸어와 바로 집으로 오라고 했지만 완곡히 거절했다. 천루잉이 예전에도 나에 대한 감정이 남달랐는데 지금은 정신적으로 힘든 상태라고 하니 아무래도 좀 더 거리를 유지해야겠다는 생각이 들어서였다.

그런데 탄자오가 따라왔을 줄은 몰랐다. 그것도 같은 숙소 바로 옆방이라니!

탄자오는 나한테 들키자 귀신이라도 본 것처럼 후다닥 방으로 뛰어 들어가버렸다. 아무리 방문을 두드려도 나오기는커녕 대답도 하지 않았다. 이 골칫덩어리를 어쩌면 좋을지 정말 난감했다. 하지만 그렇게 도망쳐 숨는 모습에서 탄자오의 연약하고 겁 많은 일면을 본 듯해 새로웠다.

하는 수 없이 탄자오 방의 테라스를 넘어 들어갔다. 실내 불빛이 약해 방 안은 어둑했다. 침대 위에 무릎을 감싸고 앉은 탄자오는 얼굴이 빨갛게 달아오른 채 날 외면했다.

지난 1년, 나는 이번 생에서 겪을 고통과 슬픔을 다 겪은 심정이었다. 그러는 동안 내 영혼은 서서히 죽어갔고, 마음도 점점 차갑게 얼어붙었다. 그런데 은은한 불빛이 비추는 고요한 방에 웅크리고 앉아 있는 탄자오를 보니 갑자기 마음에 파문이 일었다. 그녀 곁에 가만히 서 있을 뿐인데 모든 고통과 슬픔이 연기처럼 사라지고 마음이 따뜻해지는 기분이었다.

탄자오는 그 존재만으로도 포근한 사랑을 느끼게 했다.

일단 탄자오를 데리고 밥을 먹으러 나갔다.

탄자오의 기분이 서서히 풀리는 게 느껴졌다. 오전에만 해도 퉁명스럽게 쏘아붙이더니, 다시 예전처럼 수다를 떨기 시작했다. 우리는 작은 식당 안에 앉아 서로의 마음에 대해서는 일절 언급하지 않고 우리의 공동 운명에 대해서만 이야기를 나눴다.

선스옌에게 전화를 걸려던 탄자오가 휴대전화에서 선스옌 전화번호를 찾지 못했다. 최근 한 달 간의 통화 기록을 뒤졌는데도 선스옌과 통화한 내역이 보이지 않는다고 했다. 옌위안 사건으로 선스옌과 통화한 것만 해도 불과 보름 전인데 말이다. 그때 갑자기 가게가 떠들썩해졌고 탄자오는 그 분위기에 휩쓸렸다.

나는 계속되는 이상한 징후를 느끼며 점점 등골이 서늘해지다가, 어느 순간 한 줄기 섬광이 눈앞의 혼돈을 갈랐다.

나는 지금 '2017년 7월 15일'의 시골 마을 식당에 앉아 있었다. 마음속으로 강한 소용돌이가 휘몰아쳤다.

전에 샤오화는 툭하면 '탄자오'를 언급하며 우리 둘 사이가 미묘하다고 놀렸는데, 어제오늘은 탄자오 얘기를 할 때 이름을 말하지 않고 '엄청 예쁜 여자', '그 여자' 정도로만 표현했다. 마치 탄자오 이름을 모른다는 듯 말이다.

탄자오의 세차 카드가 없어졌고, 카드 발급 내역에는 탄자오 이름이 없었다. 탄자오에게 직접 카드를 발급해줬으면서 샤오화는 탄자오를 전혀 알아보지 못했다.

카센터에는 오늘 오픈 이벤트 현수막이 다시 걸렸다.

탄자오 휴대전화에서 선스옌 전화번호가 사라졌고 통화 기록도 보이지 않았다.

내가 쑤저우에서 본 탄자오 웨이보의 게시물 날짜는 7월 1일, 3일, 5일, 8일, 12일이었다. 그때는 그냥 7월이 길다고만 생각했다. 시간이 느리게 느껴졌을 뿐 이상하다는 생각은 전혀 하지 못했다.


카센터 숙소에서 탄자오와 처음 얘기를 나눴던 그날, 탄자오는 기억을 잃었다는 사실에 큰 충격을 받았다. 그때 내가 확실하게 말해주려고 내뱉었던 말을 똑똑히 기억한다.

'오늘은 2017년 7월 18일이야. 1년 하고도 3주가 지났어.'

그날은 우리가 유람선 여행 이후 다시 만난 지 3일째 되는 날이었다. 그러니까 우리가 다시 만난 날은 7월 16일이다. 그때 탄자오는 지난 1년 동안 일어난 일을 기억하지 못했다.

그로부터 보름 후, 옌위안 사건을 해결했고, 7월 마지막 날 유람선 여행 둘째 날로 돌아갔다.

유람선에서 다시 2017년으로 돌아왔을 때는 당연히 8월 1일이라고 생각했다. 그런데 지금 따져보니 우리가 재회한 날보다 보름 앞선 7월 1일이었다.

우리의 시간은 앞으로만 흐르는 것이 아니었다.

그리고 우리 주위에 이 사실을 눈치챈 사람은 아무도 없었다.

"탄자오…… 뭐가 잘못됐는지 전혀 모르겠어?"

탄자오의 맑고 순수한 눈빛은 여전히 시간의 소용돌이에 빠져 있었다. 전에는 자기가 1년의 기억을 잃었다는 사실도 모르더니, 지금은 뻔히 7월 15일이라는 날짜를 보고도 전혀 이상한 줄 모르는 눈치였다.

"우리 둘의 시간이 거꾸로 흘렀어……."

탄자오가 눈을 휘둥그레 떴다. 그 눈동자에 놀람, 깨달음, 의심, 혼란 등 수많은 감정이 스쳐갔다. 탄자오는 조금 전 내가 그런 것처럼 침묵에 빠진 채 넋 나간 표정을 하고 있다가 창백한 얼굴로 겨우 입을 열었다.

"이게, 도대체…… 어떻게 된 거야? 어떻게 이런 일이 있지?"

탄자오는 그제야 시간의 소용돌이에서 빠져나왔다.

우리는 일단 숙소로 돌아갔다.

떠들썩한 공간에 있다가 우리 둘만 있으려니 분위기가 더 가라앉았다. 나는 침대에 걸터앉아 마음을 가라앉혔고, 탄자오는 침대 머리맡에 웅크린 채 멍하니 앉아 있었다. 그러다 작게 중얼거렸다.

"창위가 왜 또 시험을 보나 했더니……. 그리고 그날 밥 먹으면서 얘기하는데 네 이름도 낯설어하고 선스옌한테 아무 감정도 없더라니. 지금 창위는 선스옌을 본 적도 없는 거잖아? 세상에…… 어떻게 이럴 수가 있어?"

탄자오는 서서히 현실을 받아들였다. 상식적으로는 받아들이기 힘든 상황이긴 하지만, 받아들이는 것 말고는 다른 방법이 없었다.

만약 시간이 계속 거꾸로 흐른다면 우리가 뭘 할 수 있을까? 갑자기 마음이 급해졌다. 다른 건 나중에 생각하고 일단 급한 일부터 해결해야 했다. 탄자오가 망연한 목소리로 말했다.

"그럼, 옌위안이 아직 안 잡힌 거잖아. 그 공범도 아직 우리하고 마주치기 전이고?"

"인터넷 검색해보자."

탄자오가 노트북을 켰다. 인터넷 기사를 찾아보니 역시 해당 유괴 사건은 두 건뿐이고 기사 내용도 간단했다. 경찰이 아직 심각한 연쇄 사건으로 인지하기 전 같았다.

"젠장."

"선스옌한테 연락할 수 있겠어?"

탄자오는 다시 휴대전화를 뒤져서 처음에 선스옌을 소개받은 문자메시지에서 선스옌 전화번호를 찾아냈다. 그리고는 바로 통화 버튼을 누르고 스피커폰을 켰다.

"형사님!"

탄자오는 상대방이 말할 새도 없이 다급하게 외쳤다. 수화기 너머 남자는 잠시 후에야 반응을 보였다.

"탄자오 씨? 무슨 일이에요?"

"지금 일일이 설명할 시간 없으니까, 일단 내 질문에 대답만 좀 해주세요. 옌위안이랑 쉬쯔펑 잡았어요?"

"누구요? 그게 누군데요?"

우리 둘의 시선이 마주쳤다. 탄자오 눈빛이 확연히 어두워지는 게 느껴졌다.

"다음 질문이에요. 혹시 우위랑 창위, 두 사람 기억해요? 아니, 창위 말고 저우샤오위요. 그 두 사람 본 적 있어요?"

선스옌은 잠시 후에야 대답했다.

"지금 말한 두 사람도 모르겠는데요. 탄자오 씨, 혹시…… 무슨 일 생겼어요?"

탄자오는 바로 다음 질문을 던졌다.

"마지막 질문이에요. 우리가 그만 만나기로 한 이후에 혹시 만난 적 있어요? 아니면 통화라도?"

이번엔 선스옌 침묵이 꽤 길었다. 하지만 대답은 간단명료했다.

"없어요."

"고마워요. 귀찮게 해서 미안해요."

탄자오는 전화를 끊고 날 쳐다봤다.

선스옌이 바로 전화를 걸어왔지만, 탄자오는 휴대전화를 힐끗 보기만 하고 받지 않았다. 나도 전화를 받아보라는 참견은 하지 않았다. 탄자오가 이대로 포기할 수 없다는 듯 외쳤다.

"창위한테 전화해봐야겠어!"

결과는 마찬가지였다. 창위는 지금 기말고사를 치르는 중이고, 선스옌과 나를 본 적이 없었다. 옌위안이란 이름도 금시초문이었고, 하오는 당연히 할아버지 할머니와 잘 지냈다. 새 떼나 다른 어떠한 위험한 낌새도 없었다.

두 사람과 통화하고 난 뒤 탄자오는 시무룩한 표정으로 꼼짝도 하지 않았다. 평소의 탄자오답지 않은 침울한 모습을 지켜보다가 물을 한 잔 따라주었다.

"고마워."

나는 침대 발치에 앉아 살짝 거리를 두고 탄자오를 살폈다. 탄자오는 서서히 평소 모습을 되찾았다.

"우리…… 이제 어떻게 해야 해? 어디 가서 이런 얘기 하면 아무도 안 믿어주겠지? 그럼 우리는 계속 시간이 거꾸로 가다가 나중에는 다시 아기가 되는 거야? 말도 안 돼! 아직 꽃 같은 청춘을 제대로 즐기지도 못했는데……."

탄자오가 상상한 황당한 미래는 나도 받아들이기 힘들어서, 잠시 침묵에 잠겼다가 말했다.

"일단 상황을 지켜보자. 내가 곁에 있는 한, 어떻게든 지켜줄게."

탄자오는 그제야 조금 진정이 되는지 빨개진 눈을 반짝이다가 시선을 피하며 중얼거렸다.

"그러니까…… 우리 둘만 시간이 거꾸로 흐른 거지? 다른 사람들은 아무것도 모르고, 정상적인 시간 속에 살고 있는 거지?"

그래, 그게 핵심이다.

"그런 거 같아. 그런데, 유람선에 있던 다른 사람들은 어떨까?"

탄자오는 냉정을 되찾고 침착하게 상황을 정리했다.

"그런데 시간이 하루하루 거꾸로 흐르는 건 아니야. 16일에서 30일까지는 정상적으로 흘렀다가 1일로 돌아갔고, 다시 정상적으로 흘러서 지금은 15일이야. 꼭 일정한 시간 단위로 영상을 부분 부분 잘라서 이어붙인 것 같은 기분이야."

"맞아. 지금으로선 대략 보름이 주기인 것 같아."

"주기? 그 말은……."

탄자오는 다시 당황한 표정이 되었다. 나도 당혹스러웠지만 과감히 예측을 이어갔다.

"보름마다 우리의 시간선이 왜곡돼서 유람선으로 돌아가는 것 같아. 그리고 오늘은 우리가 2017년으로 돌아온 지 딱 보름째 되는 날이야."

"그러니까…… 우리가 어쩌면 오늘 밤에 다시 유람선으로 돌아갈지도 모른다는 거야?"

\*\*\*

애초의 내 결정이 옳았다는 확신이 들었다. 도무지 믿을 수 없지만 우리의 시간선은 이렇게 꼬여버렸다. 앞뒤 따지지 않고 탄자오와 사랑에 빠진다면, 아무리 깊이 사랑해도 언제 어떻게 될지 모른다. 계속 시간이 거꾸로 흐르다가 서로 사랑한 사실마저 잊을 수도 있다. 나는 탄자오가 누구에게도 버림받기를 원치 않는다.

나 또한 다시 누군가를 잃고 싶지 않았다.

탄자오에 대한 감정이 자꾸 꿈틀댔지만 이 감정이 커지도록 내버려두어서는 안 된다.

더구나 아직 우먀오와 엄마도 구하지 못한 상황에서 사랑에 빠질 여력은 더더욱 없었다. 지금은 목숨 걸고 내 가족을 구해야 할 때니까.

역시 탄자오와 함께할 수 없다.

우리는 '정상적으로' 유람선에 돌아가기 위해 각자 방에서 잠을 청하기로 했다. 하지만 잠이 오지 않아 한참 뒤척이다가 결국 일어나 밖으로 나가 숙소 마당 의자에 앉았다.

이 숙소에 손님이라고는 우리 둘뿐이었다. 탄자오 방은 불이 꺼졌다. 벌써 잠들었나? 이런 엄청난 일이 벌어졌는데 아무렇지 않게 잘

수 있다니, 정말 천하태평이라는 생각에 나도 모르게 웃음이 났다.

하지만 잠시 후 탄자오 방 문이 열리더니 탄자오가 슬리퍼를 끌며 나와 내 옆에 앉았다. 탄자오가 나긋한 목소리로 물었다.

"너도 잠이 안 와?"

"응."

"어쩌지? 우리 둘 다 깨어 있으면 유람선으로 못 돌아가는 거 아니야? 지난번에는 잠든 사이에 돌아간 거잖아."

"운명에 맡겨야지. 어떻게 될지는 지켜보면 알겠지."

"어떻게 그렇게 침착할 수 있어?"

"어차피 할 수 있는 게 없잖아. 우리가 그 신비한 우주 에너지에 맞설 수 있어?"

내가 너무 냉정하게 말했는지 탄자오는 잠시 조용히 있다가 입을 열었다.

"해보지도 않고 안 되는지 어떻게 알아?"

깊은 밤이라 그런지 마음이 멋대로 움직였다. 별빛처럼 반짝이는 탄자오 눈빛은 도무지 종잡을 수가 없어서 난 먼 곳만 응시했다.

"얼른 들어가서 자."

"넌?"

"나도 들어갈 거야."

나는 요동치는 마음을 주체하지 못하고 입으로 손가락을 가져갔다. 생살을 뜯을 때마다 머릿속이 차분해지는 것을 느꼈다. 잠시 침묵이 흐르는가 싶더니 갑자기 탄자오가 불쑥 손을 들어 내 팔을 끌어당겼다.

"놔줘."

"싫어."

내가 다시 손을 가져가려 하자 탄자오는 단호한 표정으로 고개를 빳빳이 세우며 버텼다. 하지만 눈빛에는 살짝 장난기가 비쳤다. 나는 손을 빼려고 힘을 주느라 탄자오와 바짝 가까워졌다. 그녀가 깊고 그 윽한 눈으로 날 쪽바로 응시했다.

짙은 어둠이 내려앉은 숙소 마당에는 벤치에 나란히 앉은 우리 둘 뿐이었다.

탄자오는 꿈쩍도 하지 않았지만 난 그녀의 온몸이 파르르 떨리는 것을 느꼈다. 탄자오가 큰 결심을 한 듯 천천히 눈을 감았다.

나는 고개를 돌리고 그녀를 외면했다.

숙소 마당은 한없이 적막했다.

나는 속으로 스스로를 욕했다.

'우위, 이 비겁한 자식!'

천천히 눈을 뜬 탄자오 표정이 차갑게 굳었다.

"탄자오……."

"됐어. 아무 말도 하지 마."

탄자오는 차분하게 내 말을 잘랐다. 그러고는 벌떡 일어나 방 문을 쾅 닫고 들어가버렸다.

홀로 남겨진 나는 한참을 멍하니 앉아 있었다. 그만 들어가야겠다고 생각하며 일어서는데, 저 멀리 교수님 집에 갑자기 불빛이 켜졌다. 자세히 보니 불이 밝혀진 곳은 2층 베란다였고, 곧 누군가 문을 열고 나왔다.

천루잉.

제법 먼 거리였지만 내 눈에는 똑똑히 보였다. 루잉은 하얀 잠옷 차림에 긴 머리를 풀어헤쳤고, 심하게 마른 상태였다. 얼굴 살이 거의 없어 턱이 뾰족하고 광대뼈가 도드라진 데다 낯빛도 아주 창백했다. 루잉은 입을 앙다문 채 허공을 응시하며 어두운 산자락의 외딴집 2층 베란다에 서 있었다. 왠지 넋이 나간 듯도 보였다. 잠시 후 루잉의 입가에 기묘한 미소가 번졌다.

너무 놀랍고 당황스러웠다.

예전의 루잉은 이렇지 않았다.

유람선 여행을 떠나기 전만 해도 루잉은 이런 모습이 아니었다.

23

# 탄자오

천천히 눈을 떴다. 유람선 객실 창밖으로 흐린 하늘과 강 언덕이 보였다. 눈앞에 얇은 흰 천을 늘어뜨린 듯 시야가 뿌옇고 흐릿했다.

내 머릿속에 저장된 마지막 장면은 우위와 나란히 앉아 있던 리현 숙소 마당이었다.

"오빠, 괜찮아?"

초조해하는 목소리가 들려왔다.

고개를 드니 맞은편 침대에 우위와 우먀오가 앉아 있는 모습이 보였다. 우위도 나처럼 몸을 가누기 힘든지 한 손으로 침대를 짚고 우먀오의 부축을 받고 있었다. 우먀오는 내가 깨어난 것을 보고는 내 옆으로 와서 팔을 붙잡아주었다. 나는 힘겹게 미소를 지어 보였다.

"괜찮아……."

우위와 눈이 마주쳤다. 우위는 의미심장한 눈빛으로 시계를 확인했다.

"1분밖에 안 지났어."

난 멈칫했다가 고개를 끄덕였다.

우리는 다시 시간을 거슬러 우먀오 방으로 돌아왔다. 지난번에 이곳에서 정신을 잃은 뒤 시공간의 소용돌이에 휘말려 그토록 헤매고 왔는데, 겨우 1분밖에 안 지났다니. 그렇다면 다른 시공간을 다녀온 뒤에도 이곳의 상황은 거의 그대로 이어진다는 뜻이 된다.

역시 이번에도 우리는 1년 전 모습 그대로였다.

"무슨 얘기들을 하는 건지 알아들을 수가 없네. 거기다 두 사람은 왜 갑자기 동시에 쓰러지고……."

우먀오가 고개를 갸우뚱하는데 우위가 벌떡 몸을 일으켰다.

"우린 괜찮아. 근데 우먀오, 너 도대체 어떻게……."

우위가 갑자기 말을 멈췄다. 우먀오에게는 아무 의미 없는 황당한 얘기라는 것을 깨달은 모양이었다.

우먀오의 운명은 살해가 아니라 실종되는 것으로 바뀌었다. 하지만 이 시공간에서는 아직 아무 일도 일어나지 않았으니 우먀오에게 그때 어떻게 된 거냐고 물어봐도 소용없다.

창밖에 다시 비가 내리기 시작했다. 먹구름이 먼 하늘까지 겹겹이 이어졌다. 날씨가 정말 이상했다.

저녁때가 되어 우리 셋은 함께 레스토랑에 내려가 식사를 했다.

우위와 나는 걱정이 태산이라 심란한데 우먀오는 아주 신나 보였다. 접시를 들고 셀프 바를 돌아다니며 우리 두 사람 몫까지 열심히 담아 나르는 우먀오를 보면서 나도 모르게 우위에게 말을 걸었다.

"네 여동생, 진짜 귀엽다."

우위도 우먀오를 보며 빙긋 웃었다.

"살아 있는 우먀오를 다시 보게 되다니, 정말 꿈만 같아."

그 말에 너무 가슴 아팠지만, 우위 얼굴을 보는 순간 어젯밤 고개를 돌리며 나를 외면하던 표정이 떠올라 입맛이 싹 달아났다. 나는 음식을 깨작거리며 혼자 분을 삭였다.

우위에겐 여동생과 어머니, 그리고 자신의 가치관이 가장 중요하고 나는 그다음이다. 속 좁게 이런 생각이나 하다니 한심하지만, 그래도 실망과 섭섭함을 감출 수가 없었다.

이때 우먀오가 또 접시 두 개에 음식을 수북이 담아 들고 왔다.

"헤헤, 방금 나온 연어랑 게 다리를 내가 두 접시나 담아왔지. 언니, 얼른 드세요. 오빠도."

우먀오의 밝은 미소에 조금 전의 섭섭함이 눈 녹듯 사라졌다. 그래, 복잡하게 생각할 거 뭐 있어? 내일은 또 어느 시공간에 빨려 들어가 있을지 모르는데! 나는 우먀오가 가져온 접시를 받아 들며 말했다.

"와우! 대단한 실력인데!"

우먀오는 내 옆에 찰싹 붙어 앉았다.

"내 우상한테서 칭찬을 받다니, 엄청 영광인데요!"

우리는 동시에 까르르 웃었다. 우위의 눈가에도 웃음기가 드리웠다. 뭐야, 나 안 보는 척하면서 다 보고 있는 거 느껴지거든요? 나는 모르는 척 오동통한 게 다리를 들고 살을 맛있게 발라 먹었다.

"우먀오, 오빠가 한 말 잘 기억하고 있지? 절대 잊어버리면 안 돼. 절대로."

우먀오가 발끈하며 우위를 노려봤다.

"알아, 안다고. 세 시간 전부터 열 번도 넘게 말했거든. 8월 4일에 경찰서로 전화해서 이상한 사람이 따라온다고 말해라, 5일부터 8일까지는 계속 경찰에 신변 보호를 요청해라, 경찰이 보호해주지 않으면 경찰서에 가서 앉아 있어라, 절대 밖에 돌아다니면 안 된다. 오빠, 누구한테 원한이라도 샀어? 나한테까지 보복하러 온대? 그런데 그 사람이 날 언제 찾아올지를 어떻게 알아?"

"그건 몰라도 돼."

우먀오 이전에 네 명이나 죽으니 우먀오가 신고하면 경찰이 분명히 관심을 갖고 신경 써서 보호해줄 테고, 그러면 지난번처럼 혼자 집에 있는 것보다 훨씬 안전할 것이다.

"언니, 봤죠? 우리 오빠가 이렇게 꽉 막힌 독재자라니까요. 어떤 여자가 이런 남자랑 사귀고 싶겠어요? 그런 여자가 있으면 내가 정말 존경하고 내 우상으로 삼아야지."

나는 아무렇지도 않은 말투로 맞장구쳤다.

"그러게. 누가 그 행운의 주인공이 되려나?"

우위는 그런 나를 쳐다보며 조용히 물을 들이켰다.

그런데 이런 말은 함부로 지껄이는 게 아니었다. 내 말이 떨어지자마자 웬 여자가 나타나 낭랑하게 외쳤다.

"아위! 우먀오! 여기 있었네."

아위?

누군데 우위를 이렇게 친근하게 부르는 거야?

진한 향수 냄새를 풍기며 나타난 미인이 애교스럽게 웃었다. 누가 봐도 밝고 예쁜 아가씨였다. 여자가 반갑게 인사를 건네는데, 우리 셋은 약속이라도 한 듯 하나같이 무표정했다. 우위는 눈을 들어 힐끗 쳐다볼 뿐이었는데, 눈빛이 뭔가 의미심장해 보였다. 난 그녀를 위아래로 훑어봤고 우먀오는 짜증나 죽겠다는 표정으로 대놓고 째려봤다.

나는 연어 한 점을 집어 먹으며 생각했다. 남자들이 좋아할 만한 스타일이네. 이목구비가 하나하나 다 예쁘고, 특히 미소 가득한 저 반달눈 어쩔 거야! 저런 새하얀 원피스는 웬만하면 소화하기 힘든데, 몸매도 훌륭하고 피부도 좋으니 저렇게나 잘 어울리지. 딱 봐도 남자들이 좋아할 스타일이야.

이렇게 생각하며 흘끔 우위를 보았다. 우위는 천루잉을 향해 고개만 까딱해 보이고 다시 먹는 데 집중했다.

그럭저럭 마음에 드는 반응이었지만, 그렇다고 아주 흡족한 정도는 아니었다. 그래서 아예 두 사람 쪽은 쳐다보지도 않고 묵묵히 먹기만 했다. 그런데 천루잉이 내게 관심을 보였다.

"아위, 이 언니는 누구야……."

언니? 웃기네! 내가 왜 네 언니야?

아, 내가 언니긴 언니지. 내가 스물넷이니까, 천루잉보다 세 살 많고 우위보다 두 살 적다. 이때 우먀오가 끼어들었다.

"아, 이쪽은 우리 오빠 여자 친구. 이번에 여행 같이 왔어."

우먀오가 테이블 아래로 내 손등을 살짝 꼬집으며 눈짓을 보냈다.

동생아, 내 손등을 꼬집으면 뭐 하니? 그런 관계를 원치 않는 사람은 내가 아니라 너희 오빠란다.

난 차라리 입을 다물었다. 그런데 우위도 아무 말이 없었다. 태연한 표정으로 계속 먹기만 하니, 꼭 우먀오 말을 인정하는 것 같은 모양새가 되었다. 천루잉의 상처받은 듯한 눈빛이 한참을 우위에게 머물다가 다시 나에게 향했다. 나도 고개를 들고 천루잉과 시선을 마주쳤다.

"아……. 그랬구나. 그런데 왜 여자 친구 얘기는 한 번도 안 했어?"

천루잉이 힘없이 물었다.

괜히 내가 죄 지은 기분이었다. 우위는 다른 여자들한테도 원래 이렇게 냉정했나 보다. 나쁜 남자…….

"사모님은?"

"아……. 엄마는 뱃멀미 때문에 객실에서 쉬고 있어."

"식사 끝나고 뵈러 갈게."

천루잉이 그제야 눈빛을 반짝이며 생기를 되찾았다.

"응! 그럼 나도 좀 기다렸다가 같이 갈게."

"그래."

천루잉은 우위와 대화를 하는 동안 내 쪽은 전혀 쳐다보지 않았다. 조금 있다 접시에 음식을 담아서는 우리 테이블로 오지 않고 가까운 다른 테이블에 앉아 혼자 조용히 식사했다. 솔직히 같은 여자가 봐도 참하고 예뻤다.

우먀오가 우위에게 따지듯 물었다.

"저 방엔 뭐 하러 가? 내가 우리 여신님까지 팔아가면서 겨우 골칫 덩어리 떼어줬더니."

우먀오가 나를 향해 '내 맘 알죠?'라는 눈빛을 보냈다. 난 딱히 할 말이 없어 그 눈빛을 외면했다.

"사모님 컨디션이 안 좋다고 하니 괜찮으신지 가봐야지. 그리고 사 모님한테 꼭 여쭤볼 말도 있고. 탄자오, 너도 같이 가자."

우먀오가 순식간에 다시 눈빛을 반짝였다.

"오, 같이?"

"거기에 내가 왜 끼어? 난 그냥 우먀오랑 같이 있을래."

내 대답에 우위가 불만의 눈빛을 강하게 발사했다. 우먀오가 그런 우리 둘을 번갈아봤다.

"탄자오, 화 풀어."

아……. 더는 뭐라 쏘아붙일 수가 없었다. 우위의 한마디가 울타리 가 되어 나를, 사랑을 거부하던 내 마음을 포근하게 감싸주는 기분이 었다. 차분하게 가라앉은 우위 눈빛과 이 상황을 재미나게 구경하는 호기심 어린 우먀오 표정이 나를 향했다.


어쨌거나 정말 난감한 조합이었다. 레스토랑 입구에서 기다리던 천 루잉은 내가 함께 나타나자 낯빛이 싹 변했다. 이 몸은 묵인된 본처이 니 꿀릴 거 없이 당당했지만 그렇다고 기세등등하게 날뛸 이유도 없 었다. 상대방이 내 머리꼭대기에 기어오르려고 하지만 않는다면 말이 다. 천루잉이 특별히 도발해오지 않았기에 나도 조용히 우위를 따라 걸었다.

"아위, 두 사람은 언제부터 안 사이야?"

천루잉이 어색한 미소를 띠며 물었다. 우위가 뭐라고 대답할지는 나도 궁금했다.

"네가 참견할 일 아니야."

천루잉은 다시 시무룩해졌다.

나는 괜히 고개를 들어 하늘을 올려다봤다. 점점 어두워지는 하늘에 검은 새 몇 마리가 날아다녔다. 저 하늘과 저 새에 감춰진 비밀은 과거일까, 미래일까.

천루잉이 이번에는 나를 돌아보며 활짝 웃었다.

"고백은 누가 먼저 했어요? 언니가? 아위가?"

이거는 정말 지나친 참견이다.

"아위가…… 먼저 내 손을 잡았어요."

천루잉은 잠깐 멈칫하더니 얼굴 근육이 떨릴 만큼 어색한 미소를 지었다.

우위는 우리 둘을 돌아보지도, 뭐라고 반박하지도 않았다.

객실 문 앞에 도착해 천루잉은 카드키를 꺼내 문을 열고 외쳤다.

"엄마, 아위가…… 친구랑 같이 인사하러 왔어."

난 입술을 삐죽이고는 우위를 따라 들어갔다.

전에는 그렇게 주의 깊게 보지 않아서 잘 몰랐는데, 지금 자세히 보니 한껏 있어 보이게 치장한 모습이 엄마나 딸이나 똑같았다. 굳이 따지자면 엄마 쪽이 조금 더 우아해 보인달까. 그나저나 천루잉 엄마가 이렇게 젊을 줄은 몰랐다.

밖에 바람이 불어서인지 객실 창문은 굳게 닫아놓은 상태였다. 천루잉 엄마 펑옌이 천천히 자리에서 일어났다. 우위한테 듣기로는 마흔 초반이라고 했는데 30대라고 해도 믿을 것 같았다. 심플하면서도 고급스러운 실내복 차림에 이목구비는 또렷하고 늘씬했는데, 양 볼은 살짝 통통해서 부드러운 인상을 주었다. 푸근하고 고요한 눈동자가 간간이 투명하게 반짝거렸다. 하지만 반년 후 불길에 휩싸여 죽음을 맞이할 운명이라니, 생각만 해도 소름이 끼쳤다.

펑옌이 밝게 웃으며 우위에게 인사를 건넸다.

"우위 왔구나."

그리고 흥미로운 눈빛으로 나를 살폈다.

우위가 펑옌 앞에 바르게 서서 예의 바른 말투로 안부를 물었다.

"사모님, 몸은 좀 어떠세요?"

"별일 아니야. 그냥 살짝 뱃멀미가 나서. 그런데 이 아가씨는 누구……."

"제 친구예요. 탄자오라고 해요."

"안녕하세요."

펑옌은 내 인사에 미소로 답하고 옆에 있는 딸을 잠시 살핀 후 현명하게도 말을 아꼈다. 우위는 펑옌과 형식적인 인사말을 몇 마디 더 주고받은 후 뜬금없는 질문을 던졌다.

"사모님, 여행하시는 동안 혹시 뭔가 이상한 일은 없었나요?"

펑옌은 어리둥절해했다.

"글쎄, 없는 것 같은데? 어떤 이상한 일?"

표정을 보니 거짓말하는 것 같지는 않았다. 이때 천루잉이 끼어들었다.

"아위, 내가 보기에 이상한 건 아위야. 혹시 무슨 힘든 일이라도 생겼어? 우리 아빠 엄마한테 말하면 무슨 일이든 도와주실 거야."

그러면서 천루잉은 나를 힐끔거렸다. 내 심기를 건드리려는 의도가 분명했다. 펑옌도 딸의 발언이 적절치 않다고 생각했는지 입을 다물라는 듯 천루잉의 손을 꾹 눌렀다. 우위는 전혀 신경 쓰지 않고 펑옌을 보고 웃으며 대답했다.

"저는 아무 일 없어요. 잘 지내고 있어요."

인사를 마치고 나올 때는 다행히 천루잉이 따라 나오지 않았다.

"보아하니 이 두 사람한테는 아무 일도 일어나지 않은 모양이야."

"그러게."

갑판 위를 지나는데 사람들이 꽤 많이 나와 있었다. 바로 그때, 어느 한 커플을 보고 심장이 철렁했다. 커플은 활짝 웃으며 내 앞을 지나갔다. 나와 우위를 전혀 모르는 듯 우리 쪽으로는 눈길도 주지 않았는데, 표정이나 눈빛 모두 지극히 자연스러웠다. 우위도 옌위안과 주지루이를 알아봤다.

"우위, 타임 슬립을 한 사람은 너랑 나뿐인가 봐. 저 둘은 우릴 전혀 못 알아보는 것 같아."

우위가 말없이 고개를 끄덕였다.

"그런데 이번에는 꽤 오래 여기에 있네. 설마 이대로 계속 이어지는 건 아니겠지? 혹시 1년 후로 안 돌아가면?"

"그렇게 되면 나한텐 정말 좋지."

잠시 후 내 객실 앞에서 우위가 걸음을 멈추고 물끄러미 날 바라봤다. 난 그 시선을 외면한 채 말없이 카드키로 문을 열고 방에 들어갔다. 우위는 내가 문을 잠글 때까지 조용히 밖에 서 있었다.

**24**

# 우위

다음 날도 항해는 순조로웠다. 다만 날씨가 계속 안 좋았다. 밤새도록 비가 오고 낮에도 간간이 비가 뿌렸다. 짙은 안개와 구름에 가려 협곡 풍경이 제대로 보이지 않아 불만을 터뜨리는 승객이 많았다. 그렇다고 배에서 내리겠다고 할 수도 없었다. 유람선은 이미 인적 없는 협곡 깊숙이 들어와 있었다.

조타실로 선장을 찾아가 이것저것 물으며 슬그머니 걱정을 드러냈는데 선장은 아주 자신감이 넘쳤다.

"걱정 마세요. 하류 댐에서 계속 방류하고 있으니까 강물이 위험할 정도로 불어날 일은 없어요. 이것보다 훨씬 큰 비가 내렸을 때도 아무 일 없었어요."

선장 말이 지당하긴 했지만, 탄자오와 나는 분명히 알고 있었다. 저 앞 어딘가에서 아주 이상한 일이 벌어지리라는 사실을.

그러나 그 이상한 일이 내 상상을 뛰어넘는 이상한 일이라는 사실을, 난생처음으로 초자연적인 에너지를 경험하게 되리라는 사실을, 이때까지는 몰랐다.

저녁 무렵 유람선은 넓은 고원에 있는 호수에 진입했다. 뜻밖에 날도 개어서 자연스럽게 내 경계심도 느슨해졌다.

잠시 후 유람선이 호숫가 습지 옆에 정박하고 가이드가 승객들을 하선시키며 자부심 넘치는 목소리로 설명을 시작했다.

"여기는 사람의 발길이 전혀 닿지 않은 완벽한 청정 지역이에요. 원시 생태가 그대로 보존된 고산 습지여서……."

우먀오와 내가 먼저 내리고 탄자오가 바로 뒤를 따랐다. 나는 먼저 우먀오 손을 잡아준 후 다시 탄자오에게 손을 내밀었다. 하지만 탄자오는 내 손을 무시하고 훌쩍 뛰어내리더니 우먀오와 팔짱을 끼고 웃으며 먼저 가버렸다. 나는 그런 탄자오를 멀거니 보고 있다가 두 사람 뒤를 따라갔다.

"아위……."

뒤에서 천루잉이 종종걸음으로 따라붙었다.

나는 신경 쓰지 않고 내 속도대로 계속 걸었다.

유람선에서 내린 승객들은 사방으로 흩어졌다.

이곳의 풍경은 정말 놀라울 정도였다. 호수를 둘러싼 산이 그야말로 그림처럼 아름다워, 우주의 신이 몰래 숨겨놓은 걸작을 발견한 기분이었다. 호수는 새파란 물이 어찌나 맑은지 바닥까지 들여다보였다. 바닷물과는 또 다른 매력이 있는, 깊고 고혹적인 푸른 빛이었다. 끝없이 펼쳐진 광활한 습지는 멀리서 보면 강 언덕을 따라 줄지어 가는 인파처럼도 보였다. 초록, 파랑, 빨강, 노랑 등 모든 색이 고유의 순수한 색감을 뿜어냈다. 이런 곳이 있었다니, 그야말로 숨겨진 비경이었다.

그리고 이 풍경 속에 함께하는 검은 새.

호수 상공을 선회하는 검은 새들은 나와 탄자오를 주시하지 않았다. 옌위안과 주지루이 쪽에도 관심이 없어 보였다. 새들은 우리 중 그 누구도 알아보지 못했고 무리를 이루지도 않았다. 한참 새들을 보다가 돌아서는데 탄자오도 새들을 보고 있었다.

호숫가에 앉아 멍한 얼굴로 손톱을 물어뜯었다. 우먀호가 내 옆을 지나다가 우뚝 멈춰 섰다.

"헉! 오빠! 손톱 물어뜯어? 조심해, 내가 언제 엄마한테 오빠 나쁜 습관이 있다고 이를지 모르니까."

"쓸데없는 소리 하기만 해봐. 나도 너 허구한 날 로맨스 소설만 읽는다고 엄마한테 얘기 안 했거든."

우먀호가 얼른 입을 닫았다.

탄자오는 여전히 우먀오 옆에 붙어서 내게는 눈길도 주지 않았다. 두 사람은 어느새 신발을 벗고 모래사장을 밟고 있었다. 나는 정면에서 비추는 저녁놀에 눈이 부셔 눈을 가늘게 뜨고 두 사람을 지켜봤다.

우먀오는 모래사장을 이리저리 뛰어다니며 쪼그려 앉기도 하고 아예 드러눕기도 했는데, 탄자오는 대체로 차분하게 걷기만 했다. 저녁놀이 비추니 비단결 같은 머리카락이 더 윤기 있어 보였다. 오늘은 검정 미니스커트에 보드라워 보이는 티셔츠 차림이었는데, 심플한 스타일이지만 그녀에게서 시선을 뗄 수 없게 만들었다.

오래 전 그녀를 처음 본 순간 이미 매료되었지만.

탄자오는 모래사장을 이리저리 오가다가 빙글 돌기도 하고 멈춰서 다리를 꼬고 서 있기도 했다. 긴 머리카락이 윤기 있게 빛났고, 얼굴에는 다양한 표정이 떠올랐다. 멍한 표정, 수줍은 미소, 나른한 눈빛, 청순한 미소…… 난 한참 동안 넋을 놓고 탄자오를 지켜봤다. 힘들게 억눌러온 감정이 꿈틀거리며 마음이 어지러워졌다.

물병을 꺼내 벌컥벌컥 들이켰다. 물병을 내려놓는데 저 멀리서 내쪽을 바라보는 탄자오가 보였다. 멀리 떨어져 있어서인지 냉담한 기색 대신 평온하고 따뜻한 눈빛이었다. 그렇게 잠시 마음 편히 탄자오를 바라봤다. 그녀에게는 내 눈빛까지는 보이지 않을 테니까.

잠시 후 탄자오는 시선을 내려뜨리고 모래를 발로 툭툭 찼다. 나는 요동치는 감정을 가라앉히려고 두 손으로 바닥을 짚고 상체를 뒤로 젖혀 하늘을 올려다봤다.

갑자기 머리 위로 양산 하나가 끼어들어 하늘을 가려버렸다.

나도 모르게 인상을 찡그렸다.

방해를 받은 게 짜증나 일어서려는데 천루잉 목소리가 귀를 파고 들었다.

"저런 스타일 좋아해? 하긴, 예쁘고 솔직하고 쾌활하고, 남자들이 좋아할 만하지."

천루잉이 희미한 미소를 지으며 탄자오 쪽을 쳐다봤다. 탄자오에 대해 그렇게 말하다니, 의외였다. 난 대답 대신 슬며시 미소만 지었다.

"저 언니 얘기하니까 바로 웃네. 아위…… 저 언니한테 진지한 거야?"

"진지해. 많이 좋아해."

천루잉은 의외로 차분한 목소리로 대화를 이었다.

"그런데 아위는 명문대에서 석사를 밟고 있잖아. 방금 전에 저 언니가 우먀오랑 얘기하는 거 들었는데, 저 언니는 내가 이름도 못 들어본 대학을 나온 거 같던데? 그마저도 성적도 안 좋았고. 앞으로 저 언니랑 같이 지내다 보면 스트레스가 이만저만이 아닐 거야. 서로 너무다른 사람끼리 소통하려면 엄청 인내하고 노력해야 할 테니까. 난 그냥…… 친구로서 걱정돼서 하는 말이야. 물론 쓸데없는 참견일 수도 있지만. 우리 아빠가 아위는 장래가 촉망되는 인재라고 했거든. 늘 가장 합리적이고 바른 선택을 할 거라고도."

나는 잠시 눈을 감았다가 다시 먼 곳을 응시하며 대꾸했다.

"탄자오가 어떤 사람인지, 남들이 탄자오를 어떻게 평가하는지, 나는 전혀 상관 안 해. 그리고 방금 네가 한 말은 친구를 걱정하는 말로 들리지 않았어. 넌 탄자오를 전혀 몰라. 탄자오는…… 정말 많은 사람한테 사랑받는 사람이야. 나야말로 아무것도 볼 것 없는 평범한 사람이고."

카센터에서 처음 탄자오를 만났던 날의 기억이 문득 떠올랐다. 형광 주황색 SUV를 몰고 나타나, 느슨하게 묶은 긴 머리에 사랑스러운 눈웃음을 짓던 상큼 발랄한 모습. 그때 나는 온몸에 먼지를 뒤집어쓴 채 카센터 구석에 쪼그려 앉아 있었다. 두 손은 기름때투성이고 온몸에서 땀 냄새가 진동하는 채로 내 인생에 다시 등장한 그녀를 지켜봤다. 그때를 생각하니 나도 모르게 미소가 지어졌다.

"탄자오는 작은 태양이야. 내 인생의 유일한 태양."

이 말을 끝으로 더는 천루잉을 상대하지 않고 뒤로 벌렁 누워 눈을 감아버렸다.

드디어 멀어지는 발소리가 들렸다.

그러다 깜빡 잠이 들었다. 얼마나 지났을까? 몇 분? 몇십 분? 별안간 누가 내 몸 위로 쓰러졌다. 이 느낌, 이 냄새, 낯설지 않았다. 반사적으로 상대방을 끌어안고 눈을 떴다.

이럴 수가! 정말 탄자오였다. 당황스러운 눈빛에 얼굴이 새빨개진 탄자오가 내 가슴에 엎어져 있었다. 우먀오가 조금 떨어져 서서 우리를 보며 짓궂은 표정으로 깔깔 웃었다.

탄자오가 몸을 일으켜 옆으로 앉으며 중얼거렸다.

"우먀오가 민 거야."

탄자오를 안은 손을 놓고 싶지 않다는 충동이 이는 걸 겨우 참았다.

"저 녀석, 장난이 좀 심해."

아마도 내가 잠들자 옆에서 장난을 치다가 탄자오를 내 품으로 밀어 넘어뜨렸을 것이다. 탄자오가 먼저 어색한 분위기를 깨뜨렸다.

"방금 우먀오한테 잘 얘기했어. 여행 끝나면 바로 선스옌한테 전화해서 내 친구라고 말하고 도움을 청하라고. 선스옌은 믿을 만한 경찰이야. 뭔가 이상하다고 생각되면 끝까지 파헤칠 거야. 우먀오를 보호해줄 사람이 한 명이라도 더 있으면 좋잖아."

탄자오가 이렇게까지 세심하게 생각했을 줄은 몰랐다.

"고마워."

"고맙긴."

가슴이 뭉클했다. 요 며칠 찬바람만 쌩쌩 불더니 지금은 원래의 탄자오로 돌아간 느낌이었다. 어쩌다 갑자기 태도가 바뀌었는지 모르겠지만, 덕분에 마음이 한결 가벼워져 편하게 대화를 이어갔다.

저녁놀이 비스듬히 비치고 우리는 물과 풀 내음을 머금은 부드러운 바람 속에 앉아 있었다.

"승선해주세요!"

가이드가 외치는 소리에 돌아보니 승객들이 하나둘 배에 오르고 있었다. 우먀오는 언제 갔는지 벌써 갑판 위에 서서 우리에게 손을 흔들었다. 아직 강 언덕에 서 있는 사람이 많아 우리도 천천히 몸을 일으켰다.

"가자."

"응. 아얏!"

탄자오가 일어서다 말고 소리를 지르며 고개를 숙였다. 탄자오 시선을 따라가니 복숭아뼈가 파랗게 멍들고 살짝 긁힌 게 보였다.

"좀 전에 우먀오가 밀었을 때 돌부리에 부딪혔나 봐."

"앉아봐. 자세히 보게."

탄자오가 도로 앉고 나도 그 앞에 쪼그려 앉는데 순간 예전 일, 아니 미래 일이 떠올랐다. 1년 후 다시 만났을 때도 도서관 운동장에서 이렇게 쪼그려 앉아 무릎 상처를 봐줬다. 그렇게 오래된 일이 아닌데 마치 전생처럼 아득하게 느껴졌다. 탄자오도 나와 같은 생각을 떠올렸는지 고개를 숙인 채 말이 없었다.

탄자오 발을 들어 상처를 들여다봤는데 큰 문제는 없는 듯했다. 탄자오 발가락이 내 손바닥 안에서 꼼지락거렸다. 나도 모르게 탄자오 발에 시선을 고정했다. 그녀의 발은 작고 새하얬다. 심지어 발바닥도 하얬다. 전체적으로 흰 피부에 붉은 기가 돌고 윤이 났다. 작은 발가락은 의외로 통통했다.

탄자오 발을 살짝 움켜쥐었다. 가벼운 바람이 스쳐갈 뿐, 우리 주변에는 아무도 없었다.

"아파?"

긴장했는지 피하려는 것인지 탄자오는 발가락을 가볍게 말았다. 난 반사적으로 그 발을 꼭 잡고 고개를 들어 탄자오를 보았다. 탄자오 볼과 눈이 살짝 빨갰다.

"아, 아파. 아위."

순간 심장이 맹렬히 뛰고 목이 바싹 말라왔다. 시선을 돌리며 탄자오 발을 놓아주고 먼저 일어섰다.

"조금만 참아. 빨리 배에 올라가서 쉬자. 별일 없을 거야."

탄자오도 조용히 일어섰다.

유람선 쪽으로 느릿느릿 걷는데 탄자오가 나지막이 중얼거렸다.

"걱정 마. 업어달라고 안 해……. 자고로 남녀는 유별한 법이거든."

"……."

우리는 말없이 유람선을 향해 걸었다.

그리고 마침내, 그 일이 벌어졌다.


나는 여태껏 천재지변을 경험한 적이 없었다. 지진, 해일, 홍수는 뉴스에서 보거나 영화, 드라마에서 한껏 과장된 장면을 본 것이 전부였다. 그런데 이날 일어난 모든 사건은 그동안 내가 본 어떤 천재지변보다 훨씬 더 기이하고 급박하고 무시무시했다.

하늘이 순식간에 완전히 어두워졌다. 며칠 동안 하늘 끝에 모여 있던 검은 구름이 빠른 속도로 밀려왔고, 어둠과 함께 광풍이 불어 닥쳤다.

다들 급변하는 날씨 상황이 심상치 않음을 느낀 듯했다. 갑판 위에서 가이드가 크게 외쳤다.

"다들 빨리 승선하세요!"

나는 탄자오 손을 잡고 뛰었다. 우리 뒤에 예닐곱 사람이 더 있었다. 옌위안 커플, 천루잉 모녀, 낯선 남자 둘과 여자 하나였다.

탄자오와 나는 가장 앞서 달렸지만 이미 장대비가 퍼붓기 시작했다. 천둥이 치고 번개가 하늘을 갈랐다. 탄자오가 흠칫 몸을 떨었다.

"설마 우리 여기에서 번개에 맞고 타임 슬립을 하게 된 건가?"

탄자오는 이 급박한 상황에서도 날 웃게 만들었다.

"이런 벼락을 맞았으면 죽었겠지, 이렇게 시간을 왔다 갔다 하면서 고생하고 있겠어?"

나는 우뚝 발을 멈추고 탄자오를 품에 안았다. 이런 상황에서 확 트인 들판을 달리는 건 확실히 위험했다. 탄자오 말처럼 번개에 맞을지도 몰랐다. 굵은 빗줄기 때문에 시야가 흐릿했지만 몸을 피할 곳이 없는지 주변을 둘러봤다.

뒤따라오던 사람들도 같은 생각인지 모두 걸음을 멈췄다. 옌위안은 주지루이를 감싸 안은 채였고, 천루잉도 어머니와 함께 내 뒤로 바짝 붙었다. 천루잉이 겁에 질린 목소리로 말했다.

"아위, 어떡해……. 나, 너무 무서워……."

이때 갑자기 유람선이 천천히 한쪽 방향으로 도는 게 보였다.

배가 왜 돌지? 비바람이 거세긴 해도 저 큰 유람선이 돌아갈 만큼 물살이 강할 리는 없는데, 혹시 선체에 문제가 생겼나?

아니다. 분명히 다른 무언가가 있다.

빗소리와 주변 사람들이 떠드는 소리 때문에 유람선 쪽의 소리는 잘 들리지 않았지만, 유람선의 회전 속도가 점점 빨라지는 것은 확실히 보였다.

유람선을 타고 있는 사람들도 심상치 않은 사태를 느끼고 이리저리 뛰어다니며 소리를 질렀다. 우먀오는 공포에 질린 얼굴로 난간을 꼭 붙잡고 서서 우리를 보고 있었다.

내 뒤에 모인 사람들도 유람선이 이상하다는 것을 알아챘다.

"어떻게 된 거야? 배가 왜 저래?"

"저기 봐!"

"호수에 소용돌이가 생겼어!"

줄곧 말이 없던 옌위안까지 소리를 질렀다. 역시 경계심도 관찰력도 좋았다.

떨리는 마음으로 시선을 돌리니 정말 호수 한가운데에 축구장 두 배 정도 크기의 어마어마한 소용돌이가 빠르게 회전하고 있었다. 속도가 빨라지면서 소용돌이는 더 깊어졌다.

지진인가? 아니면 뭐지?

갑자기 심장이 쿵 내려앉았다.

"우먀오!"

비명에 가까운 소리가 터져 나왔다.

"탄자오, 여기서 기다려."

휘둥그레진 탄자오 눈에 드리운 짙은 불안감이 장대비 너머로 어렴풋이 느껴졌다.

"안 돼! 우위, 가지 마."

탄자오가 붙잡으려 했지만 난 이미 빗속을 달리기 시작했다.

뒤에서 발소리가 들렸다. 탄자오가 바보같이 날 따라오고 있는 모양이었다.

하지만 멈출 수 없었다. 우먀오가 위험에 처한 상황에서 다른 걸 생각할 정신이 없었다. 지금 우먀오는 얼마나 무서울까. 금방이라도 뒤집힐 듯 흔들리는 배 위에서 공포에 질려 있는데, 나는 우먀오 곁에 없다니.

내 동생 우먀오. 어두운 골목에서 납치당할 때는 얼마나 무서웠을까? 그날 옷 사러 같이 가달라고 그렇게 부탁했는데. 어두운 곳에 갇혀 놈이 칼을 들고 다가올 때는 또 얼마나 무서웠을까? 끔찍한 폭력과 고통 속에서 서서히 의식을 잃고 생명이 꺼져갈 때 얼마나 무서웠을까?

우먀오에겐 내가 필요하다. 함께 거친 풍랑을 헤쳐 나가줄 오빠가 필요하다. 혹여 우먀오 손을 잡지 못하더라도, 우먀오가 볼 수 있는 곳에 서 있어야 한다. 우먀오가 무섭지 않도록, 희망을 버리지 않도록.

"쫓아오지 마! 거기 사람들이랑 같이 있어! 호수에서 멀리 떨어져 있어!"

"네가 지켜준다고, 곁에 있으라고 했잖아!"

탄자오가 울먹이며 소리쳤다. 가슴이 아팠지만 애써 외면했다. 탄자오는 제대로 뛰지 못해 결국 한참 뒤처졌다.

겨우 호숫가에 도착했지만 유람선은 이미 수십 미터 이상 떨어져 있어 오를 수가 없었다.

저 멀리 우먀오가 걱정스러운 눈빛으로 크게 고함을 지르는 게 보였다. 오지 말라는 말 같았다. 하지만 내 머릿속엔 오직 우먀오를 구해야 한다는 생각뿐이었다. 그리고 멀리 쑤저우에서 우리를 기다리고 있을 엄마가 떠올랐다. 지금, 두 사람이 살아 있을 때 구해야 한다.

헤엄쳐 가야겠다고 생각하며 호수에 뛰어들려던 순간이었다. 호수면이 내 시선을 붙들었다. 나 혼자 호숫가에 서서 어마어마하게 드넓은 호수 면을 응시했다. 내 평생 잊지 못할 기괴한 장면이었다. 하늘도 땅도 어두컴컴하고 천둥번개와 장대비가 요란한 속에서, 호수 전체가 호수 한가운데를 향해 소용돌이를 그렸다. 마치 보이지 않는 거대한 손이 호수를 휘젓는 것 같았다.

호수는 회전과 동시에 점점 가라앉았다.

호수 면이 육안으로도 느껴질 정도로 점점 낮아졌다.

이게 도대체 무슨 상황이지? 마치 호수 바닥에 거대한 구멍이 뚫려 물이 빠져나가는 것 같았다. 물이 빠져나가면서 거대한 소용돌이가 만들어져 호수에 떠 있는 모든 것들을 집어삼키는 듯한 형국이었다. 유람선보다 열 배 이상 큰 배라도 이 거대한 소용돌이에 휘말리면 산산조각이 날 것 같았다.

나는 마치 환영 같은 그 장면을 지켜보며 넋이 나가 온몸이 굳어버렸다.

이때였다. 갑자기 발밑이 푹 꺼졌다. 무슨 일이 벌어진 건지 파악할 새도 없이 곧바로 호수 물이 거대한 잿빛 용처럼 꿈틀거리며 내 머리 위를 덮쳤다. 이제는 우먀오를 구하러 갈 수도 없었다. 나는 순식간에 5미터쯤 아래로 뚝 떨어진 뒤 거센 흙탕물에 휩쓸려 이리저리 바위에 부딪히며 계속 아래로 흘러 내려갔다.

주변의 모든 것이, 아니 온 세상이 무너져 내리는 듯했다. 물살에 이리저리 휩쓸리다가 문득 한 가지 사실을 깨달았다. 거대한 소용돌이는 호수 물만 빨아들인 것이 아니라 호숫가 언덕까지 무너뜨려 거기 있던 사람들도 집어 삼켰다.

탄자오!

이 이름이 날카로운 비수처럼 내 심장에 꽂혔다. 조금 전에 그녀를 버려두고 나 혼자 호숫가로 달린 게 떠올라 심장이 욱신거렸다. 필사적으로 급류를 거스르며 탄자오를 찾았다.

바깥 하늘에서 번개가 번쩍일 때마다, 머리 위 갈라진 지면 틈으로 불빛이 새어 들어와 순간적으로 주위를 밝혔다. 내 주변은 마치 딴 세상에 온 것처럼 낯설고 이상했다. 쩍쩍 갈라지고 뾰족하게 솟은 기암괴석들, 희미한 빛, 모든 것을 휩쓸며 더 깊은 곳으로 세차게 흘러가는 거친 물살.

천루잉, 옌위안, 주지루이 등도 급류에 휘말려 내 눈앞을 스쳐 지나갔다. 이들과 부딪치지 않게 피하면서 계속 탄자오를 찾아 헤맸다.

드디어 찾았다!

다행히 멀지 않은 곳에 있었다. 탄자오는 겁에 질린 창백한 얼굴로 급류에 휩쓸리며 계속 물을 먹고 있었다. 나는 온힘을 다해 팔다리를 움직여 탄자오에게 다가갔다. 탄자오도 나를 발견했지만 급류를 거스를 힘이 없어 보였다. 간신히 탄자오 가까이 다가갔을 때, 갑자기 강한 물살이 밀려와 탄자오를 데려가버렸다.

"탄자오!"

탄자오를 앞지르기 위해 잠수를 해 있는 힘껏 나아갔다. 앞쪽에 굽이가 나타났다. 속도를 줄이지 않고 그대로 헤엄쳐 가 어깨로 바위를 힘껏 받고는 물길을 막고 버텼다. 어깨에서 느껴지는 극심한 통증이 온몸으로 퍼져나갔지만, 역시 곧 탄자오가 내 품에 흘러왔다.

나는 탄자오 머리를 품에 꼭 안았다. 탄자오의 두 손도 약한 힘이나마 내 허리를 끌어안는 게 느껴졌다

문득 고개를 들었는데 앞쪽에 귀신이라도 나타날 것 같은 어두컴컴한 육지가 보였다.

찾았다!

우린 아마도 저 묘한 땅에 닿을 것이다. 우리의 시간을 왜곡시킨 비

밀이 저곳에 있는 게 틀림없다.

눈앞이 아득해지기 직전 내 머릿속에는 이런 생각이 떠올랐다.

'절대 놓치지 않을 거야.'

## 25

## 탄자오

다시 눈을 떴을 때는 낯선 풍경이 눈앞에 펼쳐졌다.

아직 온몸이 떨리고, 급류에 휩쓸리며 느낀 통증도 여전히 남아 있었다.

하지만 여긴 물속이 아니었다.

짙은 구름에 뒤덮인 잿빛 하늘 아래 띄엄띄엄 농가가 보였다.

나는 땅바닥에 누워 있었다. 등에 느껴지는 찬 기운 때문에 뼛속까지 얼어붙을 것 같았다. 꼭 축축한 눈 위에 누워 있는 기분이었다.

옆으로 살짝 고개를 돌려 땅을 보았다.

진짜 눈이었다!

온 세상이 새하얀 눈으로 뒤덮여 있었다.

벌떡 일어나 앉았다. 처음 보는 나무집 앞이었다. 유람선으로 돌아가기 직전 숙소에서 입고 있던 얇은 잠옷 차림이어서 발가락이 꽁꽁 얼어붙어 감각이 사라지고 있었다.

비틀거리며 일어나 다시 주위를 둘러보고야 어딘지 알았다. 유람선으로 돌아가기 전 우위를 따라왔던 리현이었다. 저 멀리 산자락에 천 교수 집이 보였다. 처음 와본 곳이라 바로 알아보지 못한 것이다.

유람선 시간선에서 돌아온 이곳은 겨울이었다. 하지만 어느 해 겨울인지는 알 수 없었다. 작년? 올해? 엄청난 공포가 밀려왔다. 두 팔로 몸을 감싸고 비틀비틀 정신없이 발을 옮기며 우위를 찾아보았다.

"우위! 우위!"

아무리 불러도 대답은 들려오지 않았다. 아예 인적이라는 게 없는 곳 같았다. 저 멀리 보이는 집에서 벌컥 창문이 열리더니 낯선 얼굴이 고개를 내밀고 나를 이상하게 쳐다봤다.

조금씩 머리가 맑아지면서 정신을 잃기 전 일들이 하나하나 떠올랐다. 우위, 그 바보가 내 손을 뿌리치고 호숫가로 달려갔고, 그 무서운 광경을 보며 홀로 외롭게 서 있었다. 금방이라도 소용돌이로 뛰어들 것 같은 모습으로. 그 뒷모습이 너무 안쓰러웠다.

그리고 온 세상이 무너져 내렸다. 급류에 휘말려 발버둥 치는 내내 우위가 내 눈앞에 나타났다 사라지기를 반복했다. 그러다가 큰 바위 앞에 버티고 있는 우위의 품에 안기고 나서야 우위가 계속 내게 헤엄쳐 오고 있었다는 사실을 알았다.

우위는 똑똑하지만 자기중심적인 사람이기도 하다. 그렇기에 항상 실리를 추구하고 타인의 감정을 외면했다. 거기에 이제는 한층 독단적으로 변해 우리가 서로를 좋아한다는 사실을 알면서도 가까워지지 않으려 했다. 이기적이라기보다는 확실한 목표가 생기면 그 틀 안에 자신을 가두는 사람이었다.

그런데 어제 그 일을 겪으면서 생각이 조금 달라졌다. 호숫가에 서서 유람선을 바라보던 뒷모습, 그리고 끊임없이 나를 향해 헤엄쳐 오던 모습에서 우위의 또 다른 모습을 보았다. 더욱 필사적이고, 더욱 책임감 있고, 더욱 마음이 여린 사람.

이런 생각을 하니 갑자기 눈물이 날 것 같았다. 사방은 온통 끝없는 눈밭이고 집들도 눈에 하얗게 뒤덮였다.

우위는 지금 어디 있을까? 나랑 같은 시간, 같은 장소로 돌아왔을까? 갑자기 불안해졌다.

작은 길을 이리저리 헤매는데 길가 풀숲에서 인기척이 났다. 부리나케 달려가 보니, 풀숲에 얇은 옷차림의 키 큰 남자가 쓰러져 있었다. 역시 우위였다.

우위가 땅바닥을 짚고 천천히 일어나 앉았다.

나는 우위 앞으로 달려가 앉아 그를 끌어안았다. 우위도 순간적으로 마음이 약해졌는지 나를 꼭 안아주었다. 한참 후에야 푹 감겨 갈라진 우위 목소리가 들렸다.

"겨울이야?"

"응, 겨울이야."

우리는 서로를 안은 채로 조금 더 있었다. 잠시 후 내가 먼저 입을 열었다.

"일단 어디 좀 들어가서 쉬자."

우위는 나를 안은 팔을 순식간에 거두고 바닥을 짚고 벌떡 일어났다. 그를 부축하려고 뻗었던 내 손은 갈 곳을 잃었다. 늘어진 나뭇가지가 우위 눈을 가렸다. 곧이어 푹 가라앉은 건조한 목소리가 들렸다.

"가자."

나도 얼른 일어나 우위 뒤를 따라갔다. 눈이 많이 쌓여 걷기가 힘든데 우위는 한 번도 돌아보지 않았다. 몇 걸음 뒤쳐져 걷다 보니 우위가 아주 멀게 느껴졌다.

우위는 기분이 상당히 안 좋아 보였다.

우리가 묵었던 숙소는 다행히 영업 중이었지만, 숙박부에 우리 이름은 없었다.

우위가 다시 체크인을 했다. 우리는 방에 들어가 난방을 최대한으로 올렸다. 나는 먼저 씻고 객실에 비치된 샤워 가운을 입은 채 이불 속으로 들어갔다. 우위도 바로 씻고 나와 샤워 가운 차림으로 침대 맞은편 의자에 앉았다. 둘 다 이제야 겨우 얼굴에 혈색이 돌았다.

방금 확인해봤는데, 시간이 또 거꾸로 흘렀다.

그것도 겨우 보름 정도가 아니었다.

우리가 돌아온 시간은 2017년 1월 20일이었다. 무려 반년이나 거슬러 올라왔다!

우린 아무것도 없이 몸만 여기에 와 있었다.

우리의 타임 슬립은 연속이 아니라 점프해서 뚝 떨어지는 형태인데, 시간 점프 폭이 갑자기 커졌다.

이상한 일도 반복되면 익숙해지기 마련이다. 잠시 혼란스러웠지만 처음처럼 당황스럽진 않았다. 다만 창밖에 굵은 눈발이 날리는 장면을 보고 있노라니 왠지 모르게 쓸쓸함이 밀려왔다.

우위도 아무 말 없이 가만히 앉아 있기만 했다. 이마에는 젖은 머리카락이 붙어 있고, 시선은 줄곧 바닥을 향한 채였다.

유람선에서 지내는 이틀 동안 반듯한 모범생 이미지에 익숙해져서 그런지, 거뭇거뭇한 턱수염과 단단한 어깨 근육이 오히려 낯설어 보였다. 내가 카센터에서 한눈에 반한 그 우위가 맞는데.

우위는 기분이 상당히 가라앉은 상태였다. 아마도 마음이 많이 아플 것이다.

"아위, 우먀오는……."

우위는 내가 위로의 말을 꺼내기도 전에 막아버렸다.

"우먀오는 아무 일도 없을 거야. 사고는 유람선 여행에서 돌아와 한 달 후에 일어났으니까 유람선에 있던 사람들은 무사히 구출됐을 거야."

그래, 그럴 거야! 마침내 한시름 놓았지만 우위의 표정은 나아지지 않았다.

그런 우위를 보노라니 마음이 무거웠지만 달리 방법이 없었다. 연애 경험이 없으니 남자가 상심에 빠졌을 때 어떻게 위로해줘야 할지 전혀 감이 안 왔다.

우위가 갑자기 고개를 드는 바람에 눈이 마주쳤다. 새카만 저 눈동자는 도대체 무슨 말이 하고픈 걸까?

"그럼, 우리 이제……."

내가 입을 열자마자 우위가 말을 끊었다.

"나중에 얘기하자. 일단 좀 쉬어, 감기 걸릴라. 너무 복잡하게 생각하지 말고, 어떤 일이 생기든 걱정 마. 내가 있잖아. 난 나가서 바람 좀 쐴게."

하고 싶은 말은 많았지만 테라스 문을 열고 나가는 그를 그냥 지켜보기만 했다. 밖은 꽤 추운데, 우위는 얇은 샤워 가운 하나만 걸친 채 꼼짝 않고 서 있었다. 금방 무너져 내릴 호숫가에 서 있던 모습이 겹쳐 보였다. 지금 우위가 이렇게 차갑고 무정한 이유를 알 것 같았다. 지금은 아무도 보고 싶지 않겠지. 아마 나도…….

우먀오가 또 다시 위험에 빠진 모습을 눈앞에서 보고도 오빠로서 아무것도 하지 못했으니 말이다. 그래서 좌절했을 것이다.

이제야 우위 안에 숨겨진 상처가 얼마나 뿌리 깊은 것인지 알 것 같았다.

하지만 우위는 이미 최선을 다했다.

우위 뒷모습을 지켜보다가 까무룩 잠이 들었다.

꿈을 꿨다. 나는 어딘가 포근하고 고요한 곳에 있었고, 배가 고팠는지 좡위랑 둘이 앉아 생선 요리를 정신없이 먹어대는 중이었다. 그런데 갑자기 생선 대가리가 내 얼굴을 핥기 시작했다. 의외로 부드럽고 달콤했다. 눈썹, 눈, 입술, 그리고 멈추지 않고 내 목을 타고 내려가며 끊임없이 키스를 퍼부었다. 아무리 꿈이라고 해도 어이없었다. 내가 정말 남자에 굶주려서 이런 꿈을 꾸는 걸까?

해 질 무렵에야 눈을 떴다. 눈이 그친 후라 하늘이 맑고 깨끗했다.

우위는 내 옆에 깊이 잠들어 있었다. 아까 숙소 옆 가게에서 사 온 티셔츠와 긴바지 차림이었다. 깊이 잠들었는지 숨소리가 고르고 편안했다.

가만히 우위를 바라보다 손을 잡아보았다. 이 손은 더 이상 그 이기적이고 잘난 척하던 남자의 손이 아니다. 크고 두꺼운 손 곳곳에 흉터와 굳은살이 보였다. 지난 1년 동안 고생을 자처한 결과다. 그 손에 살며시 입을 맞췄다. 놓고 싶지 않았다.

아위, 그거 알아? 늘 세상이 즐겁기만 하던 내 마음이, 널 만난 후로 이렇게 무겁게 가라앉았어. 동시에 부드럽고 따뜻해졌고.

아위.

이 세상에서 너를 이렇게 부를 사람은 나뿐이면 좋겠어.

나의 아위.

방황하지 마. 자책하지 마. 좌절하지 마.

네가 날 밀어내도 화내거나 돌아서지 않을게.

네 바람을 꼭 이루도록, 우먀오와 어머니가 무사히 네 곁에 돌아오도록 내가 도울게. 어떤 대가를 치르더라도. 설령 시간의 소용돌이에 영원히 갇혀버릴지라도.

그리고 너의 바람 속에 나라는 존재도 있었으면 좋겠어.

네가 그랬잖아. 나는 작은 태양이라고. 네 인생의 유일한 태양이라고.

\*\*\*

우위가 일어날 때가 된 듯해 숙소 주인에게 볶음 요리를 부탁해 테이블에 차려놓고, 새 패딩도 소파 위에 올려두었다. 패딩은 주인에게 사다달라고 부탁했는데 똑같은 디자인으로 사다주어서 본의 아니게 커플룩이 됐다. 우위는 진네이비 엑스라지, 나는 연핑크 엠.

챵위랑 통화를 하는데 우위가 잠에서 깼다. 나는 우위에게 방긋 웃어 보이고 계속 통화를 했다.

"뭘 자꾸 물어봐! 일단 와서 얘기해. 역시 사람은 평소에 지식을 많이 쌓아둬야 하는 건데⋯⋯. 암튼 그동안 우리가 쌓은 우정을 생각해서 얼른 와줘. 난 지금 네가 꼭 필요하다니까. 왕복 교통비랑 숙박비다 내가 내줄 테니까 빨리 와."

한참 설득한 후에야 챵위에게서 바로 오겠다는 약속을 받아냈다. 전화를 끊으려다가 문득 챵위가 어디까지 기억하는지 궁금해 이것저것 물어봤다. 챵위는 이제 막 기말고사가 끝나고 겨울 방학이 시작됐다고 했다. 내가 시간대를 이동할 때마다 챵위는 늘 시험, 시험, 시험이었다. 문득 챵위가 불쌍하다는 생각이 들었다.

2017년 1월의 챵위는 아무것도 기억하지 못했다. 우위도, 옌위안 사건도, 그 외 다른 일도. 그래서 한두 마디로 설명할 수 있는 상황이 아니니 무조건 와달라고 부탁했다. 난 챵위를 믿는다. 챵위는 똑똑하고 추리나 분석 능력도 뛰어나다. 우위와 내가 두 번째 타임 슬립에서 돌아온 지금, 챵위가 또 한 번 그 탁월한 능력을 발휘해주리라 믿는다. 물론 나 혼자만의 맹목적인 믿음일 수도 있지만. 챵위가 나는 모든 살인 사건을 해결할 수 있을 거라고 믿는 것처럼 말이다.

우위가 간단히 세수와 양치질을 하고 방으로 돌아와 내 옆에 앉았다.

"고생했어. 좀 전에는⋯⋯ 미안했어."

우위와 눈이 마주치자 또 심장이 두근거렸다.

"뭐가 미안해? 얼른 먹자."

식사를 마치고 밖으로 나가니 설 연휴 무렵이라 마을 중심가에 사람이 꽤 많았다. 지난번에 갔던 식당이 역시 제일 북적거렸다. 아저씨는 열심히 손님 접대를 하고 배가 약간 나온 아줌마는 계산대 앞에서 환하게 웃고 있었다.

과거로 돌아온 사실이 실감났다.

우리는 중심가를 빠져나가 마을 외곽 숲길을 걸었다. 밤하늘에 별이 빛나고 새하얀 눈밭 위로 마른 잎이 떨어지는 풍경이 펼쳐졌다.

"아위, 이 날짜에 원래 어디 있었어?"

우위가 잠시 기억을 더듬었다.

"지난겨울에는 티베트에 있었어."

"티베트엔 왜 갔어?"

"티베트가 하늘과 가장 가깝다고 해서."

내가 뭐라 대꾸해야 좋을지 몰라 머뭇거리는데, 우위가 웃으면서 말을 이었다.

"티베트에 가면 마음이 고요해진다더니, 확실히 내 마음도 편안해지긴 하더라고. 그런데 지금은 다시 혼란스러워."

우위가 나를 바라봤지만 나는 그냥 웃어 보이고는 밤하늘의 별을 올려다봤다.

"나도 티베트 가보고 싶다. 아위, 이번 일 잘 해결돼서 우먀오랑 어머니 구하고 나면 우리 같이 티베트 갈래? 난 여행을 많이 안 해봐서 티베트도 아직 못 가봤거든."

우위는 잠시 후에야 대답했다.

"좋아. 그러자."

갑자기 눈시울이 뜨거워졌다. 정말 너무, 너무, 기뻤다. 동시에 너무…… 마음 아팠다.

모든 일이 우리가 바라는 대로, 우리가 생각하는 대로 진행될까?

타임 슬립이 끝나는 날, 우리는 언제 어디에서 뭘 하고 있을까? 우위는 반드시 날 기억하겠다고 맹세했지만, 그게 맹세한다고 가능한 일일까?

이런 생각들이 꼬리를 물었지만 우위에겐 차마 말할 수 없었다.

우위도 이런 생각이어서 날 받아들이지 않는 걸까?

나만 바보 같아서 원하는 게 있으면 앞뒤 가리지 않고 덤벼드는 걸까?

제대로 사랑이란 걸 해본 적 없는 내 인생에서 드디어 첫 사랑을 만났는데, 시작하자마자 미래가 보이지 않는다니.

아까 우위가 자는 동안 엄마 아빠한테도 전화를 걸었는데 눈물이 나려는 걸 겨우 참았다. 그러다 그냥 지나가는 말인 듯 슬쩍 물었다.

"엄마, 지난 반년 동안 우리 뭐 했는지 기억나?"

"지금이랑 똑같았지 뭐. 너는 맨날 일도 바쁘고 놀기도 바쁘고. 빨리 괜찮은 남자 친구나 만들어!"

엄마 아빠는 쟝위처럼 전혀 이상한 점이 없었다. 나는 이렇게 기억을 잃었는데.

당장 엄마 아빠에게 달려가고 싶었다. 하지만 나는 이 시간대에 보름밖에 머물지 못할 것이다. 타임 슬립의 비밀을 알아내지 못하면 앞으로 내 운명이 어떻게 될지 전혀 예측할 수 없다. 나는 최대한 감정을 억누르고 곧 집에 한번 가겠다고만 말했다. 지금은 우위 곁에서 우리의 공동 운명에 맞서야 하니까.

이 순간만큼은 우리 둘 뿐이니까.

나는 씁쓸하게 웃으며 우위에게 말했다.

"나는 원래 이때 뭐 했는지, 아무 기억도 없어."

"내 과거도 변했는데 뭐."

한동안 침묵이 이어졌다. 왜 이렇게 됐을까? 우리의 시간선은 왜 갑자기 왜곡되어 거꾸로 흐르기 시작했을까? 아직 아무것도 알 수가 없었다. 우리가 빨려 들어간 호숫가 지하 세계에 그 비밀이 숨겨져 있을 텐데, 다시 돌아가려면 아마도 보름이 지나야겠지?

"저기 봐."

우위가 가리킨 것은 산자락에 위치한 천 교수 집이었다. 오후에 내린 눈이 온 세상을 하얗게 뒤덮은 데다 나는 우위처럼 시력이 좋지 않아 잘 보이지 않았지만, 삼층집 전체에 환하게 불이 켜진 것은 알 수 있었다. 어둠과 적막이 흐르던 지난번과 딴판이었다.

아! 우리가 반년 전으로 돌아왔으니 지금은…….

우위 표정이 심각하게 변했다.

"교수님 가족이 모두 살아 있어. 내 기억이 맞는다면 화재는 이틀 후에 일어나."

26

우위

숙소에 돌아오자마자 인터넷으로 우먀오를 검색해봤다.

실종.

엄마는 역시 투신자살.

지난 반년의 과거는 변하지 않았다.

아까 오후엔 확실히 기분이 엉망이었다. 추운 날씨에 테라스에 너무 오래 있었더니 점점 몸의 감각이 사라졌다. 다시 방에 들어왔을 때 탄자오는 깊이 잠든 상태였다.

스탠드 불빛만 남기고 다른 불을 모두 끈 후 조용히 침대에 걸터앉았다. 고요히 잠든 탄자오 얼굴을 보니 미안하고 가슴이 아팠다. 은은한 불빛 아래 뭔가에 이끌리듯 다가가 탄자오 머리 양쪽에 손을 짚고 위에서 그녀를 내려다봤다. 이제 더 이상 참고 싶지 않았다. 탄자오를 꼭 안고 싶고, 미치도록 키스하고 싶고, 온전히 내 여자로 느끼고 싶었다.

결국 고개를 숙여 그녀에게 키스했다.

잠시 후 다시 고개를 드는데 탄자오의 샤워 가운이 느슨하게 풀려

278

새하얀 살결과 미끈한 목선과 다리가 시선을 사로잡았다. 내 마음을 수없이 유혹했던 바로 그 다리.

이때 탄자오가 잠결에 웅얼거리며 몸을 뒤척였다. 심장이 격하게 두근거리면서 나도 모르게 탄자오 손목을 잡았다. 깨어나면 어떡하지…….

다행히 탄자오는 깨지 않았다.

꿈에서 뭘 먹는지 잠시 쩝쩝거리고는 다시 안정적인 숨소리를 이어갔다.

갑자기 내 머리와 가슴에서 불꽃이 튀었다. 아무도 모르게, 그녀도 모르게. 불꽃은 점점 온몸으로 퍼지며 내 이성까지 태워버리려 했다. 그 불꽃과 얼마 동안 싸웠는지도 모르겠다. 길었을 수도, 짧았을 수도 있겠지. 그 불꽃 속에서 나는 아무것도 알 수 없었다.

불꽃은 결국 사그라졌다. 부드럽고 가벼운 탄자오의 숨소리를 들으며 점점 잦아드는 불꽃을 얼음처럼 차가운 내 가슴에 묻었다.

나는 탄자오의 손목을 놓고 내 이마를 감싸며 그녀 옆에 벌렁 드러누웠다. 그러고는 이내 잠이 들었다.

그래서 밤에 다시 방으로 돌아왔을 때는 베개와 이불을 들고 소파로 갔다. 탄자오는 그런 나를 말없이 지켜보기만 했다. 불을 끄고 소파에 누워 시커먼 천장을 뚫어지러라 쳐다봤다. 숨소리가 고르지 못한 걸 보니 탄자오도 잠들지 못하는 모양이었다.

"소파 너무 작지 않아? 자리 바꿀까?"

"괜찮아."

잠시 침묵이 이어지다가 다시 탄자오가 입을 열었다.

"침대에서 자도 돼."

난 손등으로 눈을 가려버렸다.

"아니, 그렇게 못 해."

내 말의 의미를 알아들었는지 모르겠지만 탄자오는 더 이상 아무 말도 하지 않았다. 잠시 후 탄자오 숨소리가 점점 느려졌다. 잠든 모양이었다. 난 한참을 더 뒤척이다가 탄자오의 숨소리와 방 안에 은은하게 떠도는 그녀의 향기 속에서 스르르 잠이 들었다.

다음 날 아침, 요란한 노크 소리에 잠이 깼다. 창밖을 보니 날이 이미 훤했다. 탄자오는 여전히 잠에 취해 "우웅" 하고 웅얼거리며 이불을 끌어당겨 머리까지 푹 뒤집어썼다. 한쪽 다리가 침대 밖으로 삐져나왔다. 난 소파에서 일어나 탄자오에게 이불을 잘 덮어준 뒤 겉옷을 걸치고 문을 열었다.

눈부신 햇살과 신선한 공기가 내 몸을 감쌌다. 바람막이 점퍼에 선글라스를 낀 늘씬한 여자가 문 앞에 서 있었다. 여자는 깜짝 놀란 표정으로 선글라스를 벗고 날 훑어보더니 침착하게 고개를 끄덕여 보였다.

"죄송합니다. 방을 잘못 찾았나 봐요."

그러고는 바로 돌아섰다.

"좡위."

내가 이름을 부르자 좡위는 어리둥절해했다.

"방 제대로 찾아왔어요. 탄자오는 안에 있어요. 아직 자요."

반년 전으로 돌아왔으니 좡위는 당연히 나를 알아보지 못했다.

좡위는 여전히 놀란 표정으로 잔뜩 경계하며 나를 따라 방에 들어왔다. 나는 소파 위에 흐트러진 이불을 치우고 탄자오를 흔들어 깨운 뒤 욕실로 들어갔다. 곧 두 여자가 정신없이 조잘거리는 소리가 들려왔다.

내가 세수를 하고 나왔을 때 침대에 앉은 두 사람은 확연히 다른 반응을 보였다. 탄자오는 변명하기도 귀찮고 어쩔 수 없다는 표정이고 챵위는 대놓고 날 위아래로 훑었다. 탄자오가 어떻게 얘기했는지 모르겠지만 챵위는 날 쉽게 놔줄 것 같지 않았다. 자신의 절친과 한방에서 하룻밤을 보낸 남자니까.

탄자오도 세수를 하고 나온 뒤 우리 셋은 한자리에 모여 앉았다.

"그럼 바로 본론으로 들어갈게."

"어? 오늘 이 자리의 남주 소개 안 해?"

탄자오가 어이없다는 듯이 챵위를 힐끔 쳐다봤다.

"남주라니, 그런 거 아니야. 중요한 일 때문에 만난 것뿐이야."

"아하, 매우 중요한 일 말이지?"

"에잇, 젠장!"

예전에 탄자오 집에서 챵위를 마주쳤을 때와 아주 비슷한 상황이어서 절로 웃음이 터졌다. 탄자오도 같은 생각인지 날 보고 피식 웃었다. 우리가 잠깐 눈빛을 주고받는 걸 보고 챵위가 호들갑을 떨었다.

"두 사람, 정말 날 뭘로 보는 거야? 이러면서 아무 일 없었다고? 따주! 진짜 이 남자랑 잤어? 세상에, 맨날 집에만 틀어박혀 있는 줄 알았더니 나보다 먼저 첫 경험을 한 거야? 안 되겠어. 이 몸은 잠깐 나가서 바람 좀 쐬면서 진정해야겠어. 도대체 이 사실을 어떻게 받아들여야 할지……."

챵위가 아무렇지도 않게 그런 말을 쏟아내는 바람에 나는 당황해서 반사적으로 탄자오를 쳐다봤다. 탄자오는 얼굴이 새빨개져서는 내 눈길을 피했다. 그러고는 밖으로 뛰쳐나가려는 챵위를 잡아끌고 다시 자리로 돌아왔다.

"또 쓸데없는 소리 하면 절교야!"

챵위도 더는 소란을 피우지 않았지만, 우리 둘에게 번갈아가며 노골적인 시선을 보냈다.

챵위에게 다시 처음부터 설명하기엔 너무 복잡하고 믿기 힘든 이야기니 탄자오는 바로 본론부터 얘기할 계획이었다.

"챵위, 잘 들어. 네가 안 믿어도 상관없는데, 어쨌든 네 조언이 필요해."

탄자오의 첫마디에 챵위 표정이 진지해졌다. '이 몸이 말이야'를 입에 달고 사는, 약간 실없어 보이는 아가씨지만 탄자오가 신뢰하는 사람이니 일단 나도 믿어보기로 했다.

"어떤 두 사람이 유람선 여행을 다녀왔는데 한 사람은 여행 기간의 기억을 잃었고, 또 한 사람은 여행 후 1년 동안의 기억까지 잃었어. 그리고 두 사람은 보름을 주기로 타임 슬립을 해서 유람선으로 돌아가고 있어. 그러니까 이렇게……."

탄자오가 연필을 쥐고 종이 위에 우리가 유람선으로 돌아간 날짜를 표시하며 직선을 여러 개 그렸다. 그러고는 챵위에게 물었다.

"어때? 뭐 생각나는 거 없어?"

챵위는 한참 동안 종이를 뚫어지게 쳐다보다가 입을 열었다.

"꽤 흥미로운 설정이네. 잠깐 다시 정리 좀 할게."

"그래."

탄자오가 나를 쳐다보다가 갑자기 무슨 생각이 들었는지 얼른 시선을 돌렸다. 나도 방금 전 챵위가 놀리던 말이 생각나 가슴이 살짝 두근거렸다.

탄자오 찻잔이 비었기에 보온병을 들어 뜨거운 물을 따라주는데, 탄자오도 마침 컵을 잡으려고 손을 뻗다가 뜨거운 물이 손가락에 튀었다. "앗!" 하며 손을 움츠리는 탄자오보다 내가 더 빨리 반응해 재빨리 그녀 손을 잡았다. 잠시 어색하게 마주 보다가 슬그머니 손을 놓자 탄자오는 차분하게 손가락을 살펴보고 후후 입바람을 불었다. 크게 덴 건 아닌 듯했다.

"이 시간선 두 줄……."

창위가 중얼거렸다.

시간선 두 줄이라.

순간 눈앞이 번쩍했다.

이 시간선 두 줄은 서로를 향해 흐른다!

과거와 현재를 오가며 온갖 놀라운 일을 겪느라 정신이 없어 아주 중요한 가능성을 간과했다. 진즉에 알아차렸어야 했는데…….

나는 창위가 들고 있는 종이를 뚫어지게 응시했다.

서로를 향해 흐르는 시간선 두 줄.

한쪽은 계속 뒤로, 다른 한쪽은 계속 앞으로 가다보면 결국 어떻게 되겠는가?

창위도 나와 같은 생각을 한 듯, 잔뜩 흥분해서는 눈빛을 반짝이며 탄자오 팔을 붙잡았다.

"봐봐. 두 사람이 2017년 7월부터 과거로 돌아가기 시작했어. 맞지? 그런데 두 사람이 돌아간 과거 유람선에서는 시간이 정상적으로 흐르고 있어. 진행 속도가 좀 느리긴 하지만."

"아!"

탄자오도 뭔가 떠오른 모양이었다. 창위가 종이에 다시 선 두 개를 그렸다. 하나는 왼쪽에서 오른쪽으로, 다른 하나는 오른쪽에서 왼쪽으로.

"시간이 거꾸로 흐르는 이쪽이 빠르게 점프해서 계속 뒤로 가면 어떻게 될까?"

창위가 두 선의 끝에 점선으로 연장선을 그리고 연장선이 만나는 지점을 가리키며 물었다.

"교차점. 두 시간선이 한 지점에서 만나게 되지."

내 대답이 만족스러웠는지 창위가 눈빛을 반짝였다.

"따주가 남자 잘 골랐네……. 우위 말이 맞아. 그런데 교차한 후에는? 그다음엔 어떻게 될까?"

탄자오와 나는 선뜻 대답하지 못했다. 방금 막 알아낸 새로운 사실에 놀란 듯 탄자오 눈빛이 살짝 떨렸다. 창위가 깊은 한숨을 내쉬었다.

"사실 나도 어떤 일이 벌어질지 알 수 없어. 하지만 물리학적으로 추론해보면 이 지점에 도착하면 시간은 뒤로도, 앞으로도 가지 않을 거야. 다시 말해 모든 게 끝나는 거야. 물론 기본적인 물리 원칙에 어긋나는 일이 벌어질 수도 있지. 시간 시스템이 완전히 무너지는 거야. 그러니까 바로 이 시간점에 신비로운 우주 에너지의 정체라든가 두 사람이 시공간을 이동하게 된 원인 같은 모든 비밀이 숨겨져 있을 거야. 이 시간점은 종착점일 수도, 출발점일 수도 있어. 더 자세한 건 비밀을 찾아내야 알 수 있겠지."

\*\*\*

오후 햇살이 퍼지면서 날이 따뜻해졌다. 나뭇가지에 쌓였던 눈이 녹아 뚝뚝 떨어졌다.

내가 테라스에 나와 있는 동안 두 여자는 방에서 쉬지 않고 속닥거렸다.

방금 전 창위의 추론은 꽤 그럴 듯했다. 두 시간선은 분명히 교차할 것이고, 교차한 후에는 모든 것이 끝나든 다시 시작되든, 둘 중 하나일 것이다.

그런데 그 순간에 탄자오와 나는 과연 어디에 있을까?

탄자오가 테라스 문을 열고 고개를 내밀었다.

"창위 이제 간대. 창위한테 그 호수 좀 자세히 조사해달라고 부탁했어."

우리는 쟝위를 기차역까지 배웅했다. 떠나기 전 쟝위는 진지한 표정으로 고개를 끄덕이며 자신 있게 말했다.

"걱정 마. 공대생들은 서로를 다 한 식구처럼 생각하거든. 기후학과, 지질학과, 물리학과 친구들한테 부탁해서 그 호수하고 관련된 자료 싹 다 찾아낼게."

"고마워."

탄자오와 쟝위가 길고 진한 이별 포옹을 나눴다. 뭔가 위험하고 힘든 상황임을 쟝위도 눈치챈 것 같았다.

"따주, 몸조심해. 무슨 일 있으면 바로 전화하고."

그러고는 나를 향해서도 심오한 눈빛을 보냈다. 나는 탄자오를 잘 보살피겠다는 의미로 고개를 끄덕였고, 쟝위도 내 뜻을 이해한 듯 고개를 끄덕여 보였다.

"쟝위, 우리가 언제 다시 만날 수 있을지 모르겠어⋯⋯."

"집에 가서 설 쇠고 다시 올게. 혹시 저 남자랑⋯⋯."

이어지는 말은 목소리가 작아져 듣지 못했다. 두 사람은 웃음을 터뜨리며 몇 마디 더 주고받은 뒤에야 겨우 손을 놓고 떨어졌다.

"따주, 설에 집에 안 가?"

탄자오는 말없이 웃으며 고개를 저었다. 이 시간대에서 설을 지낼 수 있을지조차도 확신할 수 없으니까.

쟝위를 보내고 숙소로 돌아가는 길에 탄자오가 울적해한다는 걸 알았지만 어떻게 위로해야 좋을지 몰랐다. 딱 봐도 외지인 같은지 지나가는 마을 사람들이 자꾸 우리를 쳐다봤다.

탄자오가 문득 물었다.

"그 교차점이 어디일까?"

나도 알 수 없어 고개를 젓자 탄자오가 또 물었다.

"혹시 그 호수 바닥일까?"

"그럴 수도 있지."

탄자오가 잠시 머뭇거리다가 질문을 이었다.

"아니면, 혹시 우먀오 사건일까?"

나는 아무 대답도 할 수 없었다.

"그 교차점을 지나면…… 아마도 우리는 각자 자리로 돌아가고 타임 슬립도 끝나겠지. 드디어 희망이 보이네."

"그러게."

"아위, 그때, 날 기억 못 하는 건 아니겠지?"

탄자오는 생기발랄한 평소 모습과 달리 차분한 목소리였다. 전에도 같은 질문을 한 적이 있는데…….

"말했잖아. 그럴 리 없어."

"어떻게 알아?"

"그냥 알아."

"무슨 일이 있어도 안 잊을 거지?"

"……죽어도 안 잊어."

나는 탄자오 눈을 보는 대신 고개를 숙이고 대답했다. 나뭇가지에 쌓인 눈이 바람에 날렸다. 옆에서 부스럭거리는 기척에 고개를 들어 보니 탄자오가 나뭇가지로 손을 뻗어 눈을 한 줌 쥐어서는 손바닥으로 비벼 흩날렸다. 햇살이 강하지는 않았지만 눈가루가 투명하게 반짝였다.

나는 그 옆에 서서 가만히 지켜보기만 했다. 탄자오는 다행히 기분이 나아진 것 같았다. 문득 눈에 젖은 가늘고 하얀 손가락으로 시선이 갔다.

"손가락 데인 거는 괜찮아?"

"뭘 그 정도 가지고."

탄자오가 나를 돌아보며 환한 미소를 지었다.

"하나도 안 아파. 있잖아, 우리 요즘 시간선 따라 움직이느라 정신이 하나도 없었잖아. 모처럼 여유 생겼으니까 눈사람 만들래?"

지금은 나도 마음이 편안해 잠시 아무 생각도 하고 싶지 않았다. 눈을 만지느라 빨개진 탄자오 손가락을 보며 말했다.

"너는 가만히 있어. 내가 만들게."

"왜?"

탄자오가 입을 삐죽이며 쪼그려 앉아 맨손으로 눈을 뭉치기 시작했다. 아이 같은 모습에 절로 웃음이 났다. 탄자오가 고개를 들고 유난히 맑고 밝은 눈빛으로 날 쳐다봤다.

"……아위?"

등 뒤에서 낯설지 않은 목소리가 들려 나도 모르게 손을 멈췄다. 탄자오도 멈칫하는 게 보였다.

2017년 1월의 천루잉이 시골 마을길에 나타났다. 추위를 많이 타는지 새하얀 패딩에 빨간 목도리를 두르고 방한 마스크까지 해서 반달눈만 보였다. 놀라움과 반가움과 서운함이 뒤섞인 눈빛이었다.

탄자오의 손을 잡고 일어서다가 문득 깨달았다.

천루잉도 유람선에서 있었던 일을 기억하지 못한다. 그래서 내 곁의 탄자오도 알아보지 못했다. 옌위안처럼.

유람선 여행 이후 다른 사람들도 기억을 잃은 것이다.

27

탄자오

우위는 천루잉에게 조금 있다가 교수님을 뵈러 가겠다고 말했다.

우위에게 달라붙어 떨어지기 싫어하는 천루잉의 슬픈 눈빛은 누가 봐도 알 수 있을 만큼 노골적이었다. 저런 짝사랑이라니……. 천루잉도 확실히 힘들긴 하겠네.

천루잉은 '순진무구'한 눈빛을 나에게 던진 뒤 발길을 돌렸다. 정적을 향한 천루잉의 냉대와 경멸을 또 한 번 겪어야겠지만 기꺼이 받아들이리라 생각하면서 천루잉의 뒷모습을 향해 손을 흔들어 인사했다.

"이따가 봐요!"

우위가 나를 홱 돌아봤다.

"너도 가려고?"

내가 여기에 몰래 따라왔다는 사실을 잊지 않았나 보다. 하지만 급류 속에서 필사적으로 내 손을 잡고 날 보호하려 한 건 잊은 모양이지?

"그럼 이 낯선 곳에서 나 혼자 두고 가려고 했어? 그래도 괜찮겠어?"

자, 이쯤 되면 보나마나 이 겨룸의 승자는 나다.

"……알았어. 같이 가자."

"응, 그러지 뭐."

우위는 나를 힐끔 보기만 할 뿐 딱히 다른 말은 없었다.

그렇게 조금 걷다가 우위가 뜬금없이 말했다.

"천루잉 성격이 좀 그래, 신경 쓰지 마."

"당연하지. 내가 왜 신경 써?"

우리 둘 사이에 그 여자가 뭐라도 돼?

우위는 살짝 웃더니 다시 무표정한 얼굴로 돌아갔다. 조금 전 신나게 눈덩이를 굴리던 그 우위는 다시 마음 깊은 곳으로 숨어버린 모양이었다.

난 조급해하지 않고 기다리기로 했다.

30분 후, 우위와 나는 천 교수 집 앞에 도착했다. 우위 손에는 선물도 들려 있었다.

산자락에 외떨어져 돌과 나무로 지은 3층 저택은 기품과 고풍스러움에 세월의 흐름까지 더해져 범접하기 어려운 분위기를 풍겼다.

정원수와 잔디, 자갈 돌길이 가지런히 정돈된 넓은 정원을 보니 안주인이 얼마나 집 관리를 잘하는지 느껴졌다. 유람선에서 우위가 찾아갔던 펑옌이 이 집의 안주인이다. 정원에서 연못 보수 작업을 하고 있는 듯한 두 남자가 대문 밖 우리를 돌아봤다. 한 명은 시선을 확 사로잡을 만큼 잘생겼는데, 서른 초반 쯤 되어 보이고 큰 키에 이목구비가 뚜렷했다. 하지만 외모도 카리스마도 우위한테는 못 미쳤다. 우위는 단순히 잘생기기만 한 게 아니라 깊은 슬픔과 회한이 만들어낸 묵직한 분위기까지 풍겼으니까.

이런 생각을 하고 있다가 다시 이쪽을 쳐다보는 남자와 눈이 마주쳤다. 남자는 계속 삽을 움직이며 나를 향해 여유롭게 씩 웃었다. 당황스러웠지만 예의상 나도 미소를 지어 보였다. 이때 우위가 퉁명스럽게 툭 내뱉었다.

"왜 웃어?"

"아, 아니야……."

우위와 눈이 마주쳤는데 괜히 내가 뭔가 잘못한 기분이 들었다.

우위가 두 남자를 쳐다봤다. 그들은 다시 열심히 연못 흙을 퍼내고 있었다.

우위가 딱히 아무 말 하지 않으니 나도 조용히 있었다. 그런데 갑자기 후끈 열이 오르고 마음이 뒤숭숭했다. 반면 우위는 전혀 감정을 드러내지 않고 평소와 다름없이 침착하게 초인종을 눌렀다.

처음 보는 여자가 정원을 가로질러 나왔다. 우위가 내 귀에 속삭였다.

"교수님 동생, 천바오주야."

우위는 워낙 교수님과 친한 데다 얼마 전 화재 관련 자료를 살펴본 덕분인지 천바오주를 바로 알아봤다. 천바오주는 서른 초반쯤 되어 보였고, 보통 키에 몸은 통통한 편이었는데 얼굴은 홀쭉했다. 속눈썹은 짧고 입술은 두꺼워, 솔직히 예뻐 보이는 얼굴은 아니었다. 검은 뿔테 안경을 쓰고 있어 약간 고지식하고 엄격해 보이기까지 했다.

천바오주는 우위를 모르는 것 같았다.

"누구시죠?"

"안녕하세요. 교수님 제자 우위라고 합니다. 교수님하고 사모님께 인사드리러 왔어요."

천바오주는 살짝 당황하는 기색이었다.

뭔가 이상했지만 뭐가 이상한지 생각할 틈이 없었다. 천바오주가 어색하게 말했다.

"그럼…… 들어와요. 오빠한테 전할게요."

우린 잠깐 눈빛을 마주친 후 천바오주를 따라 정원으로 들어섰다.

현관문 앞에 천루잉이 나타났다. 방한 마스크와 패딩 대신 몸에 딱 붙는 울니트와 스커트 차림이었다. 몸도 얼굴도 삐쩍 말랐지만 미소 만큼은 만개한 꽃처럼 환했다. 우위를 보는 눈빛이 마치 레이저처럼 강렬했다.

"아위, 어서 와! 언니도 어서 오세요."

천루잉이 반갑게 맞아주었지만 우위는 고개만 끄덕일 뿐이었다. 나도 대충 웃어 보이기만 했다.

매번 느끼는 건데, 천루잉이 '아위'라는 호칭을 쓸 때마다 몹시 귀에 거슬렸다.

집 안으로 들어서니 전통적인 스타일로 꾸며진 거실이 먼저 눈에 들어왔다. 고풍스러운 장식품들과 홍목 가구가 잘 어우러져 한층 분위기 있어 보였다. 이 거실만 해도 우리 집 절반도 넘을 듯한 크기였다. 충고가 높아서 더 넓게 느껴졌다.

천 교수 부부가 이미 나란히 기다리고 있었다. 아마 천루잉이 돌아오자마자 얘기했을 것이다. 두 사람 옆에는 또 처음 보는 젊은 여자도 한 명 같이 서 있었다.

천 교수는 내가 상상했던 모습 그대로였다. 크지도 작지도 않은 키에 중년 나잇살이 붙은 몸매, 넓은 이마, 두꺼운 안경과 인자한 미소, 단정하고 품위 있는 옷차림까지, 그냥 딱 봐도 학자 같았다. 나이는 펑옌보다 일고여덟 살 정도 많을 듯한데, 펑옌이 워낙 젊어 보이는 까닭인지 얼핏 보면 부부 같지 않았다. 하지만 펑옌도 단정하고 차분한 분위기여서 부부가 서로 잘 어울려 보였다.

교수 이름은 천량제였다. 천 교수는 우위와 몇 마디 인사를 나누고 나를 돌아봤다.

"이 아가씨는 누구신가?"

"제 친구 탄자오라고 해요. 작가예요. 허락도 없이 친구를 데려와 실례가 아닌지 모르겠어요."

"교수님, 사모님, 안녕하세요. 탄자오라고 합니다. 말씀언 변이 붙는 탄에 달이 밝다는 뜻의 자오예요. 우위가 제일 존경하는 교수님 뵈러 간다기에 저도 꼭 한번 뵙고 싶어서 얼굴에 철판 깔고 따라왔어요. 너그럽게 용서해주세요."

천 교수는 살짝 당황해하다가 허허 웃었다.

"용서는 무슨, 괜찮아요. 내 집에 오신 손님인데 당연히 환영하지요. 더구나 작가시라니, 어떤 책을?"

"그게…… 여학생들이 좋아하는 로맨스 소설이라, 교수님께 말씀드리기는 부끄럽네요."

"글 쓰는 거 자체가 대단하죠. 거기다 겸손하기까지 하시고."

펑옌이 자연스럽게 한마디 거들었다. 천루잉도 옆에서 미소를 지었는데, 내 눈에는 엄청 가식적으로 보였다.

나를 보는 우위의 시선이 느껴졌지만 돌아보지 않았다. 봤지? 내가 말이야, 어디에서나 인정받고 주목받는 몸이라고.

다 같이 거실에 앉아 차를 마셨다.

"우위, 아직 학교에 돌아올 생각은 없어?"

천 교수도 우위 집에 생긴 변고를 알고 있는 듯한 말투였다.

"네, 아직은요."

천 교수가 깊은 한숨을 내쉬고 우위 어깨를 두드렸다.

"그동안 정말 힘들었다는 거 알아. 그래도 이제 시간이 이만큼 흘렀으니 본인 장래도 생각해야지……. 자기 인생을 이렇게 망가뜨려서야 되겠어? 더구나 자네 같은 인재가……."

우위가 묵묵부답으로 있자 펑옌이 천 교수 옷자락을 잡아당기며 눈치를 줬다.

"여보, 그만해요. 어렵게 왔을 텐데 오자마자 설교부터 늘어놓고,

당신도 참. 두 사람, 모처럼 여기까지 왔는데 며칠 쉬었다 가요. 설까지 같이 보내면 좋을 텐데, 어떠려나?"

천 교수가 활짝 웃으며 동조했다.

"그거 좋지!"

"그건, 저희가 너무 폐를 끼치는 게 아닐까요……."

전혀 예상하지 못한 전개였다. 오늘은 대략적인 상황을 살피러 왔을 뿐인데……. 하지만 가만 생각해보니 화재를 막고 이들 가족을 구하려면 우리가 이 집에 머무는 편이 확실히 유리할 터였다. 이미 화재 발생 시간까지 알고 있으니 크게 위험할 것 같지도 않았다.

우위도 단칼에 거절하지 않는 걸 보니 못 이기는 척 그렇게 할 생각인 모양이었다. 이때 우위가 내 의견을 묻는 듯 눈빛을 보내왔다. 나도 바로 미소로 답했고, 우위는 티 나지 않게 살그머니 고개를 끄덕였다. 말하지 않아도 마음으로 통하는 이 느낌, 정말 끝내줬다. 기분 좋게 미소 짓다가 문득 천루잉과 눈이 마주쳤다. 계속 날 쳐다보고 있었던 모양이다. 천루잉은 나와 눈이 마주치자 얼른 시선을 돌리고 우위를 향해 애처롭게 졸랐다.

"그래, 아위. 이번 설은 우리 집에서 같이 보내자. 거의 반년 만에 만났잖아."

이때 갑자기 천바오주가 끼어들었다.

"오빠, 그런데 방이 마땅치 않은데……. 내일 즈웨이도 오잖아."

이번에는 현관문 앞에서 봤던 젊은 여자가 처음으로 입을 열었다.

"그런 건 이 집 주인인 할머니한테 물어봐야 하지 않아요?"

나이는 20대 중반쯤으로 보였고, 눈썹이 가늘고 얼굴이 갸름해 예쁘장하게 생겼지만, 살짝 야한 옷차림에 왠지 사람이 가벼워 보이는 인상이어서 펑옌 모녀와 완전히 다른 세상 사람 같았다. 말을 할 때도 거의 무표정으로 별생각 없이 내뱉는 것 같았다. 펑옌이 그녀를 힐끗 쳐다보고 우리에게 소개했다.

"이쪽은 우리 친척 탕란란이야. 정즈웨이는 바오주 남자 친구고. 바오주, 그런 걱정을 왜 해, 방이 없는 것도 아닌데. 란란, 네 숙부가 가장 아끼는 제자가 궂은 날씨에 먼 길을 왔는데 며칠 쉬었다 가면 좋잖니? 뭐 어쨌거나 기왕 말이 나왔으니, 그럼 네가 가서 할머니께 여쭤봐."

평옌 말투는 상냥하고 부드러웠지만 이들 사이가 그다지 좋지 않다는 게 느껴졌다. 천 교수는 차를 마시며 우위와 담소를 나눌 뿐 이쪽 대화에는 끼어들지 않았다. 이때 천루잉이 벌떡 일어났다.

"내가 물어보고 올게."

천루잉은 그러면서 우위를 쳐다봤다. 우위도 그 시선을 느꼈는지 천루잉을 힐끔 봤지만 바로 다시 고개를 돌려버렸다.

집안 여자들끼리 사이가 좋지 않다고 생각하니 마음이 불편해졌다.

천루잉의 심정은 이해가 됐다. 우위라는 남자를 좋아하고, 그 짝사랑에서 헤어 나오지 못하는 그 마음이.

아까는 몰랐는데, 지금 자세히 보니 평옌의 안색도 반년 전에 비해 안 좋아 보였다. 화장을 했는데도 눈 밑에 드리운 검은 그림자가 가려지지 않았다. 뭔가 걱정이 많은 사람처럼 보였다.

천루잉이 위층에 올라간 후 거실은 조용해졌다.

난 차를 마시며 거실을 둘러봤다. 부잣집은 우리 같은 소시민들 집이랑 확실히 분위기가 다른 모양이었다. 우리 집이었다면 지금쯤 엄마는 주방에서 음식을 준비하느라 정신없을 테고, 아빠는 낚싯대 자랑을 늘어놓거나 우위를 붙잡고 술잔을 기울였을 텐데. 이런 생각을 하며 자연스럽게 우위를 바라봤다. 저 잘생기고 차분한 얼굴을 보노라니, 마음 한편이 따스해지기도 하고, 왠지 애잔하기도 했다.

잠시 후 천루잉이 할머니를 부축하며 계단을 내려왔다. 천 교수 가족이 모두 일어섰고 우위와 나도 바로 따라 일어났다.

"어머니."

"할머니."

난 천천히 계단을 내려오는 할머니를 눈여겨 살폈다. 비쩍 마른 몸에 새하얀 머리를 단정하게 정리하고, 실내용 실크 외투와 검정 면바지에 검정 구두 차림이었는데, 꽤 신경을 써서 치장한 듯했다. 하얀 얼굴에 잔주름이 많긴 했지만 관리를 잘했는지 피부가 좋은 편이었다.

"안녕하세요."

우위와 나는 공손하게 인사했다.

할머니가 온화한 미소를 보이며 상석에 앉았다. 우위에게 듣자니 천 교수 부부와 천루잉, 할머니, 그리고 천바오주 모두 지금 베이징에서 살고 있는데, 설을 쇠러 고향에 내려왔다고 했다. 할머니는 전형적인 권문세가 출신으로 전통을 고수하는 사람이었다. 본인은 고위 관리의 딸이고 남편은 사업가였다고 한다.

"루잉한테 들었어. 이왕 왔으니 며칠 지내다 가도록 해요. 우리 집에서 손님을 많이 치르진 않지만, 아들이 아끼는 훌륭한 제자이고 루잉도 그렇게 했으면 좋겠다고 하니, 부담 갖지 말고 편하게 지내요."

할머니는 과한 친절이나 어색함 없이 차분하게 이야기했다. 딱히 이상한 점은 없는데 왠지 마음이 편치 않았다. 우위는 공손한 말투로 넙죽 대답했다.

"감사합니다. 그럼 며칠 신세 지겠습니다."

나도 간단히 감사 인사를 했다. 할머니는 나를 힐끔 보고 바로 고개를 돌렸다.

뭐지……. 투명 인간 취급을 당한 듯해 기분이 좀 그랬다. 하지만 할머니 옆에 찰싹 달라붙어 있는 천루잉을 보니 할머니의 태도가 충분히 이해됐다.

"엄마, 내일 즈웨이도 올 건데, 그럼 방은 어떻게……."

천바오주가 또 방 얘기를 꺼냈다. 할머니는 찻잔을 내려놓고 천천히 대답했다.

"뭐가 문제니? 그 사람은 네 오빠 서재에서 자라고 하면 되지."

천바오주는 더 이상 대꾸하지 못했다. 다른 가족들도 말이 없었다.

시무룩이 고개 숙인 천바오주를 보니 좀 미안했다. 우리가 와서 천바오주 남자 친구의 방을 뺏은 셈이 되어버렸다. 할머니 태도로 보아 천바오주 남자 친구는 이 집에서 별로 환영받지 못하는 것 같았다.

"어서 손님방 준비해주거라."

"네, 어머님."

할머니가 펑옌에게 그렇게 이르고 우리를 보며 웃었다.

"주방 아줌마가 고향에 내려가서 오늘 저녁은 우리 며느리 솜씨를 보겠네. 그럼 편히 얘기 나눠요. 난 올라가서 다시 책이나 읽어야겠어."

천루잉은 신이 난 듯 보였다.

"아위, 탄자오 언니, 그럼 좀 기다려. 난 가서 엄마 좀 거들어야겠어."

탕란란도 자리에서 일어나 할머니를 부축했다.

"제가 부축해드릴게요. 차 다 드셨어요? 더 준비할까요?"

가까이 붙어 소곤소곤 얘기하며 올라가는 모습을 보니 두 사람은 사이가 좋은 듯했다. 펑옌도 두 사람을 보고 있었는데, 입은 웃고 있지만 눈빛이 묘했다.

뭐지?

펑옌과 천루잉은 손님방을 준비하러 가고 천바오주도 자기 방으로 들어갔다. 갑자기 썰렁해진 거실에 천 교수만 남아 우리와 이런저런 얘기를 나눴다. 창밖에 붉은 노을이 비치는데, 정원에 나무가 빽빽하게 자라 집 바깥 풍경은 잘 보이지 않았다. 그때였다. 누군가가 눈 쌓인 나뭇가지 사이로 집 안을 주시하는 것 같았다. 놀란 마음에 다시 잘 살폈지만 이번에는 아무도 보이지 않았다. 헛것이라도 본 모양이었다.

***

잠시 후 천루잉이 우리를 방으로 안내했다.

2층 첫 번째 방은 엄청 커다란 침대가 있고 내부도 고상하게 꾸며져 있었다.

"아위는 이 방 쓰면 돼. 어때?"

"난 아무 데나 상관없어. 탄자오 방은?"

"언니는 저쪽에 조용한 방 있어. 아위, 먼저 쉬어. 언니는 내가 방에 데려다줄게."

천루잉은 우위가 대꾸할 틈도 주지 않고 바로 내 손을 잡고 돌아섰다.

"언니, 이쪽으로 와요."

난 끌려가다시피 발걸음을 옮겼다. 천루잉은 복도 맨 끝 방 앞에서 멈췄다.

"두 사람이 갑자기 오는 바람에 방이 부족해서……. 지금은 이 방뿐이에요."

복도 끝 방이라 모양도 반듯하지 않고 조금 전 방의 절반 크기에 싱글 침대와 작은 옷장뿐이었다. 아마도 일하는 아줌마가 쓰는 방 같았다.

"그래, 고마워."

천루잉은 말없이 돌아섰다. 사실 우리가 수다를 떨 사이는 아니니까.

한숨을 내쉬고 침대에 벌렁 누웠다. 천장을 뚫어지게 보며 이들 가족과 곧 일어날 끔찍한 사건에 대해 생각했다. 과거, 아니 미래에 죽은 사람들이 눈앞에 멀쩡히 살아 있다니, 섬찟했다. 이들이 이틀 후에 맞이할 비참한 죽음을 생각하니 더 오싹했다.

우위에게 들으니 경찰에서 발표한 사건 내용은 아주 간단했다는데, 아마도 실화로 결론 난 모양이었다. 비록 이 집안 사람들에게 정은 안 가지만, 이틀 후 우위와 내가 만반의 준비를 하고 지켜보다가 조금이라도 이상한 낌새가 보이면 바로 이들을 데리고 빠져나가면 된다.

갑자기 노크 소리가 들렸다.

"들어오세요."

우위는 문을 열자마자 방 상태를 보고 놀란 눈치였다. 난 피식 웃으며 침대 가장자리를 툭툭 쳤다.

"앉아."

우위는 그대로 서서 대꾸했다.

"방 바꾸자."

"됐어. 이 집 사람들한테 넌 훌륭한 사윗감이고 난 네 꽁무니나 쫓아다니는 하찮은 인간인데 그런 대접을 바랄 순 없지. 그리고 방 바꾼 거 이 사람들이 알면 어떻게 생각하겠어? 지금은 이 사람들 목숨 구하러 온 거니까 다른 사소한 문제는 신경 쓰지 말자."

우위는 그제야 침대에 걸터앉았다. 갑자기 방이 더 작아진 느낌이었다. 우위와 눈이 마주치는 순간, 나는 눈을 감고 생각에 잠기는 척했다. 지금 우위는 날 보고 있겠지. 눈을 뜨면 이 시선이 바로 사라질 테니 차라리 감고 있어야지.

"그럼, 쉬어."

"잠깐. 부탁이 있어."

"뭔데?"

가까이에서 전해져오는 우위의 숨결을 느끼며 용기를 내서 말했다.

"천루잉이 '아위'라고 부르지 않게 해줘. 좀 듣기 불편해."

우위의 대답은 바로 들려오지 않았다.

작은 방을 무겁게 가라앉힌 침묵에 내 마음은 불안으로 요동쳤다.

"알았어."

기쁜 마음에 활짝 웃으며 눈을 떴다.

"사실 너도 마음에 없는 사람이 그런 애칭을 쓰면 불편하지? 루잉 마음 받아줄 거 아니잖아?"

우위는 한 손으로 내 얼굴 옆을 짚고 나를 내려다봤다. 갑자기 심장이 타들어가는 것 같았다.

"그렇지."

떨 듯이 기뻤지만 대놓고 티를 낼 수는 없어서, 아무렇지 않은 표정으로 손을 휘휘 내저었다.

"그래, 그럼 넌 너의 스위트룸으로 가서 편히 쉬어."

하지만 우위는 그대로 앉아 말없이 계속 날 내려다보기만 했다.

"아위, 더 할 말 있어?"

갑자기 우위 표정이 딱딱해졌다. 뭐 때문인지 침대를 짚은 손에도 힘이 들어가는 게 보였고, 눈빛은 순간적으로 반짝였다. 잠시 후, 우위는 침대를 짚었던 손을 거두고 살짝 가라앉은 목소리로 덤덤하게 말했다.

"자오자오, 그럼 이만 쉬어."


난 침대에 엎드려 점점 어두워지는 창밖을 멍하니 바라봤다. 하늘이 어두워질수록 별빛이 많아졌다.

우위가 날 자오자오라고 불렀다.

그토록 인내하는, 그토록 충동적인, 그토록 억눌린 음성으로.

좋아, 이제 아무것도 상관하지 않겠어.

반드시 우위 마음에 걸린 빗장을 풀고, 그 상처 입은 마음이 마음껏 포효하고 원하는 대로 내달리게 만들겠어. 그리고 무슨 일이 있어도 나와 함께하겠다고 결심하게 만들겠어.

## 28

## 우위

탄자오가 천루잉이 날 부르는 호칭에 신경 쓰고 있을 줄은 몰랐다.

대학원 연구실에서 일할 때 선후배 모두 날 '아위'라고 불렀기 때문에 천루잉이 그렇게 불러도 이상하다는 생각은 전혀 하지 못했다.

방으로 돌아와 침대에 누웠는데 머릿속이 온통 탄자오 생각으로 가득 찼다. 침대에 누워 날 올려다보던 탄자오. 더할 나위 없이 편한 자세로 누워 청바지 차림의 늘씬한 다리를 흔들며 날 '아위'라고 부르던 탄자오.

그동안 날 그렇게 부른 사람이 한둘이 아닌데 탄자오의 '아위'만이 내 마음을 깊숙이 파고들었다.

탄자오 말이 맞다. 다른 여자가 내 여자와 똑같은 애칭으로 날 부르는 것은 싫다.

방금 전, 손만 뻗으면 닿을 곳에 그녀의 얼굴이, 그녀의 몸이 있었다. '자오자오'라는 애칭이 목구멍까지 올라와서 황급히 방을 나가려는데 탄자오가 눈을 동그랗게 뜨고 맑은 눈을 반짝이며 물었다.

"아위, 더 할 말 있어?"

겨우 억눌렀던 격정이 다시 화르르 타오르며 두 팔과 얼굴을 태우고, 두 눈을 태우고, 목구멍까지 태워버렸다. 머릿속을 맴돌던 그 이름이 내 의지와 상관없이 불쑥 튀어나왔다.

자오자오.

친구들은 그녀를 따주라고 부르고 독자들은 여러 가지 별명으로 부르지만 난 다 별로였다.

밤하늘의 달처럼 밝게 빛나며 티 없이 맑고 아름다운 그녀에게 딱 어울리는 호칭이어야 했다.

하지만 막상 입 밖에 내고 나니 너무 쑥스러웠다. 더 이상 그녀를 마주 볼 용기가 나지 않아 바로 나와버렸다.

자오자오.

침대에 누워 중독성 강한 이 이름을 계속해서 음미했다. 마음 한구석에 달콤한 떨림이 느껴졌다. 나도 모르게 웃음이 났다.

이때 누군가 문을 두드렸다.

"들어오세요."

천루잉이었다.

나는 얼른 몸을 일으켜 앉았다.

막 샤워를 했는지 어깨를 덮은 긴 머리카락은 살짝 젖어 있고 얼굴은 유난히 뽀얬다. 거기에 검정 원피스를 입어 피부가 정말 눈처럼 하얘 보였다. 천루잉은 쟁반을 들고 나를 보며 활짝 웃었다.

"아위, 내가 직접 만든 과일 주스랑 엄마한테 배워서 구운 쿠키야. 혹시 배고플까 봐."

"괜찮아. 배 안 고파."

천루잉은 미소를 유지하며 쟁반을 내려놓고는 다시 쭈뼛쭈뼛 말을 이었다.

"아위, 우리 정말 오랜만에 만난 거 알아? 그때 유람선 여행 끝나고······."

난 그제야 천루잉을 똑바로 쳐다봤다.

"나도 뭐 물어볼 게 있어. 혹시 유람선에서 있었던 일, 다 기억해?"

"아니, 기억 안 나. 그런데 엄마도 기억이 안 난대. 내가 기억하는 건, 여행사에서 마련해준 호텔에서부터야. 유람선이 고장 났다고 여행 비용을 환불해주면서 돌아가라고 했잖아. 다들 별말 없어서 우리도 그냥 왔어."

내가 기억하는 것과 동일했다. 배에서 내린 후, 뭔가 이상했지만 일 때문에 서둘러 베이징으로 돌아가야 했다. 또 엄마가 걱정하며 계속 전화를 하는 데다 여행비도 전액 환불받아 특별히 손해난 것도 없었기 때문에 그냥 집으로 돌아갔다.

"혹시······ 여행에서 돌아온 후로 이상한 일은 없었어?"

천루잉이 깜짝 놀라며 살짝 말을 더듬었다.

"응? 아, 아니, 없었는데······. 이상한 일이 뭔데?"

천루잉의 반응을 보니 더 물어봐도 소용없을 것 같았다.

"아무것도 아니야. 그리고 부탁이 하나 있는데, 앞으로 아위라고 하지 말고 이름으로 불러줘."

"왜?"

"그냥 어색하고 불편해서."

이 말이 천루잉을 더 힘들게 하겠지만 마음에도 없는 여자와 복잡하게 얽히고 싶지 않았다. 천루잉이 구차함을 무릅쓰고 질문을 던졌다.

"혹시······ 탄자오 언니가 싫대? 그래서 못 부르게 하는 거야?"

천루잉은 금방이라도 울 것 같았다. 조금 미안한 마음도 들었지만 천루잉이 탄자오를 언급하는 말투가 귀에 거슬려 더 단호하게 말했다.

"탄자오랑은 상관없어. 그냥 내가 듣기에 불편해."

"갑자기 왜 불편해? 난 옛날부터 그렇게 불렀잖아. 그런데 지금은 그 언니만 되고 난 안 된다는 거야? 그 언니가…… 그 언니가 뭐라고……."

난 말없이 천루잉을 응시했다.

천루잉은 바보가 아니다. 아니, 그 누구보다 예민하고 눈치가 빨랐다. 결국 내 눈빛을 이해한 천루잉은 절망한 표정으로 일어섰다.

"난, 이만 나가볼게……. 시간이 벌써 이렇게 됐네. 얼른 쉬어……."

이날 밤, 나는 잠을 설쳤다. 꿈에서까지 타임 슬립을 해 유람선으로 돌아갔다. 유람선이 점점 가라앉으며 호수 한가운데 소용돌이로 빨려 들어갔다. 우먀오가 고통스럽게 발버둥 치며 물속으로 사라졌다. 난 어떤 강한 힘에 제압당해 꼼짝도 할 수 없었다. 우먀오를 구하러 가려고 몸부림쳤지만 소용없었다. 나도 결국 물속에 빠졌다.

뭔가가 나를 옭아맸다. 점점 강하게 목을 조여와 숨을 쉴 수가 없었다.

번쩍 눈을 뜨니 휑한 천장이 보이고 차가운 밤바람이 느껴졌다.

가위에 눌렸던 모양이다.

그 뒤 한참을 뜬눈으로 누워 있다가 겨우 잠들었다.

우먀오가 사고를 당한 후, 두 달 가까이 불면증에 시달려 밤새도록 멍하니 침대에 앉아 있곤 했다. 방금 전에도 공허하게 눈만 끔뻑거리던 그때와 비슷한 느낌을 받았다. 내 몸을 칭칭 휘감은 독사에게 영혼과 의지를 빼앗기는 기분이었다.

도대체 언제쯤 이 악몽에서 벗어날 수 있을까?


다음 날 아침. 세수하려고 방을 나왔는데 마침 욕실에서 나오는 탄자오와 마주쳤다. 순간 당황스러움에 멈칫했다. 심플한 셔츠, 스웨터,

걸옷까지, 우리 둘의 옷차림이 똑같았다. 하긴 시골 마을 작은 가게에서 똑같이 산 옷이니까. 탄자오는 평소에는 머리를 하나로 묶고 다녔지만 방금 머리를 감고 나와 길게 늘어뜨린 상태였다. 검은 머리카락에 대조되어 얼굴이 더 하얗고 말개 보였다. 청바지에 흰 셔츠, 그 위에 연한 핑크 스웨터를 겹쳐 입고 셔츠 칼라를 밖으로 빼냈는데, 평소에 비해 청초한 매력이 물씬 풍겼다.

내 쪽으로 걸어오는 탄자오와 눈이 마주쳤다. 어제저녁 탄자오 방에서 나눈 대화 때문에 살짝 어색했다. 탄자오가 내 옆을 지나면서 환하게 웃었다.

"아위, 좋은 아침!"

"응. 좋은 아침."

탄자오는 가볍게 난간을 잡고 천천히 계단을 내려갔다. 그 뒷모습을 물끄러미 보는데 뭔가 평소와 다르다는 느낌이 들었다. 그게 뭔지는 잘 모르겠지만.

나도 얼른 세수를 하고 아래층으로 내려갔다. 탄자오와 사모님이 주방에 마주 앉아 만두를 빚고 있었다. 다른 사람은 아무도 없었다. 사모님이 나를 보고 활짝 웃었다.

"편히 잤어?"

"네, 잘 잤습니다."

그렇게 대답하면서 시선은 탄자오에게 향했다. 탄자오는 서툰 솜씨로 만두를 주물거리며 삐져나오는 소를 젓가락으로 꾹꾹 눌러 넣었다.

"루잉은 몸이 안 좋다고 아직 안 내려왔고, 다른 사람들도 지금 각자 바빠서 우리끼리 빚어야겠어. 다 되면 불러서 함께 식사하면 돼."

나도 손을 씻고 탄자오 옆에 앉았다. 사모님은 일단 지금까지 빚은 만두를 냉장고에 넣으러 가고 식탁엔 탄자오와 나만 남았다. 탄자오는 내게 눈길도 안 주고 온 정신을 만두에 집중했다. 탄자오가 빚은 '만두'를 보니 절로 웃음이 났다.

삐뚤빼뚤, 삐쭉빼쭉. 만두 같은 만두는 하나도 없었고, 그냥 피에 소를 넣고 대충 말아놓은 것처럼 보였다.

"이렇게 빚으면 누가 먹어?"

나도 만두를 빚으려 만두피를 집어 들며 말했다.

"너 먹으라고."

탄자오는 나를 쳐다보지도 않고 툭 내뱉었다. 나는 할 말을 잃고 만두나 빚었다. 만두소를 떠서 피에 올리고 모양을 잡아 쟁반에 내려놓았더니, 탄자오가 힐끔 보고는 감탄을 내뱉었다.

"와, 어떻게 이렇게 예쁘게 빚어? 남자 맞아?"

"헛소리할래?"

탄자오가 깔깔 웃다가 내 손놀림을 유심히 보면서 또 쓸데없는 소리를 중얼거렸다.

"진짜 잘 빚네. 솔직히 말해봐. 이렇게 만두 빚어준 여자가 도대체 몇 명이야?"

"예전에 엄마가 노점에서 만두 장사를 해서 학교 끝나면 바로 가서 도와드렸어."

한참 아무 대답도 들려오지 않기에 고개를 들어 보니, 탄자오는 다정함과 연민이 담긴 눈으로 내 손을 보고 있었다. 탄자오는 생기발랄할 때는 아이처럼 토끼처럼 통통 튀는 매력을 내뿜었고, 차분할 때는 그윽한 눈 속에 온 세상을 품은 것처럼 보였다.

"만두 안 빚을 거면 가서 사모님 도와드려."

다시 고개를 숙이고 만두를 빚는데 갑자기 부드러운 손가락이 내 얼굴에 확 닿았다가 떨어졌다. 고개를 드니 탄자오의 짓궂은 미소와 손끝에 묻어 있는 밀가루가 보였다. 손등으로 내 볼을 문질러보니 역시나 밀가루가 묻어 나왔다.

"하지 마!"

말은 그렇게 했지만 반짝이는 탄자오 눈빛에 저절로 미소가 지어졌다. 탄자오는 장난에 발동이 걸렸는지 아예 벌떡 일어나 두 손을 쫙 펴고 내 얼굴을 덮치더니 이마며, 코며, 얼굴 전체를 비볐다. 나는 탄자오 손을 낚아채 꽉 잡고는 조용히 그녀를 응시했다. 이미 내 코앞까지 와서 서 있던 탄자오는 갑자기 얼굴이 빨개지고 눈빛이 흔들렸다.

"장난이야……."

소심하게 말하는 모습에 손을 놓아줬더니, 물러나기는커녕 이번에는 손등으로 내 얼굴을 꾹꾹 눌렀다.

"닦아줄게……."

그 손에서 전해지는 부드럽고 시원한 느낌이 기분 좋았다. 탄자오의 눈동자가 바로 코앞에서 반짝거렸다. 갑자기 긴장되어 몸이 뻣뻣해지고, 의자를 짚은 손도 점점 굳었다. 손만 뻗으면 꼭 안을 수 있는데……. 목이 타고 콧김도 거칠고 뜨거워졌다.

탄자오는 아무 낌새도 채지 못했는지 계속 열심히 내 얼굴을 닦아냈다. 분주히 움직이는 팔 너머로 그녀의 눈이 보였지만 무슨 생각을 하고 있는지는 알 수 없었다. 어쨌든 계속 이러고 있을 수는 없으니 탄자오 손을 밀어내고 고개를 돌렸다.

"만두나 빚어……."

그런데 탄자오의 반응은 또 한 번 예상을 빗나갔다. 두 손가락으로 내 턱을 잡아 고개를 다시 돌린 것이다. 살면서 지금까지 누군가가 내 턱을 잡은 건 처음이었다.

나는 너무 당황해 아무 말도 못 했고, 탄자오는 살짝 볼이 빨갰지만 침착한 표정으로 내 턱을 놓고 휴지로 얼굴을 마저 닦아주었다.

"자꾸 움직이지 마……. 자, 다 닦았어. 다시 잘생겨졌네. 뭘 그렇게 쑥스러워해? 우린 생사를 함께하는 전우인데."

탄자오가 다시 자리에 앉았을 때 사모님이 빈 쟁반을 들고 돌아왔다. 우리 얘기를 얼마나 들었는지 모르겠지만 웃음을 참는 표정이었다. 난 정신을 차리고 자세를 바로 했다. 탄자오는 고개를 숙이고 다시 만두 빚기에 집중했다. 아무 일도 없었다는 듯이 콧노래까지 흥얼거리면서.

내 평생 심장이 이렇게 빨리 뛰는 건 처음인 듯했다. 탄자오 손가락이 닿았던 부분이 아직도 화끈거렸고 내 몸 어느 한 곳도 찌릿찌릿했다. 난 온몸의 세포를 진정시키려 만두 빚기에 더 집중했다.

잠시 후 다른 사람들도 아래층으로 내려왔다. 천바오주는 도울 생각이 전혀 없는 듯 물만 따라 마시고 우리 쪽은 쳐다보지도 않았다.

"바오주, 만두 몇 개 먹을 거야?"

"열 개."

"알았어."

이 시누이올케는 친해 보이진 않지만 그렇다고 아주 사이가 나쁜 것 같지도 않았다. 곧이어 탕란란의 하이톤 목소리가 들렸다.

"이야! 만두네? 어머! 손님도 만두 빚어요?"

"아, 네."

탕란란은 나한테 비교적 호의적이었다. 그런데 탕란란을 보는 사모님의 눈빛은 왠지 싸늘했다. 탕란란도 사모님에게는 말을 건네지 않았다. 교수님은 거실 소파에 앉아 신문을 펼치며 날 불렀다.

"우위, 주방일은 우리 식구들한테 맡기고 이리 와서 나하고 얘기나 나눠."

손을 씻고 거실로 향하다가 탄자오와 눈이 마주쳤다. 언제 그랬는지 콧등에 밀가루를 묻힌 모습이 귀여웠다. 내 본능에서 비롯된 음흉한 생각일까, 아니면 단순한 착각일까? 오늘따라 나를 보는 탄자오 눈빛이 한없이 부드럽고 그윽했다. 내가 미처 깨닫기도 전에 내 손이 이미 그녀의 콧등에 가 닿았다. 탄자오는 그런 나를 가만히 보고만 있었다. 순간 심장이 떨렸다. 내 손이 그녀의 콧등을 부드럽게 닦았고, 탄자오는 가볍게 눈을 감으며 옅은 미소를 지었다.

"루잉! 감기 좀 괜찮아졌어? 내려와서 같이 먹을래?"

사모님의 걱정스러운 목소리가 들려와 고개를 드니 2층 계단참에 서 있는 천루잉이 보였다. 어젯밤에 본 그 검은 원피스에 두꺼운 카디건을 걸치고 마스크까지 낀 채였는데, 몹시 깡말라 보였다. 언제부터 저기 서 있었을까?

"아냐, 안 먹을래."

들릴 듯 말 듯 작은 목소리였다. 나하고 눈이 마주치자 천루잉은 힘없이 미소를 지었다. 쓸쓸하고 냉소적이고 원망까지 느껴지는 미소였다. 천루잉은 다시 자기 방으로 돌아갔다.

## 29

# 탄자오

천 교수 가족들은 사이가 묘해 보였다. 하지만 구체적으로 뭐가 어떻게 이상한지 딱 꼬집어 말하기는 어려웠다.

겉으로 보기에는 서로 예의를 지키고, 큰소리가 나는 일도 없었다. 간혹 약간의 신경전이 느껴지긴 했지만 그 정도 갈등은 어느 집에나 있다.

그런데도 이상한 느낌을 지울 수가 없었다. 가시방석에 앉은 것처럼 뭔가 계속 불편하고 꺼림칙했다.

잠시 후 할머니도 내려왔다. 내가 너무 민감한 걸까? 할머니가 등장하자 거실 분위기가 순식간에 가라앉으며 가족들 모두 저자세가 된 것처럼 느껴졌다. 하긴 집안 어른을 공경하는 건 지극히 당연한 거고, 특히 돈과 권력을 가진 어른이라면 더 그렇겠지. 그런데 천 교수만은 그런 분위기와 상관없이 편한 자세로 앉아 신문을 덮으며 고개만 돌렸다.

"어머니 내려오셨어요?"

할머니는 헛기침을 하며 식탁 상석에 앉았다. 우위와 나를 바라보는 시선이 차분하고 평온했지만 동시에 고압적인 느낌도 들었다.

나머지 사람들도 다들 식탁에 둘러앉아 아침 식사를 시작했다.

우위는 내 옆에 앉았지만 한 번도 날 쳐다보지 않았다. 살짝 서운하기도 하고 웃기기도 했다. 조금 전 내가 턱을 잡았을 때 우위는 순간적으로 놀란 표정을 지었지만 그 외에는 아무 반응이 없었다. 나도 어쩌자고 그런 짓을 했는지 모르겠다. 우위는 별 반응 없는데 난 아직도 가슴이 콩닥거렸다.

이들 가족은 식사를 하면서 대화가 거의 없었다. 가끔 옆 사람과 작게 속삭일 뿐, 대체로 점잖게 식사하는 분위기였다. 나도 덩달아 얌전해졌다. 막 식사를 마쳤을 때 우위의 시선이 느껴졌다. 하지만 밥그릇을 내려놓고 냅킨으로 입가를 닦으며 돌아보니 우위는 이미 시선을 거두고 옆모습만 보이고 있었다. 무슨 생각 중인 걸까.

식사가 끝난 후 천 교수는 서재로 들어갔다. 어제오늘 지켜보니, 천 교수는 대부분의 시간을 서재에서 혼자 보냈다. 이렇게 아름다운 아내를 내버려두고 혼자 서재에 틀어박히다니, 정말 재미없는 사람이었다.

식사 준비를 할 때는 펑옌을 쳐다보지도 않던 탕란란이 뒷정리는 적극적으로 도왔다. 나도 도우려 했지만 펑옌이 손님이라 안 된다며 말렸다. 어쩔 수 없이 우위와 나란히 소파에 앉아 텔레비전을 봤다.

할머니는 식사 후 염주를 쥐고 창가에 앉아 차를 마셨다. 천바오주가 할머니에게 다가갔다.

"엄마, 일할 게 좀 남아서 먼저 올라갈게요. 즈웨이는 조금 있다 도착할 거예요."

천바오주는 베이징에서 꽤 큰 국유 기업에 다닌다고 들었다.

할머니가 천천히 눈을 치뜨며 말했다.

"다음에 그 회사 사장이랑 한번 얘기 좀 해야겠네. 직원이 설 명절까지 일을 하는 건 사장이 직원 관리를 못 하거나, 직원이 업무 능력이 부족하다는 거겠지."

잠시 말없이 서 있던 천바오주는 덤덤하게 말했다.

"올라갈게요."

나는 이 상황이 놀랍고 당황스러웠다. 손님도 있는데 그런 말을 하다니. 할머니 말이 틀린 건 아니지만 천바오주 입장에서는 꽤 민망할 것 같았다. 엄마가 딸에게 하는 말치고는 너무 야박하다 싶기도 했고.

난 슬쩍 우위와 시선을 마주쳤다. 우리 둘이 괜히 끼어들어 뭐라 말할 처지는 아니었다.

아, 이들 가족 사이가 이상한 이유를 알 것 같았다!

위압.

확실히 위압적이었다.

조용하고 차분한 일상과 습관에 가려 있지만 이 집엔 확실히 위압적인 에너지가 존재했다. 아마도 거기에는 복잡한 이유가 숨겨져 있을 터였다.

천 교수 가족은 원래 베이징의 고급 아파트에 산다고 들었다. 펑옌이 시집온 지 최소 20년도 넘었을 테니 이들은 꽤 오랜 세월 이런 집안 분위기를 유지하며 함께 살아왔을 것이다. 하지만 이런 위압적인 분위기는 어떤 가정에도 바람직하지 않다.

"무슨 생각해?"

우위가 내 쪽으로 살짝 상체를 기울이며 작게 속삭였다. 우리는 어린아이 하나가 끼어 앉을 수 있을 만큼의 거리를 두고 나란히 앉아 있었다.

"아냐, 아무것도."

나는 우위를 돌아보며 웃었다. 잠깐 눈이 마주쳤지만 우위가 먼저 고개를 돌렸다. 우위는 늘 그렇듯 무표정한데 나는 또 물색없이 심장이 두근거렸다.

우리 사이에는 서로 알면서도 말할 수 없는 무엇이 있었다.

반년 후 어느 밤 서로의 마음을 확인했으면서도 둘 다 아무것도 모른다는 듯 행동했다.

이때 초인종 소리가 울리고, 잠시 후 탕란란 목소리가 들려왔다.

"어서 오세요. 뭘 이렇게 많이 들고 오셨어요? 할머니, 즈웨이 씨 왔어요."

"고마워, 조카. 어머님! 새해 인사 드리러 왔습니다."

정즈웨이는 매력적인 저음에 자연스러운 미소까지 더해져 첫인상이 제법 좋았다. 그리고 천바오주와 달리 꽤 미남이었다.

키는 170센티가 넘어 보였는데, 우위보단 작지만 남쪽 지방 남자치고는 작은 키가 아니었다. 양복에 구두, 검은색 모직 코트까지, 제대로 격식을 갖춰 차려입었고, 하얀 피부에 이목구비가 또렷한 미남형이었다. 미소를 지으면 자동으로 눈빛이 반짝거렸다. 우위에게 듣자하니 재벌 2세라고 했다. 대단한 재벌은 아니지만 꽤 규모 있는 기업체 회장의 둘째 아들이라고. 그 정도면 이 집안 사윗감으로 부족함이 없을 듯했다.

이 남자도 내일 화재로 죽을 운명이었다.

정즈웨이는 인삼제비집 선물 세트를 들고 왔다. 탕란란은 웃으며 선물을 받아들다가 정즈웨이가 몇 마디 나지막이 말하자 더 환하게 웃었다. 주방에 있던 펑옌이 앞치마에 손을 닦으며 나와 인사했다.

"즈웨이, 어서 와요."

"안녕하셨어요. 새해 인사 드리러 왔습니다. 바오주는요?"

"위층에 있어요."

할머니가 선물 세트를 보며 말했다.

"누가 먹는다고 이런 걸, 괜히 허튼 돈 썼네."

"어머니, 제 작은 성의이니 받아주세요."

할머니는 가만히 웃기만 했다. 정즈웨이가 이것저것 안부를 묻는 동안 할머니는 줄곧 미소와 함께 짧게 대답했다. 정즈웨이는 유쾌하게 웃으며 살갑게 굴었다.

문득 어제 정즈웨이 얘기가 나왔을 때 할머니 태도가 떠올랐다. 섣부른 추측일 수도 있지만 할머니는 이 예비 사위를 썩 좋아하는 것 같지 않았다. 아주 싫어하는 건 아니지만 반기는 것도 아닌, 마치 계륵 같다고 해야 할까?

이때 정즈웨이가 우리를 돌아보며 물었다.

"이 두 분은?"

"그이 제자랑 친구예요. 친구는 작가래요. 새해 인사하러 왔다가 며칠 지내기로 했어요."

평옌이 소개를 해주자 정즈웨이가 바로 우위에게 손을 내밀었다.

"만나 뵈서 반갑습니다."

"아, 네, 반갑습니다."

정즈웨이가 이번에는 내게 인사를 건넸다.

"작가시라고요? 작가님을 만나는 건 처음이네요."

웃으며 나긋나긋 말하는데 저음이 정말 매력적이었다. 잘생긴 남자가 초롱초롱한 눈빛에 멋진 목소리로 말하니, 예의상 던진 별 뜻 없는 말도 뭔가 특별한 의미가 있는 것처럼 들렸다. 심장이 지조도 없이 두근거렸다. 정즈웨이가 살짝 눈웃음을 지었다.

그러고 보니, 우위와 정즈웨이 둘 다 이성에게 호감을 사는 유형인데, 우위는 본인이 그렇다는 사실을 전혀 모르고, 정즈웨이는 분명히 알고 있다. 심지어 여자들을 상대할 때 그 점을 스스럼없이 활용한다.

그렇게 비교하니 정즈웨이의 매력이 반감되어 보였다. 나도 모르게 우위를 흘끔 돌아보는데 딱 눈이 마주쳤다. 서릿발이 치는 듯한 저 눈빛, 왠지 익숙한데? 아, 어제 정원에서 일하던 일꾼들을 주시하다 우위와 눈이 마주쳤을 때도 똑같은 눈빛, 똑같은 표정이었다. 화난 듯 찬바람 부는, 하지만 애써 감추는 표정.

피식 웃음이 났다. 나는 더 이상 정즈웨이에게 시선을 주지 않고 대충 형식적으로 인사를 나누고는 우위 뒤로 물러났다. 우위가 내 뜻을 알아차렸을까?

"즈웨이!"

천바오주 목소리가 들려왔다. 정즈웨이는 2층 계단 난간에서 환하게 웃고 있는 천바오주를 향해 활짝 웃었다.

"어머니, 저는 올라가볼게요."

할머니가 가타부타 말도 하기 전에 정즈웨이는 이미 천바오주에게 시선을 고정한 채 계단을 성큼성큼 올라가 그녀의 어깨를 감싸고 귀엣말을 속삭였다. 조금 전에는 카사노바 기질이 다분하다고 생각했는데, 다정하게 천바오주에게만 집중하는 모습을 보니 인상이 또 조금 바뀌었다.


우위는 천 교수에게 딱히 할 일이 없으니 정원을 좀 둘러보고 검사 겸사 수도와 전기 파이프도 살펴보겠다고 말했다. 천 교수가 그럴 필요 없다고 말렸지만 우위는 지금 그쪽 일을 하고 있다며 고집을 꺾지 않았다. 천 교수도 더는 말리지 않고 그럼 그러라고 했다.

우위가 나가는 것을 보고 나도 따라 나섰다. 우위는 나를 힐끔 돌아보기만 하고 아무 말 없다가, 현관문을 나선 후 주위에 사람이 없는 것을 확인하고서야 입을 열었다.

"밖에 추워. 나 혼자 가도 되니까 넌 그냥 안에 있어."

우위는 화재 위험이 없는지 전기 설비를 점검하려고 나왔을 것이다. 나도 천 교수 가족이랑 무료하게 집 안에 앉아 있느니 추워도 밖에 나가는 편이 훨씬 좋았다.

"나도 갈래."

우리는 정원의 큰 나무 밑에 서 있었다. 발밑에서 눈이 뽀드득거렸다.

"넌 어차피 아무 도움도 안 돼."

내 머릿속에는 어제저녁 우위가 '자오자오'라고 부르던 모습과 오늘 아침 만두를 빚다가 내가 턱을 잡던 순간의 우위 눈빛이 떠올랐다.

"아위, 혹시 딴생각하게 될까 봐 그래?"

정원은 찬바람만 불어올 뿐 더없이 고요했다.

"무슨 딴생각?"

이런, 반격당했다. 그걸 내 입으로 말할 순 없잖아. 나도 얼굴이 그 정도까지 두꺼운 건 아니어서 그냥 고개를 돌리며 고집을 부렸다.

"어쨌든 나도 갈 거야."

우위는 잠시 망설이다가 앞장서며 말했다.

"눈 때문에 미끄러우니까 잘 따라와. 나뭇가지에 안 긁히게 조심하고."

뭐야, 감동스럽게. 나는 얼른 우위를 쫓아갔다.

산자락에 지어진 집이어서 뒷마당은 바로 숲으로 이어졌고, 문을 나서면 작은 차 밭이 있었다. 집 주변은 온통 울창한 숲이었다. 10분 넘게 걸어야 큰길이 나오고, 가장 가까운 마을도 30분 이상 걸어가야 할 만큼 외떨어졌다. 그래서 불이 났을 때 외부 도움을 받지 못했던 것이다. 우위는 먼저 집 주위를 돌면서 여기저기 쌓여 있는 나뭇가지와 낙엽을 주워 멀리 치우기 시작했다. 나중에 불길이 커지는 것을 막기 위해서일 테다. 나도 우위 뒤를 따라가며 나뭇가지를 열심히 주워들었다.

"아위, 교수님 가족들 말이야, 다들 성격이 너무 어둡지 않아? 정즈웨이만 유쾌한 거 같던데."

우위가 홱 돌아서더니 내 손에서 나뭇가지를 가져가 어깨에 짊어졌다. 꽤 무거울 텐데 거뜬해 보였다.

"곱상하게 생기기만 했지 뭘."

질투하는 건가?

난 실눈을 뜨고 우위를 위아래로 훑었다. 너도 불과 몇 달 전까지는 딱 그랬거든? 물론 입 밖으로 내뱉지는 못했다.

방금 나뭇가지를 잔뜩 들고 있느라 살짝 빨개진 내 손을 우위가 뚫어져라 쳐다봤다.

"손에 상처 날라, 넌 그냥 가만히 있어."

"됐네요, 내가 무슨 온실 속 화초도 아니고."

내가 다시 손을 뻗자 우위가 몸으로 나를 막았다. 우리 둘의 거리가 순식간에 가까워졌고 어느 순간 서로 몸이 닿았다. 갈색으로 그을린 우위의 목과 귀에 겨우 닿는 짧은 머리카락이 바로 코앞에 보였다. 난 우위 귀에 대고 작게 속삭였다.

"아위, 어디까지 막을 수 있나 계속 막아봐."

우위는 갑자기 입을 꾹 다물고 날 쳐다보지도 않았다. 그러고는 다시 묵묵히 나뭇가지만 주웠다. 소매를 걷어 올린 팔뚝에 힘줄이 불끈 솟았고 얼굴에서는 표정이 싹 사라졌다.

왠지 더 건드리면 안 될 것 같아서 아무렇지도 않은 목소리로 말했다.

"그럼 넌 계속해. 난 앉아서 좀 쉴게."

우위는 정말 화가 났는지 근처 나뭇가지를 다 주운 뒤 몸을 돌리며 날 쳐다보지도 않고 툭 내뱉었다.

"그만 가자."

걸음이 어찌나 빠른지 쫓아가기도 힘들었다. 방금 전 우위 표정은,

내가 턱을 잡았을 때랑 똑같았다.

"같이 가."

우위는 그제야 발걸음을 약간 늦췄다.

"남들도 다 너처럼 다리가 긴 줄 알아? 네 한 걸음이 내 한 걸음 반이야. 그러니까 좀 천천히 가."

"어."

우위 걸음이 확실히 느려졌다.

우리는 다시 정원으로 돌아왔다. 우위가 수도관과 전선을 살피고 뒷마당 전력 설비까지 확인했지만 아무 문제도 발견되지 않았다. 사실 이런 설비 고장으로 불이 났을 확률은 크지 않았다.

마지막으로 집 건물과 조금 떨어져 있는 뒷마당 창고를 확인하러 갔다. 문이 잠겨 있지 않아서 열고 안으로 들어갔다. 실내는 그다지 넓지는 않았지만 잡동사니가 꽤 많았다. 한쪽 구석에 지하실로 내려가는 계단이 보였다.

이때 무슨 소리가 들렸다.

숨죽인 남녀의 호흡 소리였다. 책에서 수도 없이 읽고 영화에서도 자주 봤지만 눈앞에서 직접 들어보기는 난생처음이었다. 한껏 억누른 남자의 숨소리와 가느다란 여자의 숨소리에 지하실의 잡동사니들이 부딪히고 나뒹구는 소리가 섞여 들려왔다.

세상에, 여기에서 이런 장면을 맞닥뜨릴 줄이야. 놀라고 당황하긴 우위도 마찬가지인 듯했다.

이런 데 숨어들어서 욕정을 분출하는 저 사람들이 누구일지 궁금했다. 할머니는 이 집에서 이런 대담한 행각이 벌어지는 줄 꿈에도 모르겠지.

난 우위 옷자락을 잡아당기며 최대한 숨죽여 속삭였다.

"그냥 나가자. 이런 상황에서 마주치면 서로 민망하니까……."

그런데 우위는 꼼짝도 하지 않았다.

"안 돼. 지하실도 살펴봐야 해. 그리고 저 두 사람이 누군지도 알아야 하고."

우위 반응이 의외긴 했지만 틀린 말은 아니었다. 저들이 뭔가를 숨기고 있을지도 모를 일이니, 천 교수 가족을 구하려면 뭐든 그냥 지나칠 수 없었다.

우위가 가만히 날 보다가 갑자기 크게 헛기침을 했다.

지하실에서 나던 소리가 바로 멈췄다. 민망해 죽을 지경이었지만 이제 와 나갈 수도 없어 우위 뒤에 가만히 숨어 있었다. 우위는 여유 있게 미소까지 지었다.

"뭘 그렇게 긴장해. 다들 성인인데. 여태까지 할 말 다 하고, 하고 싶은 거 다 해놓고 새삼스럽게……."

"……."

이제 보니 우위는 여자를 꼬실 줄 모르는 게 아니라, 꼬시고도 오리발 내밀 인간이다.

잠시 후 지하실 계단 쪽에서 발소리가 들렸다. 침착하고 묵직한 발소리와 머뭇거리는 가벼운 발소리에 이어 두 사람이 모습을 드러냈다. 옷매무새는 대충 가다듬었지만 얼굴은 여전히 빨갛게 달아오른 채였고 머리카락도 흐트러진 그대로였다.

당황스러운 상황이긴 했지만 충분히 예상 가능한 바로 그 두 사람이었다.

# 30

## 우위

이 두 사람이 이런 짓을 벌일 줄이야.

아니지, 이 둘 말고는 이런 짓을 벌일 사람이 없지.

온 집이 고요 속에 잠긴 오후였다. 바깥 하늘에는 흰 구름이 떠 있고 쌓인 눈은 아직 그대로였다.

정즈웨이는 단추도 제대로 채우지 않은 셔츠 위에 바로 코트를 걸친 채 계단 난간을 붙잡고 서서 불쾌한 표정으로 탄자오와 나를 응시했다. 그 뒤의 천바오주는 스커트에 스웨터 차림이었고, 머리카락은 흐트러지고 볼이 빨갰다. 난감하고 부끄러운 듯 고개를 푹 숙이고 있었다.

작은 창고 안에 우리 넷이 마주 섰다. 정즈웨이가 먼저 입을 열었다.

"두 사람이 여긴 무슨 일로⋯⋯. 이 시간에 여기 올 사람은 없을 줄 알았는데요."

정즈웨이는 그렇게 말하며 천바오주를 돌아봤다.

"교수님 부탁으로 수도관을 수리하려는데 공구가 필요해서요."

굳이 사실대로 얘기할 필요는 없었다. 탄자오도 내 뜻을 알아차렸는지 잠자코 있었다.

정즈웨이는 내가 정말 싫어하는 부류의 인간이다. 자기만 잘난 줄 알고 머리부터 발끝까지 온통 허세뿐인 인간.

"아, 난 또 두 사람도 이런 장소를 찾고 있나 했네요."

내가 인상을 찌푸리는데 탄자오가 순진무구한 말투로 반격했다.

"그게 무슨 뜻이에요? 우리가 왜 이런 장소를 찾아요?"

우먀오한테 뺏은 탄자오 소설을 몇 번 들춰본 경험에 의하면, 탄자오는 아마도 남녀 사이의 일을 나보다 더 잘 알 것이다. 일부러 상대를 곤란하게 만들려는 질문인데 정즈웨이는 아무렇지 않은 표정이었다. 오히려 씩 웃기까지 했다.

이때 천바오주가 불퉁하게 내뱉었다.

"나 먼저 갈게."

"기분 풀어. 내 잘못이야."

정즈웨이가 천바오주 손을 붙잡고 부드럽게 달래고는 우리를 보며 말했다.

"뭐 가지러 왔다니 그럼 볼 일 보세요. 그리고 입단속 부탁해요."

내가 고개를 끄덕이자 정즈웨이는 천바오주 어깨를 감싸 안고 창고를 떠났다.

탄자오는 잠시 조용히 있다가 머뭇거리며 말을 꺼냈다.

"지하실…… 내려가볼 거야? 저 사람들이 방금까지 있었는데…… 그게…… 좀 그렇지 않아?"

나는 웃음을 참지 못하고 피식거리며 탄자오 이마를 살짝 튕겼다.

"도대체 뭘 상상하는 거야?"

내가 먼저 계단을 내려갔고 탄자오가 쭈뼛거리며 따라왔다. 문득 돌아보니 탄자오 눈빛이 긴장과 흥분으로 평소보다 더 반짝거렸다.

뭐든 다 안다는 자신만만한 표정이긴 한데…….

문득 며칠 전 창위가 했던 말들이 떠올랐다. 탄자오는 이런 쪽으로 아무것도 모르는 게 분명했다.

지하실에도 잡동사니가 많았는데 딱히 위험한 인화 물질은 없었다. 바닥에 어지럽게 널린 휴지 뭉치와 선반에 걸쳐놓은 여자 코트가 눈에 띄었다. 천바오주 옷일 터였다.

나 역시 이런 곳에 오래 있고 싶지 않았다.

"나가자."

돌아보니 탄자오 얼굴이 살짝 빨갰다.

"저거, 코트 갖다줘야 하지 않을까?"

"놔둬. 가지러 오겠지."

탄자오는 계단을 올라온 후에도 얼굴이 빨갰는데 애써 아무렇지 않은 표정을 지었다. 살짝 장난기가 발동했다.

"아직도 정즈웨이가 괜찮은 사람 같아? 여자를 이런 데 데려와서 문단속도 제대로 안 하는데? 그건 기본적으로 여자 친구를 존중하지 않는 거야."

"그러게, 생각도 짧고 경박해. 그런 남자 정말 싫어."

이 말을 들으니 솔직히 기분이 좋았다.

"그렇다니까."

내 말에 갑자기 탄자오가 깔깔 웃었다. 마치 모든 걸 다 안다는 듯한 웃음이었다. 그리고, 남자를 안달 나게 만드는 웃음이었다. 그러고 보니 오늘 아침부터 탄자오가 좀 이상했다. 종잡을 수 없는 말과 행동들. 살짝 경계심이 들었지만 한편으로는 은근히 기대도 됐다. 기대하면 안 되는데……. 나는 냉정하게 돌아섰다.

"가자."

"그런데 있잖아……."

탄자오가 내 등을 쿡쿡 찔렀다. 두꺼운 겨울옷인데도 손가락 느낌이 그대로 전해졌다.

"천바오주가 정즈웨이한테 푹 빠진 것 같아 보이는데, 천바오주 성격을 생각해보면 뭔가 다른 이유가 있을 것 같아. 여자들이 자기 남자한테 바라는 게 그런 존중이나 배려만이 아닐 때도 있거든."

등이 찌릿찌릿했다. 그 부드럽고 묘한 느낌이 탄자오 손가락이 닿은 등 한가운데서 심장까지 퍼져 나갔다. 이때 탄자오가 뒷짐을 지고 앞서 나갔다.

"아위, 얼른 나가자."

돌아가는 길 내내 탄자오는 그렇게 뒷짐을 지고 유유히 걸었다. 아무 말도 안 했다는 듯이, 하지만 득의만만한 표정을 감추지 못한 채.

내 가슴속에서는 계속 작은 불씨가 꿈틀거리는 기분이었다. 나는 묵묵히 걷기만 했다.

현관 앞 정원에서 사모님이 혼자 테이블에 앉아 차를 마시고 있었다. 검은 치마에 하얀 롱패딩 차림이었다. 사모님은 우리를 보고 방긋 웃으며 차를 권했다. 꽁꽁 얼어붙을 듯한 날씨에 따뜻한 찻잔을 손에 쥐니 마음까지 따스하게 데워지는 기분이었다.

난 예전부터 줄곧 교수님 부부를 존경해왔고, 이 순간 다시 한번 굳게 다짐했다. 내일 밤, 무슨 일이 있어도 두 분을 구해내겠다고.

"교수님은요?"

"아직도 서재에 있을걸? 하루 종일 얼굴을 거의 못 보는 날도 있어."

예의상 천루잉 상태도 물어봤다.

"루잉은 좀 괜찮아요?"

사모님이 차를 한 모금 마시고 천천히 대답했다.

"괜찮아. 많이 좋아졌어. 원래 허약 체질이라 감기를 달고 살아. 걱정할 정도는 아니야."

그때 정원 쪽으로 걸어오는 발소리가 들렸다. 어제 그 일꾼들이었다.

"그럼, 차들 마시고 있어."

사모님이 자리에서 일어섰다.

"사모님, 작업하러 왔습니다."

"점심은 먹었어요?"

"아직 못 했어요."

"그럼 일단 일하고 계세요. 아침에 빚어놓은 만두가 있는데, 바로 끓여 올게요."

"고맙습니다, 사모님."

두 일꾼은 우리를 힐끔 쳐다보고 정원 안쪽으로 들어갔다. 금방 뚱 땅뚱땅하는 소리가 들렸다.

"너희 교수님 부부는 서로를 굉장히 깍듯하게 대하는 것 같아. 그런데 하루 종일 거의 대화가 없더라."

이때까지만 해도 나는 별생각이 없었다. 교수님이 좀 보수적이고 워낙 연구밖에 모르는 분이라 당연히 자상한 남편은 아닐 거라고 생각했기 때문에, 두 분의 이런 모습을 자연스럽게 여긴 것 같다.

나는 나중에야 다시 한번 깨닫게 되었다. 여자의 직감은 확실히 남자보다 예민하고 정확하다는 것을. 특히 탄자오처럼 주변에 관심이 많고 생각이 많은 여자의 직감은 더더욱.

이때 탄자오 휴대전화가 울렸다. 이것도 여기에서 급히 장만한 것이다.

"쫭위? 웬일이야? 헤어진 지 얼마나 됐다고……."

탄자오는 정원 바깥으로 나가며 통화를 계속했다. 뭔가 둘만의 비밀스러운 내용인 듯해 나는 몇 걸음 떨어진 거리를 유지하며 뒤를 따라갔다. 탄자오가 작은 숲 앞에서 멈추기에 나도 멈춰 섰다.

생각보다 통화가 길어졌다. 탄자오는 처음에는 힐끔힐끔 나를 돌아보더니 나중에는 아예 등을 지고 돌아서서 통화했다. 목소리도 더 작아져 전혀 들리지 않았다.

초조해진 나는 손톱을 다시 물어뜯기 시작했다. 상처가 채 아물기도 전에 다시 상처를 내자 성이 나려는 듯 손톱 주위가 순식간에 부어올랐다. 살갗을 뜯고 피를 내고 나서야 겨우 멈출 수 있었다.

한참 후에야 마침내 통화가 끝났는데, 탄자오는 전화를 끊은 후에도 그 자리에 가만히 서 있었다. 탄자오에게 다가가 물었다.

"무슨 일 있어?"

탄자오가 그제야 나를 돌아보며 활짝 웃었다. 그런데 왠지 눈가가 촉촉했다.

"쫭위가…… 아무래도 마음이 안 놓인다고……. 원래는 집에서 설 보내고 다시 오기로 했는데, 지금 바로 온대. 내 옆에 있어야겠대."

"뭔가 눈치챈 거야?"

"엊그제 말했던 타임 슬립의 주인공이 우리라는 거 대충 눈치챈 거 같아. 쫭위도 너만큼 똑똑하니까."

"네 친구, 정말 의리 있네."

"당연하지. 가장 친한 친구니까."

"그런데 왜 슬픈 표정이야?"

탄자오가 내 시선을 피하며 머뭇거리다가 말했다.

"……생각할수록 지금 이 상황이 너무 힘들어. 너랑 나, 쫭위, 선스엔, 우리가 다 같이 옌위안 사건을 해결했는데, 우리가 넘어온 이 시간대에서 그 두 사람은 아무것도 기억 못 하잖아. 엊그제 내가 이것저것 설명해서 쫭위가 뭔가 눈치채긴 했지만, 다음 타임 슬립 때도 우리 주변 사람들은 또 아무것도 기억 못 할 거잖아. 계속 이렇게 반복될 거라고 생각하니까……."

그랬구나. 그래서 갑자기 기분이 가라앉았구나.

나는 가볍게 탄자오 어깨를 어루만졌다.

"곧 끝날 거야. 그 교차점에 도착하면 다 정상으로 돌아갈 거야. 나중에 챵위랑 웃으면서 이 특별한 경험을 얘기하게 될걸. 아마 챵위가 부러워 죽으려고 할 텐데."

탄자오가 살짝 웃었다.

"그러게, 확실히 독특한 애라서 배 아파 죽을지도 몰라."

날이 추워 말을 할 때마다 입김이 하얗게 피어올랐다.

"아위, 넌 힘들지 않아? 시간을 건널 때마다 계속 네가 날 이끌어주고 있잖아."

"……가끔은 나도 힘들지. 이 시간대에서 반드시 해내야 하는 일이 있는데, 이런 노력들이 과연 내가 원하는 결과를 만들어낼 수 있을지 확신이 없으니까. 지금 무언가를 하고는 있지만 제대로 하고 있는지도 모르겠고, 언제 끝날지도 모르겠고. 하지만 어차피 선택의 여지가 없잖아? 우리한테는 이 길뿐이니까, 끝까지 가보는 수밖에 없지."

고개를 끄덕이는 탄자오 눈빛이 다시 반짝거렸다.

"아위, 절대 지치면 안 돼. 넌 나의 영웅이니까. 넌 정말 최고야. 지금까지도 충분히 힘들었을 텐데 이번에는 또 교수님 가족을 구하러 여기에 와 있잖아. 사실…… 난 너처럼 이타적인 사람은 아니지만 너랑 같이 네 목표를 이루고 싶어. 이 길이, 우리가 선택한 길은 아니지만 꼭 의미 있는 길이 되도록 노력할게."

탄자오의 말을 들으며 마음이 한없이 따뜻하고 평온해졌다. 우리는 한동안 말없이 서 있었다. 주변은 고요했고 간간이 바람이 불어 머리 위 나뭇가지에 쌓인 눈을 흩날렸다.

내 손은 여전히 탄자오 어깨 위에 놓여 있었고, 탄자오는 가느다란 목을 젖혀 내 눈을 바라봤다. 혹시, 탄자오가 또 눈을 감으면 어쩌지?

이번에도 버리고 도망칠 수 있을까? 이렇게 사랑스러운 여자를, 정말 포기할 수 있을까?

"에취!"

탄자오가 요란하게 재채기를 하고는 부끄러워하며 고개를 돌렸다. 나는 탄자오 어깨에서 손을 거두고 주머니에서 휴지를 꺼내 건넸다. 탄자오는 내 시선을 피하며 휴지를 받았다.

"추우니까 어서 들어가자."

탄자오는 코를 닦고 나서도 계속 콧물을 훌쩍거렸다.

"난 좀 더 있다 들어갈게. 아직…… 기분이 좀 그래."

"그래. 그럼 나도 여기서 기다릴게."

그러나 곧이어 탄자오가 힘없이 말했다.

"우위, 근데 여기 너무 춥다……."

불쌍한 토끼마냥 힘없이 흔들리는 눈빛을 보니, 입술이 바짝 마르고 목이 타들어갔다.

탄자오는 정말이지, 매번 이렇게 나를 시험에 들게 한다.

외투를 벗어주려는데 탄자오가 내 팔을 붙잡았다.

"안 돼. 너도 춥잖아."

순간, 시간이 그대로 멈춘 듯했다. 정신을 차렸을 때 탄자오는 이미 내 외투 자락을 펼치고 내 품에 들어와 있었다.

우리 둘 다 그대로 꼼짝 않고 있었다.

난 잠시 뒤에야 천천히 팔을 들어 탄자오 허리를 감쌌다.

"아직도 추위?"

탄자오는 내 품에 고개를 묻은 채 나지막이 대답했다.

"아니, 하나도 안 추워."

***

교수님 댁에서 맞는 두 번째 밤이 찾아왔다. 화재가 일어나기 하루 전날 밤이었다.

낮 동안에는 특별히 이상한 점은 없었고, 화재를 방지하기 위해 집 안 곳곳도 꼼꼼히 살폈다. 하지만 산불이 나서 번지거나 또 다른 예상치 못한 일이 벌어질 수도 있기에 경계를 늦추지 않았다.

머릿속이 너무 복잡했다. 탄자오 얼굴이 수시로 떠올라 온 마음을 휘저었다. 무언가가 마음속에서 녹아내리면서 알 수 없는 감정이 끊임없이 샘솟았다.

이날 밤은 꿈자리가 사나웠다. 최근 들어 드문 일이었다. 가슴에 난 구멍이 메워진 건 아니지만, 상처에 익숙해진 탓인지 이제 조금씩 악몽에서 벗어나는 중이었는데⋯⋯.

꿈속에서 또 어딘가에 꽁꽁 묶여 꼼짝도 할 수 없었다. 보이지 않는 무언가가 점점 나를 짓누르며 어둠 속으로 밀어 넣어, 식은땀이 흐르고 숨도 쉬기 어려웠다. 끈적하고 축축한 것이 나를 휘감으며 압박해 왔다.

번쩍 눈을 떴다. 뒤엉킨 어둠과 혼돈이 사라지고 하얀 천장이 보였다.

일어나 앉아 물을 들이켜며 창밖을 바라봤다. 어둠에 잠긴 산자락이 웅크린 맹수 같았다. 갑자기 차가운 바람이 느껴졌다.

잠들기 전에 분명히 창문을 닫고 잠갔는데.

이유 없는 악몽이 아니었다.

어제도, 오늘도, 누군가 내 방에 침입해 내 곁에 있었다.

**31**

# 탄자오

  실은 우위에게 말하지 않은 게 있다. 사실, 챵위는 다른 중요한 용건이 있었다.

  챵위가 다시 오겠다고 했을 때는 마냥 기쁘고 감동적이기까지 했다.

  "챵위 작가님, 어쩐 일로 다시 올 생각을 다 하셨대요?"

  내 장난스러운 말투와 달리 챵위는 심각했다.

  "따주, 지난 반년 동안 우리가 뭘 했는지 나한테 물어봤잖아."

  지난 반년. 내 머릿속에서는 흔적도 없이 사라진 시간이었다.

  기억을 잃었다는 사실을 처음 알았을 때도 챵위한테 그동안 무슨 일이 있었는지 물어봤지만 별 특별한 일은 없었다는 대답만 돌아왔다.

  "그냥 특별한 일이 없었다고만 생각했는데, 계속 생각해보니까 구체적인 내용이 하나도 안 떠올라."

  "뭐?"

  나도 모르게 우위를 돌아봤다가 다시 끝없이 펼쳐진 눈 덮인 숲으로 시선을 돌렸다. 챵위의 이야기가 이어졌다.

  "그러니까, 내 기억 속에서 지난 반년 동안 따주는 명확한 이미지가 없어. 그런데 흐릿하게 존재하기는 해. 뭐랄까…… 그냥 늘 그래왔으니까 당연히 자주 만나서 같이 밥을 먹었겠지 하고 생각해버린 느낌이라고 해야 하나. 그런데 구체적으로 떠올리려고 하면 하나도 기억이 안 나. 어디에서 뭘 먹었는지, 따주가 무슨 옷을 입었는지, 우리가 무슨 대화를 했는지, 전혀, 아무것도 기억 안 나. 나 기억력 엄청 좋은 거 따주도 알잖아? 그 독사 같은 교수가 작년에 기말고사 감독할 때 입었던 옷까지 기억한다고."

이건 정말 충격이었다. 지금까지는 나 혼자만, 내 기억만 사라진 줄 알았는데, 어떻게 이럴 수 있지?

그러고 보니 며칠 전에 엄마와 통화할 때, 엄마가 한 말도 비슷했다.

'지금이랑 똑같았지 뭐. 너는 맨날 일도 바쁘고…….'

엄마 기억 속에서도 내가 흐릿한 걸까?

내 주변 사람들 모두 이런 걸까?

하지만 우위 상황은 나와 달랐다. 우위는 지난 1년의 기억이 또렷했다. 그 과거가 지금 계속 바뀌고 있긴 하지만. 그리고 천 교수, 샤오화, 천루잉 등 주변 사람들도 우위와 있었던 일을 확실히 기억했다.

"따주, 무슨 말인지 이해하겠어? 내 기억 속의 따주는 실체가 없는 허상 같은 느낌이야."

상상조차 하기 싫은 끔찍한 생각이 뇌리를 스쳤다.

혹시 내가 기억을 잃은 게 아니라, 정말 아무 일도 없었던 건 아닐까? 그러니까…… 내가 존재하지 않았던 건 아닐까?

왜, 난 우위와 다르지?

내 상식과 이해의 한계를 벗어난 문제여서 답을 구할 수도 없었다. 이런 혼란스러운 모습을 우위에게 보이고 싶지 않아 아예 몸을 돌리고 통화를 했다. 쫭위가 차분하게 말을 이어갔다.

"따주, 침착해야 해. 모든 일에는 반드시 이유가 있는 법이야. 그게,

우리가 익히 알고 있는 물리 상식하고 다를 수는 있어도, 양자 역학이랑 우주의 기본 법칙에서 벗어날 수는 없어. 그때 말했던 교차점이 이 이상한 타임 슬립의 시작이고 끝일 거야. 그곳에 분명히 뭔가 있고, 그 뭔가가 따주 주변 사람들한테까지 영향을 끼친 거야. 우리도 따주의 왜곡된 시간선 옆에 살고 있으니까. 너무 걱정 마. 그 교차점에 반드시 해답이 있을 테니까, 그 답만 찾으면 돼."

"응…… 그래……."

나도 모르게 입술을 깨물었다. 창위 말을 알 듯도 모를 듯도 했다.

"그래서 말인데, 지금 바로 갈게. 따주가 말했던 그 두 사람, 곧 위험한 일을 겪어야 하잖아. 타임 슬립도 준비해야 하고 화재도 막아야 하고. 따주는 며칠 후면 또 잠시 떠났다가 돌아올 텐데, 그때도 나는 오늘 일을 기억 못 하고 따주가 흐릿한 허상처럼 느껴지겠지? 그래도 다시 만나는 날까지 열심히 내 길을 가고 있을게. 어쩌면 아무런 도움이 안 될지도 모르지만, 그래도 지금은 꼭 따주 옆에 있어야 할 것 같아."

전화를 끊고 나니 눈물이 쏟아질 것 같았다.

예전부터 창위가 멋진 친구라고 생각했지만 이렇게까지 의리가 강한 줄은 몰랐다. 창위 덕분에 이 상황이 생각보다 덜 당황스러웠다.

그래, 걱정해서 뭐 하겠어? 시간이 거꾸로 흐르는 걸 막을 수도 없는데, 당당하게 맞서야지.

곁눈으로 슬쩍 우위를 쳐다봤다. 이렇게 좋은 사람과 창위처럼 좋은 친구가 내 곁에 있다.

하지만 불안하고 괴로운 마음이 완전히 사라지지는 않았다. 그래서 다짜고짜 우위 품에 달려들고 말았다. 그동안 지켜온 내 다짐에서 완전히 어긋나는 행동이었지만, 그것까지 생각할 여유가 없었다.

그저 우위 품에 얼굴을 묻고 싶었다. 사랑하는 남자의 품이 여자에게 어떤 의미인지, 우위는 모를 것이다. 세상의 거친 바람과 두려움을 막아주는 존재라는 사실을.

나는 잔뜩 긴장한 채로 우위 품을 파고들면서도, 지금껏 나를 밀어내기만 하던 우위의 모습이 떠올라 손을 들어 감싸 안지도 못했다. 그러고 보니 지금까지 한 번도 안아본 적이 없네…….

그때였다. 갑자기 허리에 무언가가 와 닿았다. 우위 손이었다. 우위가 내 허리를 감싸 안았다.

아위, 이제 정말 너에게서 벗어날 수 없을 것 같아…….


다음 날, 화재 당일이었다.

아침 일찍 눈이 떠졌다. 마음이 심란해 밖에 나가 좀 걷고 싶었다. 다른 사람들은 아직 아무도 일어나지 않은 듯했다.

새벽녘 산자락은 정말 추웠다. 셔츠 위에 스웨터를 두 개나 껴입고 소매 안에 손을 넣은 채 밖으로 나갔다. 인적이 드물긴 했지만 산짐승이 나올 정도는 아니니 위험하진 않을 것 같았다.

하늘이 점점 밝아왔다.

이런저런 생각을 하며 걷다가 집 뒤편 숲으로 꽤 깊이 들어온 모양이었다. 정신을 차리고 주위를 둘러보니 빽빽한 나무에 둘러싸여 있었다. 너무 적막해서 조금 무서웠다.

지금쯤이면 우위도 일어났겠지?

발길을 돌리려는데 큰 나무 아래에 흙으로 대충 덮어놓은 뭔가가 눈에 띄었다. 한 걸음 한 걸음 조심스럽게 다가가 그 정체를 확인하는 순간, 등골이 서늘했다.

죽은 고양이였다.

털이 깨끗하지 않고 비쩍 마른 걸 보니 길고양이 같았는데, 정수리 털이 뭉텅이로 뽑히고 앞발에는 피와 살이 엉겨 붙어 있었다. 그 외에도 온몸 여기저기가 상처투성이였다. 학대받아 죽은 게 분명했다.

갑자기 속이 메슥거리고 가슴이 답답했다. 다시 발길을 돌리려는데 옆 나무 아래에도 뭔가가 보였다. 쓸데없이 예리한 눈을 탓하며 그쪽으로 가까이 다가갔다.

이번에는 고양이와 개 사체가 뒤엉켜 있었다.

누군가에게 죽임을 당한 고양이와 개가 이 숲속에 네 마리나 버려졌다. 대충이나마 흙으로 덮은 것도 있고 그냥 던져버린 것도 있었다. 주변을 둘러봤는데 더는 없는 듯해 그제야 돌아서서 빠르게 걸어 나왔다. 온갖 생각이 떠올라 머릿속이 더 복잡해졌다.

한두 마리라면 그냥 성질 고약한 인간이 나쁜 짓을 했다고 생각했을지도 모르는데, 한두 마리가 아니고 학대 정도도 심했다.

동물 학대나 속옷 절도는 대표적인 초기 변태 행위다. 처음에는 힘없는 작은 동물을 괴롭히는 것으로 쾌감을 느끼지만, 거기에서 멈추지 못하는 경우도 많다. 사체 상태로 보아 네 마리 모두 거의 비슷한 시간에 죽은 듯했다. 범인의 변태 행위가 짧은 시간에 집중됐다는 뜻이었다. 즉, 감정 폭발 임계점이 얼마 남지 않았다는 뜻일 터였다.

숲길을 빠져나와 집 앞에서 잠시 멈춰 섰다. 다시 봐도 장엄하고 고풍스러운 집이었다. 집 뒤로 이어지는 높은 산은 병풍을 쳐놓은 것 같았고, 산자락 아래 저 멀리로는 마을이 보였다.

만약 그 변태가 외부인이라면 이번 사건과 크게 상관은 없다.

하지만 천 교수 집안 사람이라면? 사체를 버린 위치로 보아 그럴 가능성이 더 컸다.

이 집안에 감정 폭발의 임계점을 향해 빠르게 달려가는 위험한 인물이 있을지도 모른다니……

생각만으로도 등골이 오싹했다. 천 교수 가족을 하나하나 떠올려봤지만 전혀 감이 오지 않았다.

혹시 오늘 밤 화재와 관계가 있는 인물일까? 그렇다 해도 크게 걱정할 필요는 없다. 어차피 우위와 내가 밤새도록 지키다가 만약 누군가 불을 내려 하면 어떻게든 막을 테니까.

어쨌든 오늘 밤 진상이 밝혀지겠지.

이래저래 생각하다 보니 오늘 밤 화재는 예상보다 훨씬 위험할 것 같다는 느낌이 들었다. 그래서 충동적으로 선스옌에게 전화를 걸었다. 내가 아는 유일한 형사이자 뛰어난 형사니까 말이다. 어쩌면 쓸데없는 짓인지도 모르지만.

선스옌은 전혀 어색해하지 않고 편안한 목소리로 전화를 받았다. 낯선 번호여서 나라고는 생각도 못 했을 것이다.

"네, 여보세요."

"안녕하세요. 탄자오예요. 예전에 소개팅했던. 내 목소리 기억해요?"

선스옌은 잠시 멈칫했다가 대답했다.

"네."

선스옌과 얘기할 때는 매번 말을 어떻게 이어야 할지 참 어려웠다.

"돌부처 씨, 본론만 말할게요, 잘 들으세요. 오늘 밤, 리현 칭양진 산자락에 있는 천량제 교수 집에서 큰 화재가 일어날 거예요. 날 믿는다면 경찰이랑 소방관에게 연락해서 꼭 대비하세요."

선스옌은 대답이 없었다.

"듣고 있어요?"

난 이것저것 깊이 생각하지 않았다. 어차피 보름을 채우면 나는 또 과거 시간대로 돌아갈 테고, 선스옌은 창위와 마찬가지로 나와 있었던 일을 전혀 기억하지 못한 채 희미한 허상으로만 느낄 테니까. 그러니 지금 내가 미쳤다고 생각한대도 상관없다.

"탄자오 씨, 난 지금 쿤밍에서 회의 중이라 방금 말한 곳까지는 못 가요. 그런 정보를 어디에서 들었는지 정확히 말해주시겠어요? 누군가 방화를 계획하고 있다는 거예요? 탄자오 씨가 지금 한 말만 가지고는 위에서 출동 허가가 떨어지지 않을 거예요. 그리고 방금…… 뭐라고 부른 거예요? 돌 뭐요?"

"휴, 돌부처 씨. 내가 하나하나 확실히 말할 수 있으면 굳이 그쪽에 도움을 청하겠어요? 암튼, 그냥 내 말을 믿어봐요. 나도 사람 목숨 구하자고 이러는 거니까. 그것도 한두 명이 아니라고요. 형사님, 지금 내 말 무시하고 나중에 후회하는 것보다 미리 대비하는 게 낫지 않겠어요?"

난 그냥 내 할 말만 하고 전화를 끊어버렸다. 선스옌이 여러 번 전화를 걸어왔지만 받지 않았다. 선스옌이 어떻게 생각하고 어떻게 행동할지는 모르겠지만 어쨌든 난 최선을 다했다.

천 교수 집에 돌아왔을 때는 모든 것이 평소와 같았다. 펑옌은 일찍 일어나 아침 준비를 했고, 정원에는 이미 일꾼들이 와 있었다. 그중 멀끔하게 생긴 일꾼이 나를 보고 야릇한 미소를 지었다. 여자한테 작업 걸 때 나올 법한 미소였다. 하여튼, 잘생긴 인간들은 얼굴값 하기 마련이지. 다른 사람들은 일어나 각자 할 일을 하거나 아직 자고 있었다. 할머니는 위층에서 음악에 맞춰 태극권을 하는 것 같았다.

천루잉은 아래층에 내려와 소파에 앉아 있었다. 감기가 많이 나았는지 오늘은 마스크를 끼지 않았다. 눈이 마주치자 천루잉이 먼저 인사를 건넸다.

"언니, 좋은 아침이에요."

웃음기 하나 없는 표정에 살짝 소름이 돋았다.

"응. 좋은 아침."

마침 우위가 2층 욕실에서 세수를 하고 나왔다. 내가 안에 입은 것과 똑같은 체크 셔츠에 청바지를 입은 차림이었다. 난 현관 앞에 선 채 큰 소리로 외쳤다.

"뭐야, 이제 일어났어? 난 벌써 일어나서 산책도 한 바퀴 하고 왔는데."

우위는 수건으로 얼굴에 남은 물기를 마저 닦았다.

"어젯밤에 잠을 잘 못 잤어."

"왜?"

우위가 아래층을 휙 둘러봤다.

"나중에 얘기해."

무슨 일인가 싶었지만 일단 접어두고 우위에게 가까이 다가가 나지막이 속삭였다.

"나도 할 말이 있어. 밖에 나갔다가 숲에서 이상한 걸 봤어."

우위는 수건을 목에 걸고 내 팔을 잡아 방으로 데려가더니 문을 꼭 닫고는 커다란 침대에 털썩 주저앉았다.

"뭘 봤는데?"

난 숲길에서 잔인하게 학대당한 동물 사체를 발견한 일과 내가 추측한 내용을 들려주었다. 우위 표정이 심각해졌다.

"정말 누군가 불을 지를 계획이라면 그때그때 상황을 보면서 대처하는 수밖에 없어."

"넌 어젯밤에 무슨 일 있었어?"

우위는 잠시 말없이 날 응시했다.

"별거 아냐. 악몽을 꿔서……."

"악몽?"

그런데 우위가 갑자기 화제를 바꿨다.

"유람선 여행을 다녀온 후에 특별한 능력이 생긴 사람들이 있잖아. 나랑 옌위안처럼. 그런데 또 너나 우먀오처럼 아무 변화 없는 사람도 있고. 사모님이랑 천루잉은 어떤지 모르겠네. 그 두 사람을 유심히 지켜봐야 할 거 같아."

"어……."

지금 갑자기 이 얘기를 왜 하는지 어리둥절했다.

뜬금없는 일은 오후에도 있었다. 갑자기 걸려온 쫭위 전화였다.

쫭위는 목소리를 한껏 낮춰 말했는데 뭔가 짓궂은 기색이 느껴졌다.

"따주, 내가 지금 버스에서 누굴 봤거든. 누구게?"

"……누군데?"

쫭위가 확신에 찬 목소리로 말했다.

"따주가 소개팅했던 남자. 그때 나한테 사진 보여줬잖아. 따주가 말했던 거랑 키도 얼추 비슷하고 경찰 제복을 입은 걸 보니 확실해. 근데 실물이 사진보다 훨씬 잘생겼는데?"

맙소사.

순간 마음속에서 기쁨의 폭죽이 터졌다.

이거 완전히 운명 아니야? 두 사람은 원래 이 날짜에 만난 적이 없는데 우위와 내가 타임 슬립을 하면서 과거가 바뀌었다. 하오녜 집에서 두 사람이 처음 만났을 때 쫭위가 선스옌을 보자마자 중얼거린 말이 떠올랐다.

'전혀 돌부처 같지 않은데…….'

선스옌은 마침 쿤밍에서 회의가 있었고, 쫭위도 부모님 집에서 오는 길이라 쿤밍에서 차를 갈아탔을 것이다. 그렇기는 해도 선스옌이 딱 그 시간에 터미널에 나타난 건, 어쩌면 내가 전화를 했기 때문인지도 모른다. 어쨌든 나는 '인연'의 존재를 확실히 믿게 됐다.

"쫭위, 혹시 몰라서 확실히 말해두는데, 나 그 돌부처랑 아무 관계도 아니야. 지난번에 우위 봤잖아. 내 말, 무슨 뜻인지 알지?"

"어……."

쫭위가 말끝을 늘어뜨리며 피식 웃었다.

"내가 여기 문제로 도움을 청하긴 했는데 진짜 올지 어떨지는 모르

겠네. 돌부처가 오면 확실히 큰 도움이 될 텐데. 챵위, 그 사람 잘 지
켜보고 있다가 여기로 오게 만들어야 해. 알았지?"

내 말이 너무 뜬금없었는지 챵위는 잠시 말이 없다가 힘차게 대답
했다.

"오케이, 알았어. 나만 믿어."

전화를 끊은 후, 달콤한 상상과 짜릿한 흥분으로 머릿속이 꽉 찼다.
이 몸이 명색이 로맨스 작가가 아닌가? 우리 챵위가 돌부처 형사 선
스옌과 같은 버스 안에 나란히 앉은 모습을 상상했다. 챵위는 내 지령
을 완수하기 위해 선스옌에게 적극적으로 다가갈 것이다. 돌부처 형
사 선스옌은 과연 어떤 반응을 보일까? 섹시한 열아홉 살 미녀 작가
와 스물여덟 모태솔로(이건 의심의 여지 없이 백퍼센트 확실하다!) 형사
의 조합이라, 꽤 재밌겠는데.

오늘 밤, 위험한 사건이 기다리고 있지만 저녁 식사를 하고 우위 방
에 들어갈 때까지도 나는 이 즐거운 상상을 이어갔다.

우위는 창가 스탠드를 켜놓고 책을 읽고 있었다.『극한론』이라, 천
교수의 책일 듯했다. 멋지네, 무슨 책인지 모르겠지만.

내가 맞은편에 앉자 우위가 책에서 고개를 들었다. 우수에 젖은 듯
깊고 그윽한 바로 그 눈빛이었다. 내가 한눈에 반한 눈빛. 우위가 침
대 쪽으로 턱짓을 했다.

"피곤하면 눈 좀 붙여."

오늘 밤 큰일에 대비하기 위해 우리는 함께 있기로 했다.

"아직은 괜찮아."

우위가 책을 내려놓았다.

"그럼, 뭐 하고 싶어?"

뭐 하고 싶냐고? 설령 뭐가 하고 싶다 한들 그걸 어떻게 말하겠어?

"그냥 웹소설이나 보려고."

우리는 이렇게 마주 앉아 각자의 것을 보는 데 집중했지만, 얼마 못 가 나는 우위를 힐끔거리기 시작했다. 전공 책을 읽는 우위 표정은 진중하고 평온해 보였다. 아무 걱정 없이 편안한 그 눈빛을 보다가 나도 모르게 불쑥 물었다.

"학교로 돌아가서 전공 공부 계속할 생각은 없어?"

우위는 책에서 눈을 떼지 않고 손톱을 물어뜯으며 대답했다.

"지금은 그냥 머리가 복잡해서 머리 좀 식히려고 보는 거야……."

"아."

"사실 전에는 학교에 남으면 좋겠다는 생각도 해봤지. 계속 연구 하면서 프로젝트 진행해서 돈도 벌고."

수염을 깨끗이 깎고 말끔한 정장 차림으로 강단에 서 있는 우위 모습을 상상해봤다. 낯설지만 신선했다. 깔끔한 와이셔츠 안에 하얀 러닝셔츠, 그리고 그 안에는 탄탄한 근육이 숨어 있겠지.

음…… 뭔가 느낌 있는데?

"무슨 생각해? 얼굴 빨개졌는데?"

우위가 날 빤히 쳐다보고 있었다.

"아, 아냐. 아무것도. 사실 예전에 그런 생각을 해봤거든. 나중에 소설 그만 쓰고 은퇴하게 되면 아무 대학에서라도 웹소설 창작 강의를 해보면 좋겠다 하고."

"너무 겸손한 거 아니야? 이미 유명 작가님이신데, 아무 대학이라니."

이걸 어떻게 설명해야 하나. 우위는 이 세계를 전혀 모른다. 나 정도는 유명 작가 축에도 못 낀다는 걸, 나처럼 어설픈 '여신'은 수도 없이 많고 그 자리는 늘 위태롭다는 걸, 하루아침에 수많은 여신이 사라지고 또 다른 여신이 새롭게 등장한다는 걸.

그런데 방금 상상한 두 그림이 하나로 합쳐진다면, 솔직히 엄청 괜

찾을 거 같았다. 우위는 명문대에서 강의를 하면서 가끔 연구 프로젝트로 돈을 벌고, 난 아무 대학에서라도 웹소설 창작 강의를 하면서 틈틈이 소설을 쓰고…….

상상만으로도 마음이 벅차올랐다. 문득 고개를 들다가 우위와 눈이 마주쳤다.

우리는 한참 말없이 서로를 응시했다. 스탠드 불빛에 반짝이는 우위 눈동자 속엔 오직 나뿐이었다. 지금 우위가 무슨 생각을 하는지 알 것 같았다. 나와 같은 생각이겠지.

하지만 우리에게 그런 날이 올까?

우위가 책을 덮고 눈 주위를 주물렀다.

"나는 잠깐 눈 좀 붙일게."

그러고는 눈을 감고 의자에 등을 기댔다. 정말 피곤한 건지, 이 상황을 회피하는 건지 알 수 없었다.

"그러지 말고 잠깐이라도 침대에 누워서 편히 쉬어."

"아니야. 너야말로 피곤하면 누워서 좀 쉬어. 난 어차피 잠은 안 와."

"나도 그래."

차분한 우위 얼굴에 살짝 미소가 스쳤다. 난 테이블에 팔꿈치를 대고 엎드려 우위를 천천히 살펴보았다. 짧고 새카만 머리카락, 볼록 튀어나온 울대뼈, 긴 다리, 의자 팔걸이에 걸친 손…….

어쩌지?

이젠 정말 우위 없는 삶은 상상할 수가 없다.

시간을 거슬러 내 앞에 나타난 이 남자는 한눈에 날 사로잡고 늘 내 곁에 머물며 내 삶을 정복해버렸다.

순간 두려워졌다. 언젠가 우위도 날 흐릿한 허상으로만 기억하게 되면 어쩌지?

우위가 날 톡톡 두드려 깨웠다. 스탠드를 껐는지 방 안은 어둠에 잠겨 있었다. 밖에서 밝은 달빛이 비쳐 들어왔다.

눈앞에 서 있는 우위의 실루엣을 따라 고개를 들었다. 비몽사몽 일어나 앉다가 우위의 날카로운 눈빛에 정신이 번쩍 들어 방문 쪽으로 고개를 돌렸다. 불길도, 연기 냄새도 없었다. 휴, 다행이다.

그런데 우위가 내 귀에 작게 속삭였다.

"들려?"

흠칫하며 숨을 죽이고 귀를 기울이니 아래층에서 살금살금 걷는 발소리에 이어 끼익 문소리가 들렸다.

침입자가 나타났다. 그것도 한두 사람이 아니었다.

## 32

## 우위

"여기 가만히 있어."

탄자오를 그대로 앉혀두고 조용히 방문 앞으로 걸어가 문을 살짝 열고 바깥을 살폈다. 캄캄한 아래층에 가느다란 손전등 불빛 여러 개가 어지럽게 흔들리고 검은 그림자가 휙휙 움직였다. 그중 둘이 서재 문을 열고 들어갔다. 서재에는 정즈웨이가 머물고 있었다. 또 다른 다섯 사람은 빠르게 계단을 올라왔다. 손과 허리춤에서 날카로운 칼날이 번쩍거렸다.

드디어 사건이 벌어졌다. 재빨리 문을 잠그고 탄자오와 함께 뒤로 물러섰다. 탄자오는 침착하게 110 신고 번호를 눌렀고 나는 문 옆에 있는 서랍장을 밀어 방문을 막았다. 이 소리에 침입자 발걸음이 우리 쪽으로 바뀌었다. 탄자오가 당황해서 소리쳤다.

"통화가 안 돼. 신호가 안 잡혀."

바로 내 휴대전화를 확인해보니, 저녁때까지 멀쩡했던 내 휴대전화도 신호가 뜨지 않았다. 불길한 기운이 엄습해왔다. 인적 드문 산자락이니 어렵지 않게 통신을 차단할 수 있을 터였다. 여러 인원이 이렇게 큰일을 벌일 생각이었다면 통신 장애도 미리 계획했을 게 분명했다.

"다시 해봐."

쾅!

강하게 문에 부딪히는 소리가 들렸다.

쾅!

또 한 번 큰 소리가 울리고 나무로 된 방문 한가운데가 불룩 튀어나왔다.

혼란, 억압, 공포가 집 안 전체를 뒤덮었다. 교수님 가족들이 한 명 한 명 침입자들에게 끌려가며 쿵쿵 부딪히는 소리, 어지러운 발소리, 울음소리, 거친 숨소리가 정신없이 뒤섞였다.

이 많은 목숨을 앗아간 화재에 이런 사건까지 숨겨져 있을 줄이야.

일단 눈앞의 위기에서 벗어나야 했다.

난 창문을 돌아봤다.

"저기로 나가자."

탄자오를 데리고 창가로 갔다.

이럴 수가. 창밖에도 한 사람이 망을 보며 서 있었다. 집 안에 침입한 놈들처럼 검은 복면을 했고 허리춤에 칼날이 번쩍였다. 우리가 뛰어내리면 바로 눈에 띌 터였다. 아무래도 이런 짓을 전문적으로 벌이는 범죄 조직 같았다.

잠시 생각을 정리했다. 나 혼자라면 어떻게든 도망칠 자신이 있는데 탄자오가 있으니 정면 돌파는 무리였다.

"아위, 옥상으로 올라가자."

어둠 속에서 빛나는 탄자오 두 눈에는 두려움만 아니라 용기와 침착함도 엿보였다.

좋은 생각이었다. 낮에 집 주변을 살필 때 창문 옆으로 뻗은 파이프를 봤는데, 그 파이프를 타고 올라가면 잠시 몸을 숨길 수 있을 듯했다. 아마도 놈들은 거기까지는 생각하지 못할 것이다.

먼저 탄자오 다리를 안고 위로 올려주었다. 탄자오가 차근히 위로 기어오르는 소리가 들렸다. 이때 뒤에서 강한 파열음이 들렸다.

쩍!

도끼가 방문 한가운데에 큰 틈을 내고, 이어 손이 쑥 들어와 손잡이를 잡았다.

나까지 옥상에 올라가기에는 상황이 여의치 않았다. 놈들이 들어와 창밖에서 움직이는 소리를 듣기라도 하면 우리가 옥상으로 달아난 걸 알아차릴 게 분명했다. 난 최대한 목소리를 낮춰 탄자오에게 외쳤다.

"탄자오, 서둘러."

그러고는 테이블 위의 재떨이를 집어 들어 침입자의 손을 향해 세게 던졌다. 문밖에서 침입자가 비명을 질렀다. 그 비명에 일당들이 우르르 몰려왔다. 놈들이 문에 힘껏 몸을 부딪자 마침내 문이 열리고 날카로운 눈빛에 검은 복면을 한 남자들이 방 안으로 들어왔다.

나는 휙 돌아서서 바로 창밖으로 뛰어내렸다. 탄자오가 걱정됐지만 위를 올려다볼 틈조차 없었다.

착지하자마자 밖을 지키던 놈이 날 발견하고 휘파람을 불며 쫓아왔다. 울타리를 훌쩍 뛰어넘어 달아나면서 도저히 마음이 놓이지 않아 힐끗 뒤를 돌아봤다. 옥상에서 시커먼 그림자가 막 엎드리는 게 보였다. 내가 놈들 시선을 끌어야 탄자오가 안전하다는 생각에 마음을 굳게 먹고 어두운 숲으로 뛰어들었다.

주위는 온통 나무로 빽빽이 둘러싸였고 저 멀리 큰길에도 불빛 하나 없었다. 사람도 물론 없었다. 사람이 다닐 만한 곳까지 나가려면 너무 멀었다. 교수님 댁은 근처 마을에서도 한참을 외따로 떨어져 있어 외부 도움은 기대하기 어려웠다.

뒤에서 두 놈이 바짝 뒤쫓아 왔다. 미리 주변 지형을 익혀놨는지 전혀 머뭇거리는 기색 없이 재빨랐다. 그러다 한 놈은 옆길로 빠졌다. 지름길을 이용해서 양쪽에서 공격하려는 걸까?

하지만 깊이 생각할 여유가 없었다.

조금 더 숲 깊숙이 도망쳤을 때 검은 그림자가 불쑥 튀어나와 앞을 가로막았다.

달빛 아래 상대의 눈빛이 날카롭게 빛났다. 우리는 잠시 서로를 노려보다가 바로 맞붙었다.

상대는 체격이 건장하고 주먹이 매서웠다. 한두 번 싸워본 실력이 아니었다. 결코 만만한 상대가 아니었지만 나도 쉽게 물러서는 사람은 아닌지라 민첩하게 피하고 휘두르며 막상막하의 상황을 이어갔다.

하지만 이대로 가다가 다른 한 놈이 도착하면 내가 불리해질 텐데……. 잠깐 그런 생각을 하느라 놈의 주먹을 미처 피하지 못했다. 하지만 나도 놈의 배를 세게 걷어찼다. 바로 이어 놈에게 치명타를 가하려는 순간, 등골이 싸늘해졌다.

다른 한 놈이 도착한 것이다. 날카로운 칼날이 등을 가르는 극심한 통증이 느껴졌다. 밝은 달빛이 만들어낸 내 그림자가 휘청거리 게 보였다. 다시 한번 등에 칼이 꽂혔고, 놈이 칼을 뽑을 때는 잠시 숨을 쉴 수가 없었다.

극심한 통증이 온몸에 퍼지면서 오히려 정신이 번쩍 들었다. 그리고 여러 생각이 주마등처럼 뇌리를 스쳤다.

정말 악랄한 놈들이다. 사람 목숨을 파리 목숨쯤으로 생각하고 거리낌 없이 죽이는 잔인한 자들. 우먀오를 해친 놈과 똑같은 놈들이다. 격정이 몰아쳐 내 마음속을 휘저었다. 어디에서 그런 힘이 났는지, 맨손으로 칼날을 잡았다. 놈이 당황해 멈칫하는 사이 피범벅이 된 두 손으로 놈의 머리를 잡아채 나무기둥에 세게 박았다. 놈은 힘없이 푹 고꾸라졌다.

그때 등 뒤에서 날카로운 칼날이 다시 한번 내 살을 갈랐다. 그리고 또 한 번 깊숙이 꽂히는 칼날. 본능적으로 상대의 손을 잡아 내 앞으로 힘껏 당기고는 무릎으로 놈의 머리를 수차례 가격한 뒤 피범벅이 된 놈을 바닥에 내던졌다.

눈 덮인 숲길이 순식간에 다시 고요해졌다. 바닥에 널브러진 두 놈은 신음 소리를 내며 꿈틀거렸다. 나는 한 손으로 복부 상처를 누르고 다른 한 손으로 스웨터를 벗어 이를 악물며 상처 위에 둘러 묶었다. 스웨터가 순식간에 피로 물들었다. 비틀거리며 몇 걸음 걷는데 머리가 지끈거리면서 정신이 혼미해졌다. 한 걸음 한 걸음 걸을 때마다 누가 상처를 잡아당기는 것처럼 고통스러웠다.

문득 뒤를 돌아보니 두 놈이 안간힘을 쓰며 일어서고 있었다. 큰길까지 가려면 아직 멀었고 마을은 더 멀었다. 외부에 도움을 청하는 것은 불가능했다.

도와달라고 소리 지를 힘도, 더 이상 걸을 힘도 없었다.

이때 탄자오 얼굴이 떠올랐다. 언제나 밝고 따뜻하게 빛나는 그 눈동자. 내가 지금 놈들에게 잡히면 탄자오도 발각될 위험이 컸다. 절대로 탄자오가 이 악랄한 놈들에게 잡히도록 둘 수는 없었다. 그리고 나를 아껴준 교수님과 그 가족도 아직 위험에 처해 있지 않은가.

심호흡을 하고 입술을 꽉 깨물었다. 입술이 찢어지며 금방 피가 흘러나왔다. 비릿한 피가 입 속으로 퍼지면서 되레 조금 정신이 들어, 다시 힘을 끌어모아 어둠 속을 달렸다.

앞쪽의 시커먼 풀숲에 몸을 숨기고 얼마 안 있어 두 놈이 내 옆을 획 지나갔다. 놈들은 숲길 주변을 둘러보다가 마을로 가는 길목을 지켰다. 생각보다 똑똑한 놈들이었다.

휴대전화를 꺼내 확인했지만 신호는 역시 잡히지 않았다.

잠시 눈을 감고 생각을 정리한 후 뒤돌아 풀숲을 헤치며 다시 교수님 집으로 향했다.

밖에서 망을 보는 사람은 없었다. 창문마다 커튼이 단단히 쳐져 빛한 줄기 새어나오지 않아 집 전체가 거대한 무덤 같았다. 집 안에서 무슨 일이 일어나는지 밖에서는 전혀 알 수 없었다. 하긴, 이 외딴집을 눈여겨볼 사람도 아무도 없지만.

울타리 뒤에 쪼그려 앉아 옥상을 올려다봤지만 탄자오가 아직 거기 있는지는 보이지 않았다. 조심스럽게 울타리를 넘어가 에어컨 실외기 받침대에 올라서서 파이프를 타고 천천히 기어 올랐다. 파이프 위로 피가 뚝뚝 떨어지는 소리가 내 귀에도 들렸지만 반드시 탄자오 곁으로 가야 했다.

젖 먹던 힘까지 쥐어짜며 간신히 옥상으로 올라갔지만 밝은 달빛아래 사람 그림자는 보이지 않았다. 텅 빈 옥상을 보며 심장이 철렁 내려앉았다. 집 앞 산책로에 방금 전 그 두 놈이 모습을 드러냈다. 날놓쳤다고 생각해 일단 상황을 알리러 온 것 같았다. 나는 옥상에 엎드려 조용히 놈들을 지켜봤다.

"탄자오……."

숨죽여 탄자오 이름을 불러봤다. 목소리가 날카롭게 갈라져 나도 모르게 흠칫했다.

이때 옥상 저편 기둥 뒤에서 탄자오가 고개를 쑥 내밀었다. 달빛이 밝아 탄자오 얼굴이 똑똑히 보였다. 흐트러진 머리카락, 먼지투성이 얼굴, 말라붙은 눈물 자국…… 심장이 터질 것처럼 벅차올라 한달음에 다가가 탄자오를 꼭 껴안았다.

"아위, 몸이…… 어쩌다……."

탄자오 목소리가 파르르 떨렸다. 난 감정을 주체하지 못하고 그녀의 머리에 몇 번이나 입을 맞췄다.

"난 괜찮아……. 많이 무서웠지?"

"응……."

탄자오가 상처를 살짝 건드렸을 뿐인데 온몸이 부르르 떨렸다. 탄자오는 금새 빨갛게 물든 손가락으로 입을 틀어막으며 울음을 참았다. 하지만 나는 탄자오 곁으로 돌아왔다는 사실에 마음이 편안해졌다. 아래층은 지금 아수라장이겠지만 그렇게 두렵지 않았다.

나는 탄자오를 안고 옥상 벽에 기대앉아 빙긋 웃었다. 탄자오는 여전히 굳은 표정이었지만 목소리는 부드러웠다.

"지금 웃음이 나와?"

"그럼. 하마터면 네 곁에 못 돌아올 뻔했는데, 어쨌든 이렇게 왔잖아."

탄자오는 한참 아무 말이 없었다. 그러더니 갑자기 고개를 들어 내 뺨에 살짝 입을 맞췄다. 나도, 탄자오도 아무 말 하지 않았다. 그녀의 입술은 강아지가 꼬물거리는 것처럼 부드럽고 따뜻했다. 밤하늘의 달빛이 온통 그녀의 눈동자만 비추는 것 같았다. 나도 탄자오 뺨에 입을 맞췄다. 입술에도 피가 난 상태여서 그녀 뺨에 빨간 점이 찍혔다. 탄자오가 핏자국을 닦으며 작게 속삭였다.

"정말 괜찮아?"

찬바람이 매섭게 불어오는데 우리 둘 다 얇은 실내복 차림이었다. 탄자오 손이 얼음장처럼 차가웠다. 나도 뼛속까지 찬바람이 스며 온몸이 덜덜 떨렸다. 이대로 있으면 놈들에게 발각되는 일은 없을지 몰라도 얼어 죽을지 모르겠다는 생각이 들었다.

옥상 아래를 살펴보다가 작은 다락방을 발견했다. 어두컴컴한 창문 안쪽에서는 아무 인기척도 느껴지지 않았다.

탄자오를 돌아보자 그녀는 내 손을 꼭 잡았다.

나는 탄자오의 도움을 받으며 다락방 창문으로 기어들었다. 마지막

에너지까지 불태운 후에야 겨우 다락방 바닥에 몸을 뉘었다. 탄자오도 곧 뒤따라 들어왔다.

이 집은 전체적으로 층고가 높고 다락방은 3층 구석에 있어서 1층에서는 전혀 인기척을 느끼지 못할 터였다.

다락방에는 온갖 잡동사니가 가득해 몸을 움직일 공간이 거의 없었다.

나는 체력이 완전히 바닥난 데다가 정신마저 혼미해졌고, 상처 부위는 불에 덴 것처럼 화끈거렸다. 언제 의식을 잃을지 알 수 없는 상황이었다.

"만약 내가 잠들었는데 놈들이 오면 꼭 깨워야 해."

탄자오는 아무 말 없이 어두운 표정으로 어디선가 수건 몇 장을 찾아 와 상처 부위를 단단히 묶어주었다. 왠지 훨씬 덜 아픈 것 같았다.

"피는 멈춘 거 같아. 하지만 상처가 얼마나 깊은지 알 수가 없으니……. 염증이 생길 수도 있고."

"난 정말 괜찮아."

탄자오가 고개를 푹 숙이며 울먹였다.

"어쩌다 이랬어? 어쩌다……."

탄자오를 안고 싶었지만 팔을 들 힘조차 없었다. 갑자기 탄자오가 고개를 번쩍 들고 단호하게 말했다.

"아위, 넌 반드시 괜찮을 거야. 나도 그렇고. 우린 다시 과거로, 유람선으로 돌아갈 거잖아. 이 시간이 무사히 지나갔으니 우리가 반년 후에 다시 만난 거 아니겠어?"

나는 남은 힘을 끌어모아 탄자오를 품에 안고는 탄자오 머리카락을 가볍게 쓰다듬었다.

"칫, 넌 매번 이래."

"뭐가?"

"나한테 늘 이런다고."

난 말없이 탄자오의 뒷목을 꼭 잡아 더 가까이 끌어당겼다. 탄자오가 날 지그시 바라봤다. 키스보다 더 강렬한 떨림이 느껴졌다. 보이지 않는 끈이 탄자오와 나를 하나로 단단히 묶어준 느낌이었다. 탄자오가 방긋 웃었다.

"됐어. 지금 네가 이렇게 다친 상황에서도 네가 날 사랑하는지 아닌지 신경 쓰고 있다니…… 내가 정말 제정신이 아닌가 봐."

난 아무 말도 할 수 없었다. 자꾸 어지럽고 눈앞이 흐릿해졌다. 칼에 베인 부위의 통증이 더 심해지면서 숨쉬기도 힘들어졌다.

탄자오가 몸을 일으켰다. 옆쪽 벽에 단단히 잠긴 작은 문이 하나 있고 통풍구도 몇 개 뚫려 있었다. 탄자오는 그 통풍구로 밖을 내다봤다. 내 위치에서도 고개를 돌리니 어렴풋이 아래층 상황이 보였다. 조용히 집중하니 아래층에서 하는 말도 웬만큼 들렸다.

아래층 상황은 공포 그 자체였다. 고요 속의 공포. 교수님 가족 모두 뒤로 손이 묶인 채 거실 바닥에 무릎을 꿇고 있었다. 할머니 얼굴엔 노기가 역력했다. 검은 복면 일당은 가족들 맞은편 소파에 앉아 있었다. 그중 한 남자가 일어섰다. 커다란 키와 그 눈빛이 낯익었다. 놈의 귀 뒤쪽에 있는 작은 점을 보고 놈의 정체를 확신했다. 저놈은 탄자오와 나를 놓쳤다는 사실을 틀림없이 알고 있을 터였다.

놈은 제일 가까이 있는 탕란란에게 다가갔다.

"말해 봐. 이 집 돈, 다 어디에 있어? 저 할망구가 널 아주 예뻐하던데, 당연히 알겠지? 살고 싶으면 순순히 불어."

놈의 목소리는 카리스마 있는 차분한 저음이었다. 낮에 들은 밝고 부드러운 목소리와 전혀 달랐다.

다른 가족들은 찍소리도 내지 않았고 탕란란만 겁에 질린 목소리로 더듬거렸다.

"나는…… 몰라요. 아무것도, 몰라요……. 정말이에요……. 난 정말 몰라요. 살려주세요, 제발 살려주세요."

복면 아래 드러난 놈의 턱이 씰룩거렸다. 놈이 살짝 허리를 굽혀 탕란란의 턱을 잡았다. 탕란란의 얼굴이 순식간에 하얗게 질렸다. 다행히 놈은 금방 손을 놓았다.

교수님도 바닥에 꿇어앉아 있었다. 그런 교수님을 보자니 내 마음이 편치 않았다. 교수님은 이런 공포스러운 상황에서도 최대한 침착하게 말했다.

"이봐요, 난 평범한 교수일 뿐이에요. 아무래도 뭔가를 잘못 안 모양인데, 우리 집은 그렇게 돈 많은 집이 아니에요. 어쨌든 가진 돈은 모두 드릴 테니 우리 가족을 해치지는 말아주세요. 여보, 통장 어디 뒀는지 말해줘요."

놈이 경멸하는 눈빛으로 교수님을 빤히 쳐다보다가 시선을 사모님에게로 옮겼다.

천루잉을 보호하듯이 바짝 붙어 앉아 있던 사모님은 남편의 말에 고개를 들어 놈을 쳐다봤다. 놈이 사모님을 일으켜 세우더니 한참 노려보다가 턱을 틀어쥐고 물었다.

"통장은 필요 없어. 그건 내 스타일이 아니거든. 현금이랑 금괴 숨겨놓은 거 다 아니까 어디 있는지 불어."

"난 몰라요. 돈 관리는 내가 안 해요."

사모님은 당황하거나 겁먹은 기색 없이 차분히 대답했다. 놈은 별 말 없이 사모님을 풀어줬다. 천루잉은 분노의 눈빛으로 놈을 째려봤지만 입을 열진 못했다. 하필 다른 놈이 천루잉의 눈빛을 발견했다.

"이게 뭘 노려봐? 나한테 죽도록 당해볼래?"

그 말에 일당이 낄낄거렸다. 사모님이 차가운 눈빛으로 우두머리 사내를 쳐다봤다. 놈은 사모님의 시선은 못 본 척하며 일당에게 덤덤히 말했다.

"다들 소란 피우지 마. 우리 공주님은 따로 쓸모가 있으니까 함부로 건드리지 말라고."

사모님과 천루잉은 다시 강제로 무릎을 꿇었다.

이번엔 정즈웨이와 천바오주 커플 차례였다. 정즈웨이는 얼굴을 붉으락푸르락하며 말했다.

"저기요, 형, 형님, 난 이 사람 남자 친구예요. 이 집 돈에 대해서는 전혀 몰라요. 그런데 이 사람 오빠 말처럼 평범한 교수 집안에 무슨 돈이 얼마나 있겠어요? 뭔가 잘못 알고 있는 게 아닌지……. 어쨌든 제발 제 여자 친구 가족을 해치지 말아주세요."

그 말에 천바오주가 깊은 눈빛으로 정즈웨이를 응시했다. 이어 최대한 차분하게 놈들을 설득하려 했다.

"정말이에요, 우리 집은 그렇게 부잣집이 아니에요. 제발 가족들을 해치지 말아주세요."

놈이 비웃음을 터뜨리며 일당에게 말했다.

"이건 뭐, 엄청 화목한 집안 같네? 돈 좀 있다는 것들은 다 이렇게 위선적이라니까. 사실은 자기 빼고 다 죽어버리길 바라면서 뭘 착한 척이야?"

놈은 이번에는 할머니에게 시선을 고정하고 말을 이었다.

"할머니, 다들 모른 척한다고 할머니까지 그러면 안 돼. 할머니가 물려받은 재산, 우리가 벌써 다 조사해봤다고. 그러니까 빨리 내놓는 게 신상에 좋을 거야. 계속 버티면 애고 어른이고 없어. 할머니 손으로 이 집안 끝장내고 싶어?"

할머니는 극도로 화가 난 데다가 무릎을 꿇고 앉아 있느라 힘들어서인지 안색이 좋지 않았다. 할머니가 손을 들어 놈을 가리키며 부들부들 떨었다.

"너, 너 이놈……."

그러고는 기절해버렸다. 다른 가족들이 깜짝 놀라 소리쳤다.

"어머니!"

"엄마!"

"할머니!"

놈은 쓰러진 할머니를 차갑게 노려보고는 동료에게 끌고 가라는 눈짓을 보냈다. 그리고 다른 가족들을 돌아보며 소리쳤다.

"기절 좀 한 거 가지고 뭔 소란이야? 안 죽으니까 걱정 마. 찬물 한 번 끼얹으면 돼. 그래도 안 깨면 눈밭으로 끌고 나가지 뭐. 안 얼어 죽으려면 깨어나야 별수 있겠어?"

일당이 할머니를 끌고 나가려 하자 천루잉과 교수님은 울음을 터뜨렸고 천바오주도 눈물을 보였다.

놈의 위협적인 말 때문인지, 놈들이 몸을 잡아 끌어서인지 할머니는 서서히 정신을 차렸다. 할머니의 눈빛에서 공포와 분노가 뿜어져 나왔다.

"이놈들…… 이 집이 어떤 집인 줄 알고 감히 이런 짓을 벌여?"

놈은 순간 흠칫했다가 미친 듯이 웃음을 터뜨렸다.

"알지, 당연히 알지. 할머니 부모가 대단한 정치 실세였지? 그런 집안 딸이니 평생 콧대가 하늘을 찔렀겠지. 그리고 남편은 무슨 경제 협회 회장이었고? 완벽한 정경 유착인데 돈이 없을 수가 있어? 할머니, 결국 본색을 드러내는 거야? 그럼 이제 얼른 돈 내놓으라고. 어이, 다들 가서 샅샅이 뒤져. 일단 찾을 수 있는 것부터 찾고 천천히 즐겨보자고."

교수님 가족은 곧 입에 재갈이 물려 아무 말도 할 수 없게 되었고, 놈들은 분주하게 온 집을 뒤지기 시작했다. 우두머리로 보이는 놈만 소파에 앉아 복면을 살짝 들어 올리고 사과를 먹으며 텔레비전을 켰다. 놈은 그렇게 잠시 텔레비전을 보다가 다시 교수님 가족을 주시했다.

난 온몸에 열이 나고 어지러워서 점점 정신이 몽롱해지며 눈앞도 흐려졌다.

"아위, 좀 이상한 것 같지 않아?"

"응……."

"만약 이 강도들이 불을 지른 거라면, 천 교수님이랑 천루잉은 왜 경찰에 강도 얘기를 안 했을까? 뭔가 말 못 할 더 큰 문제가 있었던 거 아닐까? 휴대전화 신호는 여전히 안 잡히네……."

난 아무 말도 하지 못했다. 이미 말을 할 기력이 남아 있지 않았다.

그저 마음속으로만 수없이 반복했다.

자오자오, 사랑해.

사랑해.

33

# 탄자오

창밖은 여전히 칠흑처럼 어두웠다. 작은 창틈으로 한기가 스며들었다. 다락방은 비좁고 어둡고 먼지가 많았다. 잡동사니도 많았다.

우위는 차가운 마룻바닥에 누워 두 팔을 늘어뜨린 채 꼼짝도 하지 않았다. 널브러진 인형 같았다. 공기 중에 피비린내가 강하게 떠돌았다. 한참 아래층 상황을 주시하다가 돌아보니 우위는 눈을 감고 있었다.

"아위?"

반응이 전혀 없었다.

나는 그대로 얼어붙었다.

이때 내 심정이 어땠는지는, 이후로도 오랫동안 말로 표현하기 어려울 정도였다. 그저 온 세상이 텅 비어버리고 모든 생각과 감각이 사라진 것 같았다고 밖에는. 내 영혼은 우위와 함께 다른 시공간으로 타임 슬립을 해버리고 육체만 여기 남은 기분이었다. 조심스럽게 우위 코 밑에 손가락을 갖다 댔다. 내 손가락, 우위의 코끝, 주변 공기, 모든 것이 얼음장처럼 차가웠다.

10초쯤 지났을까? 다행히 실낱같은 숨결이 느껴졌다.

나는 다시 천천히 손을 거둬들였다. 사위는 쥐 죽은 듯 고요했다.

눈앞이 뿌옇게 흐려지며 눈물이 마룻바닥으로 방울방울 떨어졌다.

정말 심장이 멎는 줄 알았다. 이대로 모든 게 끝나는 줄 알았다.

"자오자오……."

들릴 듯 말 듯 아주 작은 목소리가 들려왔다.

얼른 눈물을 닦고 우위를 살펴보니 창백한 얼굴이 고통으로 일그
러져 있었다. 온몸이 피투성이가 될 정도이니 얼마나 고통스러울까.

우위는 의식을 잃은 중에도 계속 내 이름을 불렀다. 하지만 나는 아
무것도 해줄 수가 없었다.

"자오자오……."

나는 초조한 마음에 우위 손을 꼭 잡고 귓가에 속삭였다.

"나 여기 있어."

"자오자오…… 사랑해……."

난 멍하니 우위 얼굴을 바라봤다. 그동안 지나온 운명의 질곡이 고
스란히 느껴지는 그 얼굴을. 또 한 번 눈물이 앞을 가렸다. 우위가 나
를 사랑한다고 말했다.

지금껏 참고 참아온, 숨기고 숨겨온 그 말을 드디어 내게 들려주
었다.

우위, 너는 정말 현명한 사람이고, 항상 최선을 다해 살아왔지.

하지만 알고 보면 진짜 바보야.

결국 날 사랑하지 않을 방법은 못 찾은 거지?

내가 그런 것처럼.

갑자기 아래층에서 큰소리가 났다. 놈이 화가 많이 난 모양이었다.

다시 통풍구에 바짝 붙어 아래층 상황을 살폈다. 놈들이 여기저기
서 찾아낸 현금 다발과 금괴가 소파에 쌓여 있었다. 얼핏 봐도 금액이

상당할 듯했다. 하지만 이 많은 사람이 이렇게 큰 일을 벌였으니 저 정도로는 성에 차지 않을 터였다.

우두머리 사내가 소파에 앉은 채 음흉한 눈동자를 빛내며 차갑게 웃었다.

"이봐요, 할머니, 교수님, 이게 다야? 우리도 이렇게 한 건 하는 거 쉽지 않은데, 이건 차비도 안 되잖아."

다른 한 놈이 할머니와 천 교수 입에 물린 수건을 빼냈다. 할머니는 굳은 표정으로 말이 없었고 천 교수가 변명하듯 조심스럽게 대화를 시도했다.

"난…… 일개 교수라…… 우리 집에 돈은 정말 이것뿐이니……."

우두머리 사내가 일당에게 눈짓을 보내자 그중 한 명이 천 교수 멱살을 잡고 두들겨 패기 시작했다. 평생 책만 보며 살아왔을 천 교수는 반격 한번 못 해보고 순식간에 피투성이가 됐다. 마침내 할머니가 입을 열었다.

"그만들 해! 내 아들 놔줘. 돈은 정말 이게 다야."

천루잉이 더는 참지 못하고 천 교수를 때리는 놈에게 달려들려고 하자 펑옌이 필사적으로 막았다. 행여나 딸까지 잘못될까 봐 두려울 터였다. 탕란란은 얼굴이 하얗게 질린 채 몸을 움츠렸고, 천바오주와 정즈웨이도 비통한 눈빛이었다. 정즈웨이는 천바오주를 지키려는 듯 비장한 표정으로 그녀를 자기 뒤로 숨겼다.

우두머리 사내가 손을 들어 올리자 구타가 멈췄다. 천 교수는 온 얼굴이 퉁퉁 붓고 피투성이가 된 채 바닥으로 쓰러졌다. 보기만 해도 끔찍했다.

놈은 바닥에 꿇어앉은 여자들을 한 명 한 명 훑어보며 콧방귀를 뀌었다.

"이제 시작인데 표정들이 왜 그래?"

불길한 예감이 엄습했다. 놈의 시선이 천바오주를 지나쳐 펑옌과 천루잉에게 잠시 멈췄다가 탕란란에게로 넘어갔다. 놈은 탕란란에게 시선을 고정한 채 천천히 또박또박 말했다.

"할머니, 다시 한번 묻지. 돈이랑 보석 어디 있어?"

할머니도 어리석은 사람이 아니니 놈의 눈빛을 분명히 읽었을 텐데 여전히 고집스럽게 말했다.

"더 이상 없다고. 정말 없어."

놈이 탕란란을 가리키자 일당 중 두 놈이 마주 보며 음흉한 눈빛을 교환하더니, 그중 한 놈이 탕란란을 들쳐 멨다. 하얗게 질린 탕란란이 필사적으로 발버둥 치자 놈이 탕란란 엉덩이를 툭툭 쳤다.

"얌전히 굴어. 요 며칠 다들 힘들었는데 이 정도 보너스는 있어야지."

탕란란을 바라보는 할머니 뺨 근육이 움찔움찔했다. 공포에 질린 탕란란은 애원하는 눈빛으로 계속 할머니를 돌아봤다. 내가 지켜본 바로는 탕란란은 천루잉 다음으로 할머니와 가장 가까운 사이였다.

하지만 할머니는 두 사내가 탕란란을 방으로 데리고 들어가 문을 닫는데도 끝내 아무 말도 하지 않았다.

거실이 고요해졌다. 방문 너머에서 탕란란이 몸부림치는 소리, 사내들이 낄낄대는 소리, 그리고 거친 숨소리가 들려왔다.

놈은 소파에 앉아 복면을 살짝 올리고 담배를 피웠다. 윤곽이 반듯한 아래턱이 드러났다. 할머니는 괴로운 표정이긴 했지만 여전히 입을 열 생각은 없어 보였고, 다른 가족들은 절망한 표정에 분노와 공포가 섞여 있었다.

정말이지 이 상황이 너무나 가슴 아프고 분노가 치밀었다.

인간이길 포기한 범죄자가 타인의 존엄과 인격, 생명까지 쥐락펴락하며 마구 짓밟고, 피해자들에게 남은 것은 온몸을 짓누르는 공포, 공포, 공포뿐이다.

모든 범죄는 이렇게 이기적이고 악랄하며, 끊임없이 이어진다.

이미 10분도 넘게 흐른 듯했다. 방 안 상황은 이제 돌이킬 수 없을 터였다.

놈이 담뱃불을 비벼 끄고 더 냉혹한 표정으로 말했다.

"아직 밤이 길어. 하나씩 천천히 즐겨봐야지. 다음 차례는 누가 좋을까? 사모님?"

놈이 펑옌을 주시했다. 펑옌의 공허한 눈동자는 허공을 응시했다.

놈의 시선이 펑옌을 지나 천루잉과 천바오주를 번갈아 봤다.

"작은 아가씨? 큰 아가씨?"

천루잉은 울음을 터뜨리고 천바오주는 얼굴이 하얗게 질렸다.

놈의 시선이 할머니에게로 옮겨 갔다.

"아니야. 그냥 할머니로 해야겠어. 복잡하게 돌아갈 거 뭐 있어? 할머니도 여자는 여잔데."

놈이 일당 중 한 사람을 불렀다. 사내가 할머니를 흘끔 보고는 싫은 티를 내자 놈이 사내의 어깨를 툭 치며 말했다.

"뭘 따져? 그냥 대충 해. 대신 입은 반드시 열게 만들어."

사내가 고개를 끄덕이고 할머니에게 다가갔다. 천 교수 가족은 모두 넋이 나간 표정이었다. 놈들이 이렇게까지 악랄하고 짐승 같을 줄은 몰랐을 것이다. 바닥에 쓰러져 있던 천 교수가 벌떡 몸을 일으키며 소리쳤다.

"안 돼!"

하지만 옆에 있던 놈의 발에 걸어차여 다시 쓰러졌다.

냉정하고 고집스럽던 할머니는 사내가 자신을 끌고 가려 하자 확실히 당황한 듯 허둥지둥 사내의 손길을 피하며 소리쳤다.

"알았으니 그만들 둬!"

할머니를 끌고 가려던 사내가 동작을 멈추고, 우두머리 사내는 재미있다는 표정으로 할머니를 응시했다.

"그럼…… 네놈 말대로 했을 때, 우리 가족이 안전할 거라고 보장할 수 있어?"

"뭘 보장씩이나 해. 할머니도 똑똑한 양반이니 잘 알겠지만, 우린 여기 돈 때문에 온 거지 굳이 사람 목숨은 건드리고 싶지 않다고. 나중에 또 볼 사이일지도 모르고, 돈을 뺏는 거랑 목숨을 거두는 거는 완전히 별개의 일이잖아. 우린 돈만 손에 넣으면 굳이 손에 피까지 묻히고 싶지는 않아. 내가 이 집안이랑 무슨 원수를 진 것도 아닌데, 안 그래? 그러니 우리가 원하는 것만 주면 바로 사라져드릴게. 할머니는 내일 아침부터 다시 고상한 척하면서 즐겁게 살면 돼. 하지만 잘 들어. 우리가 원하는 건 다 내놔야 해."

놈의 말은 뻔한 공수표 같지만 꽤 설득력 있게 들렸다. 할머니가 잠시 생각하더니 대답했다.

"내 방 들어가면 세 번째 옷장 안 금고에 달러가 있어. 손녀 유학 보내거나 혹시나 급한 일 생기면 쓰려고 준비해놓은 거야."

가족의 시선이 일제히 할머니를 향했다. 지금 다들 어떤 기분일까? 어쩌면 이 가족은 할머니가 독단적으로 집안의 대소사를 결정하는 것에 익숙할지도 모른다. 지금처럼 이렇게 목숨이 달린 문제까지도. 하지만 나는 방금 할머니가 보인 차분한 모습에 왠지 화가 났다. 애초에 반항해도 소용없다는 사실을 알았을 텐데도 끝내 버티다가 본인이 위험해지니까 그제야 입을 열다니. 괜히 죄 없는 탕란란만 희생당했다. 탕란란이 할머니 곁에서 살갑게 이것저것 챙겨주던 모습과 놈들에게 끌려가면서 애타게 할머니를 바라보던 눈빛을 생각하니 제삼자 입장에서도 정말 화가 났다.

아래층 대화가 잠시 멈춘 틈에 우위를 돌아봤다. 피는 거의 멎은 것 같은데 얼굴이 조금 전보다 빨갰다. 이마를 만져보니 불덩이처럼 뜨거웠다.

좋은 징조가 아닌 걸 알지만 내가 할 수 있는 건 아무것도 없었다.

다시 주위를 샅샅이 뒤졌지만, 선반에서 낡은 수건 하나를 더 찾았을 뿐 물이나 알코올은 없었다. 살금살금 창가로 걸어갔다. 우리가 밟고 지나온 지붕에 눈이 쌓여 있었다. 수건으로 눈을 잔뜩 끌어 모아 감싸 쥐었다. 너무 차가워 손이 얼얼했지만 수건이 흠뻑 젖을 때까지 꾹 참았다. 젖은 수건을 잘 접어 우위 이마에 올려놓고 다른 수건 하나를 더 적셔 우위의 팔다리를 닦아주었다.

이렇게 네다섯 번 반복했더니 열이 조금 떨어졌다. 조금 전보다 편안해 보이는 우위 모습에 나도 순간적으로 마음이 따뜻하고 편안해졌다. 물론 그럴 상황이 전혀 아니긴 했지만 말이다.

나도 잠시 가만히 앉아서 쉬었다. 손을 들어 달빛에 비춰보니 손가락이 빨갛게 얼어 있었다. 감각이 사라진 손가락 사이로 새어 들어오는 달빛이 한없이 쓸쓸해 보였다.

그때 창문 옆 구석에 놓인 하얀 상자가 눈에 들어왔다. 상자 위에 빨간 십자 모양이 보였다. 상자 옆에 천이 떨어져 있는 걸 보니 원래 천으로 덮여 있던 걸 내가 창가를 왔다 갔다 하면서 건드린 듯했다.

심장이 두근거렸다. 지금 우위는 생사를 장담하기 힘든 상황이었다. 숨소리는 점점 약해지고 열까지 심하게 나니, 갑자기 숨이 끊어질까 봐 사실 너무 무서웠다. 이런 상황에서 구급상자를 발견하다니, 천군만마를 얻은 기분이었다. 물론 상자 안에 뭐가 들었는지가 중요하지만.

나는 살금살금 구급상자를 끌어당겨 달빛이 잘 드는 위치에서 열어보았다.

이럴 수가!

이것과 비슷한 쪽지를 본 적이 있다! 마치 전생의 일처럼 아득했지만 분명히 같은 글씨체였다. 엔위안 사건이 끝난 후 쪽지에 대해서는 까맣게 잊고 있었는데, 아무런 상관도 없을 것 같은 이 집에서, 더구나 갑작스럽게 몸을 피한 작은 다락방에서 같은 글씨체의 쪽지를 보게 되다니. 그것도 우연히 발견한 구급상자에서 말이다!

지난번과 같은 종이에 좀 더 많은 내용이 적혀 있었다.

2017년 1월 23일, 절대 천 교수 집에 머물지 말 것. 강도 조직이 침입함. 새벽 2시 반에 경찰에 신고할 것.

이어서 약 사용법이 일목요연하게 적혀 있었다.

1. 하얀 병은 소염제, 1회 4알.
2. 빨간 병은 해열제, 1회 1알.
3. 노란 상자는 지혈약. 알코올로 상처를 소독한 후 지혈약을 바르고 붕대로 싸맨다.

…….

구급상자 안에는 약병과 붕대 등이 쪽지에 적힌 순서대로 가지런히 정리돼 있고, 작은 생수병과 비스킷도 들어 있었다. 생사의 기로에 놓인 우리 둘에게 꼭 필요한 것들이었다. 갑자기 손가락 감각이 되살아나 후끈거리고 머리도 윙윙댔다. 자세히 보니 구식 휴대전화 같은 물건도 들어 있었는데, 요즘 휴대전화와는 모양이 완전히 달랐다. 훨씬 크고 화면과 버튼이 특이했다. 조립하다 만 것처럼 구급상자 안에 부품이 널려 있었다. 버튼을 몇 개 눌러봤는데 반응이 전혀 없어 그냥 내려놓았다.

다시 쪽지를 뚫어져라 들여다봤다. 지난번 쪽지와 똑같은, 거칠고 자유분방하면서 강한 힘이 느껴지는 멋진 글씨를 보고 있으려니 뭐라 설명하기 힘든 묘한 기분이 들었다. 나도 모르게 눈시울이 뜨거워졌다.

이 정체불명의 사람을 믿어도 될까? 이 사람은 어떻게 이 상황을 예견했을까? 이 사람도 미래에서 왔을까? 아니면 과거에서?

믿자. 어차피 다른 선택지는 없으니까. 시간 왜곡, 타임 슬립처럼 불가사의한 일도 겪었으니 이번에도 기적이 일어날지 모른다.

더 이상 생각할 것도 없이 쪽지에 적힌 대로 우위의 상처를 치료하고 약을 먹였다.

한참 분주하게 움직인 후 우위 옆에 털썩 주저앉았다. 그냥 내 느낌인지도 모르지만, 우위 얼굴이 조금 전처럼 새빨갛지는 않아 보였다. 이마를 만져봤는데 확실히 열도 내린 것 같았다. 난 무릎을 감싸고 쪼그려 앉아 가만히 우위를 응시했다.

우위는 악몽을 꾸는지 미간을 찌푸리며 손가락을 움찔거렸다. 뭔가를 붙들려는 것 같았다. 내가 손을 쥐자 우위가 강하게 힘을 주어 맞잡으며 웅얼거렸다.

"우먀오……."

그러고는 잠시 후 또 한 번 웅얼거렸다.

"엄마, 엄마……."

이번에는 목소리가 커져서 심장이 철렁했다. 내 두 손은 모두 우위에게 단단히 붙잡혀 도저히 빼낼 수가 없었다. 초조한 마음에 통풍구를 통해 아래층 상황을 살폈는데 다행히 들키지 않은 듯했다. 하지만 우위 목소리가 여기서 조금 더 커지면, 그때는 정말 위험할지도 모른다.

이때 다시 우위가 입술을 달싹이며 내 손을 더 세게 쥐었다.

"엄마, 엄마……."

손을 빼내 우위 입을 막으려 했지만 도저히 빼낼 수가 없었다. 손을 빼기는커녕 손가락 하나 움찔할 수 없었다. 우위는 혼수상태인데도 손힘이 엄청났고 제정신일 때보다 더 고집스러웠다.

순간, 한 줄기 뜨거운 기운이 내 심장을 습격했다.

나는 고개를 숙여 우위에게 입을 맞췄다. 우위가 내뱉는 괴로운 신음 소리를 내 입 안으로 다 받아들였다.

우리의 두 번째 입맞춤인 셈인데, 첫 키스와 비교하자니 너무 씁쓸했다. 그때는 심장이 떨릴 정도로 격정적이고 달콤한 키스였는데, 이번에는 시체처럼 누워 있는 우위와의 키스였다. 천천히 우위의 입술을 덮고 조심스럽게 핥았다. 입 안에 피비린내가 퍼졌다. 나는 뭔가에 홀린 듯, 아래층이 어떤 상황인지도 완전히 잊고 오직 우위와의 키스에만 몰두했다. 나에게 달콤함과 괴로움을 동시에 안겨주는 이 남자와의 키스에, 나와 함께 시간을 거스르는 이 남자와의 키스에 몰두했다.

내 혀가 서툴게 그의 이 사이를 벌리며 그의 세계에서 방황했다. 한 번, 또 한 번, 그를 느꼈다. 대체 난 그의 세계에서 뭘 찾고 있는 걸까? 그의 목에서 올라오던 희미한 외침은 거의 사라졌지만 나는 키스를 멈추지 않았다. 어느 순간 우위의 뜨거운 혀가 꿈틀거리더니 내 혀를 덮쳤다. 두 혀가 한데 엉켰다.

깜짝 놀라 눈을 떴지만 우위는 여전히 혼수상태로 두 눈을 꼭 감고 있었다. 그런데도 이처럼 격정적이고 거칠게 내게 키스했다. 내 모든 영혼에, 억누르지 못한 나의 욕망에, 우위가 격렬히 입을 맞췄다.

나는 우위와 함께하면서 눈물이 많아졌다. 이 순간에도 쉴 새 없이 눈물이 흘렀다. 우위는 아무것도 모르고 비몽사몽간에 키스를 이어갔고, 간혹 움찔하며 날 불렀다.

"자오자오……."

아위, 이런 키스는 지금껏 해본 적이 없겠지. 하지만 늘 이 순간을 기다려왔겠지.

이때 와장창 요란한 소리가 들려와 반사적으로 고개를 들었다. 우위도 조금 안정이 됐는지 손에 들어간 힘을 풀었다. 나는 손을 빼내고 아래층 상황을 살폈다. 거실 바닥에 유리 파편이 널려 있었다. 놈이 홧김에 꽃병을 던진 모양이었다. 놈은 뚜벅뚜벅 걸어가 할머니를 걷어찼다. 할머니는 종잇장처럼 힘없이 쓰러졌다.

"이 할망구가 누굴 등신으로 아나!"

놈은 달러 뭉치를 휘리릭 세어보고는 현금과 금괴를 모아놓은 소파 위로 내던졌다.

"이거 다해봐도 얼마 안 나오겠네. 무슨 거렁뱅이가 구걸하러 온 줄 알아? 내가 분명히 경고했을 텐데. 전부 다 내놓으라고! 이 집에 있는 돈 전부 다!"

할머니는 입가에서 피를 흘리며 간신히 몸을 일으켰다. 눈에 언뜻 눈물이 비쳤다.

"정, 정말…… 그게 다야."

놈은 한동안 날카롭게 할머니를 노려봤다.

"좋아. 그럼, 물려받은 가보는 다 어디 있어? 대형 비취가락지, 에메랄드 반지, 8캐럿짜리 다이아몬드 목걸이. 이 집에서 진짜 값나가는 건 그거지?"

강도들 눈빛엔 탐욕이 번뜩였고, 굳게 입을 다문 천 교수 가족들 눈빛엔 의아함이 떠올랐다. 할머니는 절망스러워 보이긴 했지만 여전히 속을 알 수 없었다. 하지만 가족들이 무슨 생각을 하는지는 알 것 같았다. 이 집안에 정말 그런 가보가 있다면 강도들이 어떻게 알았을까? 더구나 저렇게 구체적으로까지.

가보가 정말 있다면, 지금까지의 정황으로 보건대 가족 중 누군가가 강도들과 내통했을 가능성이 높았다.

할머니가 쓸쓸하게 대답했다.

"그건…… 없어진 지 오래야. 이 집 장만하고 남편 사업 적자 메우고, 여기 달러랑 금괴까지 마련하고. 이게 다 그 가보랑 바꾼 거지, 아니면 이런 돈이 어디서 났겠어."

놈의 눈빛이 흔들렸다. 할머니 말이 사실일지도 모른다고 생각하는 모양이었다.

하지만 난 왠지 불안했다. 놈의 성격과 할머니의 고집으로 보아 상황이 쉽게 끝날 것 같지 않았다. 또 한 번 갈등과 고통이 반복되겠지.

예상대로 놈이 차갑게 비웃었다.

"그래? 그런데 할머니가 계속 감추고 있다가 내가 겁을 주면 하나씩 털어놓는단 말이야. 깔끔하게 마무리해야 하니까 이렇게 하지. 마지막 제안이니까 잘 들어. 어이, 바오쯔, 할머니가 가장 아끼는 저 교수 아드님, 주방으로 데려가. 할머니가 내 질문에 제대로 대답 안 하면 저 아드님 손 자를 거야. 그래도 대답 안 하면 발을 자를 거고. 두 손 두 발 다 잘랐는데도 돈이 없다고 하면 그땐 그 말 믿고 바로 사라져주지."

할머니는 눈이 휘둥그레지고 천 교수는 바닥에 털썩 주저앉았다.

"어머니……."

가족 모두 크게 당황한 기색이었지만 할 수 있는 건 아무것도 없었다. 강도 하나가 천 교수를 일으켜 세우자 할머니가 울부짖었다.

"내 아들 건드리지 마!"

놈은 곧 벌어질 잔인한 장면이 기대되는지 실실 웃었다. 할머니 입술이 파르르 떨렸다. 이번에는 정말 다급한지 무슨 말인가를 하려는 듯 보였다. 천 교수는 벌써 주방 입구까지 끌려갔다.

바로 이때, 펑옌이 벌떡 일어나 놈을 똑바로 쳐다봤다. 놈은 고개를 갸웃하고는 다른 일당에게 펑옌 입에 물린 수건을 빼주라고 손짓했다.

"남편 손발 잘라봤자 소용없어요. 착하기만 하고 아무것도 모르는 사람이니까. 이 집에서 주도권이 전혀 없다고요. 돈이고 가보고 있는 줄도 모르고요. 협박을 하려면 직접 어머니한테 해야 하지 않아요? 뭐든 잘 못 참는 분이니까 조금만 겁주면 술술 털어놓으실 거예요."

거실이 쥐 죽은 듯 고요해졌다.

천 교수는 복잡한 눈빛으로 아내를 바라봤고, 다른 가족들은 어리둥절한 표정으로 서로를 쳐다봤다. 할머니는 표정이 빠르게 일그러졌다. 놀라움과 두려움에서 분노로, 거기에 증오까지.

놈은 펑옌을 뚫어지게 바라보다가 씩 웃었다.

"맞는 말이야."

그러고는 천 교수를 붙잡고 있는 일당에게 놓아주라고 눈짓한 후 교활한 표정으로 할머니를 주시했다. 내내 굳건히 버티던 할머니는 끝내 이성을 잃은 듯 벌겋게 달아오른 얼굴로 숨을 몰아쉬며 펑옌에게 퍼부었다.

"너…… 너지? 네가 이놈들하고 내통한 거지? 어쩐지 보안 시스템도 작동 안 하고 전화며 인터넷까지 먹통이더라니. 여우같은 년! 더러운 년! 네년이 돈 때문에 내 아들 옆에 붙어 있는 건 진즉에 알았다만, 그 긴 세월 동안 우리 집안을 증오한 거냐? 이런 돼먹지 못한 쓰레기 같은 년! 애초에 그 결혼을 끝까지 막아야 했는데. 진즉에 쫓아버리고 번듯한 집안 딸을 들여야 했다고. 가진 것 하나 없는 년을 우리 집안에서 온갖 거 다 누리고 살게 해줬더니 감히 이런 짓을 벌여!"

고부 사이가 좋아 보이진 않았지만 할머니가 이렇게까지 악독하게 욕을 할 줄은 몰랐다. 갈등의 골이 꽤 깊고 오래된 것 같았지만, 반응을 보니 다른 가족들은 잘 몰랐던 듯했다.

강도가 침입해 위기 상황이 벌어지자 가족 간에 평소 감추고 있던 불만과 속내가 터져 나오는 것이다. 이 집의 실질적인 주인인 할머니가 가장 먼저 폭발했다.

펑옌은 이렇게 심한 말을 듣고도 표정 하나 변하지 않고, 여전히 온화하고 침착한 얼굴이었다. 슬립에 빨간 가운을 걸치고 긴 머리를 늘어뜨린 채 맨발로 서 있는 모습은 나이를 가늠할 수 없을 만큼 고왔다. 그러나 천천히 할머니 앞으로 걸어가는 펑옌을 지켜보다가 불현듯 깨달았다. 펑옌은 지금 정상이 아니었다. 긴 세월 조용히 참고 견디며 힘든 집안일을 혼자 감당해온 여자들에게 흔히 나타나는 반응이었다. 지금 그녀는 강한 정신적 충격과 극도의 불안으로 완전히 다른 사람처럼 변해버렸다.

어쩌면 이것이 본모습일지도 모른다.

"사람이 할 말이 있고 안 할 말이 있지, 그동안 온갖 고상한 척은 다 하시더니 속으로는 내내 저를 내쫓을 궁리를 하셨군요? 그런데 오늘은 어쩌다 본심을 드러내셨을까? 아, 알겠네. 돈도 다 뺏기고 알거지가 될 판이라 화가 나 미치겠는데 저 사람들한테 화를 낼 수는 없으니까, 그래서 늘 그랬듯 만만한 나한테 화풀이를 하시겠다?"

"너, 너……."

할머니가 더듬거리는 사이 펑옌이 계속 말을 이었다.

"그래도 손녀 앞인데 말을 좀 가리시지 그랬어요. 루잉 아빠랑은 진심으로 사랑해서 결혼한 거지, 돈 때문에 결혼했다뇨? 나야말로 어머니가 그냥 좀 엄한 분이시려니 했지…… 그동안 나한테 무슨 짓을 했는지, 내 입으로 말해야겠어요? 이 집은 미친 노인의 비뚤어진 지배욕이 만들어낸 새장이에요. 어머니 아들도 딸도, 모두가 새장에 갇힌 새라고요. 평생 인형처럼 어머니가 조종하는 대로 살았죠. 나도 그 새장에 갇힌 새였고. 그것도 어머니가 가장 미워하는 새."

지금 이 상황에서 나올 법한 말은 아니어서 조금 충격적이었다. 펑옌은 눈앞의 위기는 전혀 안중에 없는지 언뜻 거만해 보이기까지 했다.

그런데 놈의 태도도 이상했다. 펑옌을 제지하지 않고 소파에 앉아 재미있다는 표정으로 가만히 듣고만 있었다.

펑옌은 초점 없는 눈빛으로 허공을 응시하며 말을 이었다.

"이 집은 방금 전까지도 그냥 감옥이었어. 당신은 지금까지 날 괴롭히고 내 인생을 망가뜨렸고. 지금 저 사람들이 요구하는 건 당신 돈이야. 우리 목숨을 담보로 당신 재산을 지킬 생각은 하지 마. 우릴 끌어들이지 말라고. 그리고…… 뭐 말해봤자 안 믿겠지만 난 이 집안을 망치는 일 같은 건 안 했어. 어차피 언젠가 자멸할 기형적인 집안인데 내가 굳이 왜 나서? 그런데 그날이 이렇게 빨리 올 줄은 몰랐네……."

펑옌은 말을 마치고 계단을 오르기 시작했다. 일당 하나가 막아서자 걸음을 멈췄지만 두려움이라곤 느껴지지 않는 무표정한 얼굴이었다.

"그냥 올라가게 놔둬. 어차피 가보에 대해선 알지도 못하고, 손도 묶여 있어서 무슨 짓을 할 수도 없을 거야."

천루잉이 눈물을 뚝뚝 흘리며 계속 무어라 소리를 냈다. 아마도 엄마를 부르는 것일 테지만, 펑옌은 뒤도 돌아보지 않고 계단을 올라 방으로 들어가 문을 닫았다.

화가 치밀어 얼굴이 붉으락푸르락하던 할머니가 갑자기 몸을 부르르 떨며 쓰러졌다. 놈이 벌떡 일어나 할머니에게 달려가 인중을 꾹 눌렀지만 할머니는 계속 온몸을 부르르 떨다가 허연 거품을 물고 눈을 까뒤집으며 기절했다.

줄곧 침묵하던 천 교수가 아이처럼 울부짖었다.

"풍을 맞으신 거예요! 전에도 두 번이나 중풍으로 쓰러지셨어요."

일당 중 한 명이 날뛰는 천 교수를 찍어 눌렀다. 우두머리 사내는 기절한 할머니에게 한바탕 욕을 퍼붓고는 그냥 바닥에 내버려뒀다. 천바오주와 천루잉은 입에 재갈이 물리고 두 손이 묶인 상태로 동시에 벌떡 일어나 할머니에게 달려갔다. 평소 무뚝뚝하던 천바오주가 이런 반응을 보인 것은 다소 의외였다. 천바오주 얼굴에 걱정과 슬픔이 가득했다. 반면 왜인지 천루잉 눈빛은 아주 복잡해 보였다.

놈은 예상치 못한 상황에 골치가 아픈지 담배를 뻑뻑 피워대다가 아래층에 있는 방 두 개에 천 교수와 천루잉, 그리고 천바오주와 정즈웨이를 각각 가뒀다. 일당은 각자 흩어져 집 안을 샅샅이 뒤졌다.

나는 자세를 바꿔 벽에 기댔다. 4시쯤 되었으려나? 해가 뜨려면 아직 3시간 정도 남았겠지.

결혼은커녕 제대로 된 연애도 해본 적이 없고 주변에 결혼한 친구도 없는 나로서는 솔직히 펑옌이 무슨 심정으로 시어머니에게 그런 말을 쏟아냈는지 잘 알 수 없었다. 다만 펑옌은 사람이 좋아 보였고 할머니는 느낌이 별로였기 때문에 펑옌을 동정하는 마음이 좀 더 크긴 했다. 할머니는 한눈에 봐도 고압적이었고 조금 전에 펑옌에게 쏟아낸 말만 들어봐도 그동안 며느리를 얼마나 무시했는지 알 수 있었다. 겉으로는 행복한 부잣집처럼 보였는데, 두 안주인은 긴 세월 깊은 감정의 골을 만들어온 모양이었다.

펑옌이 시어머니를 향해 불만을 쏟아낼 때 천 교수와 천바오주의 표정도 좀 이상했다. 놀라거나 화를 낼 법도 한 상황이었는데 둘 다 무표정했다.

펑옌도 확실히 정상이 아니긴 했다. 평소의 차분하던 모습은 온데간데없고 완전히 이성을 잃은 모습이었다. 오늘 밤 사건으로 큰 충격을 받아서 그런 것일 수도 있지만, 언뜻 입가에 스친 미소를 본 듯도 했다. 새벽에 숲길에서 본 끔찍한 고양이 사체가 떠올랐다. 마음속에

똬리를 튼 의혹이 점점 구체적으로 변했다.

긴 세월 비정상적인 집안 분위기에 억눌린 삶은 한 사람을 이렇게까지 비뚤어지게 만드는 걸까? 한 인간의 꿈과 희망을 무너뜨리고, 그 자리에 이토록 깊은 증오를 뿌리내리게 하고?

다시 통풍구 앞으로 가 아래층 상황을 살폈다. 놈이 2층으로 올라와 펑옌 방으로 향하고 있었다. 방문 앞에서 복면을 벗자 정원에서 본 잘생긴 일꾼의 얼굴이 드러났다. 놈은 잔인한 미소를 거두고 펑옌 방으로 들어갔다.

문득 정원에서 목격한 장면이 떠올랐다. 만두 접시를 들고 서 있던 펑옌과 공손히 접시를 받아들던 놈. 그때 놈의 시선은 까만 스타킹에 감싸인 펑옌의 종아리에 꽂혀 있었다.

***

어느 정도 시간이 지나자 우위는 열이 떨어지고 편히 잠든 모습이었다. 우위 이마에 손을 짚어보며 생각했다. 내가 우위 목숨을 살린 거잖아? 그럼 이제 우위가 몸과 마음을 다해 나한테 보답해야 하는 거 아니야?

하지만 이 남자는 나를 위해 죽을 수는 있어도, 절대 나와 함께하려고는 하지 않겠지.

나 자신이 한심해 피식 웃고는, 참지 못하고 손을 뻗어 우위의 바짝 마른 입술을 어루만졌다.

잠시 후 펑옌 방의 문이 열리더니 놈이 펑옌 손을 잡고 나왔다. 펑옌은 아까 그 옷차림이 아니었다. 내가 아무리 연애 경험이 없어도 두 사람 사이에 흐르는 묘한 기류는 눈치챌 수 있었다. 펑옌은 얼굴이 살짝 상기됐고 놈은 복면을 벗은 얼굴로 실실 웃었다.

악당이 얼굴을 드러내는 것은 결코 좋은 징조가 아니다.

놈은 몇 걸음 걷다가 갑자기 휙 돌아서더니 흥분이 덜 가라앉은 듯 펑옌을 벽에 밀어붙이고 격정적인 키스를 퍼부으며 몸을 마구 더듬었다. 당장이라도 그녀를 잡아먹을 듯 거친 몸짓이었다.

분명히 격정적인데, 왠지 모르게 강한 절망이 느껴졌다. 이상했다. 왜 눈앞의 여인에게 진심이라는 느낌이 들지? 혹시, 놈도 이용당하고 있는 걸까?

모르겠다.

"처음 봤을 때만 해도 내가 이렇게 대단한 놈인 줄 몰랐지?"

놈의 말에 펑옌이 고개를 들고 가볍게 미소 지었다.

"그래, 몰랐지."

놈이 잠시 펑옌을 뚫어져라 쳐다봤다.

"저 할망구가 당신을 그렇게 괴롭혔단 말이지? 자기가 무슨 서태후야? 며느리를 그렇게 괴롭히게? 당신이 이 집안을 증오할 만해. 내가 대신 철저히 복수해줄게. 좋지?"

"물론 좋지. 그런데 생각해보면 저 양반이 나한테 그렇게 심하게만 군 거는 아니야. 덕분에 호의호식하며 잘살긴 했으니까. 강제로 회사를 그만두게 하고 가정주부로 만들어버린 게 불행의 시작이었지. 결혼 전 친구들은 못 만나게 하고, 자기가 선별한 사모님들하고만 어울리게 하고. 내 의견 같은 건 철저히 묵살했어. 그냥 자기 뜻대로 조종할 인형이 필요했던 거야. 심지어는 우리 부부 성생활까지 간섭했다니까. 아들이 며느리한테 완전히 빠지면 안 된다고 밖에서 다른 여자랑 자라고 부추기는 게 말이 돼? 이렇게 말하다 보니 정말 어이없네. 그냥 들어봐도 웃기지? 그래서 나도 속으로 비웃으며 살았어. 정말이지 겉으로만 남 부러울 것 없어 보이는 집안이었어."

놈이 펑옌의 뺨을 어루만졌다.

"그런데 왜 이 집을 안 떠났어?"

뜻밖에도 펑옌은 소녀처럼 수줍은 얼굴을 하고 놈을 바라봤다.

"말했잖아. 나한테 그렇게 심한 짓만 한 건 아니라고. 그러다 아이도 생겼고, 어쨌든 남편이 날 아껴주니까 못 떠났어. 나중에는 직장도 친구도 다 없어지고 나니 더더욱 떠날 용기가 없었고. 나중에야 알았는데, 나한테만 그런 게 아니라 자기 아들딸 인생도 모두 본인 뜻대로 조종해왔더라고. 바오주가 왜 정즈웨이처럼 난잡한 인간이랑 결혼하는지 알아? 저 양반이 자기 딸한테 내린 벌이거든. 바오주는 대학에서 기계공학이랑 화학을 전공하고 그쪽 분야를 좋아했는데, 저 양반이 마음대로 유명한 국유 기업 재무팀에 입사시켰어. 내 남편도, 바오주도 다 어려서부터 자기 엄마한테 길들여져서 반항은 꿈도 못 꾸더라고. 그러다가 바오주가 직장에서 가난한 남자를 만나 연애를 시작했지 뭐야. 내성적이어서 뭔가를 강하게 열망한 적도 없던 바오주가 그 남자만큼은 정말 죽기 살기로 좋아했어. 그래서 어떻게 됐을지, 대충 짐작이 가지? 정말 상상도 못 할 악랄한 방법을 동원하고, 딸의 효심까지 이용해서 끝내 떼어놓더라고. 옆에서 그런 일들을 지켜보면서 나도 점점 길들여져서 그냥 포기하고 지낸 거지. 남편도 불쌍하고, 내 딸도 지켜야 하고, 그러니 내 삶은 아무래도 상관없다고 생각하면서 말이야. 쑤완, 지금 당신이 나타나줘서 얼마나 기쁜지 몰라."

저 강도 우두머리의 이름이 쑤완이었군. 쑤완은 심경이 복잡해 보이는 표정으로 펑옌 손에 입을 맞추며 말했다.

"조금만 기다려. 당신 남편 앞에서도 이렇게 다정하게 키스해줄게."

"그건 안 돼."

"안 될 거 뭐 있어. 어차피 돈 다 챙기면 당신도 데려갈 건데."

두 사람이 목소리를 낮추는 바람에 그다음 말은 들리지 않았다. 이 집에서 이미 적지 않은 수확을 거둔 쑤완은 의기양양하게 펑옌의 허리를 껴안고 다시 걸음을 옮겼다.

이때 펑옌이 갑자기 고개를 들어 내 쪽을 쳐다봤다. 꽤 먼 거리이고 통풍구 구멍은 아주 작았지만 펑옌의 시선은 정확히 나를 향했다.

순간 온몸이 얼어붙는 것처럼 오싹해 얼른 통풍구 앞을 떠나 벽에 달라붙었다. 심장이 튀어나올 것 같았다.

펑옌은 분명히 나를 봤다. 만약 쑤완에게 말한다면 우위와 나는 끝장이다.

나는 온몸에서 힘이 쫙 빠져 벽에 기댄 채 겨우 버텼다. 아래층에서 아무 소리도 들리지 않으니 더 불안했다.

놈들이 올라오면 어쩌지?

만약 그런 상황이 벌어지면…….

내가 먼저 뛰어나가 놈들의 시선을 돌려야 한다. 그래야 우위를 살릴 수 있다.

그렇게 생각하니, 왠지 마음이 아팠다.

우위, 이런 내 마음 알아?

몇 분이 지났는데 아래층은 여전히 조용했다. 용기를 내 다시 구멍으로 내다보니, 두 사람은 아래층 소파에 앉아 아무렇지 않은 표정으로 대화를 하고 있었다. 펑옌이 내 쪽을 힐끗거리는 일도, 강도 일당이 우리를 잡으러 올라오는 일도 벌어지지 않았다.

마음은 진정됐지만 아무리 생각해도 이상했다. 펑옌이 쑤완에게 말하지 않은 게 분명한데, 설마 나하고 우위를 지켜주는 걸까?

이때 뒤에서 우위의 신음 소리가 들려와 황급히 몸을 돌려 우위에게 다가갔다. 소리가 새어나가면 큰일이다. 우위는 혈색이 좀 돌아오긴 했지만 여전히 두 눈을 꼭 감은 채 인상을 찡그리고 있었다.

"아, 아…….."

통증이 심해진 모양이었다.

나는 주저하지 않고 다시 몸을 숙여 우위 입을 막았다. 확실히 뭐든 처음이 어려운 법이지, 경험이 생기면 익숙해진다. 혀가 본능적으로 우위 입술 틈을 가르며 부드럽게 핥았다. 우위는 이 상황을 꿈으로 착각하는지 혀로 내 혀를 격정적으로 휘감았다. 온몸이 나른해지면서 힘이 쭉 빠지고 쿵쾅거리던 심장이 조용히 가라앉았다.

그렇게 격정적인 키스를 나누는 동안 우위의 신음 소리는 잦아들었다. 기회를 봐서 자연스럽게 혀를 빼냈지만 왠지 아쉬운 마음에 마지막으로 우위 입술을 부드럽게 핥았다.

"이렇게 격렬히 원하면서 그렇게 날 밀어내고, 참고 또 참았어? 사실은 이렇게 약해빠졌으면서……. 계속 키스할 거야. 죽도록 키스할 테니까 어디 더 참아봐……."

충격적이고 위험한 일을 겪는 중이어서인지 평소라면 절대 입 밖에 내지 못할 말까지 튀어나왔다.

그런데 갑자기 우위 손이 내 등을 감쌌다. 너무 놀라 온몸의 피가 거꾸로 솟는 것 같았다. 고개를 드는 순간 힘겹게 눈을 뜬 우위와 시선이 마주쳤다.

우위는 눈이 빨갛고 얼굴이 창백했지만 눈빛은 돌아왔다. 깊은 호수가 일렁이는 듯한 그 눈빛.

몽둥이로 뒤통수를 얻어맞은 기분이었다. 여자의 마지막 자존심이 무너져버렸어! 사방에 위험이 도사린 상황이지만 위기의식이고 뭐고 부끄러움에 얼굴이 뜨겁게 달아올랐다.

도대체 어디부터 들었을까? 키스하기 전부터 깨어 있었나? 아니면 그 후? 설마, 내가 엄청 밝히는 여자라고 생각하는 건 아니겠지?

얼른 몸을 똑바로 일으키려는데 우위가 더욱 단단히 내 허리를 감싸며 깊고 그윽한 눈빛으로 날 바라보았다.

내 말을 다 들은 게 분명했다.

순간 귓속이 먹먹해지면서 아무 소리도 안 들렸다.

"오해하지 마. 네 신음 소리가 너무 커서…… 밖에까지 들릴까 봐 어쩔 수 없이 입을 막은 것뿐이야."

그렇게 말을 해놓고는 바로 후회했다. 손으로 막을 수도 있었잖아?

다행히 우위는 아무것도 묻지 않았다. 표정만으로는 무슨 생각 중인지 도무지 알 수 없었다.

"응, 알아."

뭐? 안다고? 알긴 뭘 아는데?

우위는 이 문제에는 관심 없다는 듯 몸 상태를 살폈다.

"붕대랑 약이 있었어?"

난 구급상자를 가리키고 쪽지를 내밀어 보였다.

"지난번에 나한테 쪽지 남겼던 사람이 마련해둔 거 같아. 저번에는 너한테 쪽지를 보여줄 정신이 없었는데, 구급상자에 들어 있던 글씨가 지난번 필체랑 똑같아."

길게 말하지 않아도 우위는 내 뜻을 금방 이해했다.

그런데 우위가 갑자기 눈을 동그랗게 뜨더니 쪽지를 휙 낚아채고는 몸을 일으켜 앉으려 했다. 나는 다급하게 우위를 부축했다.

"안 돼. 가만히 누워 있어."

우위는 내 말을 듣는 둥 마는 둥 뚫어지게 쪽지만 들여다봤다.

"혹시 누구 글씨인지 아는 거야?"

우위가 미소를 짓더니 와락 내 허리를 끌어안았다. 피비린내와 약 냄새가 훅 덮쳐왔다. 우위는 내 머리에 입을 맞추고는 말을 이었다.

"자오자오, 우린 살 수 있어. 이것만 있으면…… 우린 반드시 살아서 나갈 거야. 나만 믿어. 이제 무서워하거나 걱정하지 않아도 돼."

난 우위를 빤히 쳐다보며 눈빛으로 물었다. 하지만 흥분한 우위는 자세히 설명할 생각이 없어 보였다. 우위가 나를 놓아주고 다급하게 물었다.

"구급상자에 또 뭐가 있었어?"

난 상자를 끌어와 물건을 하나하나 꺼내놓았다.

"약이랑 붕대, 그리고 이거. 못 쓰는 휴대전화. 아니 휴대전화는 아닌 것 같은데, 암튼 내가 이것저것 눌러봤는데 안 되더라고. 어차피 지금 신호도 안 잡히고."

우위는 상자 안에 든 부품을 확인하고는 의미심장한 미소를 지었다.

"휴대전화가 아니라 위성 전화야. 대학원 연구실에서 관련 프로젝트에 참여한 적이 있어. 그런데 이게 왜 부서졌지."

위성 전화? 들어는 봤지만 실제로 보기는 처음이었다. 이렇게 통신망이 차단된 상태에서도 위성 전화는 통신이 가능하다. 그런데 이게 왜 여기 있지? 설마, 이 물건들을 준비해준 사람은 휴대전화가 안 터지는 상황까지 알고 있었던 거야?

나는 깊이 모를 우물을 들여다보는 기분이었다. 우물물에 어렴풋이 달빛이 비추는 것 같긴 한데, 여전히 뭐가 뭔지 알 수 없었다.

우위는 어느새 부품을 다 꺼내 바닥에 늘어놓았다.

"뭐 하는 거야?"

"기다려봐. 금방 고쳐줄게."

"이걸 고친다고? 다 부서졌는데?"

"이래 봬도 내가 고칠 수 있는 게 좀 많아."

하긴, 명문대 공대생이었지. 내가 다녔던 별 볼 일 없는 대학 공대생도 컴퓨터 조립을 척척 했으니까 우위라면 비행기를 고친다고 해도 이상할 게 없었다.

난 통풍구로 아래층 상황을 살피면서 간간이 우위를 돌아봤다. 하지만 얼마 지나지 않아 상황이 여의치 않음을 알았다.

우위는 대부분 앉아서 전선과 부품을 잇는 데 집중했지만 간간이 뭔가를 찾느라 선반을 오갔고, 그렇게 몇 번을 하고 나자 얼굴과 목에 식은땀이 흘렀다. 인상을 찡그리는 횟수도 늘어나고 얼굴이 다시 창백해졌다.

그제야 알았다.

우위는 통증을 참고 있었다.

구급상자에 진통제는 없었으니 우위는 이를 악물고 통증을 참는 것이다. 혼수상태에서 막 깨어나 몸을 일으켜 앉는 것만으로도 이미 엄청 힘들었을 텐데.

이 순간의 내 심정을 어떻게 설명해야 할지⋯⋯. 함께 시공간을 오가는 동안 우위는 늘 나를 지켜줬다. 나를 위해 떠나고, 나를 위해 돌아왔다. 방금 전도 마찬가지였다. 나는 혼란에 빠져 있었지만 우위가 깨어나는 순간 마음이 안정되고, 더는 그렇게 무섭거나 억울하지 않았다.

이 상황에서 위성 전화는 우리의 유일한 희망이었다. 그러니 우위는 통증으로 식은땀을 흘리고 손을 부들부들 떨면서도 전혀 내색하지 않은 것이다.

문득 우위도 평범한 한 사람이라는 사실을 깨달았다. 나처럼 아프고, 약해질 수 있고, 두려움과 슬픔에 잠길 수도 있는 평범한 사람. 우리 두 사람은 영웅도 아니고 천재도 아니다. 어쩌다 휘말린 운명의 소용돌이에서 그저 최선을 다하고 있을 뿐이다. 어쩌면 남들보다 조금 순발력 있게 기지를 발휘할 순 있겠지만, 평범한 수준을 벗어날 정도는 아니다. 우위가 아무리 늘 강하고 든든하게 나를 받쳐주고 있다 해도, 우위 역시 평범한 한 사람인 것이다.

그동안 우위가 나를 밀어낸 이유를 알 것 같았다.

우위도 두렵고 당황스러웠을 것이다. 나약해서가 아니라, 상처와 슬픔으로 가득한 그의 마음에 아직 온기가 남아 있다는 뜻이었다.

그런 우위가 고통스러워하는 모습을 차마 가만히 보고 있을 수만은 없었다.

하지만 내가 도울 수 있는 게 없었다. 고작해야 남은 붕대로 우위 이마에 흐르는 땀을 닦아주는 정도였다. 우위는 내 손길에 잠깐 멈칫했다가 말없이 다시 손을 움직였다. 우위를 위해 아껴뒀던 생수병을 열어 내밀었다.

"괜찮아. 나는 목 안 마르니까 너나 마셔."

피를 그렇게 흘리고 식은땀도 계속 흐르는데 목이 안 마르다고?

"조금이라도 마셔."

"정말 괜찮아."

우위는 목소리까지 건조한데도 계속 우겼다.

"설마, 내가 방금 전 그 방법으로 먹여주길 바라는 거야?"

내 머리가 정말 어떻게 된 모양이었다. 아니면 너무 피곤하고 긴장한 탓인가? 그렇지 않고야 저런 말을 아무렇지도 않게 내뱉을 리가!

우위는 속내를 알 수 없는 눈빛으로 나를 빤히 쳐다보다가 결국 생수병을 받아 들고 꿀꺽꿀꺽 반을 비운 뒤 나한테 돌려줬다. 나는 뒤늦게 부끄러움이 밀려와 얼굴이 뜨겁게 달아오른 채 생수병을 받아 몇 모금 마셨다.

다시 통풍구에 바짝 붙어 아래층 상황을 살폈다.

2층에도 작은 거실이 있었는데, 그곳에서 난감한 상황이 펼쳐졌다. 펑옌, 쑤완, 천 교수가 한자리에 모여 있었다.

2층 거실은 내 위치에서는 절반밖에 보이지 않았다. 쑤완은 소파에 앉아 펑옌 허리에 팔을 두르고 있고 천 교수는 등 뒤로 손이 묶인 채 다른 놈들에게 끌려와 서 있었다. 분노에 치가 떨리는 표정이었다.

"다시 묻지. 가보 어디 있어? 가족들 살리기 싫어?"

"난 정말 모른다니까."

말이 끝나자마자 한 놈이 천 교수에게 주먹을 날렸다. 천 교수는 힘 없이 바닥에 쓰러졌다. 그러고도 주먹질이 이어지려 하자 펑옌이 끼어들었다.

"저 사람은 평생을 어머니 말에 따르며 온실 속 화초처럼 살았어요. 한가하게 책이나 볼 줄 알지 집안일은 하나도 관심이 없다고요. 그러니 가보가 어디 있는지도 알 턱이 없죠. 만약 안다면 한 대 맞자마자 털어놨을 거예요."

"음."

쑤완이 덤덤한 표정으로 펑옌에게 입을 맞췄다.

천 교수가 고개를 번쩍 들고 펑옌을 매섭게 노려봤다. 그러나 펑옌은 그가 안중에도 없다는 듯 허공만 응시했다.

천 교수가 분노에 찬 목소리로 말했다.

"더럽고 천박해. 내가 당신한테 뭘 어쨌다고 우리 가족한테 이런 짓을……. 어머니 말이 맞았어. 당신이 우리 집을 망가뜨렸어……."

펑옌이 가소롭다는 듯 피식 웃었다.

"맞아. 당신은 나한테 잘못한 거 없어. 그래, 내가 이 집을 망가뜨리려고 이 사람들을 끌어들였어."

천 교수는 다시 끌려가 방에 갇혔다. 쑤완은 펑옌의 말이 아주 마음에 드는 표정이었다. 두 사람은 다시 끌어안고 한바탕 뒹굴었다.

쑤완 저놈은 아직 일이 끝나지도 않았는데 벌써 완전히 풀어진 듯 보였다.

이때 쑤완이 다른 일당을 불렀다.

"가서 여동생 데려와. 다시 물어봐야겠어."

펑옌이 피식 웃었다.

"천바오주? 바오주는 당신이 원하는 답을 줄 수가 없어. 이 집에서 나랑 거의 비슷한 대접을 받고 있거든. 그 여자가 자기 딸을 얼마나 싫어하는데 가보가 어디 있는지 말해줬을 리가 없지."

"그건 모르는 거야. 어쨌든 친딸이니까. 거짓말을 못 하는 사람 같으니 일단 겁을 줘봐야지."

"그럼 난 방에 가 있을게."

쑤완은 펑옌 손에 가볍게 입을 맞출 뿐 붙잡지 않았다. 펑옌이 머뭇머뭇 다시 입을 열었다.

"내 딸은 왜 아직 안 풀어줘? 그 앤 정말 아무것도 몰라."

쑤완이 소파에 등을 기대며 느릿느릿 대꾸했다.

"걱정 마. 당신 딸한테는 아무 짓도 안 해. 하지만 이 집 할망구랑 당신 남편이 그 애를 끔찍이 아끼니, 나중에 필요할 수도 있어."

펑옌은 눈빛을 날카롭게 번뜩였지만 결국 고개를 끄덕이고 방으로 향하다가 다시 쑤완을 돌아봤다.

"마지막으로 하나만 더 물을게. 도대체 누가 당신들하고 내통한 거야?"

쑤완이 담뱃불을 붙이고 연기를 내뿜었다.

"잘 생각해봐. 당신 말고 이 집을 가장 증오할 사람이 누군지."

# 34

## 우위

처음엔 분명히 달콤한 꿈이었다.

카센터 마당에 탄자오와 나란히 앉아 있었는데, 그러다가 탄자오를 무릎 위에 안아 올리고 키스를 나눴다. 탄자오가 계속 뭐라고 속삭였지만 무슨 말인지는 잘 들리지 않았다. 간간이 웃음소리가 봄바람처럼 부드럽게 귓가에 맴돌았다. 나는 부드럽고 정교한 무늬가 있는 탄자오의 스커트 자락을 꽉 움켜쥐었고 탄자오는 그런 내 손을 꼭 잡았다.

"자오자오…… 우리 영원히 함께하자, 응?"

탄자오는 말없이 웃기만 했다.

난 대답을 다그치듯 그녀를 꽉 껴안았다. 세게, 더 세게……. 그러면서 한 손으로는 그녀의 다리를 더듬었다. 탄자오가 눈을 동그랗게 떴고, 나는 그런 탄자오를 보며 나지막이 웃었다.

"오래 전부터 원했어……."

그런데 내 품에 있던 탄자오가 갑자기 사라졌다.

정신을 차려보니 나는 깜깜한 방 안에 갇혀 있었다. 칠흑처럼 어두워 아무것도 보이지 않았다. 출구를 찾으려고 앞을 향해 뛰었다. 이때 낯익은 실루엣이 휙 지나갔다. 여자였다. 그 여자도 뛰었다. 분명히 아는 사람 같은데 누구지?

"흐흐흐……."

뒤에서 음산한 남자 웃음소리가 날아왔다. 이때 공포에 질린 여자의 얼굴을 볼 수 있었다. 어두워서 또렷이 보이지는 않았지만, 그 익숙한 얼굴은 틀림없이 우먀오였다.

우먀오!

힘껏 외쳤지만 목소리가 나오지 않았다. 아무리 우먀오를 쫓아가려 해도 도저히 가까워지지 않았다. 그러다가 깜깜한 방이 사라지고, 나는 창가에 서 있었다. 창밖에 여자가 보였다. 길고 새카만 머리카락, 흰 티셔츠, 미니스커트, 가늘게 쭉 뻗은 다리. 여자는 울고 있었다. 여자가 흐느끼며 중얼거리는 소리가 들렸다.

"아위……."

갑자기 눈시울이 뜨거워졌다. 나도 힘껏 외쳤다.

"자오자오!"

탄자오는 창밖에서 계속 울고 있는데, 나는 멀리서 바라볼 뿐 아무것도 할 수가 없었다.

어느 순간 탄자오도 사라졌다.

나 혼자 모래 구덩이에 빠졌다. 주위에는 나무와 벽돌, 기와가 널려 있었다. 나는 이것들을 쌓아 필사적으로 집을 지었다. 그런데 사방에서 모래벽이 자꾸 흘러내려 집을 무너뜨렸다. 다시 지어도 계속 무너져서 집을 지을 수가 없었다.

그렇게 짓다가 무너지기를 무한히 반복했다.

목이 말랐다. 물을 마시려고 눈앞에 보이는 아이스박스를 여니 꽁꽁 언 탄산수와 까만 나무통이 있었다. 나무통 안을 들여다봤다. 시뻘

건 핏물에 토막 난 뼈와 살이 둥둥 떠 있었다.

　이 시체는…… 누구지?

　멍하니 통 안을 보는데 나도 모르게 눈물이 흘렀다.


　온몸이 식은땀으로 젖은 채 잠에서 깨어났다. 심장이 쿵 내려앉았다. 짙은 어둠에 잠겨 눈앞의 모든 것이 흐릿했다. 내게로 몸을 숙이고 키스를 하고 있는 여자가 어렴풋이 보였다.

　그 순간, 난 확실히 깨달았다. 내가 왜 이 여자를 사랑할 수밖에 없는지, 왜 이 여자와 이뤄질 수 없는지…….

　지금까지 내가 열심히 살아온 이유는 오로지 엄마와 우먀오에게 편안한 미래를 만들어주기 위해서였다. 그런데 한순간에 모두 물거품이 되었고 나는 모든 것을 잃었다. 나 자신이 누구인지조차 잊고 말았다.

　지금은 미래를 만들기는커녕 탄자오와 나의 미래를 상상하는 것조차 불가능했다. 과연 내가 탄자오를 사랑할 자격이 있는지, 몇 번이나 자문해봤다.

　내가 탄자오에게 뭘 해줄 수 있지?

　내가 탄자오를 위해 만들던 미래도 어느 한순간에 무너지면 어쩌지?

　자오자오, 부디 내 나약함과 깊은 슬픔을 이해해줘. 나란 인간은 오랫동안 깊은 어둠에 갇혀 지냈고 누군가의 온기가 너무나 그립지만, 차마 널 안을 용기가 없어.

　…….

　나는 팔을 들어 탄자오 허리를 감쌌다. 탄자오는 내가 깨어난 것을 알고는 깜짝 놀라 몸을 일으키려 했다. 빨갛게 상기된 탄자오 얼굴을 보는 순간 왠지 마음이 포근해졌다. 탄자오가 뭔가 해명을 늘어놨지만 내 귀엔 아무 말도 들리지 않았다.

문득 통증이 밀려오면서 서서히 이성을 되찾았다. 내 마음을 감추지 않고 더 열정적으로 키스하고 싶었지만 더 이상 그녀를 붙잡을 수 없었다.

잠시 후 정체 모를 누군가가 남겼다는 쪽지에서 너무나 익숙한 글씨를 보는 순간 정신이 번쩍 들었다. 지금 이 순간이 왜곡된 시간선 어디쯤인지 알 것 같았다.

고장 난 위성 전화를 수리하기 시작했다. 중요한 부품이 부서져서 굉장히 애를 먹었다.

탄자오는 벽에 붙어서 아래층 상황을 지켜봤다.

시간이 지날수록 점점 버티기가 힘들었다. 구급상자에 있던 약으로 지혈은 할 수 있었지만 상처를 치료하거나 통증을 감소시킬 수는 없었다. 쪽지를 발견하지 못했다면 내가 살아서 병원을 갈 수 있을지, 내일 아침 해를 볼 수 있을지도 알 수 없는 상황에서 절망에 빠졌을 것이다.

나는 침착하게 기지를 발휘해준 탄자오를 보며 강렬한 삶의 의지를 불태웠다. 탄자오는 원망도 후회도 없이 줄곧 나를 믿고 따라와줬다. 탄자오를 위해 반드시 우리 두 사람의 살길을 찾아야 했다.

계속 식은땀이 흘러내려 눈을 뜨기가 힘들었다. 간간이 손을 멈추고 호흡을 가다듬으며 통증이 지나가길 기다렸다가 다시 손을 움직였다.

탄자오가 눈치를 챘다.

사실 탄자오는 계속 날 지켜보고 있었다.

"정말 괜찮아? 잠깐 눕는 게 어때?"

"괜찮아. 시간도 없고."

탄자오는 가만히 입술을 깨물고 남은 붕대로 내 얼굴에 흐르는 땀을 닦아줬다. 탄자오도 많이 힘들어 보였다. 그런 탄자오의 얼굴을 멍하니 보다가 뭔가에 홀린 듯 탄자오에게 볼을 맞대고 가볍게 비볐다. 그러고는 다시 몸을 바로 하고 말했다.

"나는 괜찮으니까 아래 상황이나 잘 지켜봐."

탄자오 눈에서 눈물방울이 떨어졌다. 내가 정신을 잃은 동안 얼마나 울었는지, 두 눈은 이미 퉁퉁 부은 상태였다.

갑자기 탄자오가 고개를 들더니 내 뺨에 입을 맞췄다. 깜짝 놀라 손을 멈추는데 탄자오는 이미 몸을 돌려 통풍구 너머를 주시했다.

내가 사랑한 여자는 원래 귀엽고 발랄했는데, 지금은 차분하고 상냥했다.

잠시 후 또 조용히 통증을 견디다가 신경을 다른 데로 돌리고 어색한 분위기도 풀 겸 탄자오에게 말을 걸었다.

"지금 어떤 상황이야?"

탄자오가 지금까지의 상황을 간단히 정리해 들려주고는 물었다.

"그런데 펑옌이 내통자가 아니라면 대체 누굴까?"

나는 손바닥 위의 부품을 들여다보며 마음이 무겁게 가라앉았다. 중요한 부품이 망가져서 고칠 방법이 없었다. 이제 어쩌지?

"쑤완은 이 집 재산을 노리고 온 거잖아. 그러니 교수님과 루잉은 아닐 거 같아. 천바오주도 이집 딸이니 만약 재산이 탐났다면 다른 방법을 썼을 거야. 이런 엄청난 일을 벌일 성격도 아닌 것 같고. 아무래도 가장 의심이 가는 쪽은 탕란란과 정즈웨이지."

"탕란란은 이미 험한 꼴을 당했잖아?"

"그러니까 결국 한 사람 남았잖아."

탄자오가 턱을 만지작거리며 잠시 생각에 잠겼다가 말했다.

"맞아. 성격적으로 봐도 탕란란이랑 정즈웨이는 원하는 바가 다를 거야. 탕란란은 이 집안 분위기를 즐기는 거 같았거든. 자기도 할머니 뜻대로 움직여야 하면서도 오히려 그 상황을 즐기고 물 만난 고기처럼 이 집안을 휘젓고 다니는 느낌이었어. 실제로 펑옌이나 천바오주보다 더 의기양양했잖아. 할머니가 자기를 그렇게 쉽게 포기할 줄 몰랐을걸. 정즈웨이는 확실히 경박하고 능글맞아 보여. 야망이 큰 남자 같기도 하고. 말이 재벌 2세지, 어쩌면 별거 없는지도 몰라. 우연히 가보 얘기를 듣고 저놈들이랑 내통해서 나눠먹기로 했을 수도 있어."

꽤 논리적인 분석이었다. 이때 나도 새로운 방법이 떠올랐다. 위성 전화는 물 건너갔으니 이 부품으로 다른 장치를 만들면 될 듯했다. 어차피 외부로 구조 요청 신호를 보낼 수만 있으면 되니까.

구급상자와 이 기계를 준비한 사람도 이런 상황을 예상했을까? 만에 하나 위성 전화가 고장 나더라도 내가 어떻게든 다른 방법을 찾아낼 거라고? 다시 자신감에 불이 붙었다.

이때 아래층에서 울부짖는 여자 목소리가 들렸다.

또 무슨 일이 생긴 모양이었다.

이번엔 천바오주 커플 같았다. 통풍구로 내다보니 방문이 열리고 천바오주가 울며불며 고함을 지르는 소리가 들렸다.

"나쁜 새끼! 짐승 같은 놈! 너를 믿는 게 아니었어!"

이어 정즈웨이가 멍투성이 얼굴로 뛰쳐나오고 천바오주가 바로 뒤쫓아 나와 달려들었다. 두 사람은 결박이 풀린 상태였다. 역시 저놈이었어.

정즈웨이는 천바오주에게 떠밀려 바로 앞에 있던 강도와 부딪혔다. 그러나 겁을 내기는커녕 강도의 손을 잡고 소리쳤다.

"저 여자 좀 어떻게 해봐."

강도 두 놈이 달려와 천바오주를 다시 방으로 끌고 가며 눈빛을 주고받았다. 이어 방 안에서 주먹질과 발길질 소리가 들려왔다. 천바오주는 흠씬 두들겨 맞은 뒤에야 조용해졌다.

아마도 정즈웨이와 함께 방에 갇혀 얘기를 나누던 중 정즈웨이가 정체를 드러낸 모양이었다. 그래서 격분한 천바오주가 정즈웨이를 저꼴로 만든 듯했다.

두 놈이 천바오주를 가두고 나오자 쑤완이 아래층으로 내려가 정즈웨이와 마주 섰다. 정즈웨이는 다른 일당에게 담배를 얻어 피우며 씩씩거렸다.

"제기랄, 못생긴 게 멍청하기까지 해서는, 내가 진짜 자기랑 결혼할 줄 알았나 보지? 쑤 형, 맘대로 해도 돼. 내 눈치 볼 거 없어. 노처녀 주제에, 지 엄마랑 똑같이 재수 없어. 난 돈만 나누면 바로 사라져드리지. 자, 누구부터 할 거야?"

정즈웨이는 생각할수록 열이 받는지 씩씩대며 다시 방 앞으로 가서는 소리쳤다.

"천바오주! 내가 네 과거 모르는 줄 알았지? 기생오라비처럼 생긴 놈한테 빠져서 야반도주하려고 했던 주제에 내 앞에선 얌전하고 순진한 척하고. 너, 나중에 딱 네 엄마 판박이 될 거야. 생각만 해도 밥맛 떨어져. 계속 너희 가족 비위 맞추면서 연기해야 한다고 생각하니 정말 끔찍했는데, 속이 다 후련하네. 너희 가족은 이런 꼴 당해도 싸. 아주 제대로 당해봐야 해. 그냥 싹 다 망하고 죽어야 해."

정즈웨이는 처음부터도 인상이 안 좋았는데 본색을 드러내니 정말 더 역겨웠다. 방 안에서 힘들게 숨을 몰아쉬는 천바오주의 쉰 목소리가 새어 나왔다.

"아무리 그래도…… 나한테는 하나밖에 없는 엄마야. 우리 가족이 언제 너한테 말이라도 심하게 한 적 있어? 나는 엄마 원망 안 해……. 그런데 네가 어떻게 우리 엄마한테, 나한테, 이럴 수 있어? 나는 정말 너랑 결혼할 생각이었는데……. 이 더러운 짐승 새끼야!"

정즈웨이는 아무런 대꾸 없이 차갑게 비웃음만 지었다.

천바오주 말은 조금 의외였다. 탄자오에게 듣기로 교수님 가족들이 서로 배신하고 폭언을 했다던데, 천바오주는 자기 엄마를 이해하고 감싸주고 있었다.

탄자오 역시 의외라는 표정을 지었다.

쑤완과 정즈웨이는 천바오주 말에 신경 쓰지 않고 뭐라고 귀엣말을 주고받았다.

잠시 후 천바오주가 냉정을 되찾았는지 침착하게 말하는 소리가 들렸다.

"엄마를 돌보게 날 내보내줘. 엄마가 잘못되면 그 물건들도 끝내 손에 못 넣을 텐데?"

맞는 말이었다. 쑤완이 정즈웨이를 향해 고개를 끄덕여 보이자 정즈웨이는 아무려나 상관없다는 표정을 지었다.

곧이어 일당 둘이 천바오주를 끌고 나왔다. 주먹질을 당해 코가 파랗게 부어오르고 머리도 산발이 되어 꼴이 말이 아니었다. 놈들은 거실 한쪽 구석에 누워 있는 할머니 옆으로 천바오주를 내팽개쳤다. 천바오주는 자기 엄마를 끌어안고 눈물을 뚝뚝 흘렸다.

이때 일당 하나가 집 안으로 뛰어 들어와 쑤완에게 뭐라고 속삭였다. 쑤완은 고개를 끄덕이고 집 안을 획 둘러봤다. 뭔가 의미심장한 표정이었다. 그 눈빛에 언뜻 경멸과 악랄함, 광기 어린 흥분이 스쳤다.

순간 심장이 덜컥 내려앉았다.

놈들이 또 다른 짓을 꾸미고 있었다.

아마도…….

불을 지르려는 것이겠지.

모든 증거를 태워버리려는 것이다.

# 35

탄자오

돌이켜 보면 이날 밤에 일어난 사건은 모두 징조가 있었다.

지난 며칠 이 집에 머물면서 마주친, 하나같이 이상했던 사람들. 그들이 바로 단서였다.

이날 밤 내내 배신, 시기, 상처, 억압, 간절한 호소가 이어졌다. 이들 가족이 이 순간 겪는 고통과 절망 뒤에는 결국 어느 한 사람의 흉악하고 단순한 욕망이 숨겨져 있었을 뿐이다.

천바오주가 배신당하는 모습을 지켜보며 우위의 창백한 얼굴이 차갑게 굳었다. 하지만 이런 고통과 슬픔에 익숙하다는 듯 다시 위성 전화 수리에 집중했다.

잠시 후 할머니가 발작을 멈추고 가늘게 실눈을 떴다. 아직 의식이 또렷하지는 않은 것 같았다. 결박이 풀린 천바오주는 할머니 옆에 꿇어앉아 약을 먹이고 얼굴과 손을 열심히 닦아주었다.

어느새 쑤완 옆에 붙은 정즈웨이는 거만한 표정으로 놈들과 같이 담배를 피우며 간혹 천바오주를 힐끔거렸다. 언제라도 눌러 죽일 수 있는 개미 한 마리를 보는 듯한 눈빛이었다. 경박한 졸부 2세 이미지

이긴 했지만, 어쨌거나 저런 범죄자들과 같은 부류로 보이지는 않았는데, 저렇게 거들먹거리는 모습을 보니 쑤완과 잘 어울렸다.

쑤완은 핑옌 허리를 감싸고 앉아 미인을 얻은 기쁨을 온몸으로 표현했다. 반면 핑옌은 덤덤한 표정이었다. 우리가 있는 위쪽으로는 전혀 시선을 주지 않아서 고마웠다.

다른 가족들은 아직 방에 갇혀 있었다.

갑자기 할머니가 희미한 신음 소리를 내자 모두의 시선이 집중됐다. 천바오주가 할머니에게로 머리를 숙였다. 할머니가 입을 연다면 들을 수 있는 사람은 천바오주뿐이었다.

잠시 후 할머니가 다시 고른 숨소리를 내뱉었다. 고개를 든 천바오주 표정이 왠지 슬퍼 보였다. 아니, 비장하다는 표현이 더 어울릴 것 같았다.

쑤완이 벌떡 일어섰다.

"할망구가 뭐래?"

"내가 다시 물어봤는데…… 비취가락지는 2층 거실 오른쪽 벽면 세 번째인지 서른세 번째 타일 안쪽에 있대요. 목소리가 작아서 제대로 들었는지는 모르겠지만."

쑤완이 신이 난 얼굴로 정즈웨이를 쳐다보자 정즈웨이도 흥분한 눈빛으로 고개를 끄덕였다. 쑤완이 일당 둘에게 명령했다.

"공구 가져가서 벽 깨부수고 물건 가져와."

그리고 다시 천바오주에게 말했다.

"잘했어. 이 집안에 제정신인 인간이 하나는 있었네. 할망구가 가보를 어디에 숨겼는지만 말해주면 너희 가족은 아무 일 없을 거라고 약속하지. 우리가 원하는 건 돈이랑 물건뿐이니까."

천바오주는 공허한 눈빛으로 허공을 응시했다. 절망적인 상황 앞에 끝내 무릎을 꿇은 표정이었다.

"그 말 꼭 지키세요. 돈이 우리 가족 목숨보다 중요한 건 아니니까 최대한 엄마를 설득해볼게요. 대신 우리 엄마, 오빠, 조카…… 우리 가족 모두 아무 일 없어야 해요."

"난 내가 한 말은 지켜."

불쑥 화가 치밀었다. 조금 전 우위는 쑤완 패거리가 증거 인멸을 위해 불을 지를 것이라고 추측했다. 전에 우리가 집 안팎을 살폈을 땐 아무 이상이 없었으니까. 그런데 저렇게 태연하게 거짓말을 하다니. 악랄한 범죄자 앞에서 사람들은 이렇게 무력하게 짓밟히고 만다.

펑옌이 천바오주를 돌아봤다. 두 사람은 잠깐 눈을 마주쳤다가 다시 외면했다. 서로 낯선 사람 대하듯 아무 표정이 없었다.

지금 두 사람은 어떤 마음일까? 경멸? 동정? 아니면 무시?

이때 아래층 방문 중 하나가 열리고 탕란란이 비틀거리며 걸어 나왔다. 이번에는 모두의 시선이 탕란란에게 집중됐다. 다른 사람들은 무슨 생각을 할지 모르겠지만 나는 탕란란이 너무 가여웠다. 옷은 다 찢어져 겨우 가릴 데만 가린 상황이었고, 얼굴과 몸 곳곳에 시퍼런 멍이 보였다. 눈빛은 초점 없이 멍했다. 강도 일당은 그녀를 보며 키득거렸다. 정말 혐오스러웠다. 우위도 차가운 표정으로 시선을 돌렸다.

"엄마 돌보는 것 좀 도와줘."

천바오주가 목이 멘 소리로 말했다. 하지만 탕란란은 멍하니 허공만 응시하다가 한참 후에야 천바오주의 말을 알아들은 듯 바닥에 누워 있는 할머니에게 시선을 돌렸다. 그러고는 천천히 그 옆에 쪼그려 앉아 할머니를 노려보며 비웃음을 지었다. 계속 그렇게 노려만 볼 뿐, 아무 말도 움직임도 없었다. 천바오주도 더는 도움을 청하지 않았다.

이 침묵을 깬 사람은 펑옌이었다.

"물 좀 마시고 싶은데."

쑤완이 손을 흔들자 한 놈이 주방에서 생수병을 가져왔다. 쑤완이 생수병을 받아 뚜껑을 따서 펑옌에게 건넸다. 펑옌은 천천히 물을 마셨다. 강도 일당이 그 주위에 둘러서 있고, 펑옌을 제외한 나머지 여자들은 모두 거실 바닥에 앉거나 누워 있었다.

온 집 안이 쥐 죽은 듯 고요하고 긴장감이 감돌았다. 이때 2층에서 꿍음과 비명 소리가 터져 나왔다. 쑤완이 벌떡 일어나 일당 둘을 데리고 위로 올라가고, 나머지 사람들은 어리둥절한 표정으로 2층을 올려다봤다.

가보를 찾으러 갔던 두 놈 중 하나가 2층 거실에서 뛰어 나왔다. 얼굴은 잔뜩 공포에 질리고 몸에는 핏자국이 선명했다.

"두목, 하싼이…… 죽은 거 같아. 벽을 깨자마자 천장에서 크리스털 등이 떨어졌는데…… 하싼 머리 위로 떨어졌어……. 뭔가 뾰족한 게 머리에 꽂혔어."

표정이 굳은 쑤완 일당이 2층 거실로 뛰어 들어갔다. 자세한 상황은 볼 수 없었지만 터져 나오는 거친 고함 소리로 대충 상상이 됐다.

잠시 후 쑤완이 가장 먼저 2층에서 내려왔다. 맑고 투명하게 빛나는 커다란 비취가락지를 엄지손가락에 끼고 있었다. 하지만 표정은 딱딱하게 굳었고 양손에 피가 잔뜩 묻은 채였다. 아래층으로 내려온 쑤완은 천바오주와 할머니를 걷어찼다. 할머니는 눈을 감은 채 가냘픈 신음 소리를 냈고, 천바오주는 자기 엄마를 감싸며 울부짖었다.

"뭐 하는 짓이야!"

"제기랄! 할망구가 함정 만들어놨지? 미친 할망구! 멀쩡한 크리스털 등이 갑자기 왜 떨어져? 그게 왜 하필 내 형제 머리에 떨어지냐고! 젠장맞을!"

쑤완이 다시 할머니를 걷어차려 하자 펑옌이 그를 붙잡았다.

"쑤완!"

그 바람에 헛발질을 한 쑤완이 펑옌 손을 거칠게 뿌리쳤다.

"제길! 이거 봐!"

소파 위로 쓰러진 펑옌이 주위를 둘러보며 쓴웃음을 지었다.

천바오주는 얼빠진 표정으로 울면서 말했다.

"그…… 크리스털 등은 너무 낡아서 떨어졌을 거예요. 엄마가 어떻게 함정을 만들었겠어요? 그리고 다른 식구들은 아예 그 반지의 존재도 몰랐고요. 벽을 부술 때 충격으로 등이 떨어졌겠죠……. 함정이라니, 말도 안 돼요."

탕란란은 천바오주 뒤에 숨어 고개를 숙인 채 찍 소리도 내지 않았다. 단단히 겁에 질린 듯했다.

천바오주 말이 일리가 있었기에 쑤완도 더 이상 어쩌지 못하고 벌건 얼굴로 한참 씩씩거리다가 어느 정도 진정된 후 다시 모녀를 노려봤다.

"이 일은 나중에 제대로 갚아주지. 나머지 가보 어디 있는지 빨리 말하는 게 좋을 거야. 안 그러면 단단히 손봐줄 테니까."

옆에서 일당 하나가 쭈뼛거리며 물었다.

"두목, 하싼은…… 어떻게 해?"

"한번 형제는 영원한 형제야. 데려가서 잘 묻어주고, 하싼 몫은 가족한테 챙겨줘야지."

집 안이 다시 쥐 죽은 듯 조용해졌다. 쑤완은 소파에 기대앉아 가락지를 한참 들여다보다가 일당들에게도 구경시켜주었다.

"이 가락지 하나가 그렇게 비싸다고?"

일당 중 하나가 그렇게 묻자 정즈웨이가 탐욕스러운 눈빛을 반짝이며 말했다.

"그렇다니까. 전에 저 여자가 분명히 그렇게 말했어. 내가 따로 전문가한테 물어보기도 했고. 저 여자는 공부만 할 줄 알지 거짓말은커녕 허풍도 못 떨거든. 저 여자 말은 거의 사실이라고 보면 돼."

정즈웨이가 말하는 '저 여자'는 물론 천바오주였다. 천바오주는 퉁퉁 부은 눈으로 말없이 정즈웨이를 노려봤다.

아직 날은 밝을 기미가 없고 놈들은 이미 꽤 많은 현금과 금괴, 그리고 첫 번째 가보를 손에 넣었다. 동료 하나를 잃었지만 그래도 일당은 일곱이나 됐다. 그중 둘은 아직 밖에서 우위와 나를 찾고 있는 중인데 언제 돌아올지 모르는 상황이었다. 한 놈이 죽었어도 우리가 상대하기엔 너무 수가 많았다. 놈들은 애초에 이들 가족을 천천히, 오래오래 괴롭힐 계획을 세웠던 게 분명했다. 오늘 밤 내내, 어쩌면 내일 아침까지, 아니 놈들이 원하는 것을 손에 넣을 때까지. 그리고 마지막에 불을 지를 때까지.

하지만 사실 놈들에게 남은 시간은 많지 않았다. 날이 밝으면 좡위와 선스엔이 도착할 테고, 내가 계속 연락이 되지 않으면 이상하게 생각해 바로 경찰에 연락할 테니까. 천바오주가 시간을 끌어주니 정말 다행이었다. 부디 조금만 더, 경찰이 올 때까지 버텨주기를…….

"됐다."

우위의 작은 외침에 뒤를 돌아봤다. 위성 전화 부품은 그대로 널려 있고 그 대신 알 수 없는 작은 기계가 우위 손에 들려 있었다.

"그게 뭐야?"

우위는 어떻게 설명해야 할지 생각하는 듯 잠시 후에야 입을 열었다.

"위성 전화는 고칠 방법이 없어서, 그 부품으로 무선 통신 발신기를 만들었어."

"무선 뭐?"

"이걸로 공용 주파수를 잡아서 구조 요청 신호도 보내고 우리 위치도 외부에 알릴 수 있어."

정말이지, 내 생에 이렇게 멋진 남자는 처음이었다. 우위가 길고 거친 손가락으로 기계를 톡톡 눌러 신호를 보냈다. 다락방은 여전히 어두웠고 희미한 달빛만이 반질반질 닳은 마룻바닥을 약하게 비추었다.

문득 우위 배에 감은 붕대에서 다시 피가 배어 나오는 것이 보였다. 이마에서도 계속 식은땀이 흐르고 있었다. 얼마나 아플까?

우위가 갑자기 손을 멈추더니 지그시 날 응시했다.

"우리 여기서 안 죽어. 내가 꼭 널 데리고 나갈 거야."

그러고는 피비린내가 나는 큰 손을 내 뺨에 가져다 댔다. 우위의 손길이 느껴지자 묘하게 안심이 됐다. 우위는 잠시 그렇게 있다가 손을 뗐다.

나는 마음이 편안해졌다. 긴장, 두려움, 초조함이 모두 사라진 기분이었다. 우위가 이렇게 눈앞에 살아 있으니 그걸로 됐다.

아래층에서 할머니가 다시 경련을 일으키며 더듬거렸다.

"난…… 없어……. 가, 이제 가……."

쑤완이 쪼그려 앉아 할머니 눈앞에 가락지를 내밀었다.

"할머니 보물, 여기 있지."

잠시 경련이 멈춘 할머니는 흐리멍덩한 눈으로 가락지를 응시했다. 달리 말은 없었다. 쑤완이 피식 비웃으며 일어나자 천바오주가 울먹이며 말했다.

"엄마, 다 줘버려요, 응? 어차피 인생은 빈손으로 왔다 빈손으로 가는 건데, 일단 살아야죠. 엄마! 제발……. 우리 가족 모두 살아야 하잖아……."

천바오주는 엉엉 울면서도 설득을 멈추지 않았다. 그 모습이 측은했다. 무뚝뚝하고 차가운 성격인 줄 알았는데 생각보다 감정이 여린 것 같았다.

하지만 할머니는 꿈쩍도 하지 않았다. 내가 앉은 위치에서는 할머니를 끌어안은 천바오주와 그 옆에 서 있는 쑤완만 보였다. 천바오주가 갑자기 할머니에게 귀를 가져다 대자 쑤완의 눈빛이 반짝였다. 천바오주가 크게 놀란 표정을 짓는 걸 보고 쑤완이 다급히 물었다.

"할망구가 뭐래?"

"침향목 팔찌가…… 뒷마당 지하실 빈 물통 안에 있대요…… 엄마가 값비싼 가보를 두 개나 내줬으니, 이제 그만 우릴 풀어줘요."

두 번째 보물까지 손에 넣게 되자 일당은 흥분을 감추지 못했다. 쑤완이 씩 웃었다.

"처음부터 이렇게 고분고분했으면 서로 편하고 좋았잖아."

쑤완이 한 손을 휙 흔들자 두 놈이 밖으로 뛰어나갔다.

음침하고 싸늘한 그 지하실은 잡동사니만 가득해서 평소에는 드나드는 사람이 거의 없을 듯했는데, 그래서 아마 놈들도 지하실까지는 생각하지 못한 것 같았다.

초조한 기다림의 시간이 이어지고, 예상 밖의 전개가 벌어졌다. 또 한 차례의 사고였다.

일당 둘이 지하실로 가고 10분쯤 지났을 때 다급한 발소리와 헐떡이는 숨소리가 들리더니 두 놈 중 하나가 온몸에 피를 뒤집어쓰고 혼비백산해 뛰어 들어왔다.

쑤완이 벌떡 일어났다.

"무슨 일이야?"

일당이 천바오주를 가리키며 더듬거렸다.

"지, 지하실에 하, 함정이 있었어. 벽에서 갑자기 칼이 튀어나와서…… 다왕을 찔렀어."

함정이라니……. 황당한 이야기에 다들 얼이 빠진 표정이었다. 천바오주는 특히 어리둥절한 얼굴이었다. 이내 쑤완이 방금 돌아온 일당을 데리고 쏜살같이 밖으로 뛰어나가고, 집 안에 남은 두 놈은 가족들을 매섭게 노려봤다.

우위와 나도 의혹의 눈빛을 주고받았다.

잠시 후 쑤완이 굳은 얼굴로 돌아왔다. 다왕은 함께 오지 않은 걸 보니 살리지 못한 모양이었다. 쑤완이 천바오주 멱살을 잡고 소리쳤다.

"어떻게 된 거야? 너야? 네년이 감히 함정을 만들어놨어? 내 형제가 죽었다고!"

눈앞에 벌어진 일을 도무지 믿을 수 없다는 듯한 말투였다. 일당들이 전부 천바오주를 매섭게 노려봤다.

천바오주도 얼굴이 하얗게 질렸다.

"그게 무슨 말이에요……. 난 아무것도 몰라요. 지하실엔 잡동사니뿐인데 무슨 함정이 있어요? 내가 어떻게 함정을 만들었다고……."

천바오주는 몹시 당황한 기색이었다. 이때 정즈웨이가 불쑥 끼어들었다.

"이 여자 말, 거짓말은 아니야. 어제 이 여자랑 같이 지하실에 갔었는데 이상한 거 전혀 없었거든."

"둘이 지하실엔 왜 갔어?"

정즈웨이가 이 일과는 관련 없다는 뜻으로 강하게 손사래를 치며 멋쩍게 웃었다.

"그거야 뭐…… 자극이 좀 필요해서지. 아무튼 이 여자가 지하실에서 아무 수작도 안 부린 건 확실해."

왠지 불길한 예감이 들었다.

쑤완이 묘한 표정으로 외쳤다.

"이 집 공주님 데리고 나와!"

펑옌의 표정이 싹 바뀌었지만 쑤완은 신경 쓰지 않았다. 천루잉은 줄곧 방에 갇혀 있었으니 펑옌 다음으로 우대받은 셈이었는데, 이제 그 특별 대우가 끝나는 모양이었다. 천루잉 상태도 엉망이었다. 머리는 산발이고 처음에 끌려 나올 때 입고 있던 얇은 잠옷 차림 그대로였다. 얼굴은 창백하고 멍했다. 지금까지 밖에서 일어난 일들을 얼마나 알고 있을까?

나는 천루잉을 신경질적인 사람이라고만 생각했는데, 새끼고양이처럼 몸을 잔뜩 움츠린 채 놈들 손에 끌려오는 모습은 한없이 여리고 약해 보였다.

천루잉이 쑤완 앞으로 끌려 왔다.

펑옌은 감정을 추스르고 자세를 고쳐 앉았지만, 몸이 살짝 앞으로 기울고 얼굴엔 긴장과 걱정이 가득했다. 반면 천루잉은 바들바들 떨면서 제 엄마 쪽은 쳐다보지도 않았다. 엄마의 배신을 아는 것 같았다.

쑤완이 천루잉 앞에 쪼그려 앉았다.

"공주님, 잘 대답해. 지하실에 사람을 해칠 수 있는 장치가 있지?"

쑤완이 왜 천루잉을 끌어냈는지 짐작이 갔다. 이들 가족 중 가장 여리고 순수한 데다 지금까지 무슨 일이 있었는지 잘 모르기 때문에 그녀 입에서 진실을 끌어내기 가장 쉽다고 생각했을 것이다.

천루잉은 점점 심하게 몸을 떨었고 정신도 매우 불안정해 보였다.

"그런 거, 없어요……. 난 몰라요……. 지하실은 일하는 사람이 가끔 청소하러 가고…… 난 간 적 없어요……."

놈들이 이번에는 탕란란과 천 교수에게 주먹질을 하며 질문했지만 두 사람 모두 모른다고 강력하게 부인했다.

쑤완은 뭔가를 골똘히 생각하다가 갑자기 벌떡 일어나더니 다왕과 같이 지하실에 갔던 놈에게 물었다.

"팔찌는? 찾았어?"

놈은 침을 꿀꺽 삼키며 더듬거렸다.

"그, 그게…… 다왕이 그렇게 되는 바람에 찾을 새가 없었어."

"그래?"

쑤완이 다른 일당에게 눈짓을 하자 두 사람이 지하실에 갔던 놈을 붙잡았다. 놈의 얼굴이 새파랗게 질렸다.

"쑤완, 왜 이래?"

"그냥 확실히 해두려는 것뿐이야. 멀쩡하던 지하실 벽에서 갑자기 칼이 튀어나와 사람을 찌를 리가 있어? 방금 나도 가서 봤지만 벽에 아무런 장치도 없었잖아. 우린 순식간에 형제 둘을 잃었다고. 지금 여기에는 이 집안 가족들이랑 우리뿐인데, 그렇다면 우리 안에 배신자가 있는 건 아닌지 확실히 해둬야지. 안 그래?"

일당 둘이 몸을 뒤지자 놈은 필사적으로 저항하며 자기를 의심하다니 형제도 아니라고 욕을 퍼부었다. 욕설과 고함이 난무하는 가운데 놈이 팬티에 감춘 침향목 팔찌가 바닥으로 툭 떨어졌다.

쑤완이 팔찌를 집어 들고 놈을 매섭게 노려봤다. 놈도 몹시 당황했는지 입술까지 덜덜 떨었다.

"팔찌를 가로채려고 형제를 죽여?"

나머지 일당들도 크게 분노했다. 배신자 놈은 당황한 나머지 횡설수설했다.

"아니야…… 그게…… 내, 내가 잠깐 혹해서 팔찌를 숨기긴 했는데, 다왕은 내가 죽인 게 아니야. 정말이야. 함정이 있었다니까……."

하지만 눈앞에 증거가 확실하니 아무도 놈의 말을 믿지 않는 듯했다. 나도 믿지 않았다. 저 배신자 놈은 침향목 팔찌를 혼자 꿀꺽하려고 형제를 죽인 것이다. 놈이 말한 함정 같은 건 애초에 있지도 않았을 것이다.

그런데 왜인지 계속 불안했다. 또 무슨 일이 벌어질 것만 같았다.

이 밤, 천 교수 가족은 죽는 것보다 더한 고통과 모욕을 겪으며 악랄한 민낯을 드러냈다. 그런데 강도 일당도 둘이나 목숨을 잃었다. 정말 뜻밖의 사고이고 배신 행위였을까?

어느 순간부터인지, 상황이 갑자기 전혀 다른 방향으로 아주 빠르게 흘러가고 있다는 느낌이 들었다.

혹시 누군가 아무도 모르게 이 상황을 조종하고 있는 건 아닐까? 그 누군가는 분명히 이 안에 있겠지.

배신자 놈이 계속 웅얼거리자 쑤완은 다른 일당에게 놈의 입을 틀어막으라고 손짓했다. 천 교수 가족만 인간 이하의 모욕과 핍박을 당한 게 아니고, 놈들 역시 잔인함과 흥분이 극에 달해 인간성을 상실했다.

쑤완이 칼을 꺼내 배신자 놈의 가슴을 찌르는 순간, 난 고개를 돌려버렸다. 우위가 얼른 내 머리를 품 안으로 꼭 안아주었다.

# 36

# 우위

　탄자오가 이런 끔찍한 장면을 보도록 둘 수 없었다. 세상의 모든 잔혹함으로부터 지켜주고 싶었다. 그래서 탄자오 머리를 끌어당겨 품에 안았지만 이미 다 봐버린 표정이었다.

　다른 한 손으로는 계속 무선 통신 신호를 보냈다. 사실 모래밭에서 바늘 찾기만큼 성공 가능성은 희박했다. 이 깊은 밤에 나와 같은 주파수를 사용하는 누군가가 내가 보낸 신호를 이해할 수 있어야 하고, 믿어야 하고, 망설이지 않고 경찰에 신고해줘야 하니까.

　하지만 나는 기적이 일어나리라고 믿었다.

　내 목숨을 살린 구급상자가 나타났으니까.

　쪽지 속 그 익숙한 글씨체의 주인공은 바로 나다.

　그렇다. 이 구급상자는 내가 준비한 것이다. 반년 후 한밤중에 밖으로 탄자오를 불러낸 사람도 나였다.

　미래…… 아니, 과거의 나.

　가슴속으로 뜨거운 기운이 확 솟구쳤다. 탄자오는 아직 아무것도 모른다. 난 힘껏 탄자오를 끌어안았다. 피와 증오에 물든 끔찍한 이 집에서 탄자오는 내 유일한 안식처였다. 그녀는 나의 천사다.

이때 아래층에서 또 다른 사건이 일어났다.

탄자오는 어느새 내 품을 빠져나가 통풍구 앞에서 상황을 살폈다.

아래층에서 벌어지는 일들은 놀라움의 연속이었다.

강도 일당 중 하나가 두 손으로 목을 움켜쥐며 바닥에 쓰러졌다. 얼굴은 고통으로 완전히 일그러졌고 입으로는 허연 거품을 내뿜었다. 방금 냉장고에서 꺼내 마신 탄산수 병이 옆에 떨어져 있었다.

쑤완이 황급히 달려갔지만 놈은 두어 번 몸을 비틀더니 그대로 사지를 늘어뜨리고는 고통스러운 표정을 한 채 순식간에 죽어버렸다. 쑤완은 믿을 수 없다는 표정으로 놈의 코 밑에 손도 대보고 맥도 짚어봤다. 옆에 서 있는 다른 일당이 경악에 차서 중얼거렸다.

"물에 독이라도 든 거야? 이 자식이 얼마나 건강했는데 갑자기 이렇게…… 말도 안 돼……. 그리고 우리도 냉장고에서 물 꺼내 마셨는데 다 멀쩡하잖아."

정말 뜻밖의 사건이었다.

강도 일당 중 벌써 세 명이 비명횡사했다. 그것도 이번에는 모두가 지켜보는 앞에서 말이다. 누가 봐도 명백한 타살이었다. 누군가 이 물병을 골라잡기만 하면 바로 성공하도록 계획된 타살.

난 빠르게 머리를 굴렸다. 강도 일당은 총 여덟이었는데, 둘은 아직 밖에서 날 찾고 있고, 지금 집 안에는 셋만 남았다.

얼굴이 벌겋게 달아오른 쑤완이 벌떡 일어나 교수님 가족을 무섭게 노려보다가 경계하듯 뒤로 한 걸음 물러서며 고함을 질렀다.

"누구야? 누가 독을 넣었어?"

정즈웨이와 교수님 가족도 모두 당황한 듯 보였다.

"말 안 해? 좋아! 그럼 다 죽여주지. 어떤 놈이 그랬는지 상관없어……."

증오와 분노에 불타는 쑤완의 눈길은 먼저 정즈웨이를 향했다. 정즈웨이는 몹시 당황한 듯 다급하게 해명했다.

"아니야, 난 아니라고. 내, 내가…… 어떻게 그런 짓을 해? 내가 그럴 위인이나 되겠어?"

정즈웨이는 금방이라도 울음을 터트릴 것 같았다.

문득 뭔가 떠올랐다. 탄자오도 뭔가 깨달았는지 놀란 표정이었다. 탄자오와 눈이 마주친 순간, 우리가 같은 사람을 떠올렸다는 사실을 알았다.

그 사람은 절대 제정신이 아니다. 제정신인 사람이 어떻게 이런 짓을 꾸미겠는가?

이때 천바오주가 벌떡 일어섰다.

"오빠, 지금 저쪽은 셋뿐이고 우린 여섯이야. 왜 가만있어? 지금이 우리가 살 수 있는 기회야."

천바오주가 또박또박 빠르게 말했다. 크지 않은 목소리였지만 모두의 귓가에 천둥처럼 큰 울림과 충격을 줬을 것이다. 천바오주는 재빨리 허리를 굽혀 방금 독살당한 놈이 떨어뜨린 칼을 주워 들었다.

교수님은 멍한 표정이었고 다른 가족들도 아직 혼란스러워 보였다. 쑤완 일당도 놀라긴 마찬가지였다.

그중에서 유독 시선을 끄는 한 사람은, 사모님이었다. 소파에서 굳은 표정으로 자세만 살짝 고쳐 앉았는데 무슨 생각을 하고 있는 건지 전혀 짐작이 가지 않았다.

교수님이 드디어 결심을 했는지 벌겋게 달아오른 얼굴로 이를 악물고 일어서며 외쳤다.

"다 같이 저놈들한테 덤벼!"

그 말에 탕란란이 몸을 일으켰고, 천루잉도 고개를 숙인 채 천천히 일어섰다.

나도 힘을 보태고 싶지만 몸을 움직일 수 있는 상태가 아니어서 안타까웠다. 너무 갑자기 펼쳐진 상황이니 어쩔 도리가 없었다.

교수님 가족은 궁지에 몰려 고양이를 물려는 쥐처럼 비장했다. 사모님은 꼿꼿이 앉아 가만히 지켜봤고, 배신자 정즈웨이는 뒤로 한 발 물러섰다. 강도 둘은 긴장한 표정으로 칼을 꽉 쥐었다.

이때 현관문이 벌컥 열리더니, 나를 잡으러 나갔던 두 놈이 어깨에 쌓인 눈을 떨며 들어왔다. 두 놈도 심상치 않은 집 안 상황을 바로 눈치챘다.

교수님 가족은 그대로 굳어버렸다.

쑤완이 차갑고 잔인하게 웃었다. 동료가 연달아 죽은 상황에서 인질들이 반격을 시도해 적잖이 당황했을 텐데, 다시 상황이 역전되었다. 쑤완이 성큼성큼 걸어가 천바오주가 쥐고 있는 칼을 발로 차버리고 마구 주먹질을 하며 욕을 퍼부었다.

"제기랄, 주제도 모르고 어디서 반항이야? 그나마 말귀를 좀 알아듣는 줄 알았더니, 공부만 해서 머리가 돌았나. 진짜 도망칠 수 있을 줄 알았어? 여기에 누구 하나 너 구해줄 사람이 있는 줄 알아? 어디 한번 보자고. 누가 널 구해줄지."

천바오주는 순식간에 피투성이가 됐지만 의외로 강했다. 신음을 삼키며 거친 숨소리를 내뱉을 뿐 비명 한번 지르지 않고, 울거나 애원하지도 않았다.

교수님도 강도의 발길질에 쥐고 있던 칼을 떨어뜨리고 탕란란, 천루잉과 함께 세게 한 대씩 얻어맞았다. 다들 제 한 몸 살려달라고 애원할 뿐 천바오주를 구하려 나서는 사람은 아무도 없었다.

참담하고 소름이 끼쳐 더 이상 볼 수가 없어서 고개를 돌리고 벽에 기대 계속 무선 신호기를 두드렸다.

잠시 후 구타 소리가 멈췄다.

줄곧 상황을 지켜보던 탄자오가 날 돌아봤다. 그녀 역시 참담한 표정이었다. 난 무거운 마음으로 다시 통풍구 구멍으로 아래층을 내려다봤다.

밖에서 돌아온 놈 중 하나가 쑤완에게 뭐라고 속삭이자 쑤완이 갑자기 위를 올려다봤다.

대략 어떤 상황인지 짐작이 갔다. 놈들이 곧 우리를 찾으러 올라올 것이다. 사실 지금까지 버틴 것만도 행운이었다.

갑자기 머릿속이 하얘졌다. 발각되면 어떻게 해야 할지 생각을 안 해본 것은 아니고, 답도 이미 나와 있다. 하지만 이번엔 정말 그녀를 떠나야 한다고 생각하니 마음이 아렸다.

내가 말을 꺼내기도 전에 탄자오가 슬픈 표정으로 고개를 푹 숙이고 말했다.

"아위, 내 말 들어. 넌 여기 가만히 있어. 이런 몸으로 나가는 건 죽으러 가는 거나 마찬가지야. 내가 나가서 놈들 시선을 끌 테니까 넌 계속 신호를 보내. 그래야 우리가 살 수 있어. 지금으로선 이게 최선이야."

난 탄자오 손을 꼭 잡았다. 손이 아주 차가웠다.

"네가 나간다고?"

탄자오가 고개만 끄덕였다.

"그건, 나보고 죽으라는 말이야."

내 말에 탄자오의 눈빛에 고통, 슬픔, 충격이 스쳤다. 맞잡은 우리 손 위로 그녀의 뜨거운 눈물이 떨어졌다. 난 탄자오의 머리카락에 얼굴을 묻고 입을 맞추며 말했다.

"상황이 정리될 때까지 넌 여기 꼼짝 말고 있어. 사람들이 우릴 구하러 올 거야."

온 힘을 다해 탄자오를 끌어안았다. 그녀의 긴 머리카락이 눈물에 젖어 내 어깨에 달라붙었다. 싫다고 버티는 탄자오를 미리 봐둔 구석 옷장으로 밀어 넣었다. 그녀는 필사적으로 내 손을 잡고 놓지 않으려 했다. 어스름한 다락방에서 탄자오의 눈이 별처럼 반짝였다. 나는 그녀의 손가락을 하나하나 떼어냈다. 탄자오는 금방이라도 울 것 같은 표정으로 입술을 깨물었다.

나도 마음이 약해지려 했다. 너무 고통스럽고 힘들었다. 곧 집을 떠나야 하는 아이의 심정이었다. 1년 전에 마음이 죽어버린 그 아이는 또 다시 사랑하는 사람과 헤어져야 하는 순간을 맞이했다.

탄자오는 힘없이 낑낑대는 강아지처럼 숨죽여 흐느꼈다. 내가 억지로 떼어놓은 그녀의 손이 그대로 허공에 떠 있었다. 가슴에서 뜨거운 불덩어리가 치밀어 올라 오랫동안 삼켜온 말을 결국 밀어냈다.

"자오자오, 사랑해."

탄자오가 내 말을 들었을까. 얼굴을 감싼 두 손 틈으로 눈물이 뚝뚝 떨어졌다. 탄자오가 우는 모습은 정말이지 마음이 아파 볼 수가 없었다. 난 탄자오 머리를 끌어당겨 거칠게 키스를 퍼부었다. 그녀의 입술은 쓰고 짰다. 짧은 시간이었지만 난 그녀의 혀를 감싸고 애타게 그녀를 갈구했다. 탄자오는 내게 자신을 맡겼다.

잠시 후, 옷장 문을 닫았다.

다락방에서의 마지막 기억은 탄자오의 눈빛이었다. 내가 사랑하는 여자가 고통스러운 눈빛으로 나를 바라봤다.

옷장 문 앞에 이것저것 가져다 쌓고, 구급상자와 위성 전화 부품 등도 보이지 않게 치웠다. 시간이 없었다. 놈들이 방문을 하나하나 열어보면서 위로 올라오고 있었다.

대충 정리가 끝났을 때 갑자기 상처 부위가 참을 수 없이 아프더니 다시 피가 흐르기 시작했다. 상처 부위를 꾹 누르고 재빨리 다락방에서 나간 뒤, 다락방 문은 단단히 닫고 바로 옆에 보이는 문을 열고 들어갔다.

　나는 3층 복도 끝 화장실에서 놈들에게 발각되었다. 놈들이 들이닥치기 전에 들어가 있었으니 아마도 내가 쭉 화장실에 숨어 있었다고 생각할 터였다.

　하필 밖에서 나랑 싸웠던 놈들이었다. 복수를 하게 돼 기쁜 표정이었다. 놈들은 나를 끌어내 바닥에 내팽개쳤다.

　난 놈들에게 맞설 힘이 전혀 없었다. 놈들이 발길질을 시작했다. 너무 고통스러워 정신을 차릴 수가 없었다. 끈적한 피가 온몸을 뒤덮었다. 정말 까무러치기 일보 직전이었지만 탄자오를 떠올리며 버텼다. 탄자오가 나를 기다리고 있다. 옷장 속에서 바들바들 떨고 있을 그녀를 구해야 한다는 일념으로 이를 악물었다. 놈들에게 끌려 내려가며 피가 흘러 잘 떠지지 않는 눈꺼풀을 힘겹게 들어 올렸다.

　곧이어 나는 아래층 바닥에 나뒹굴었다. 쑤완의 목소리가 들렸다.

　"크크크, 교수님 애제자가 이렇게 강한 놈일 줄은 몰랐네? 아까 그대로 도망쳤어야지, 제 발로 돌아왔다니. 죽고 싶어 환장한 모양이야?"

　힐끗 돌아보니 교수님은 멍한 눈빛으로 온몸을 바들바들 떨고 있었다. 쑤완이 내 얼굴을 걷어찼다.

　"여자 친구는 어디 있어?"

　"아까 도망쳤어……. 이제 곧…… 경찰이 올 거야."

　쑤완이 앞에 쪼그려 앉아 내 머리카락을 움켜쥐었다.

　"어디서 공갈이야? 애인이 이 꼴인데 버리고 혼자 도망쳤다고?"

　"난…… 도망칠 상태가 아니니까…… 먼저 가서 신고하라고 했지……."

　우린 잠시 서로를 노려봤다. 쑤완이 날 패대기치며 다시 사납게 윽박지르려는데 갑자기 사모님 목소리가 들려왔다.

408

"아까 내 방 베란다에서 그 애 도망가는 거 봤어."

쑤완이 당황해하며 고개를 확 돌렸다.

"그걸 왜 이제 말해?"

사모님은 차분하게 대답했다.

"이미 멀리 도망치고 있었는데 뭐. 그런데 길을 몰라서 그런지 큰 길 방향이 아니라 숲 쪽으로 가더라고. 이 추운 날 한밤중에 혼자 깊은 숲으로 들어갔으니 얼마나 버틸지 누가 알아. 신고는 어림도 없으니 신경 쓸 거 없어."

쑤완은 별말 하지 않았다.

난 사모님 쪽을 돌아보지는 않았지만 속으로는 정말 고마웠다.

쑤완이 다시 입을 열었다.

"이봐, 이게 원래 너랑은 전혀 상관없는 일인데, 저 위에 숨어 있으면서 몇 시간 동안 이미 다 보고 들었을 거 아니야? 아까 내 형제 둘도 다치게 했고? 난 오늘 이미 형제들을 왕창 잃어서 이젠 이판사판이야. 그러니 너도 그냥 더럽게 재수 없다고 생각해. 내가 널 가만 안 둘 거거든."

난 바닥에 널브러진 채 꼼짝도 할 수 없었다. 갑자기 주위가 조용해졌다. 쑤완은 표정을 싸늘하게 굳혔고, 그 옆에 서 있던 일당이 칼을 꺼내들고 내게 다가왔다.

순간, 미소 짓는 탄자오 얼굴이 눈앞에 떠올랐다. 밤하늘의 별처럼 영원히 빛날 것 같은 그 눈동자가 날 보며 웃었다. 나도 웃었다.

그때 갑자기 다른 여자가 나타나 내 몸을 감쌌다. 천루잉이었다. 창백한 얼굴은 눈물범벅이었고, 여기저기 긁힌 상처와 멍이 선명했다. 천루잉이 고통스러운 눈빛으로 날 쳐다보며 내 귀에만 들릴 정도로 아주 작게 속삭였다.

"아위……. 어쩌다 이렇게 다쳤어? 걱정 마. 절대 이대로 죽게 내버려두지 않을 거야……. 내가 지켜줄게. 아위, 사랑해.”

난 아무 대꾸 하지 않고 천루잉의 품에서 벗어나려 했지만 손가락 하나 까딱할 힘도 없는 데다 천루잉이 너무 세게 껴안아 옴짝달싹할 수 없었다. 겨우 고개만 살짝 돌리는데 사모님의 슬픈 눈빛이 보였다. 교수님과 다른 가족들은 여전히 멍한 표정이고 강도 일당은 비웃음을 짓고 있었다. 천루잉이 다시 울먹이며 외쳤다.

“죽이지 마요! 내가 다 말해줄 테니까……. 나머지 가보가 어디 있는지 내가 알아요. 할머니한테 들은 적 있어요. 엄청 비싼 옥팔찌랑 다이아몬드 목걸이랑…… 우위만 살려주면, 그거 다 줄 테니까…….”

강도 일당은 놀람과 기쁨을 감추지 못했다.

나도 깜짝 놀라 천루잉을 쳐다봤다. 사실 지금까지 천루잉 얼굴을 제대로 본 적이 한 번도 없었다. 일방적으로 다가오는 그녀를 피하고 밀어내기만 바빴던 까닭에 이제야 그녀 얼굴을 찬찬히 보게 되었다. 얼굴은 가냘프고 뾰족했고 격정과 흥분에 휩싸인 눈동자는 강한 빛을 내뿜었다.

너무 미안하고 안타까워 나도 모르게 천루잉 팔을 붙잡았다. 바들바들 떨며 폭풍처럼 눈물을 쏟던 천루잉이 갑자기 내게 고개를 숙이고 키스를 하려 했다. 나는 반사적으로 고개를 돌렸다.

천루잉이 내 귓가에서 허탈하게 웃었다. 조금 전의 여린 소녀 같던 모습은 사라지고 고집스러운 말투로 말했다.

“끝까지 날 피하네……. 그래, 항상 날 피했지……. 나도 알아. 아위가 날 조금도 좋아하지 않는 거……. 하지만 상관없어. 저놈들을 다 해치운 뒤에 내가 아위를 데리고 나갈 거야. 앞으로는 나하고만 같이 있어야 해. 이제 아위는 아무데도 못 가. 내 상태를 알면 우리 가족은 분명히 날 버릴 거야. 하지만 상관없어. 이제 나도 다 필요 없으니까. 난 아위만 있으면 돼. 아위…… 지난 이틀 밤, 우리 함께 있었잖아. 아

위도 행복해했잖아…….'

천루잉이 횡설수설 말을 늘어놓았다. 그런데 들을수록 이상했다. 혹시…….

천루잉이 내 손을 놓고 벌떡 일어섰다. 나는 그제야 강도들이 침입한 후 천루잉 태도가 줄곧 이상했다는 데 생각이 미쳤다. 평소의 철없고 여린 모습이 아니라, 뭔가 정신이 다른 데 팔린 것 같고 표정도 기묘했다.

"팔찌는 내 방에 있으니까 내가 가서 찾아올게요."

천루잉은 금방 다시 고분고분하게 굴었다.

"다이아몬드 목걸이는 어디 있어?"

"목걸이는…… 할머니가 고모한테 줬다고 했어요."

천루잉은 피투성이가 된 채 쓰러져 있는 천바오주를 향해 나지막이 말했다.

"고모, 어서 내놔. 고모가 감춰둔 거 알아. 집안 꼴이 이 지경이 됐는데 다이아몬드 목걸이가 무슨 소용이야?"

천바오주는 알 수 없는 눈빛으로 천루잉을 응시하다가 힘겹게 몸을 일으키고 입 안에 고인 피를 뱉어냈다. 얼굴이 아주 창백했다.

"내 방에 있어."

이때 사모님이 불안해하는 눈빛으로 딸을 불렀다.

"루잉……."

하지만 천루잉은 고개도 돌리지 않았다.

강도 일당은 한 놈만 아래층에 남아 인질을 지키고, 나머지는 천루잉과 천바오주를 데리고 2층으로 올라갔다.

나는 잠시 눈을 감았다가 떴다. 쑤완과 정즈웨이는 천바오주 방으로 따라 들어가고, 다른 두 놈은 천루잉 방으로 들어갔다.

사모님은 소파에 앉아 목을 길게 빼고 2층을 지켜봤고, 거실 바닥에 웅크려 앉은 탕란란은 할머니를 거들떠보지도 않았다. '중풍으로 쓰러진' 할머니는 갑자기 눈을 번쩍 떴으나 우리를 지키는 놈이 할머니 쪽으로 돌아서는 순간 재빨리 다시 눈을 감았다. 교수님은 거실 한쪽 구석에 쪼그려 앉은 채 계속 벌벌 떨고 있었다.

훗날 돌이켜 보니, 저마다의 비밀과 욕망이 철저히 민낯을 드러낸 이 순간 이 모습이 교수님 가족의 본모습이었다. 남들 눈에 비친 반듯한 명문가 이미지는 어디에도 없었다.

나중에 탄자오도 나에게 비슷한 얘기를 했다. 범죄 심리학 관점에서 볼 때 '집'은 아주 특별한 의미가 있는데, 집은 사람을 성장시키기도 하지만 타락의 원천이기도 하다고. 영원히 벗어날 수 없도록 사람을 옭아매는 집이 최악의 집이라고.

문득 창문으로 시선을 돌렸는데 두꺼운 커튼이 쳐져 바깥이 전혀 보이지 않았다. 몇 시쯤 됐을지 가늠이 되지 않았다. 하지만 우리를 구할 사람이 반드시 올 것이다.

그 전에 강도들이 마지막 가보를 손에 넣고 이 집에 불을 지를 테지만.

다락방을 올려다봤다. 허름한 나무 벽에 통풍구 구멍이 여러 개 뚫려 있었다. 그중 한 구멍 뒤에서 눈동자 하나가 눈 한 번 깜빡이지 않고 나를 지켜보고 있었다. 언제부터 지켜본 걸까? 시야를 흐릿하게 만드는 핏물을 닦아내니 그녀의 눈에 차오른 눈물과 뚫어지게 날 응시하는 눈동자가 또렷이 보였다.

나도 하염없이 그녀를 바라봤다. 몸은 여기 누워 있지만 내 영혼은 저기 있었다.

# 37

# 탄자오

조심스럽게 옷장 문을 열었다. 끼이익 소리가 났지만 신경 쓰지 않았다.

우위가 쌓아놓은 잡동사니를 디디고 천천히 내려왔다. 눈물이 멈추지 않았다. 체력도 완전히 바닥나 잠깐 다락방 바닥에 몸을 뉘였다.

내가 나가 놈들을 유인하겠다고 했을 때, 우위는 이렇게 말했다.

'그건, 나보고 죽으라는 말이야.'

그래놓고는, 자기가 그 죽을 길을 찾아 갔다.

나는 이 남자를 영원히 잊지 못하겠지. 늘 강하고 듬직했던 이 남자가 힘없이 돌아서던 그 뒷모습을 영원히 잊지 못하겠지.

다시 통풍구 앞에 달라붙어 아래층을 내려다보는데, 우위가 놈들에게 발길질을 당하고 있었다. 영웅의 모습이 아니었다. 내가 좋아한, 거칠고 강한 남자의 모습도 오간 데 없었다. 눈은 머리카락에 가리고 온몸이 피투성이가 된 채 헝겊 인형처럼 바닥에 쓰러져 있었다. 상처 부위를 걷어차이고 피를 토했지만 비명은 지르지 않았다.

나는 낡고 지저분한 벽에 얼굴을 묻었다. 입 안으로 흘러든 눈물이 유난히 짧았다. 지금껏 생이별을 겪어본 적이 없지만, 이 순간 깨달았다. 생이별은 아주 고요한 것이다. 생각보다 그렇게 떠들썩한 게 아니고, 분노로 얼굴이 시뻘게지는 것도 아니고, 어떤 기적도 일어나지 않는다. 하지만 내가 느끼는 이 감정을 지금 우위도 똑같이 느끼리라는 것을 알았다. 이 감정은 오롯이 우위와 나만의 것이었다. 이 순간, 이 곳에서, 오직 우리 둘만이 느끼는 감정이었다.

쑤완이 극도로 분노해 우위를 죽이려 했다. 놈들이 정말 우위에게 칼을 들이댔다면 난 당장 뛰어나갔을 것이다. 내가 어떤 일을 당하든 끝까지 우위와 함께했을 것이다.

그런데 갑자기 천루잉이 달려들었다. 여리지만 영민한 이 집안 공주님이 우위를 꼭 끌어안았다. 이 순간 우위 곁을 지키는 사람은 천루잉이었다. 마치 고난을 함께하는 연인 같은 모습이었다. 심장이 찢어질 것 같았지만 그저 지켜볼 수밖에 없었다.

평옌 딸이라 조심스러웠는지 쑤완은 슬쩍 손을 멈췄다. 천루잉이 보물이니 가보니 하는 말들을 했지만 내 귀에는 들어오지 않았다.

천루잉이 우위 목을 끌어안고 하염없이 눈물을 흘리며 귀엣말을 속삭이자, 우위가 천루잉 팔을 붙잡고 그녀를 쳐다봤다. 천루잉은 다시 고개를 숙이고 우위를 세게 끌어안았다.

기꺼이 우위와 생사를 함께하려는 여자가 나 말고 또 있는데, 지금 난 우위 곁으로 갈 수 없었다. 그건 우위에게 죽으라는 말이니까.

눈물이 하염없이 흘렀다. 내 평생 이렇게 괴롭고 힘든 순간은 처음이었다. 만감이 교차한 뒤 내 머릿속엔 한 가지 생각만 남았다.

우위는 내 남자다. 나만의 남자다.

온 힘을 다해 반드시 내 남자를 구할 것이다.

결심을 굳히니 슬픔이 사라지고 정신이 번쩍 들면서 용기가 솟았다. 눈물을 닦고 다시 상황을 살폈다.

천루잉이 강도 두 놈과 함께 방으로 들어가자마자 갑자기 강한 바람이라도 불어닥친 것처럼 방문이 쾅 닫혔다. 착각이었을까? 왠지 강력한 에너지가 휩쓸고 지나간 느낌이었다.

천바오주도 쑤완과 정즈웨이를 데리고 자신의 방으로 들어갔지만 문은 닫지 않았다.

우위는 여전히 바닥에 누워 있었다. 바닥에 피가 고인 걸 보니 정신을 차리기도 힘들 듯했다. 이때 우위가 내 쪽으로 고개를 돌렸다. 피투성이지만 여전히 준수하고 평온해 보이는 얼굴이었다. 눈빛은 따뜻하기까지 했다.

다시 왈칵 눈물이 쏟아졌다. 너무 가슴이 아파 견디기 힘들었다. 사랑하는 사람의 고통은 내게도 뼈저린 고통이 된다는 사실을 깨달았다. 우위는 진즉에 알았으니 그런 말을 했겠지?

'그건, 나보고 죽으라는 말이야.'

우리는 멀리 떨어져 있지만 마주 보며 서로를 느꼈다.

그때 갑자기 어떤 소리가 들려와 우리의 교감을 방해했다.

"헉."

날카로운 쇳소리에 뒤섞인 짧고 낮은 외마디 비명이었다. 누군가 단칼에 목을 베이면서 내뱉은 마지막 숨소리 같았다.

통풍구 구멍에 바짝 붙어 비명이 들린 2층 상황을 살폈다.

파랗게 질린 쑤완이 천바오주 방에서 도망치듯 허둥지둥 뛰어나왔다. 내 위치에서는 방 안에서 벌어진 일까지는 알 수 없었지만, 확실히 정즈웨이는 없고 쑤완뿐이었다. 이후, 살아 있는 정즈웨이의 모습은 더 이상 보지 못했다.

쑤완은 뒷걸음치며 목이 터져라 소리쳤다.

"미친년! 단단히 미쳤어! 살인마! 다 네년이 파놓은 함정이었어! 다 네년이 죽인 거야! 돌았어, 제정신이 아니야. 제기랄! 우릴 다 죽이려고 계획적으로 끌어들인 거야……."

그동안 여기저기 흩어져 있던 진실의 물방울이 빠르게 한곳으로 모여들어 거대한 호수를 이뤘다. 드디어 모든 진실이 수면 위로 떠올랐다.

애초에 정즈웨이에게 가보 얘기를 흘린 사람은 천바오주였다.

오랫동안 엄마의 꼭두각시로 살면서 사랑 대신 억압만 받아온 천바오주.

엄마의 강요로 원치 않는 직장에 다니고, 평생 처음으로 절절히 사랑한 사람과도 잔인하게 이별해야 했던 천바오주.

고양이와 개를 학대하고 죽인 사람도 분명히 천바오주일 것이다.

조금 전 할머니에게 가보가 어디에 있는지를 듣고 알려준 사람도 천바오주였다. 하지만 할머니가 진짜로 무슨 말을 했는지 아는 사람 또한 천바오주뿐이다. 천바오주가 사전에 가짜 가보를 숨겨뒀을 가능성도 컸다.

함정을 만든 사람이 누구인지, 의심의 여지가 없었다.

나중에 이 사건을 돌아보면서, 쑤완이 죽기 직전에 어떤 마음이었을지 생각해봤다. 이 집안을 털려고 선택한 걸 뼈저리게 후회하지 않았을까. 최종적으로는 그도 피해자가 되었으니까. 사실, 정확히 말하면 쑤완은 선택을 한 것이 아니라 선택당한 것이었다. 내성적이고 외로운 공붓벌레, 꼬이고 비뚤어진 공붓벌레의 선택은 정말 기상천외했다. 집안의 영웅이 되고 싶었던 천바오주는 쑤완에게 '악역'을 맡기고 자신은 악역을 제거하는 '영웅' 역을 맡았다.

천바오주도 방에서 나왔다. 강도들에게 맞아 온몸이 상처투성이였지만 표정과 태도는 조금 전과 완전히 달랐다. 그 광기는 오랫동안 감춰온 진정한 자아의 울부짖음이었을 것이다.

천바오주 손에는 무시무시해 보이는 활이 들려 있었다. 날카로운

416

화살이 메겨진 상태였다. 방금 전 정즈웨이는 방심한 사이 화살을 맞았을 것이다.

천바오주가 섬뜩한 미소를 지었다. 짓궂은 장난을 하는 아이처럼 한껏 흥분한 상태로 보였다. 아마도 이 순간을 위해 오랫동안 활 연습을 했을 것이다. 천바오주는 쑤완의 욕설 따위 개의치 않고 본인의 역할에 충실했다.

"나쁜 놈들, 감히 우리 가족을 해쳐? 가만 안 둬! 복수할 거야! 우리 가족은 내가 구할 거라고!"

일그러진 표정으로 다급하게 뒷걸음치는 쑤완 역시 몹시 흥분한 상태였다. 그는 일당에게 도움을 청하려고 천루잉 방 앞으로 가 문을 쾅쾅 두드렸다.

천바오주가 가소롭다는 표정으로 활시위를 당겼다.

그런데 이상했다. 천루잉 방은 문이 굳게 잠긴 채 인기척이 전혀 없었다. 함께 방으로 들어간 강도 일당도 밖을 내다보지 않았다.

쑤완은 당혹스러움을 감추지 못했다. 길게 생각할 여유도 없이 곧바로 돌아서서 아래층으로 달렸다.

나는 굳게 닫힌 방문을 뚫어져라 쳐다봤다. 천루잉이 열 명 있어도 강도 두 놈을 어쩌지 못할 텐데, 대체 방 안에서 무슨 일이 벌어진 걸까?

문득 우위가 한 말이 생각났다. 유람선을 탔던 천루잉과 펑옌을 조심해야 한다고, 두 사람 중 누군가 이상하게 변했을지도 모른다고 말이다. 펑옌은 걱정과 긴장이 역력한 얼굴로 소파에 앉아 팔걸이를 꽉 잡고 있었는데, 최소한 지금은 정상으로 보였다.

그렇다면 천루잉은?

천바오주는 쑤완이 정신없이 달아나는 모습을 보고 더욱 흥분해 맹수를 뒤쫓는 사냥꾼처럼 눈을 반짝이며 활을 조준했다. 두 사람은 이미 전세가 역전됐다. 크리스털 등이 떨어졌을 때 천바오주의 사냥은 시작됐다.

휙!

화살이 쑤완을 향해 날아갔다. 강도 우두머리답게 쑤완은 계단을 뛰어 내려가는 와중에도 민첩하게 화살을 피하고는 허리춤에 꽂아둔 칼을 뽑아 천바오주에게 날렸다. 몸을 쓰는 데 익숙지 않은 천바오주는 간신히 칼을 피했다. 아슬아슬했다.

천바오주가 활을 들고 다시 일어났을 때 쑤완은 이미 아래층에 도착해 현금과 금괴, 보석을 자루에 쓸어 담은 후였다. 쑤완이 자루를 들쳐 메고 펑옌 손을 끌어당겼다.

"얼른 가자."

펑옌은 휘청거리며 쑤완에게 끌려 나갔다. 다른 일당도 두려움과 분노가 섞인 표정으로 천 교수 가족을 돌아보고 서둘러 쑤완을 따라 나갔다.

"네놈들이 도망갈 수 있을 것 같아?"

천바오주가 고함을 지르며 계단을 뛰어 내려왔다.

쾅!

이미 집 밖으로 나간 놈들이 현관문을 닫는 소리가 들리고, 곧이어 철컥 하고 자물쇠 잠그는 소리가 들려왔다.

안 돼!

난 심장이 덜컥 내려앉았다.

우위가 몸을 일으키려고 안간힘을 썼지만 아무도 도와주는 사람이 없었다. 천 교수 가족은 여전히 멍한 표정이었다. 나도 더 이상 숨어 있을 이유가 없어 다락방 문을 박차고 나가 아래층으로 뛰어 내려갔다.

천바오주는 가족들을 쳐다보지도 않고 계속 강도 일당을 쫓아가려

했다. 이때 날카로운 고함 소리가 들렸다.

"거기 멈춰!"

난 계단을 내려가다 발길을 멈췄고 다른 가족들도 놀라 눈이 휘둥그레졌다.

중풍으로 쓰러져 정신을 잃었던 할머니가 눈을 부릅뜨고 있었다. 눈가가 빨갛게 붓긴 했지만 방금까지 쓰러져 있던 노인이라고는 믿기 힘들 정도로 눈빛이 날카로웠다. 할머니는 약간 휘청거리면서도 온전히 자기 힘으로 바닥을 짚고 일어섰다.

할머니와 가장 가까이 있던 탕란란은 그대로 얼어붙어 눈만 끔뻑거렸고, 줄곧 넋이 나간 표정이던 천 교수는 정신이 번쩍 든 듯했다.

"어머니……."

천 교수는 기다시피 다가가 할머니를 부축했다.

고독한 사냥꾼처럼 거실 한가운데 서 있던 천바오주는 활을 들고 천천히 엄마를 향해 돌아서며 환하게 웃었다.

"엄마…… 깨어났네요……."

하지만 천바오주의 말과 행동은 모두 어딘가 기묘했다.

천 교수 가족은 갑자기 나타난 나를 보고도 별 반응을 보이지 않았다. 난 계단을 내려오자마자 우위에게 달려갔다. 가까이에서 보니 마음이 더 찢어졌다. 피범벅이 된 눈을 힘겹게 끔뻑이는 우위는 아직 목숨이 붙어 있는 게 기적 같을 정도였다. 난 우위를 끌어안고 눈물을 삼켰다.

"아위……."

우위도 나를 안았다. 팔엔 힘이 하나도 없고 간신히 내뱉는 목소리는 푹 잠기고 갈라졌다.

"우리, 다시 만났네……."

하마터면 눈물을 쏟을 뻔했지만 겨우 참았다. 지금은 울 때가 아니니까. 이대로 떨어지고 싶지 않아 우위와 볼을 맞댔다. 우위 얼굴이 얼음장처럼 차가웠다. 끈적한 피가 내 볼에도 묻었다. 하지만 나는 우위와 있는 힘껏 가까워지고 싶었다.

"나갈까?"

"서두르자."

우위를 부축해 소파에 앉혀두고 일단 현관문을 확인했다. 역시나 밖에서 자물쇠를 채워 열리지 않았다.

이날의 화재에 관한 기사가 머릿속에 떠오르는 것과 동시에 기름 냄새가 확 끼쳐왔다. 강도들이 미리 준비해둔 기름을 집 곳곳에 뿌린 모양이었다. 이제 작은 불씨 하나면 끝장이었다. 어쩌면 아직 우리 눈에 보이지 않을 뿐, 어딘가에 이미 불을 질렀는지 모른다.

점점 불안하고 초조해졌다. 우위에게 달려가 부축해 일으키고 천 교수 가족에게도 상황을 알렸다.

"빨리 빠져나가야 해요. 놈들이 불을 지를 거예요."

하지만 할머니는 내 말은 아랑곳 않고 고함을 내지르기 시작했다.

"바오주, 네년이! 어떻게 네가 감히! 저 천박한 며느리년 짓인 줄 알았더니, 네년이었어? 세상에, 내 딸년이? 네가 우리 가족을 다 죽이려고 이런 짓을 꾸몄다고? 정말이지 미쳤구나. 아까 그놈 말이 맞네. 단단히 미쳤어!"

천 교수와 탕란란은 복잡한 표정으로 꿈쩍도 하지 않았다.

천바오주가 천천히 활을 떨어뜨렸다.

"엄마…… 무슨 소리예요? 내가 우리 가족을 구하려고 한 거 못 봤어요? 내가 활을 쏴서 놈들이 도망갔잖아요……. 그래서 지금 우리가 자유로워진 건데……. 엄마도 다 봤잖아요."

천바오주가 눈물을 흘렸다.

이 모습을 지켜보는 다른 가족들은 어떤 심정일지 모르겠지만, 난 소름이 끼쳤다.

이것이 가족을 증오하고 사랑하는 방식이라니.

하지만 범죄 심리 관점에서 보면, 이런 짓을 저지른 사람이니 이런 비정상적인 생각을 하는 게 당연했다.

권문세가 금지옥엽으로 자란 할머니는 남편을 여읜 후 평생 독단적으로 이 집을 지배하며 자기 마음대로 자식들 인생을 재단했다. '마마보이' 천 교수와 달리, 천바오주는 내성적이고 침울한 성격 탓에 엄마의 사랑을 거의 못 받았을 것이다. 오히려 애교 많은 탕란란이 더 사랑받은 듯 보였다. 물론 탕란란도 끝내는 버림받았지만. 문득 평옌이 한 말이 생각났다.

'어머니 아들도 딸도, 모두가 새장에 갇힌 새라고요.'

천바오주는 자라는 동안 마음의 상처를 수도 없이 받으며 하루하루 힘들게 버텼을 것 것이다. 학업, 직장, 취미, 사랑, 그 모든 것에서 끊임없이 좌절하며 점점 더 비뚤어졌을 것이다.

할머니의 독설이 이어졌다.

"학교에서 기계랑 화학을 전공하더니, 사람 죽이는 장치를 만들고 독을 타고……. 우리 집에 너 말고는 그런 짓을 할 사람이 없지. 거기에 가짜 보석까지 미리 숨겨두고……. 정말 제대로 미쳤구나. 놈들이 가보를 어떻게 아나 했더니, 네가 정즈웨이 그놈한테 얘기했지? 대체 왜 이런 짓을 꾸민 거야? 가족한테 어떻게 이럴 수가 있어? 혹시 그 가난뱅이랑 헤어지게 해서 나한테 복수하려는 거냐? 이런 배은망덕한 것을 봤나……."

평소에도 이런 식으로 욕을 먹으며 혼난 일이 많은지 천바오주는 순식간에 겁에 질리고 억울해하는 표정을 지으며 순종적인 평소 모습으로 돌아갔다.

"엄마…… 아니야, 그 사람은 벌써 잊었어요……. 내가 엄마한테 무슨 복수를 한다고 그래, 말도 안 돼……. 나는 우리 가족을 지키려고 했잖아요. 이 세상에 나쁜 놈들이 얼마나 많아……. 우리 집 재산을 노리고 우리 가족을 해치려는 나쁜 놈들이 언제 쳐들어올지 모른다고……. 오늘 그놈들은 엄마까지 욕보이려고 했잖아요……. 그런데 엄마도 봤죠? 오빠는 나약해서 엄마를 못 구해. 새언니는 우리 가족을 배신했고, 루잉은 아무 짝에도 쓸모가 없고. 그리고 란란은 이제 엄마를 세상 그 누구보다 증오할걸? 엄마, 이제 엄마한텐 나밖에 없어요. 이 집에서 엄마한테 제일 잘해주는 사람은 나라고. 오늘 밤에 엄마를 지킨 것도 나라고!"

천바오주는 다시 웃었다. 기쁨과 환희에 찬 표정으로 환하게 웃었다.

거실에 정적이 흘렀다.

할머니는 너무 기가 막혀 말문이 막힌 듯했다.

이들 가족 어느 누구도 내 말에 귀 기울이지 않았다. 나는 비틀거리는 우위를 부축해 2층으로 올라가 탈출구를 찾기로 했다.

천바오주가 씩 웃으며 다시 입을 열었다.

"엄마…… 걱정 마요. 정즈웨이 그 머저리 같은 인간…… 엄마가 내 결혼 상대라고 붙여준 그놈 말이에요, 정말 무식하더라고. 죽는 순간까지도 나한테 이용당한 줄도 몰랐을걸. 그런데 난 저놈들 계획을 다 알아요. 곧 집에 불을 지를 거야. 하지만 걱정 마요, 우리 가족은 다 내가 구해줄 거니까."

"미쳤어!"

할머니가 절망과 독기를 담아 고함을 질렀고 천 교수도 증오와 혐오를 감추지 못했다.

난 여전히 고집스러운 천바오주의 얼굴에서 그녀의 마음을 읽을 수 있었다. 지금 이 집에서 천바오주를 이해할 수 있는 사람은 어설프

나마 범죄 심리를 소재로 소설을 쓰는 나뿐일 듯했다.

천바오주는 단지 이 한순간 자신을 빛내기 위해 그 모든 비도덕적이고 비상식적인 계획을 세운 것이다.

아마도, 누군가의 딸로 살아온 지난 30여 년 동안 한 가지 문제에 집착했겠지.

엄마는 왜 날 사랑하지 않을까?

왜 항상 날 무시하고 괴롭힐까?

엄마는 내가 이 집에서 쓸모없는 인간이라고 생각하는 걸까?

어떻게 해야 엄마가 날 사랑하게 만들 수 있을까?

그래 끔찍하고 무시무시한 일을 꾸미자.

강도가 쳐들어와 우리 가족을 처참하게 짓밟는 거야. 그때 내가 활을 들고 영웅처럼 나서서 우리 가족을 구하는 거야. 강도들은 자기들이 사건을 꾸민 줄 알겠지만 사실 놈들은 내 꼭두각시에 불과해. 이 사건의 진짜 주모자는 나야. 내가 나쁜 놈들을 하나하나 제거하고 우리 가족을 구해낼 거야.

그러면 엄마가 나한테 고마워하겠지?

그러면 내가 엄마의 자랑스러운 자식이, 엄마가 가장 사랑하는 자식이 되겠지?

그러면 난 드디어 엄마 손아귀에서 벗어나 인간다운 삶을 살게 되는 거야.

# 구름과 달이 만날 때 1

**1판 1쇄 인쇄** 2022년 10월 17일
**1판 1쇄 발행** 2022년 11월 4일

**지은이** 딩모 **옮긴이** 양성희
**펴낸이** 김영곤 **펴낸곳** (주)북이십일 아르테

**책임편집** 원보람 **디자인** 박숙희 **일러스트** Ye Ming Zhu
**아르테출판사업본부 문학팀** 김지연 임정우
**해외기획실** 최연순 이윤경
**출판마케팅영업본부 본부장** 민안기
**출판영업팀** 최명열
**마케팅2팀** 나은경 정유진 박보미 백다희
**제작팀** 이영민 권경민

**출판등록** 2000년 5월 6일 제406-2003-061호
**주소** (우 10881) 경기도 파주시 회동길 201(문발동)
**대표전화** 031-955-2100 **팩스** 031-955-2151

아르테는 (주)북이십일의 문학 브랜드입니다.

**ISBN** 978-89-509-4174-1 04820
     978-89-509-4176-5 (세트)